ULLSTEIN

Das Buch

Königstein im Taunus im 14. Jahrhundert: Die junge Johanna führt zwischen ihren wilden Brüdern ein ungebundenes Leben, das mit dem Einzug der Stiefmutter ein abruptes Ende nimmt: Die Konventionen des höfischen Lebens legen der freiheitsliebenden Johanna nun Fesseln an. Als sie nach einer brutalen Vergewaltigung schwanger wird, verbannen die Eltern sie in ein Kloster. Doch das »gefallene Mädchen« will sich nicht unterordnen und beginnt ein gefährliches Doppelleben: Die heilkundige Klostermagd Johanna verwandelt sich in unbeobachteten Momenten in Johann, einen mutigen und berüchtigten Raubritter. Der Kampf gegen die herrschende Ungerechtigkeit und vor allem die Suche nach ihrer kleinen Tochter sind Johannas Motive. Doch dann geschieht, was geschehen muß: Ihre wahre Identität bleibt nicht unentdeckt ...

Die Autorin

Kari Köster-Lösche, 1946 geboren in Lübeck, verbrachte ihre Jugend teils in Schweden, teils in Frankfurt a. M. Als Tierärztin hat sie zahlreiche wissenschaftliche Bücher veröffentlicht, bevor sie mit ihren spannenden Erfolgsromanen ein begeistertes Publikum gefunden hat. Heute lebt und arbeitet sie als freie Autorin in Nordfriesland. *Die Raubritterin* ist der erste Teil einer Trilogie.

Von Kari Köster-Lösche sind in unserem Hause bereits erschienen:

Das Blutgericht (März 2003)
Das Deichopfer
Die Hakima
Die Heilerin von Alexandria
Die Hexe von Tondern
Hexenmilch
Die Reeder
Die Tochter der Raubritterin (3. Bd. der Trilogie)
Tod allen Reichen! (2. Bd. der Trilogie)
Die Wagenlenkerin

KARI KÖSTER-LÖSCHE

Die Raubritterin

Roman

Ullstein

Besuchen Sie uns im Internet:
www.ullstein-taschenbuch.de

Umwelthinweis:
Dieses Buch wurde auf chlor- und säurefreiem Papier gedruckt.

Jubiläumsausgabe Januar 2003
Ullstein Verlag
Ullstein ist ein Verlag des Verlagshauses Ullstein Heyne List GmbH & Co. KG

Lektorat: Barbara Lauer
Umschlagkonzept: Sabine Wimmer, München
Umschlaggestaltung: Thomas Jarzina, Köln
Titelabbildung: AKG, Berlin
Gesetzt aus der Sabon
Satz: KompetenzCenter, Düsseldorf
Druck und Bindearbeiten: Ebner & Spiegel, Ulm
Printed in Germany
ISBN 3-548-25604-X

Die Raubritterin

Kapitel 1

»Die Hirschhoden für den alten Herrn! Die junge Gemahlin ist wohl drauf und dran, ihm das Mark aus den Knochen zu saugen.« Das Küchenmädchen bog sich vor Lachen.

Unter den Gewölbebögen des Palas' waberte die Feuchtigkeit des Spülwassers in fetten Schwaden, und der Rauch des Kochfeuers kroch schwarz am alten Gestein entlang. Trotz der schlechten Sicht in der nur dürftig ausgeleuchteten Küche konnte Thomas erkennen, daß fast alle grinsten.

Er wandte sich ab und seufzte verstohlen. Es war nicht recht, daß sie über Ritter Lienhart von Falkenstein spotteten.

»Komm schon, Thomas, lach auch mal mit! Du mußt es dir nicht verkneifen, nur weil du der Bankert des Burgherrn bist.«

Die schrille Stimme des Küchenmädchens drang ganz bestimmt durch alle Mauern der Burg, und manchmal haßte Thomas sie wegen ihrer scharfen Zunge. Aber er würdigte sie keiner Antwort, sondern bückte sich und begann das Feuerholz an der Wand aufzustapeln.

»Aber jetzt wird Lienhart keine Bankerte mehr wie dich machen, was Thomas? Von der Sorte eines Lienhart braucht die neue Gemahlin mindestens noch einen. Und man muß nicht lange raten, wer das sein könnte. Will vielleicht jemand mit mir wetten?«

Thomas lief bei der Anspielung blutrot an. Herr, gib mir Demut, dachte er, damit ich sie ertrage. Und er hätte es auch geschafft, das Weib mit Mißachtung zu strafen, wenn nicht ihr hämisches Gelächter ganz plötzlich abgebrochen und in ein Schmerzensgeheul übergegangen wäre. Bedächtig drehte er sich um und spähte hinüber zur anderen Wand.

Wie aus dem Nichts aufgetaucht, stand dort der Knappe der

Herrin breitbeinig vor dem Küchenmädchen, das die Hände auf ihren Mund preßte und leise schluchzend zu ihm aufsah. Konrad, ein vierschrötiger Brocken, stemmte seine Fäuste in die Seiten und wartete mit finster herabgezogenen Mundwinkeln, daß die Kleine sich beruhigte.

Als sie ihr Schluchzen eingestellt hatte und sich die Tränen abputzte, schlug Konrad noch einmal zu. Seine Handkante, die vom Üben mit den Waffen hart wie eine Eisenstange sein mußte, traf das Mädchen unterhalb der Nase. Sie kippte nach hinten und schlug auf dem Boden auf, während ihr das Blut über die Oberlippe strömte. Konrads Schuh traf sie in die Rippen. Jedermann konnte sehen, daß er nahe daran war, die Beherrschung zu verlieren.

»Ich werde dich lehren, wie man mit meiner Herrin umgeht«, zischte er. »Noch ein einziges Wort aus deinem stinkenden Maul, und ich werde dafür sorgen, daß meine Dame dich teeren und federn läßt!«

Thomas betete stumm und begann lautlos ein Scheit auf das andere zu legen. Seine scharfen Ohren registrierten, daß sich hinter ihm niemand rührte. Nur das Knacken des Feuerholzes war zu hören und dann die Schritte des Knappen, der das Küchengewölbe ungerührt verließ, als sei er der Herr der Burg.

Erst als er draußen im Burghof war, kam wieder Leben in das Gesinde.

»Nichts kann je bleiben, wie es ist«, stieß der alte Bernhard, der im Kopf schon schwach war, mit zitternder Stimme aus und fing an, den Bratspieß mit dem Hirsch zu drehen, als müßte er die verlorene Zeit einholen. »Und mit der neuen Herrin wird es ganz anders, Gott segne sie.«

»Ach, halt den Mund, Kerl. Was verstehst du schon davon?« Druitgen, die in der Küche die Aufsicht führte, trocknete sich die von der Spüllauge rissigen Hände und sank neben dem Küchenmädchen auf die Knie. Sie packte ihre Schultern und schüttelte sie, um sie wieder zu sich zu bringen.

Thomas kam langsam näher und betrachtete die Kleine neugierig, aber zugleich mit einer ihm unerklärlichen Scheu.

»Ich glaube, sie ist tot«, murmelte Druitgen. »Ihr Kopf sitzt so lose auf den Schultern wie bei dem Hirsch, den die Knechte heute früh hereintrugen.«

Die Leute drängten herbei, und Thomas war plötzlich umgeben von all den Leuten, die der Ritter nun hier unten beschäftigte, ohne auch nur ihre Namen und Aufgaben zu kennen. Die meisten stammten aus der Stadt Königstein und kamen nur bei Tage auf die Burg, im Gegensatz zu ihm, der ohne Mutter und Vater aufwuchs und in einem der zerstörten und noch nicht wieder instand gesetzten Räume hauste.

»Ein Maul weniger zu stopfen.«

»Und was für ein Schandmaul! Das Weib konnte überhaupt nur still sein, wenn du ihr den Mund mit deinem Schwanz gestopft hast!«

Thomas' Hals war wie zugeschnürt. Maria, bei deiner unsterblichen Seele, hilf mir, dachte er und versuchte, seine Panik zu bekämpfen. Diesen rohen Pferdeknechten ging er aus dem Wege, wann immer er konnte. Aber jetzt stand einer hinter ihm und würde sich wahrscheinlich gleich über seine fleischlichen Sünden mit den Küchenmädchen auslassen.

»Jemand muß es dem Herrn Lienhart mitteilen«, fuhr Druitgen fort, ohne sich um den Knecht zu kümmern, und faßte Thomas ins Auge.

»Nein, ich nicht!« Thomas begriff jäh, welch gefährlicher Auftrag es sein würde, Lienhart von Falkenstein die Nachricht zu überbringen, daß sein blutjunges Weib einen mordlustigen Knappen mit in die Ehe gebracht hatte. »Aber dem Fräulein Johanna könnte ich es sagen. Die Dame Katherine wird sie dafür nicht zu bestrafen wagen.«

»Dann mach dich auf, Thomas. Und trödele ausnahmsweise nicht herum!« Druitgen suchte unter ihrer Schürze nach einem Lumpen und begann das Gesicht des Mädchens zu säubern.

Thomas starrte Druitgen auf die Hände und ließ zu, daß sich das Bild des Mädchens, das jetzt mit unnatürlich abgewinkeltem Hals und geronnenem Blut in den Haaren auf dem kalten, nassen Ziegelboden lag, tief in sein Gedächtnis einbrannte. Sie war ohne Beichte gestorben und würde jetzt schon in der Hölle schmoren, und nach seiner Auffassung hatte sie es nicht anders verdient, denn Eva hatte die Sünde in die Welt gebracht. Mit Mühe riß er sich von dem aufregenden Anblick los und machte sich auf, das Edelfräulein zu suchen.

In der Tür zum Burghof blieb er stehen und überlegte, wo er Johanna suchen sollte. In der frisch hergerichteten Kemenate bei der Hausherrin bestimmt nicht. Sein Blick ging über die hinuntergelassene Zugbrücke in die Wälder des Taunus, die sich bereits golden zu färben begannen. Wahrscheinlich war Johanna da draußen. Oder sie übte mit ihrem Pferd auf dem Turnierplatz, den der Herr Lienhart im Bereich der Vorburg auf eigene Kosten hatte abstecken lassen, weil er sich als einer der Butzbacher Falkensteiner mehr mit Königstein verbunden fühlte als alle anderen Burgmannen.

Noch während er nachdachte, wurde er durch einen derben Stoß in den Rücken unsanft auf die Pflastersteine des Hofes befördert. Er rollte sich rasch herum, um nicht noch einen Fußtritt des Stallknechts einzufangen, und humpelte dann fort, so schnell sein Klumpfuß es zuließ.

»Nimm dich in acht, Vico…« Johanna sprengte im gestreckten Galopp, tief über den Pferderücken geduckt, auf ihren Gegner zu.

Sie benutzten zwar Übungslanzen mit stumpfen Köpfen, aber ihre Geschwindigkeit war beachtlich. Kein Hengst wagte, Widerworte zu geben, wenn die Tochter des Burgherrn ihn ritt. Sie war eine geübte Turnierkämpferin.

An diesem Tag allerdings hatte Johanna Pech. Sie wich vor der gegnerischen Lanze zu weit zur Seite aus, und ihr Hengst scheute vor dem heruntergefallenen Schild des Bruders, noch bevor sie das Gleichgewicht wiederfinden konnte. Pferd und Reiterin trennten sich einvernehmlich.

»Verflucht aber auch«, murmelte Johanna und rieb sich das Knie, während ihr Blick Vico folgte, der zurückgekommen war und mit spöttischem Blick im Kreis um sie herumtrabte.

»Du fluchst wie ein Stallbursche, Johanna, laß es nicht unsere Stiefmutter hören. Sie hält sehr auf gute Sitten, erzählt man sich unter dem Gesinde.« Er grinste.

»Ich hab's auch gehört. Sie könnte allem Ärger aus dem Wege gehen, wenn sie mich weiter in unserem Burgmannenhof hätte wohnen lassen.«

»Eine unverheiratete Ritterstochter allein im Haus! Das hätte aber einen Skandal gegeben«, versetzte Vico.

»Na, gut. Ich werde in ihrer Gegenwart säuseln wie der Heilige Vater persönlich«, versprach Johanna ruppig und rappelte sich auf. Sie streckte und beugte das lädierte Bein, bis es wieder gängig wie ein gutgeschmiertes Scharnier war. Probeweise trat sie auf und stellte zufrieden fest, daß nichts Schlimmeres als ein blauer Fleck die Folge sein würde. »Jedenfalls in der ersten Woche.«

Vico lachte schallend. »Du hältst deine Zunge genausowenig im Zaum wie unsere Mutter. Vater Josef wird dankbar sein, wenn sie dich einmal woandershin verheiraten. Und wahrscheinlich gefällt ihm die neue Burgherrin besser als die alte.« Er blickte nach Süden, wo der Taunus sanft in die Ebene von Frankfurt auslief, und dann den Burgberg hoch. »Ich glaube übrigens, wir machen besser Schluß für heute. Gestern die Jagd, heute unsere nette kleine Übung, das reicht den Pferden. Wir wollen es nicht übertreiben. Da hinten kommt Thomas mit deinem Ajax.«

»Na schön«, antwortete Johanna gleichgültig.

Vico nickte ihr zu und ritt mit aufgestellter Lanze im versammelten Galopp davon.

Johanna winkte ihm nach und sah Thomas entgegen. Wegen

seines schlimmen Beins mußte er hoppeln wie ein Hase, wenn er mit ihrem feurigen Hengst Schritt halten wollte. Mut konnte man ihm nicht absprechen.

»Euer Hengst fand wohl, er sollte jetzt in den Stall, gnädiges Edelfräulein.« Thomas stieß die Worte schnaufend aus. »Aber ich meinte, nicht ohne Eure Erlaubnis.«

Johanna schmunzelte. »Er hat tatsächlich versäumt, sie einzuholen. Mit Manieren hapert es in unserer Familie, fürchte ich. Vico hat mir auch gerade die Leviten gelesen.«

»Oh, das meint Ihr nicht im Ernst, Edelfräulein.« Thomas sah sie erschrocken an.

»Na ja«, murmelte Johanna und nahm den Zügel auf. »Ich danke dir, Thomas. Halte mir den Steigbügel, während ich aufsteige. Und dann beeile dich in die Küche zurück, damit du keinen Ärger bekommst.«

Thomas' rundes Gesicht errötete leicht, während er den Kopf schüttelte. »Druitgen schickt mich zu Euch. Ich soll Euch mitteilen, daß die Aschefegerin durch einen Unfall zu Tode kam. Das kann nichts Gutes bedeuten, Fräulein Johanna. Vielleicht war es doch nicht recht von Eurem Vater, da oben einzuziehen...«

»Und was stimmt mit ihrem Tod nicht?« Johanna rückte sich im Sattel zurecht, und Ajax stieß ein Schnauben aus. Sie begann sich zu fragen, was in aller Welt da passiert sein mochte. Irgend etwas war... ungewöhnlich.

Thomas strich ihm sanft über die Nüstern und rollte dann einen Finger in die Mähnenhaare ein. Endlich hob er den Kopf und sah ihr in die Augen. »Es war der Knappe Konrad, der sie erschlug. Ein Tadel für ihr loses Mundwerk hätte auch gereicht, meine ich... Die Rache ist beim Herrn, und Bestrafung des Gesindes durch körperliche Züchtigung steht einem Knappen nicht zu.«

»Noch dazu wo es ihrer ist und nicht unserer.« Grimmig überdachte Johanna die Situation. »Und mich habt ihr ausersehen, es Vater mitzuteilen?«

»Genau.« Thomas war erleichtert.

»Ungern«, sagte Johanna knapp. »Aber es ist zu befürchten, daß Konrad auch künftig Hand an die Leute legt, wenn man ihm jetzt keinen Einhalt gebietet.«

Thomas nickte ernsthaft.

»Es ihr, der Dame, zu sagen, hätte keinen Zweck«, fuhr Johanna fort.

Mit treuherziger Miene schüttelte Thomas den Kopf. Seine Faust umklammerte weiterhin den Trensenzaum.

Johanna nahm die Zügel auf. »Und wenn ich dir nun mitteile, daß es auch keinen großen Zweck hat, es Vater zu sagen? Was wird dein Kopf dann machen?«

Thomas lächelte für einen winzigen Augenblick in sich hinein, bevor er wieder so ernst wurde, wie man es von ihm gewohnt war. »Vielleicht macht er sich selbständig«, antwortete er rätselhaft und gab das Pferd frei.

»Würde mich nicht wundern.« Johanna winkte ihm lachend zu und setzte die Sporen ein, jedoch nur behutsam, weil der Hengst ein wenig kitzelig war.

Während sie die offene Schranke des Turnierfeldes passierte, ging ihr durch den Kopf, daß für diesen Jungen, der wohl um die fünfzehn Jahre alt sein mochte, eine Klosterschule richtig gewesen wäre, aber eine solche Erziehung hatten nicht einmal die erbberechtigten Söhne bekommen.

Jedoch wanderten ihre Gedanken schnell wieder zu Katherine von Falkenstein zurück. Die Unterlippe zwischen die Zähne geklemmt, sprengte sie in mäßigem Galopp die Serpentinen zur Burg hoch und versuchte sich auszumalen, welche Folgen der Ehrgeiz der neuen Ehefrau haben konnte, die als erstes ihren Mann dazu gebracht hatte, Burgräume einer Reichsburg zu beziehen. Es war auch bemerkenswert, wie schnell das Gesinde sie als brandgefährlich einzuschätzen gelernt hatte.

Die Sonne stand schon tief über den Hügeln im Westen und ließ den Hahn auf der Turmspitze von Sankt Marien in der Unterstadt glitzern. Aber bis zum großen Festbankett am Abend war noch genügend Zeit, um mit dem Vater zu reden. Wahrscheinlich würde der Burgherr in der Halle sitzen und mit der Burgmannschaft die Tagesgeschäfte durchsprechen.

Auf der Zugbrücke klapperten die Hufe ihres Pferdes so laut, daß nicht einmal der faule Strick von Stallknecht sie überhören konnte, trotz des Lärms, der hier von an- und abfahrenden Ochsenkarren, vom Schmied und von den Maurern mit ihren Hämmern und quietschenden Winden verursacht wurde. Er ließ sich herab herbeizuschlendern. Johanna warf ihm einen giftigen Blick zu und schritt durch das Tor in den inneren Burghof und über die holperigen Pflastersteine zum Bergfried.

Sie stieg die Treppe hinauf und sah sich suchend um. Ihr Vater saß an seinem üblichen Platz, umgeben von einigen der Burgmannen und ihren Knappen. Wie zu erwarten, waren sie mit der Einteilung der Geleitstrecken für die kommende Woche beschäftigt. Der Augenblick war gut gewählt. Mit ihren für ein ritterliches Edelfräulein viel zu festen Schritten ging Johanna zum Vater hinüber.

»Ja, was gibt es, Johanna?« fragte Lienhart, während sie noch unangenehm überrascht auf ihre Stiefmutter Katherine starrte, die hier nichts zu suchen hatte.

Es war zu spät, ihr Vorhaben abzubrechen. »Ich wollte Euch eine Mitteilung machen«, stammelte Johanna unbeholfen.

In diesem Augenblick erschien in ihrem Blickfeld der grellgrüne Ärmel von Konrad, der seiner Herrin einen Imbiß servierte. Johannas Blick fiel auf die Schüssel mit gestockter Goldmilch, die einzige Speise, die sie aus tiefstem Herzen verabscheute. Sie paßte zur Stiefmutter, irgendwie, und beinahe hätte sie laut gelacht.

Aber die geschmolzene Butter stand in größeren Pfützen auf der gestockten Eiermilch, als sie es jemals im Burgmannenhof gesehen hatte, und die neue Verschwendungssucht verwandelte Johannas verächtliche Belustigung in Verärgerung. »Wenn

Knappe Konrad für jede Speise, die er aus der Küche holt, ein Mädchen erschlägt, werden Euch die Küchenmädchen bald ausgehen, Vater!«

Der scharfe Ton ließ Lienhart aufmerken. Seine Augenbrauen zogen sich zusammen, während er einen tiefen Schluck aus dem Bierhumpen nahm und ihn bedächtig die Kehle hinunterrollen ließ.

Die Ritter und Gefolgsleute schauten erwartungsvoll auf den Herrn der Burg. Lienhart von Falkenstein, dessen schulterlange Haare noch braun waren und verbargen, daß er bereits vierzig Jahre alt war, schwieg jedoch.

Konrad auch. Er, den die Anklage am meisten hätte treffen müssen, war mit den Gedanken weit fort, an einem ganz anderen Ort. Er formte mit den Lippen unhörbare Sätze.

Er rezitiert allen Ernstes Minnelieder, dachte Johanna empört. Und warum reagierte ihr Vater nicht?

Durch die Dame Katherine ging ein Ruck. »Wenn mein Knappe ein Mädchen bestraft, wird er seine Gründe gehabt haben«, bemerkte sie und lächelte eiskalt. »Er ist hart mit anderen, aber nicht härter als mit sich selber. Was kann man mehr von einem Mann verlangen? Ich liebe Härte bei Männern.«

»Und Ihr, Vater? Seid Ihr unter Katherines Liebe zur Härte schon so handzahm geworden, daß Ihr Euch das Wort aus dem Munde nehmen laßt?« spottete Johanna.

Ritter Lienhart stellte den Humpen hart auf den Tisch. »Jetzt reicht es, Johanna! Mein ganzes Leben war ich Frauen gegenüber zu gutmütig. Hätte ich nicht auf deine Mutter gehört, so wärst du zur Erziehung ins Kloster gekommen. Du wärst demütig und fromm genug geworden, um dich standesgemäß zu verheiraten. Was aber soll ich jetzt mit dir anfangen?«

Dame Katherine lächelte süffisant und vermied es geschickt, Ratschläge zu geben. Betont uninteressiert drehte sie sich zu ihrem Knappen um. Sie saß gerade wie eine Lanze, ihre Brüste wölbten sich wie Bälle, und der Schleier, der das Dekolleté verdecken sollte, hielt den Blick kaum auf. Konrad stierte mit fiebrigen Augen hinein.

Katherine berührte ihn leicht am Arm. »Der versteht vom Frauendienste wenig, der seine Herrin ganz will haben«, sagte sie tadelnd, um sich sofort wieder an ihren Ehemann zu wenden. »Ein Zitat aus einem Gedicht, geliebter Lienhart. So treffend vermag ich selbst nicht zu formulieren. Konrad und ich tragen uns zuweilen Minnegedichte vor.«

Der Ritter brummte nur als Antwort. »Der Minnedienst eines unreifen Knaben interessiert mich wenig. Mir wird klar, daß mit Johanna etwas geschehen muß.«

»Diese alberne Knappenkleidung deiner Tochter ist ohnehin ein Skandal!« Katherine rümpfte ihre ebenmäßige kleine Nase und entlockte damit dem Burgherrn ein zärtliches Lächeln. Ihre Hand schmiegte sich in seine, und mit den Blicken verschlangen sie einander.

Johanna schob trotzig den Unterkiefer vor. Auf dem Zelter konnte man keine Turniere reiten und in Damenkleidung nicht im Herrensattel sitzen. Seit frühester Jugend zog sie Knappenkleidung an, und jeder, der sie kannte, fand es normal. Sie beugte sich über den Tisch. »Ich wollte Euch nur darauf hinweisen, daß Konrad ein Küchenmädchen aus der Stadt erschlagen hat. Und selbst, wenn seine Minneherrin meint, daß es in Ordnung sei, der Vater des Mädchens bestimmt nicht. Er wird kommen, um von Euch die Bestrafung des Knappen zu verlangen.«

Plötzlich erwachte Konrad aus seinem Gemisch von stummem Minnedienst und Eifersucht. »Du falsche Schlange«, zischte er mit kaum geöffneten Lippen.

Johannas Blick streifte ihn voller Verachtung. Unter der Kleidung und dem ritterlichen Gehabe lag nur bäuerliche Grobschlächtigkeit. Die edle Lebensart war aufgesetzt.

»Das Küken erdreistet sich, lauter als der Hahn zu krähen«, bemerkte Katherine spitz.

»Und die Dame Katherine hat eine ziemlich scharfe Zunge.«

An den Händen ihres Vaters, die sich wieder um den Humpen gelegt hatten, begannen sich Adern abzuzeichnen. Jäh begriff Johanna, daß sie dabei war, die Langmut ihres Vaters zu verspielen, wenn sie seine junge Frau angriff. »Ich wollte Euch wegen Konrad warnen, Vater. Er ist nicht ritterlich, sondern mordlustig.« Sie drehte sich auf dem Absatz um und schritt zum Treppenhaus. Die Augen der Männer folgten ihr, als sei sie soeben aussätzig geworden.

Im Saal, von dem aus der Bezirk Königstein durch wechselnde, meistens unbekümmert geschwätzige und fröhliche Burgmannen verwaltet wurde, herrschte Totenstille.

Die Jagd verlief außerordentlich erfolgreich, wie alle sich gegenseitig versicherten, die einige Tage später bei den in einer lieblichen Lichtung aufgeschlagenen Tischen eintrafen.

Johanna war bei der ersten Gruppe. Zufrieden mit sich, schlenderte sie auf der Lichtung umher. Sie hatte einen kapitalen Hirsch erlegt. Als Vico kam, rannte sie sofort zu ihm, um es ihm zu erzählen.

»Gut gemacht, Schwesterchen«, sagte er anerkennend und schlug ihr herzhaft auf die Schulter.

»Und du, Vico? Was hast du erlegt?«

Er breitete seine Handflächen aus und grinste entwaffnend. »Nichts.«

»Nichts?« Johanna staunte. Vico galt als guter Jäger. »Welch ein Pech!«

»Ich habe in der letzten Zeit wenig Glück. Es wird schon wieder werden.«

»Vielleicht hat sie mehr Geschick zum Töten als du, lieber Stiefsohn. Frauen sollen ja gute Jägerinnen sein.«

Die Geschwister drehten sich im gleichen Augenblick um. Ihre Stiefmutter, die nicht aktiv an der Jagd teilgenommen hatte, sondern im Schutz der Knechte gekommen war, die die fahrbare

Küche zur Jagdgesellschaft brachten, saß bereits am Tisch des Burgherrn.

Verdammt, dachte Johanna, man muß jetzt lernen, nach dieser Spitzmaus Ausschau zu halten, bevor sie piepst. Und wieso Jägerinnen? Katherine hatte nie die Absicht gehabt, an der Jagd teilzunehmen.

»Ich will es nicht abstreiten, werte Stiefmutter«, antwortete Vico nachgiebig und verbeugte sich ritterlich, wie es ihm vor der Dame des Hauses zukam. »Johanna ist die beste Jägerin, die ich kenne.«

Er konnte das verächtliche Zucken ihres Mundes gar nicht gesehen haben, im Gegensatz zu Johanna. »Wir werden ja sehen, welche Heldentaten Euer Knappe Konrad verrichtet hat«, bemerkte sie zu Vicos Verteidigung.

Katherines Züge wurden steif und ablehnend. Mit kleinen, kantigen Bewegungen rückte sie ihre fliegenpilzrote Haube zurecht, die mit einem dünnen Schleier unter dem Kinn befestigt war. Ihr Obergewand war von derselben grünen Farbe wie die Ärmel ihres Knappen.

»Das werden wir«, sagte Katherine endlich säuerlich. »Ich könnte mir denken, daß sein Hirsch größer ist als deiner. Nicht wahr, Vater Gottfried, unsere Gebete werden ihm helfen, so gewiß ich hier sitze und Ihr kniet.« Sie drehte sich um, und Johanna folgte ihrem Blick.

Und tatsächlich kniete zwischen den Bäumen eine rundliche Gestalt in grober, ungefärbter Wolle. Zwischen den lichten Birkenstämmen, die aus unerfindlichem Grund hier auf kargem Boden eine kleine Gruppe bildeten, war er ihr gar nicht aufgefallen.

Johanna hatte den Beichtvater ihrer Stiefmutter bis dahin noch nicht zu Gesicht bekommen, weil er angeblich so fromm war, daß er sich entweder in der Burgkapelle aufhielt oder in der Küche die Güte des Meßweins überprüfte.

»Vater Gottfried«, flötete Katherine. »Betet Ihr immer noch für das Jagdglück unseres Konrad?«

»Amen«, sagte der Mönch inbrünstig, federte hoch und schaukelte kurzbeinig auf Sandalen durch das schüttere Gras herbei. Sein ausladender Bauch ließ die Mönchskutte abwechselnd nach rechts und nach links auswehen. »Gewiß, Dame Katherine, ich betete für Konrad und für Euren Gemahl. Unser Herr Jesus Christus hat stets ein offenes Ohr für eine ehrliche Fürbitte.«

Wie ein ehrlicher Mann sah er nicht gerade aus, fand Johanna und musterte ihn ebenso mißtrauisch wie er sie. Wer so fett war, konnte gar nicht aus vollem Herzen fromm sein. Er hätte genügend hungrige Menschen in seiner Umgebung finden können, mit denen er hätte teilen können.

»Bitte Vater, segnet mich.« Vico sank neben Johanna auf die Knie und senkte seinen Kopf.

»Die Bitte erfülle ich gern, mein Sohn«, antwortete der Zisterzienser salbungsvoll und trat näher, wobei er gleichzeitig mißbilligend auf Johanna blickte. »Und du, meine Tochter?« fragte er. »Möchtest du den Segen Gottes nicht empfangen?«

»Ich habe gestern bei Vater Josef in der Stadt gebeichtet und bin gesegnet worden.« Im Augenblick war Johanna dafür dankbarer als am Vortag. »Jetzt fühle ich mich zu unwürdig, weil ich gerade einen Hirsch getötet habe. Auch der Hirsch war ein Geschöpf Gottes.«

»Eine solche Einstellung weist unsere Mutter Kirche entschieden zurück und ich mit ihr. Fromme Menschen haben durch Christus den Auftrag, sich die Erde untertan zu machen, meine Tochter. Ich nehme an, du wußtest es nicht. Den Segen werde ich dir geben, um dich in deinem unvollkommenen Glauben zu stärken...« Vater Gottfried nahm seine Hand von Vicos Kopf und machte sich mit ausgestreckten Armen und falschem Lächeln auf den kurzen Weg zu Johanna.

»Doch, ich kenne diese Auslegung, Vater Gottfried, aber ich finde sie nicht richtig, und ich wette mit Euch, der Hirsch auch nicht.« Johanna wich ihm behende aus, bevor er ihr in Nächstenliebe zu dicht auf den Leib rücken konnte. »Ich werde mir jetzt erst das Blut abwaschen, und dann können wir noch einmal darüber reden. Vielleicht kann ich Euch überzeugen. Oder Ihr habt bis dahin anderes zu tun. Da kommen ja noch mehr Jäger, die sich in den letzten Stunden die Erde untertan gemacht haben. Sie strotzen allesamt vor Frömmigkeit und werden Euch gut gefallen.«

Das aufgesetzte Wohlwollen verschwand aus dem rundlichen Gesicht des Priesters. Vico, der immer noch auf dem Boden kniete, zeigte Johanna verstohlen einen Vogel.

Sie signalisierte Unverständnis. Aber vielleicht war es in der Tat ungeschickt, den Beichtvater der Stiefmutter zu provozieren. »Nun ja«, murmelte sie verlegen und machte sich grußlos aus dem Staub.

Im Davongehen hörte sie, wie Vater Gottfried zu Katherine sagte: »Wo wurde sie denn aufgezogen, daß sie so ohne jede Frömmigkeit ist? Abgesehen von ihrem gänzlichen Mangel an Ehrfurcht gegenüber einem Priester unseres Herrn.«

»Offenbar hat sie sich meistens bei der Aschefegerin in der Küche aufgehalten«, antwortete Katherine vernehmlich. »Vielleicht auch beim Kotkönig von Königstein oder in den schrecklichen Wäldern des Taunus. Die Schuld liegt bei ihrer Mutter. In der Hölle soll sie büßen, daß sie mir diese ungebändigte Mißgeburt hinterlassen hat. Ich bitte Euch herzlich um Eure Mithilfe bei ihrer Erziehung, Vater Gottfried.«

»Gewiß. Ihr wißt, daß Ihr Euch auf mich verlassen könnt. Wir werden ihre Seele den Klauen des Teufels entreißen.«

Die Stimme des Priesters klang außerordentlich tatendurstig. Der hat mir gerade noch gefehlt, dachte Johanna und steuerte auf die fahrbare Küche zu. Hinter dem Backofen auf Rädern mußte es einen Bach geben. Die Köche der Jagdgesellschaft brauchten immer Wasser für alles mögliche.

Glücklicherweise hatte ihre Mutter verhindert, daß ihr Vater sie den Nonnen zur Erziehung übergeben hatte. Aber es war nicht ausgeschlossen, daß ihre Stiefmutter und deren Beichtvater sich als unangenehmer als ein Heer von Nonnen erweisen würden.

Johannas Befürchtungen lösten sich auf wie Nebel in der Sonne angesichts der freundlichen Mienen der Mägde und dem Hallo der Knechte, die alle von ihrem Jagdglück gehört hatten und sie mit Glückwünschen überhäuften. Ihr Ansehen bei ihnen war enorm gestiegen, seitdem sie versucht hatte, den Totschläger zur Rechenschaft zu ziehen. Leider ohne jede Konsequenz für Konrad. Trotzdem – ein kleiner Sieg war es gewesen, der Knappe war gewarnt. Johanna grinste über das ganze Gesicht und winkte zurück.

Einige Stunden später war die Jagdgesellschaft, die aus den Burgmannen von Königstein und kleineren Rittern der Umgebung sowie deren Knappen bestand, vollständig beisammen. Ritter Lienhart ging mit seiner jungen Frau an der Spitze der Gruppe, die die Strecke besichtigte.

Johanna schlenderte mit ihrem Bruder hinterher. Mit ihrer schlichten Jagdkleidung aus dem kurzen gegürteten Wams, einer knappen Hose und weichen hohen Stiefeln hätte sie Vicos Knappe sein können. »Ich bin ja neugierig, was dieser Berserker Konrad geschossen hat«, sagte sie munter.

»Wenn er so tüchtig ist, wie er aussieht, müßte er mit bloßen Händen einen Bären erlegen können.« Vico grinste erwartungsvoll vor sich hin. »Wir werden ja sehen.«

In diesem Augenblick stockte vorne der Schritt der Gesellschaft. »Wer hat diesen hier erlegt?« hörte man Ritter Lienharts Stimme. »Er scheint mir der größte zu sein.«

»Eure Tochter, soviel ich weiß«, antwortete einer der Umstehenden.

»Sie soll kommen!«

Johanna wechselte einen fragenden Blick mit Vico, dann drängte sie sich zu ihrem Vater vor. Er stand tatsächlich neben ihrer Jagdbeute. Ihr wurden Schulterklopfen und Glückwünsche zuteil, bis sie bei Hirsch und Vater anlangte.

»Deiner ist der größte, Johanna«, sagte Lienhart mit einem anerkennenden Lächeln. »Du sollst heute die Jagdkönigin sein und an meiner Seite sitzen.«

Johanna errötete vor Stolz. Es war eine große Ehre, Jagdkönig zu sein, und für sie war es das erste Mal. Sie schenkte ihrer Stiefmutter, die neben Lienhart stand, ein strahlendes Lächeln.

Aber Katherine beachtete sie nicht. Sie betrachtete gelangweilt das Laub der Bäume, den grauen Himmel und die Vögel, die in den Baumkronen umherflogen, dann beugte sie sich zu ihrem Knappen hinüber und flüsterte mit ihm.

Lienhart reichte Johanna galant den Arm, und ihr gelang es, ihre schmale schöne Hand formvollendet auf seinem Ärmel niederzulegen und mit ihm die Reihe der erlegten Tiere abzuschreiten. Wenigstens einmal durfte sie ihrem Vater beweisen, daß sie mehr konnte, als reiten und schießen. Besser hätten es auch die Frauen aus den erbberechtigten Linien der Butzbacher und der Licher Falkensteiner nicht gekonnt.

Und Ritter Lienhart von Falkenstein antwortete tatsächlich mit der vorgeschriebenen Neigung seines Kopfes, beste höfische Etikette! Herrgott, war sie glücklich!

Von ihrer Stiefmutter war nur das raschelnde Gewand zu vernehmen.

Lienhart fand für jedes Tier lobende Worte und für denjenigen, der es erlegt hatte, ebenfalls. Johanna hörte ihm mit wachsendem Erstaunen zu. Jagd war mehr als Beute. Jagd war auch Herrschaft. Der Burgherr regierte im Gehen.

Nur, daß ihm die Burg nicht gehörte. Die Falkensteiner hatten sie vor einiger Zeit verkauft.

Johanna empfand unerwartet Bewunderung für ihren Vater und eine ungewohnte Zärtlichkeit. Er wäre ein kluger und umsichtiger Herrscher geworden und hätte die Burg Königstein nicht, wie die Licher Falkensteiner, aus der Hand gegeben.

»Diese junge Bache wird vorzüglich munden«, sagte Lienhart. »Sie hat höchstens zweimal geworfen und wird von feinem, edlem Geschmack sein. Ich habe einen vorzüglichen Rotwein, der ganz ausgezeichnet zu ihrem Fleisch passen wird.«

Der Knappe, der sich bereits unauffällig in seine Nähe begeben hatte, erglühte vor Freude und verneigte sich wortlos.

Lienhart klopfte ihm leicht auf die Schulter und schritt zum letzten Tier in der Reihe, einem Hasen. »Diesen hätte man vielleicht am Leben lassen sollen«, bemerkte er mit gezwungener Heiterkeit, »damit der Herr im Himmel ihn doppelt so stark hätte werden lassen können – wie es seiner Bestimmung entspricht. Ich dachte, es herrsche Klarheit darüber, daß Jungtiere nicht geschossen werden.«

Die Ritter fielen in ein unbehagliches Schweigen. Schließlich räusperte sich Lettel, ein grauhaariger Lehnsmann, der den Knappen im Reiten und im Waffengebrauch Unterricht zu erteilen pflegte. »So ist es, Lienhart. Aber Knappe Konrad ist neu auf Burg Königstein, und wahrscheinlich hat niemand es ihm mitgeteilt ...«

Konrad stand mit mißmutig herabgezogenen Mundwinkeln hinter der Dame Katherine und starrte auf die hochgebundenen Schnäbel seiner modischen, aber im Wald unpraktischen Schuhe. Vater Gottfried hatte bei seinem Gebet wohl das Ohr des Herrn verfehlt. Johanna verzog schadenfroh das Gesicht und blinzelte ihrem Bruder zu.

»Nun, ja«, sagte Lienhart gleichmütig. »Dann wollen wir jetzt zum wohlverdienten Festmahl übergehen.«

Abseits ertönte ein wildes Kläffen. Die Meute bekam gerade ihren Anteil an der Beute. Neben den Tischen, die sie inzwischen schön gedeckt hatten, warteten die älteren Knappen mit den Weinkrügen, und die jüngsten schnitten auf der Anrichte dicke Brotscheiben, während die Gesellschaft sich zerstreute und jeder den ihm gebührenden Platz einnahm. Lienhart führte seine Frau und an diesem Tag auch seine

Tochter zu Tisch und plazierte die Damen zu seinen beiden Seiten.

Konrad lief wie üblich hinter seiner Herrin her. Katherine zeigte stumm auf den Stuhl an ihrer Seite, und der Knappe war drauf und dran sich zu setzen. Lienharts leise Stimme ließ ihn zögern.

»Dann wollen wir doch sehen, wie artig Euer Konrad uns vorlegen kann.«

Katherine öffnete mit entrüsteter Miene den Mund, schloß ihn jedoch wieder still.

Johanna spitzte die Ohren. Obwohl Konrad der älteste Knappe war und genügend Jungvolk herumlief, wurde er jetzt wie ein Zwölfjähriger zum Bedienen geschickt. Mit Genugtuung sah sie ihm nach, als er sich mit finsterer Miene auf den Weg zu den Köchen machte.

Zwei ganz junge Knappen schafften es, ziemlich geordnet und geräuschlos den Burgherrn und seine wichtigsten Gäste am Herrschaftstisch mit Brotscheiben zu versorgen. Ihnen auf dem Fuß folgten zwei ältere, die Schüsseln mit dampfendem, scharf gewürztem Fleisch brachten. Als sie alle bedient hatten, stahlen sie sich auf Zehenspitzen vom Tisch, und die Ritter falteten die Hände zum Gebet. Ihre Augen richteten sich auf Lienhart, dem es als Befehlshaber der Burgmannen zukam, bei der Jagd vorzubeten.

In Lienharts Räuspern hinein stimmte Vater Gottfried das Tischgebet an. Lienhart zögerte einen Augenblick, bevor er einfiel. Johanna bewegte nur die Lippen. Gottfrieds Gebet wollte sie nicht. Er hatte den Vater um sein Vorrecht betrogen.

Das Gebet endete mit einem Augenblick stiller Andacht, die durch Katherines harte Stimme gestört wurde. »Nein, danke«, sagte sie und schob ihr Essen von sich. »Ich erfülle heute das Gelübde eines Fasttages.«

»Die Frömmigkeit wird Euch dereinst vergütet werden, edle

Dame«, schmeichelte Vater Gottfried mit schon vollem Mund und säbelte die von Fett triefende Schweineschwarte direkt vor seinen wulstigen Lippen ab. »Der Herr gibt im Tod mit vollen Händen zurück, was er im Leben nahm.«

Lienhart ignorierte den Priester. Er hob seiner Frau den feurig rotblitzenden Pokal entgegen, um ihr zuzutrinken. »Ausgerechnet heute? Wie schade! Auf Euer Wohl, Katherine. Waldluft macht hungrig und durstig. Fallt mir nicht vom Fleische, ich bitte Euch.«

»Nein. Für mich ist ausreichend gesorgt«, antwortete Katherine knapp und bog sich ein wenig beiseite, um Konrad Platz zu machen, der eine Schüssel vor sie stellte.

Johanna beugte sich vor, um einen Blick auf Katherines Fastenspeise zu werfen. Es sah ganz nach gestockter Goldmilch mit viel Butter aus.

Offensichtlich bemerkte die Edelfrau die verwunderten Blicke ihrer Nachbarn. »Ich habe einen Butterbrief vom Heiligen Vater persönlich«, merkte sie mit unüberhörbarem Stolz an. »Das wißt Ihr sicher noch nicht, Lienhart. Gestockte Goldmilch ist meine Lieblingsspeise. Sie tröstet mich über das Fasten hinweg.«

»Mit einem so nahrhaften Dispens könnte man viele Arme leicht zum Fasten überreden«, flüsterte Vico Johanna ins Ohr.

Johanna verschluckte sich beinahe vor Lachen und mäßigte sich erst unter Lettels mahnendem Blick.

»Ihr könnt Gott danken, daß Ihr eine so fromme Frau Euer eigen nennt, Herr Ritter«, säuselte Vater Gottfried. »Sie ist dem Herrn wohlgefälliger als Eure erste Frau, und mit ihrer Hilfe werdet auch Ihr ein Stückchen Himmelreich erwerben.«

Ritter Lienharts stahlgraue Augen ließen nicht erkennen, was er dachte. Er hob seinen Pokal und trank dem Priester höflich zu. Johanna hätte ihm den Wein ins Gesicht geschüttet.

Die Knappen, die eigentlich nur Bier trinken durften, hatten sich einiger Krüge mit Wein bemächtigt. Sie waren nicht besonders gut im Gras versteckt. Ihr Gelächter wurde immer lauter; ein geradezu brüllendes Lachen kam von Konrad, der offenbar die Stimmung anzuheizen verstand.

Während sich das Gespräch am Herrentisch den Angelegenheiten des Kaisers und insbesondere den Schwierigkeiten des Geleitdienstes zuwandte, sah Lienhart immer wieder mit gerunzelter Stirn zu den Knappen hinüber. »Sie sind heute sehr ausgelassen«, bemerkte er plötzlich. »Nun ja, die erste große Jagd in diesem Jahr.«

»Junge Leute eben«, sagte Vater Gottfried und wedelte nachlässig mit der Hand. »Wenn sie trotzdem gottesfürchtig sind, sollte man sie dafür nicht tadeln.«

»Das sind sie«, schaltete Johanna sich ein. »Sie versäumen kaum je einen Gottesdienst. Zwischendurch zünden sie zwar mal die ein oder andere Scheune an, oder sie plündern einen Obstgarten von Bauern, die das Obst eigentlich zum Überleben benötigen – aber alle diese Sünden beichten sie, soviel ich weiß.«

Vico stieß sie mit dem Ellenbogen heftig an. »Hör auf, ihn zu reizen!«

Johanna zuckte schuldbewußt zusammen. Es stimmte, sie hatte es mit voller Absicht getan. Sie fühlte sich durch den frömmelnden Priester, der an Katherine hing wie ein Fettauge am Suppenfleisch, unendlich gestört. Dabei hätte ihr Tag als Jagdkönigin einer der schönsten ihres Lebens werden sollen. Mürrisch senkte sie den Kopf und kaute weiter an ihrem Hirschbraten herum. Hasenfleisch hätte sie heute nicht angerührt.

»Ich bin, mein lieber Gemahl«, hob die Dame Katherine an, nachdem sie die letzten Bröckchen der Eiermilch und die letzten Scheibchen von fein geschnittenem Lauch mit Brot aus der Schüssel aufgetunkt hatte, »zu dem Schluß gekommen, daß auf Eurer Burg einiges im argen liegt. Es muß an Eurer ersten Frau gelegen haben; man hat mir erzählt, daß sie sich weigerte, einen eigenen Beichtvater zu haben.«

Johannas Blick kreuzte sich mit dem ihres Bruders. Los, Vater, gib's ihnen endlich, dachte sie.

Die Messerspitze ihres Vaters verfehlte einen Fleischbrocken, aber im übrigen behielt er die Beherrschung. »Gegen Vater Josef in Königstein ist nichts einzuwenden«, sagte er ruhig. »Meine verstorbene Frau hat immer bei ihm gebeichtet.«

»Beim Priester eines unbedeutenden Städtchens«, sagte Katherine abfällig.

»Kann er lesen?« erkundigte sich Vater Gottfried.

Lienhart zuckte die Achseln und wandte sich an Johanna. »Kann er lesen?«

»Er ist ein gebildeter Mann, Vater«, antwortete Johanna mit diebischer Freude. »Mutter verabscheute ungebildete Priester.«

»Seht Ihr, Katherine«, sagte Lienhart beruhigt.

»Vermutlich hat er sich Eurer Frau lediglich angedient, weil sie eine Falkenstein war. Man hört überall, daß sie nicht besonders fromm gewesen sein soll.«

»Aber Katherine«, sagte Lienhart mit einer Spur Ungeduld in der Stimme, »Ihr überschätzt meine Stellung innerhalb der Familie! Ich bin ein recht unbedeutendes Mitglied, und sowohl die Licher als auch die anderen Butzbacher scheren sich den Teufel darum, bei welchem Priester meine Frau beichtet.«

Katherine schob ihr Kinn eigensinnig vor. »Sie soll sich angemaßt haben, Priester der Heiligen Römischen Kirche mit Hohn und Spott zu überziehen.«

Johanna fing die resignierende Miene ihres Bruders auf, aber sie ließ sich jetzt nicht mehr halten. »Das stimmt nicht!« sagte sie heftig. »Meine Mutter hat Kritik an gewissen Mißbräuchen geübt, und das ist etwas ganz anderes!«

Aber Katherine wischte jeden Einwand beiseite. Sie war erregt und fest entschlossen, sich jetzt durchzusetzen. Mit erhöhter Lautstärke fuhr sie fort: »Vater Gottfried und ich sind jedenfalls zum Schluß gekommen, daß es für Johannas Seelenheil sehr abträglich ist, wenn sie weiterhin Umgang mit dem Küchengesinde und ähnlichem Abschaum pflegt. Sie reitet und jagt mit Pfeil und Bogen wie ein Wilderer. Sie ist gottlos und benimmt sich widernatürlich!«

Erschrocken merkte Johanna, daß Lienhart sie tatsächlich mit anderen Augen zu betrachten begann.

»Eine Familie wie die Falkensteiner verpflichtet, Lienhart, ganz gleich, welchem Zweig Ihr angehört. Ich werde Johanna deshalb in höfischer Manier unterrichten: in Sticken, Malen und Zeichnen. Sie wird lernen, wie man sich kleidet und schmückt. Den Rest der Zeit wird sie mit Vater Gottfried im Gebet verbringen.«

Johanna fuhr mit einem entsetzten Aufschrei in die Höhe. »Ihr habt mir nichts zu befehlen, Dame Katherine! Meine Erziehung ist vollendet.«

»Vollendet vielleicht nicht gerade, Johanna«, widersprach Ritter Lienhart ruhig und etwas nachdenklich. »Du meintest wahrscheinlich abgeschlossen, was Jagd und Turnier betrifft, und solange wir in einem Burgmannenhof wohnten, stimmte es ja auch. Aber jetzt, in den neuen Burgräumen, in denen noch der Geist ihrer ehemaligen Besitzer atmet, halte ich es für eine gute Idee deiner Stiefmutter, dir den letzten Schliff zu geben. Ab morgen werde ich dich öfter in der Kemenate antreffen als auf dem Turnierplatz, das glaube ich ganz bestimmt.«

Johanna fühlte sich wie eine in die Enge getriebene Katze. Im Stehen leerte sie den Bierkrug, warf sich ihre Jagdtasche über die Schulter und stürmte davon. Aus dem Augenwinkel sah sie, wie Vico mit hochgezogenen Augenbrauen den Kopf schüttelte.

Als sie wieder auf ihrem Ajax saß, ging ihr auf, daß Katherine sie wie ein geübter Treiber in eine Ecke gejagt hatte. Sie verstand eine ganze Menge vom Wesen der Jagd.

Kapitel 2

»Sing noch einmal von der Liebe Dorn, Konrad«, bat Katherine in schmeichelndem Ton. Sie saß dicht neben dem Kamin in ihrer Kemenate; das Feuer prasselte zwischen den Scheiten, und es war heiß im Raum.

Johanna, die beheizte Räume nicht gewohnt war, bevor der Frost Einzug gehalten hatte, schwitzte, obwohl sie weit ab vom Kamin in der Fensternische kauerte, die Arme um die hochgezogenen Beine geschlungen. Über ihr neues Kleid, das in Wahrheit ein abgetragenes, umgeändertes ihrer Stiefmutter war, empfand sie keine Freude, und der monotone Gesang langweilte sie.

Der Knappe nickte, rückte die Laute auf seinem Schoß zurecht und begann. Johanna betrachtete unverhohlen seine engen Beinlinge, von denen der eine grün-gelb gestreift, der andere einfarbig grün war. Die Zipfel seiner Schnabelschuhe waren so lang, daß er sie unter den Knien festbinden mußte. Mit seiner stämmigen bäuerlichen Figur hätte er sowieso besser auf eine kleine Lehnsburg gepaßt, aber hier unter den waffenstarrenden Rittern einer Reichsburg machte seine alberne Kleidung ihn zum Narren. Es fehlten nur die Schellen.

Konrad sang und sang, und Johanna zwang sich, mit halbem Ohr zuzuhören.

»Er legte das edle Fräulein ins grüne Gras.
Ich weiß nicht, was er ihr dort vorgelesen hat.
Und hat sie auch darob ein wenig gezürnt,
so schlossen sie doch sehr schnell Frieden.
Bewirkt ward dies vom lieben Dorn.«

Johanna erwachte mit einem Ruck aus ihrem Dösen. Konrad hatte keineswegs von der Liebe Dorn, sondern vom lieben Dorn gesungen. Dank der ausführlichen und akribisch genauen Erläuterungen ihrer Stiefmutter, die sie mehrere Wochen lang besonders über die höfische Liebe belehrt hatte, war Johanna sensibilisiert für Wortspiele in Minneliedern.

Ausreichend sensibilisiert auch, um zu merken, daß die Dame Katherine mit Konrad ihr Spiel trieb. Der Knappe war ihr Opfer. Er glühte vor Liebe zu seiner Herrin. Von ihm ging eine Spannung aus wie von einer Wildkatze, die auf Beute lauert.

Katherine klatschte in die Hände. »Weiter, Konrad! Deine Stimme ist herrlich wie Schwanengesang.«

Mit dem Luftzug wehte Johanna ein Schwall von Rosenduft in die Nase. Erkennen konnte sie im Dämmerlicht des düsteren Raums von ihrer Stiefmutter fast nur die weißen Brüste und die schimmernden Lippen. »Habt Ihr schon einmal Schwanengesang gehört, Dame Katherine?« fragte sie süffisant lächelnd. »Er ist krächzend. Nicht so schlimm wie von Krähen, aber doch eher störend als lieblich. Dabei wolltet Ihr Euren Knappen doch gewiß nicht beleidigen.«

Das Schimmern verblaßte, statt dessen funkelten Katherines Augen sie böse an. »Mußt du denn auch die zartesten Empfindungen der Minne zerstören! Es wäre wohl besser gewesen, ich hätte dich im Wald bei den wilden Bären gelassen, statt mich deiner Erziehung zu widmen.«

»Das hätte mir auch besser gefallen«, erwiderte Johanna strahlend.

Bevor sie weitere Höflichkeiten austauschen konnten, mischte sich Konrad ins Gespräch. »Meine Herrin meinte ihre Worte allegorisch, aber solche Feinheiten versteht Ihr natürlich nicht. Der Text, auf den sie anspielte, geht so:

»Vielsüßer Freund, dort unterm Wiesenhang,
dort küß mich, komm, beim hellen Schwanensang.«

»*Küß mich, komm!* Wollt Ihr wirklich annehmen, daß meine Stiefmutter es so gemeint hat?« fragte Johanna und brach in schallendes Gelächter aus. »Wenn mein Vater das hörte, würde er an Minne nicht mehr glauben und Euch auf der Stelle vom Bergfried werfen.«

Die Dame und ihr Knappe fanden die Angelegenheit bei weitem nicht so lustig wie Johanna. Aber als sie ihr keine weitere Aufmerksamkeit mehr schenkten und statt dessen verliebte Blicke tauschten, wurde es Johanna unbehaglich zumute. Sie war erleichtert, als es unverhofft an der Tür klopfte. Katherine gab eine matte Antwort, und ein sehr junger Knappe schoß herein.

Staunend betrachtete er die prachtvollen Wandbehänge der neu hergerichteten Kemenate, bevor er sich auf seinen Auftrag besann. »Der Herr Lienhart bittet Euch, zu ihm zu kommen, Dame Katherine. Es ist dringlich, sagt er. Ich glaube, er hat große Sehnsucht nach Euch«, fügte der Knappe ernsthaft hinzu und wagte es, die Augen von seinem Samtbarett zu heben und die junge Frau anzuschmachten, die hier wie eine Fürstin residierte.

Katherine ließ ihren Stickrahmen zu Boden fallen und erhob sich mit gleichgültiger Miene. »Geh voraus, Junge!«

Konrad zupfte verloren an den Saiten seiner Laute, und Johanna blickte aus dem Fenster. Plötzlich wurde ihr bewußt, daß sie sich mit dem jungen Mann allein in der Kemenate befand. Er dampfte wie ein Pferd im Turnier, und es gab keine Magd, nach der sie hätte rufen können.

Denn nicht einmal im Traum hätte sie daran gedacht, freiwillig das Feld zu räumen; immerhin hatte sie ein gewisses Recht, sich hier aufzuhalten, jedenfalls ein größeres als Konrad oder seine Herrin. Hier hatten schon Agnes von Falkenstein und vor ihr andere Frauen der Falkensteiner Herren gelebt. Auf einmal war sie stolz, dieser Familie anzugehören, die im Reich nicht ohne Bedeutung war.

Der Dreiklang fiel unmelodisch aus und ließ Johanna herumfahren.

Konrad überprüfte konzentriert die Töne einzelner Saiten und setzte dann drei Finger zugleich versuchsweise anders. »In den ersten Tagen nach meiner Ankunft saht Ihr aus wie ein Stallknecht, edles Fräulein«, sagte er leise und machte eine winzige Pause, um dem neuen Akkord zufrieden hinterherzulauschen. »Da wart Ihr mir sehr gleichgültig. Aber jetzt, hochgeschnürt und mit offenem Haar, seid Ihr wunderschön. Ich habe noch nie so glühend rotes Haar gesehen.«

Johannas Herz tat vor Widerwillen einige schnelle Schläge. Sie war überhaupt nicht hochgeschnürt und auch nicht so dumm, sich darüber mit ihm auf eine Diskussion einzulassen. »Ein Erbe meiner Mutter«, sagte sie. »Ihr Haar war nur heller, von der Sonne am Meer, wißt Ihr?«

»Ich war noch nie am Meer. Aber ich werde gewiß einmal hinkommen.«

»Ja, bestimmt.« Hoffentlich kam Katherine zurück, bevor es Zeit war, dorthin aufzubrechen!

»Wahrscheinlich ist dann Krieg«, fuhr der Knappe in besinnlichem Ton fort. »Gegen die Ungläubigen. Der Heilige Vater in Rom wird die Ritterschaft der christlichen Länder sicher bald wieder zum Kampf gegen die Ungläubigen aufrufen. Die Widersacher sind überall. Vielleicht werde ich im Kampf für unseren Herrn Jesus Christus sterben.« Plötzlich flossen ihm Tränen die Wangen herab und tropften auf seine Laute.

Das war zu viel. Johanna wurde sich bewußt, daß er es fast geschafft hatte, ihr Mitleid zu erwecken. »Wahrscheinlich werdet Ihr das«, stimmte sie vernehmlich zu. »Aber sorgt Euch nicht. Wenn Ihr es fertigbringt, Euch vier Wochen am Leben zu halten, müßt Ihr ja nicht in die Hölle, sondern kommt direkt in das Paradies. Zumal auch die Dame Katherine für Euer Seelenheil beten wird, wie ich annehme.«

Sein grüner Ärmel fuhr auf dem nußbraunen Holz der Laute

hin und her, bis es wieder fleckenlos poliert war. »Und Ihr nicht?«

»Schließlich seid Ihr nicht mein Knappe«, antwortete Johanna diplomatisch, wenn es ihr auch schwerfiel.

»Aber die Minne geht, wohin sie will! Das hat nichts damit zu tun, wessen Knappe man ist.« Konrad legte seine Laute vorsichtig neben sich auf den Boden und erhob sich. Seine Augen, die fest auf Johanna gerichtet waren, glänzten im flackernden Licht der Flammen.

Die weichen Sohlen seiner eleganten Schuhe verursachten kaum ein Geräusch, als er auf Johanna zukam. Der Fenstersims, auf dem sie saß, war kaum eine Handspanne hoch. Konrads Hose war knapp geschnitten, und sie hatte seine pralle Schamkapsel direkt vor Augen.

Bevor sie die Flucht ergreifen konnte, war er bei ihr. Er stützte sich mit beiden Händen in die Laibungen der Fensternische.

Als er sich zu ihr hinunterbeugte, geriet Johanna in Panik. Neben ihr waren die kleinen bleigefaßten Glasscheiben, durch die sie wahrscheinlich mit einiger Gewalt durchbrechen konnte, und mehrere Manneslängen darunter der gepflasterte Burghof. Lebend würde sie unten nicht angekommen.

Konrads schulterlange Haare berührten ihre Lippen. Er lächelte sie verführerisch an, legte einen Handrücken an ihre Wange und streichelte sie zart. »Wovor habt Ihr Angst, Edelfräulein? Doch nicht vor mir?«

»Nein!« schnaubte sie, als sein Mund ihr nicht mehr bedrohlich nahe schien, und stieß seine Hand beiseite. »Wie kommt Ihr darauf? Ich schieße auf wilde Tiere, wie Ihr wißt!«

»Ich weiß. So daß Euer häßlicher Dorn sie tötet. Es gibt einen viel schöneren Dorn, wißt Ihr das denn auch? Möchtet Ihr ihn spüren? Er ist zärtlich und kraftvoll zugleich, ich verspreche es Euch.«

Entsetzt sah Johanna, wie auch die letzte Falte in der Schamkapsel verschwand. Vergebens versuchte sie, die Augen von der glänzend grünen Seide abzuwenden.

Konrads aufdringliches Lächeln ging in sichtbare Zufriedenheit über. »Zumindest wißt Ihr, worauf es bei einem Mann ankommt. So unschuldig, wie Ihr tut, seid Ihr gar nicht.«

»Es gibt genügend Rüden und Eber in der Stadt, um das zu wissen.« Johannas Bann löste sich endlich. Sie schaffte es, ihm kühl ins Gesicht zu sehen. »Aber glaubt mir, bevor Ihr bei mir zum Zuge kommt, setze ich meine Zähne hinein, daß Euch Hören und Sehen vergeht! Und Weiteres.«

Sein Gesicht nahm einen Ausdruck von Ungläubigkeit, sogar Bestürzung an, er rückte etwas von ihr ab und legte eine Hand schützend über die Schamkapsel.

»Heizt du etwa meinem Knappen ein?« ertönte die scharfe Stimme der Dame Katherine von der Tür her.

Johanna ergriff die Gelegenheit beim Schopf, stieß Konrad zurück und sprang auf. Sie hatte die Burgherrin nicht kommen hören, ebensowenig wie Konrad, und jetzt war sie unendlich erleichtert. »Er hat mich bedrängt«, verteidigte sie sich.

»Nun, es sah umgekehrt aus«, stellte Katherine in eisigem Ton fest und kam näher.

Auch Konrad stieß einen erleichterten Seufzer aus und lächelte seine Minneherrin dankbar an. »Das Edelfräulein Johanna ist ziemlich stürmisch, und ich bin froh, daß Ihr rechtzeitig zurückgekommen seid, Herrin.«

»Nein, es war anders«, schnaubte Johanna wutentbrannt.

»Wie anders es immer war, ich denke, du ziehst dich jetzt in deine eigene Kammer zurück, Johanna. Konrad und ich werden ein, zwei Gedichte zusammen lesen, damit er Zeit hat, sein Gleichgewicht wiederzufinden, und dann wird er mir erzählen, was geschehen ist, nicht wahr, Konrad?«

Der Knappe zog mit einer tiefen Verbeugung seine Kappe vom Kopf. Für einen Augenblick war nur das Schleifen der Fasanenfeder auf dem Boden zu hören, weil Johanna nicht wußte, was sie noch vorbringen sollte. Die Situation war einfach absurd.

Sie biß die Zähne zusammen und ließ ihre Augen zwischen ihrer Stiefmutter und dem vierschrötigen Knappen hin- und herfahren. Konrad konnte nur wenig jünger sein als Katherine; er war verliebt in sie – von wegen Minne! Johanna ging auf die Tür zu. Hier würde sie kein Recht bekommen.

»Ich werde Vater Gottfried in Kenntnis setzen«, sagte Katherine hinter ihr her.

Als Johanna in ihrer Kammer ankam, schlüpfte sie aus dem Kleid und warf sich Hose und Wams über. Dann stürmte sie mit ihrer schnell gepackten Jagdtasche über der Schulter die Treppe des Palas hinunter, über den Hof und in den Stall.

Ohne erst auf den Stallknecht zu warten, der sich natürlich wieder einmal nicht blicken ließ, sattelte Johanna ihren Ajax und führte ihn hinaus. Das unmelodische Dröhnen der Zugbrücke unter seinen Hufen brachte ihr die überdeutliche, fast vulgäre Sprache von Katherine in Erinnerung. Wer war diese Frau eigentlich?

Johanna jagte die Serpentinen des Burgberges hinunter. Ihr Hengst war zuverlässig und wenig schreckhaft. Es dauerte nicht lange, bis er jenseits der Stadt am Hang des Steinkopf entlanggaloppierte.

Die Felder und Gärten waren abgeerntet. Gerüche von Strohgarben im Feld, Holzfeuer bei der Jagd und gebratenen Apfelscheiben am Kamin tauchten aus Johannas Erinnerung auf. Die Freiheit, das zu tun, was sie wollte, hatte ihr in den letzten Wochen arg gefehlt. Diesen erschlichenen Nachmittag würde sie in vollen Zügen genießen! Sie zügelte ihr Pferd und verfiel in einen langsamen Trab.

»Was stimmt Euch so vergnügt, Edelfräulein?« fragte eine Stimme zurückhaltend und höflich, aber doch bemerkenswert fest, als hätte sie ein Recht zu fragen.

Johanna hielt an, wandte sich um und erblickte Thomas unter einer gewaltigen Eiche, deren Laub braun, aber noch nicht herabgefallen war. »Ach, Thomas, ich bin einfach froh, daß ich der Plackerei für einen Nachmittag entkommen bin. Und du? Was machst du hier?«

»Ich plage mich auch. Ich sammle Holz.«

Johanna betrachtete ihn nachdenklich. Der Junge saß im Schneidersitz zwischen zwei dicken Baumwurzeln, den Stamm im Rücken. Neben ihm stand auf dem Moos die leere Kiepe. »Und das Buch? Hast du es gestohlen und überlegst, an wen du es verkaufen sollst? In Königstein nimmt niemand es dir ab, da sei ganz sicher.«

Thomas sah betroffen in seinen Schoß wie einer, der vergessen hat, einen Schatz zu verbergen. »Oh, das. Nein, ich lese«, erklärte er verlegen.

»Du kannst lesen?« Johanna schüttelte mit einem Anflug von Entrüstung den Kopf. Es gehörte sich nicht, daß jemand lesen konnte, der zum niedrigsten Stand gehörte.

»Vater Josef hat es mir beigebracht.« Thomas sah sie trotzig an, blätterte ganz nach vorne und hielt ihr den Lederband entgegen. »Es ist sein Buch, und er hat es mir geliehen, damit ich üben kann.«

»Was du nicht sagst.« Daß der einzige Priester, von dem Johanna immerhin etwas hielt, sich solche Mühe mit diesem Jungen gab, machte sie neugierig. Sie sprang ab und ließ Ajax laufen.

»Zeig mal. Aber, das ist ja Latein«, sagte sie verwundert und gab ihm das Buch zurück.

»Wie sollte ich sonst lesen lernen als mit Latein?« Jetzt, wo es heraus war, strahlte Thomas Johanna aus seinen blauen Augen an.

»Mit Rittergeschichten«, antwortete Johanna beiläufig.

»Habt Ihr es etwa so gelernt?« fragte Thomas erschrocken. »Das gehört sich nicht.«

»Warum nicht? Mutter hat es mir beigebracht, bevor Vater Josef meinte, daß ich auch erbauliche Schriften lesen sollte. So bekam ich Unterricht in Latein. Freiwillig lese ich es nicht«, bekannte Johanna, plötzlich bescheiden. »Traktate und Kemenaten sind nichts für mich. Auch Gesang nicht«, ergänzte sie düster.

»Ich habe schon gehört, daß die Dame Katherine Euch mit diesem verderbten Tand quält«, sagte Thomas mitfühlend.

»Ach ja?« Johanna sah ihn neugierig an. »Wo hört man das denn?«

»In der Küche. Was die Küche nicht weiß, existiert nicht.«

Johanna nickte nachdenklich. Dann erhob sie sich, rief nach ihrem Hengst und holte, als er vor ihr stand, ihre Jagdtasche herunter. Zwischen einer kleinen Zinnflasche, die Würzwein enthielt, und anderen Dingen fand sie die Pastete. »Hier, nimm«, sagte sie. »So etwas Gutes bekommst du wahrscheinlich selten.«

Thomas schlug sofort seine Zähne hinein. »Nie«, widersprach er mit vollem Mund. »Die Beköstigung der Burgmannen wird sehr genau zugeteilt, und deshalb ist Druitgen streng mit uns. Sie zweigt niemals etwas vom Essen der Herren Ritter für das Gesinde ab.«

Wie anders doch das Leben war, das er führte. Neugierig sah Johanna zu, wie er mit Heißhunger aß und dann plötzlich abbrach, um die zweite Hälfte der Pastete in einem Beutel zu verwahren, den er in den Korb legte. »Schon satt?«

Thomas schüttelte den Kopf. »Für meine Großmutter«, murmelte er. »Sie lebt hier im Wald in einer Kate. Außer mir hat sie niemanden mehr.«

An diesem Tag war vieles anders als sonst. Johanna war entschlossen, alles zu erleben, was sich ihr heute zufällig bot. Sie stand auf. »Dann laß uns zu ihr gehen«, befahl sie. »Ich würde sie gerne kennenlernen.«

»Wenn Ihr darauf besteht«, sagte Thomas und kraxelte ebenfalls hoch. »Heute wird mich Druitgen in jedem Fall ausschimpfen, denke ich. Sie glaubt immer, daß ich trödele, wenn ich lange ausbleibe.«

»Aber das tust du nicht?«

»Mit dem Holzsammeln beeile ich mich immer, damit ich etwas Zeit zum Lesen übrig habe.« Thomas schwang sich den Korb auf den Rücken und zeigte auf einen Pfad, der vom Weg abzweigte. Johanna war ihn ganz bestimmt noch nie geritten, denn die Äste der Buchen und Eichen hingen tiefer als bis auf Sattelhöhe herab.

Der Pfad führte sie die Höhe hinauf; er wurde glitschig und naß, während die Bäume ringsum lichter wurden, und nahm unterhalb der Kuppe, wo er sich ein kurzes Stück zum Hohlweg wandelte, sogar ein Bächlein auf. Johanna blickte mäßig beunruhigt auf ihre guten weichen Stiefel, die allmählich schwarz vor Nässe wurden.

»Auf der anderen Seite wird es trocken«, tröstete Thomas sie.

»Es ist egal. Gesche von Falkenstein ist auch nie auf ihrem Weg umgekehrt.«

Leider tat ihr Thomas nicht den Gefallen, sich nach Gesche zu erkundigen.

Zwischen den Bäumen hindurch schimmerte ein schmales Tal, an dessen tiefstem Punkt sich zwischen Buschwerk ein Bach schlängelte. Beiderseits davon erstreckten sich feuchte Wiesen, die noch nicht urbar gemacht waren. Nur ein kleines Stück war als Koppel eingefriedet. Eine braune Ziege weidete vor einer einsamen Hütte.

»Euer Großvater hat meiner Großmutter diese Kate geschenkt«, erklärte Thomas. »Ich glaube, auf der Burg weiß kaum jemand davon. Dort hat man die alte Niesgin vergessen.«

»Nur du nicht.« Johanna meinte es anerkennend.

»Nein, ich nicht. Ein paar andere auch nicht.«

Niesgin war weniger alt, als Johanna erwartet hatte. Sie saß an einem Tisch am Fenster, unterbrach ihre Tätigkeit und sah ihnen neugierig entgegen. Die ganze Tischplatte war mit getrockneten Blüten und Beeren belegt. Augenscheinlich war sie dabei, sie zu bündeln und in Sträuße und Stoffsäckchen aufzuteilen.

»Großmutter, ich möchte dir Johanna vorstellen.« Thomas schoß einen Blick zu Johanna hinüber, der Abbitte und Hoffnung zugleich enthielt.

Er wollte nicht, daß Niesgin erfuhr, wer sie war. »Ich bin Johanna aus Falkenstein«, erklärte sie geistesgegenwärtig und biß sich auf die Unterlippe. Es war für sie eine neue Erfahrung, daß ihr Name oder der ihres Vaters ihr nicht Tor und Tür öffnete.

Niesgins Augen, die fast die Farbe ihrer sonnengebräunten Haut hatten, musterten Johanna intensiv. Beim Anblick ihrer blütenweißen, altmodischen Haube empfand Johanna ein leises Gefühl der Scham. Die Welt war zuweilen anders, als man auf den Burgen annahm.

»Gib dir keine Mühe, Thomas«, sagte Niesgin mit einem Seufzer. »Ich sehe selber, wer ihr Vater ist. Sie hat die hohe Stirn und das Fingerhutblau der Augen derer von Falkenstein.«

Johanna fuhr zu Thomas herum und starrte ihm bestürzt ins Gesicht.

»Ja, ihr seht euch ähnlich«, bestätigte Niesgin Johannas plötzliche Erkenntnis.

»Großmutter, Johanna ist ein Edelfräulein«, erinnerte Thomas sie gequält.

»Ganz recht. Und du bist ihr Halbbruder, und ich beabsichtige nicht, ihr mehr Respekt zu zollen, als sie sich selbst verdient.«

»Großmutter!«

»Thomas! Laß sie!« Johanna empfand plötzliche Bewunderung für die alte Frau. »Wenn einer sich schämen müßte, dann mein Vater, nicht du. Großmutter Niesgin hat recht!«

Niesgin runzelte erstaunt die Stirn. Dann lächelte sie und wies freundlich auf einen Hocker. »Setz dich, Johanna. Du bist mir willkommen.«

Erleichtert glitt Thomas neben seine Großmutter und legte seinen Beutel vor sie hin. Während sie ihn öffnete, setzte Johanna sich und sah umher. Auch von der Decke hingen Kräutersträuße herab, getrocknete Pilze und Dinge, die sie nicht kannte. Ein schwacher Duft nach Kamillenblüten lag in der Hütte. Johanna atmete tief ein. Dies war ein Ort, Frieden zu finden, selbst wenn man mit einem Kummer gekommen war.

Niesgin verspeiste die Pastete mit Genuß. Erst als sie sich die Finger abgeputzt hatte, wagte Johanna eine schüchterne Frage. »Ihr seid in Kräutern bewandert, Großmutter Niesgin?«

»Ja, das bin ich, Johanna. Die Königsteiner und die übrigen Dörfler von ringsum kommen zu mir, wenn sie Rat und Hilfe gegen eine Krankheit brauchen. Und du? Was hast du gelernt?«

Johanna zuckte zusammen. »Ja«, sagte sie plötzlich ein wenig erbittert, weil sie es zugeben mußte. »Ich habe nichts von dem gelernt, was eine Rittertochter können sollte. Meine Stiefmutter entdeckt täglich neue Lücken bei mir. Ich glaube, ich bin ohne rechten Nutzen. Ich lebe – das ist alles.«

»Könnte deine Stiefmutter sich selbst durchs Leben schlagen?«

Johanna lachte belustigt. »Nein, ganz sicher nicht! Sie weiß sich und andere zu unterhalten. Sie liebt gestockte Goldmilch, aber ich glaube nicht, daß sie sie zubereiten könnte.«

»Geschweige denn, die Kuh melken«, sagte Niesgin sanft und sah Johanna mit schief gelegtem Kopf an. »Könntest du dich denn ernähren?«

»Aber sicher«, antwortete Johanna überrascht. »Ich kann mir ein Tier schießen, es abziehen und ausweiden, Feuer machen und es braten.«

»Und was ist nützlicher? Sich selbst am Leben erhalten zu können oder die Goldmilch auf die Tafel zu befehlen?«

»Großmutter!« rief Thomas aus und wand sich förmlich auf der Bank. »Nicht! Das Edelfräulein bekommt ja einen ganz falschen Eindruck von dir. Am Ende glaubt sie, daß du dich auflehnst gegen … alles!«

»Du meinst, gegen Gottes Ordnung, mein Sohn«, verbesserte

Niesgin ihn und sah ihn streng an. »Das tue ich nicht. Aber woher wissen wir, daß dies Gottes Ordnung ist? Wollte Er, daß du aussiehst wie dein Vater, aber nie seine Anerkennung findest? Oder ist es nicht vielmehr Lienhart von Falkenstein selbst, der dich ablehnt? Ist es nicht möglicherweise überhaupt die Ordnung von Rittersleuten, Fürsten und Königen, der wir übrigen Menschen zu folgen haben?«

»Und die der Priester«, ergänzte Johanna und schob ihr Kinn vor.

»Ganz genau«, stimmte Niesgin verschwörerisch lächelnd zu und legte ihre schlanke, aber arbeitsgewohnte Hand über Johannas. »Wir verstehen uns. Thomas hat zuweilen Angst um mich. Immer wieder geraten Frauen wie ich in Verdacht, nicht im Einklang mit den Geboten der Kirche zu leben.«

Thomas räusperte sich, sein Blick wurde abweisend.

»Thomas«, sagte Niesgin mit einem Hauch von Schärfe, während sie aufstand und zum Herd hinüberging, auf dem Flüssigkeit leise in einem Stieltöpfchen brodelte. Sie rührte vorsichtig um, befand den Inhalt für gut und zog den Topf mit Hilfe ihrer Schürze vom Feuer. »Wer, wie ich, den ganzen Tag auf den Beinen ist, um die Wiesen und den Wald nach Heilpflanzen zu durchstreifen, kann nicht täglich zur Frühmesse gehen. Es fehlt die Zeit dazu, und es fehlt die Kraft. Sieh mal, ich werde mich nachher gleich zum Krebsfischer von Fischbach aufmachen, um seine kranken Augen zu behandeln. Im Winter, wenn nicht gerade Schnee liegt, bleibt ausreichend Zeit für die Messe.«

Thomas nickte mürrisch.

Johanna schien es, als ob die beiden oft darüber stritten. Thomas hatte nur nachgegeben; einsichtig war er nicht.

Der Junge ging zur Tür und blickte zur Sonne hoch, die gedämpft durch den Nebel schien. »Ich muß zur Burg zurück. Druitgen reißt mir sonst die Ohren ab.«

Johanna stand auf. »Ich freue mich, daß Thomas mich zu Euch mitgenommen hat«, sagte sie etwas verlegen. »Und danke.«

Niesgin nickte still und widmete sich wieder ihren Kräutern, noch bevor Thomas und Johanna das Häuschen verlassen hatten.

»Wofür habt Ihr Euch bedankt?« fragte Thomas, als sie das Tal hinter sich gelassen hatten und wieder auf den Hügel stiegen.

»Ach, deine Großmutter hat mir einiges zu denken gegeben. Gedanken sind manchmal wichtiger als Pasteten.«

»Aber nur, wenn sie sich mit den Werken und Wundern unseres Herrn befassen.«

Aber Johanna hatte keine Lust, sich mit ihm auf eine Auseinandersetzung einzulassen. Es war eine dumme Behauptung. Gedanken wurden erst interessant, wenn sie nicht fromm waren. Die frommen waren schon tausendfach durch die Köpfe von Priestern gegangen und längst abgenutzt.

Als Johanna durch das Tor in die Vorburg ritt, senkte sich die Herbstsonne über den Rossert. Ihre Stimmung war melancholisch und besinnlich. Da sie nicht das geringste Verlangen verspürte, jetzt unter die Augen ihrer Stiefmutter zu kommen, band sie Ajax an der Außenmauer der Kapelle an und ging hinein, um allein zu sein und nachzudenken.

Sie rückte sich die Betbank, die vor dem Altar stand, so zurecht, daß sie zum Fenster sehen konnte. Die Glasrauten ließen das letzte Licht goldgelb hindurch, und mitten darin sprengte Ritter Georg in dunkelblauer Tracht an ein unbekanntes Ziel.

Großmutter Niesgin hatte ihr gut gefallen. Sie beschloß, sie öfter zu besuchen. Solche Frauen waren ihr kaum begegnet, seit ihre Mutter gestorben war. Irgendwie ähnelten die beiden sich.

Die Pforte knarrte in den Angeln und schlug leise zu. Johanna erstarrte, als sie Vater Gottfried auf sich zuwatscheln sah. Den hatte sie in der Zwischenzeit ganz vergessen. Aber vielleicht ging der Kelch ja an ihr vorüber, wenn sie ihm vorbildlich fromm antwortete und sich so bald wie möglich zurückzog.

Sie wappnete sich, während er vor dem Gekreuzigten auf den Boden sank. Wahrscheinlich leistete er stille Abbitte für die Sünde wölfischer Gefräßigkeit, denn er stöhnte vernehmlich, als er sich wieder hochmühte. Doch dann wandte er sich plötzlich um und schnellte auf Johanna zu. Sie zauberte hastig eine fromme Miene auf ihr Gesicht.

»Was wird Gott, der Herr, dazu sagen?«

Ja, was wird er wohl dazu sagen, lag ihr schon auf der Zunge, aber dann beschränkte sie sich auf ein neutrales: »Wozu?«

Vater Gottfried schüttelte betrübt den Kopf, als hätte er es nicht anders erwartet. »Es ist eine Verstocktheit in dir, meine Tochter, die ungehörig ist. Damit meine ich nicht, mir gegenüber, sondern gegenüber unserem Herrn Jesus Christus.« Er schlug das Kreuz auf seiner Brust.

»Für Euch, Vater Gottfried, bin ich Fräulein Johanna!«

»O nein«, sagte der Priester und deutete mit seinem fetten, kurzen Zeigefinger nach vorne zur Christusfigur, »nicht vor unserem Herrn. Vor ihm sind wir alle gleich.«

»Sprich also, Gottfried«, murmelte Johanna verdrossen.

Er zwinkerte heftig mit den Augen, ließ sich aber nicht aus dem Konzept bringen. »Du hast die Sünde der Unzucht auf dich geladen!«

»Nein«, sagte Johanna verständnislos.

»Füge nicht noch die Sünde der Lüge hinzu!«

»Nein«, beharrte Johanna in eigensinnigem Ton. »Ich weiß nicht, wovon Ihr redet.«

»Und das im Angesicht unseres Herrn!« Vater Gottfried legte Verzweiflung und große Ratlosigkeit in seine Stimme.

Es klingt echt, dachte Johanna verwirrt. Katherine mußte sich Mühe gegeben haben.

Vater Gottfried ließ die Hände sinken und verschränkte sie vor dem Bauch. »Die Dame Katherine hat dich überrascht, als du versuchtest, den unschuldigen Knappen Konrad zu verführen! Sie hat unter vier Augen mit ihm gesprochen, und er hat ihr beschrieben, wie er deinen Lockungen beinahe erlegen wäre.« Er begann, erregt mit den Händen herumzufuchteln, und eine Wolke von Schweißgeruch ging von ihm aus.

Johanna blähte die Nasenflügel. Womöglich hegte er die Hoffnung, in gleicher Weise wie Konrad verführt zu werden. Katherine hatte es sich bestimmt nicht nehmen lassen, ihm Konrads Mär in allen Einzelheiten zu schildern. Sie brachte sich hinter der Betbank in Sicherheit.

Davon merkte Vater Gottfried nichts. Er seufzte, schlug mehrmals das Kreuz und ließ seine Blicke hilfesuchend zum Altar und wieder zurück zu Johanna wandern. Aber himmlische Hilfe kam nicht, er mußte es allein durchkämpfen. »Sie hat dich bei einer unzüchtigen Geste erwischt«, stieß er mit widerwilliger Deutlichkeit aus. »Oder ihn, weil du ihn dazu verführt hast. Jedenfalls war sie unzüchtig.«

»Das stimmt doch alles gar nicht! Katherine muß eine ausschweifende Phantasie haben.«

»Du leugnest also, daß du ihn verführen wolltest?«

Johanna preßte die Lippen zusammen und atmete durch, bevor sie weitersprach. »Vater Gottfried, mit solchen Wortspielereien haben wir uns schon als Kinder gegenseitig hereingelegt. Ich habe übrigens meistens gewonnen. Ihr könnt es ja bei den Bauern damit versuchen, aber nicht bei mir!«

Er warf ihr einen Blick tiefster Abscheu zu, beugte nochmals das Knie vor dem Altar und eilte mit wehendem Mantel aus der Kapelle, als sei er auf der Flucht vor dem Gottseibeiuns.

Johanna sank erneut auf das Betbänkchen. Für den Augenblick war sie ihn los, aber das war auch alles. Leichter hätte sie es sich gemacht, wenn sie alles zugegeben und die Buße abgearbeitet hätte.

Sie blickte zur Kirchendecke hoch und durch sie hindurch. »Aber, Mutter, das wäre nicht unsere Art, nicht wahr?« Irgendwie war es ihr, als ob Gesche ihr ermunternd zunickte, und sie verließ die Kapelle hocherhobenen Hauptes. So schlimm würde es schon nicht werden; schließlich *hatte* sie keine Sünde auf sich geladen, sie *behaupteten* es nur.

»Vater Gottfried hat für dich um Milde gebeten und wird dir die Strafe aufgeben. Aber die kleinste Unregelmäßigkeit, und ich werde dich selbst strafen, und das wird für dich weit unangenehmer werden. Unterricht wirst du von mir nicht mehr erhalten«, verkündete Katherine scharf und rauschte davon.

Johanna sah ihr nach und zuckte die Schultern. Als ob sie auf diese Unterweisung jemals Wert gelegt hätte!

In den nächsten Tagen ging sie Gottfried aus dem Weg, damit er Zeit hatte, sich zu beruhigen. Sie mied die Burgkapelle, die Kemenate und die Küche. Ausgerechnet vor dem Pferdestall stellte Vater Gottfried sie. »Die Dame Katherine bat mich, dir noch einmal ins Gewissen zu reden«, sagte er sanft.

»Ich habe kein schlechtes Gewissen, Vater.«

Er neigte den Kopf. »Das ist es ja, was mich bekümmert. Ich möchte darum unseren Herrn Jesus Christus für deine Seele um Hilfe bitten. Versprich mir, daß du auch beten wirst, zwanzig Ave-Maria in der Burgkapelle.«

Johanna musterte ihn skeptisch. Er hatte seine Taktik geändert. Auch hatte er vergessen, den Zeitraum für die Gebete festzulegen. Und wenn die Angelegenheit damit aus der Welt geschafft war … »Meinetwegen«, sagte sie kurz entschlossen.

»Zu jedem Gebet wirst du eine Kerze stiften, nicht wahr?«

»Zwanzig Unschlittkerzen«, wiederholte Johanna und unterdrückte einen Seufzer. »Gut.«

Vater Gottfried gab mit den Lippen kleine erzürnte Geräusche von sich. »Der Herr läßt nicht mit sich handeln. Und sich betrügen schon gar nicht. Bedenke, aus welchem Haus du kommst … Kerzen aus Wachs also, nicht aus Talg.«

Johanna ballte hinter ihrem Rücken die Fäuste. Zwanzig Wachskerzen! Die wenigen Münzen, die sie besaß, würde sie dafür opfern müssen. Ihr ganzes Vermögen!

Kapitel 3

Johanna nahm ihr gewohntes Leben wieder auf. Als sich herumsprach, daß der Hauptmann der Burgknechte seine jährliche Fahrt zu der Waffenschmiede von Eppstein antreten würde, beschloß sie, ihn ein Stück zu begleiten. Mit ihm ließ es sich gut und unbeschwert schwatzen, und er würde die reinste Erholung von der höfischen Geziertheit in der Kemenate sein.

Als Johanna sich bei Prauns kleinem Trupp einfand, war er nicht besonders erstaunt. Er zog nur seine wilden, buschigen Augenbrauen in die Höhe und strich sich über das von den Jochbögen bis zum Kinn spitze, stets sauber rasierte Gesicht. »Ein Stück ausreiten?« fragte er. »Habe Euch gelegentlich schon auf dem Bergfried vermißt.«

»Ich hatte zu tun, Meister Praun. Aber ab jetzt werde ich Euch wieder öfter besuchen«, antwortete sie knapp. »Es sei denn, sie stecken mich ins Kloster.«

»So dürft Ihr nicht reden«, sagte Praun erschrocken. »Jede Rittertochter wäre für ein sorgenfreies Leben dankbar.«

»Lieber frei im Wald als sorgenfrei im Kloster, Praun! Wann geht es los?«

»Sofort, sofort!« Er nickte dem Knecht auf dem Karren zu, und der Karren rollte los, hinter vier bewaffneten Wachleuten zu Pferde her.

Praun und Johanna folgten ihnen gemächlich. Als sie um die Ecke der Backstube bogen, kam ihnen Thomas entgegen. Er verneigte sich höflich, und Johanna winkte ihm unbekümmert zu.

»Bastard«, brummelte der Hauptmann abfällig.

Die erste Wegstrecke legten sie schweigend zurück. Johanna schloss ihren Umhang am Hals enger. Einige Nächte lang hatte es schon Frost gegeben, die Luft war kühl und klar, und eine frische Brise wehte ihnen um die Nase. Es war eine gute Zeit, um mit einem beladenen Wagen durch die Wälder zu fahren.

Hinter ihnen blieb die Burg Königstein zurück; einzelne Nebelschwaden irrten um den viereckigen Turm, aber die Falken schossen bereits durch das Sonnenlicht wie glänzende Pfeilspitzen. Johanna liebte diesen Anblick.

Erst als sie in den Wald eintauchten, fand Johanna, daß es Zeit für ein Schwätzchen war. »Wie geht es Eurer Frau und den Kindern, Praun?«

»Mein Jüngster hat Fieber und einen Ausschlag«, antwortete der Hauptmann bekümmert, »aber es wird schon wieder werden.«

»Vielleicht kann ihm Niesgin helfen, die Kräuterfrau.«

Praun bekreuzigte sich. »Die Niesgin? Wie könnt Ihr mir so etwas zutrauen, Edelfräulein? Die Niesgin gilt nicht als gottesfürchtig. Ich möchte die Seele meines unschuldigen Kindes keiner Gefahr aussetzen.«

»Ah, so«, murmelte Johanna. »Sie scheint mir einfach große Erfahrung mit verschiedenen Krankheiten zu haben.«

Sie ritten eine Weile durch den dichter werdenden Wald. Nur hin und wieder begegneten sie Bauern oder einem Krämer, die nach Königstein unterwegs waren.

»In letzter Zeit hört man öfter von Überfällen, Edelfräulein«, sagte Praun beunruhigt. »Auch bei uns wird es immer schwieriger, all den reisenden hohen Herren den Geleitschutz zu geben, den der Kaiser fordert. Es wäre gut, wenn Ihr bald umkehren würdet. Ich kann Euch leider keinen Mann mitgeben. Ihr seht ja selbst …«

Johanna war für Warnungen dieser Art taub. Sie ritt schließlich lange genug allein herum. »Sind es Banden?« fragte sie interessiert.

Praun verzog das Gesicht und wiegte den grauhaarigen Kopf. »Möglich. Niemand weiß es genau. Sie halten sich meistens auf dem Gebiet der Mainzer auf und greifen von dort auf kaiserliches über. Als weiland um die Burg Königstein gekämpft wurde und die Frankfurter und die Kaiserlichen in allen Wäldern standen, waren die Räuber weniger dreist als jetzt, wo Friede herrscht. Ich wünschte, Euer Vater würde uns die Wälder endlich säubern lassen. Aber im Augenblick hat er kein Ohr für die Pflichten seines Amtes.«

Sein Ton blieb respektvoll, aber Johanna biß sich auf die Lippen. Es war nicht zu verkennen, daß der Vater unter dem Einfluß seiner neuen Ehefrau begann, Hof zu halten, statt seinen Aufgaben als Burgmann einer Reichsburg gerecht zu werden.

Die Sonne stand schon hoch, als der Burghauptmann auf seinem schweren Pferd nach vorne sprengte und auf den Fischbach zeigte, dessen Furt sie gerade erreicht hatten. Der Ochsenknecht fuhr einen Bogen und hielt sein Gespann an; danach spannte er aus. Die übrigen Männer sprangen ab und ließen ihre Pferde laufen.

Während sie aßen, legte sich leichter Dunst vor die Sonne, es war nicht auszuschließen, daß er sich zu Nebel verdichten würde.

Johanna ging zu ihrem Pferd und stieg in den Sattel. »Ich trenne mich jetzt von Euch, Meister Praun. Ich reite am Rossert entlang zurück nach Königstein. Macht Euch keine Sorgen um mich.«

»Gute Heimkehr, Edelfräulein«, wünschte der Burghauptmann und ließ seine Augen über den Rastplatz schweifen. Seine Bewaffneten begannen die Sattelgurte nachzuziehen, und der Knecht schirrte die Ochsen an.

Der Wald jenseits des Baches war dunkel, und die Luft wirkte wärmer als im Tal. Gedankenvoll trabte Johanna den Weg entlang. Die Hufe ihres Hengstes drückten sich in die Erde; der Ochsenkarren würde schwer zu kämpfen haben. Der Frost war nicht bis hierher gedrungen.

Sie fand gerade noch Zeit, sich über einen deutlichen Schuhabdruck zu wundern, als ein ausgemergelter Mann vor ihr auftauchte und den Weg mit ausgebreiteten Armen absperrte. Johanna parierte durch und wendete ihren Ajax.

»Jetzt!« brüllte er, als Ajax quer zu ihm stand, und dann federte ihr Hengst in den Sprunggelenken und fing sich nur mühsam. Johanna tat einen erschrockenen Schrei, bevor ihr die Kehle von hinten zugedrückt wurde.

»Seid klug und haltet das Maul, dann dürft Ihr ein wenig Luft holen.« Die Stimme an Johannas Ohr war heiser und völlig ohne Klang.

In panischer Angst versuchte sie zu nicken, während ihr die Adern an den Schläfen klopften. Vor ihren Augen schossen Sterne hin und her.

Endlich lockerte der Mann hinter ihr seinen Griff und rutschte von der Kruppe. Seine Hand tastete sich an ihrem Fuß entlang und quetschte ihre Wade zusammen. »Das ist doch ein Kerl!« fauchte er böse.

Der Dürre stieß ein meckerndes Lachen aus. »Quatsch! Sieh ihn dir doch an! Schon gut, meinte es nicht so. Er ist *sie*! Die Tochter des Burgmanns von Königstein, den sie jetzt den Fürsten nennen!«

»Wirklich?« Der Mann zog Johanna vom Pferd herunter und spähte ihr mit vorgerecktem Hals ins Gesicht.

Sie zuckte zurück. Sein Gesicht befand sich gerade vor ihrem, und entsetzt starrte sie ihm in die Augen. Das Weiße war dunkelrot verfärbt, die Adern darin waren dicker als ein Seidenfaden.

Der Räuber wischte mit dem Handrücken Eiter aus den Augenwinkeln. »Kaum zu glauben«, murrte er ärgerlich, und während er mit der rechten Hand Johannas Wams wie mit einer eisernen Klammer gepackt hielt, begann seine linke Hand auf ihrem Oberkörper entlangzutasten.

Johanna gab ein entsetztes Krächzen von sich.

»Kein Tönchen«, warnte der Hagere. »Ein Wort von mir, und der Filler drückt wieder zu.«

Johanna schüttelte heftig den Kopf.

»Ein Weib in Männerkleidung. In meiner Stadt würde so eine zur Strafe zu Tode gesotten«, brummte der Blinde. »Ich hätte es gern gemacht. Niemand darf die Ordnung der Dinge umstoßen.«

Der Hagere grinste Johanna aus breiten Zahnlücken an. »Er hält viel von Gesetzen. Er ist mal Dallinger gewesen. Henker«, fügte er hinzu, als er an Johannas Miene erkannte, daß sie ihn nicht verstand. »Er war Meister im Hautabziehen, deshalb Filler. Damit haben Leute deinesgleichen nichts zu tun, was? Ihr verhängt die Strafen, und wir bekommen sie zu schmecken. Aber glaub mir, in den letzten Stunden deines Lebens kümmerst du dich nur noch darum, wem du in die Hand gefallen bist: einem Dehner oder einem Fetzer oder einem Fleischer. Oder anderen Spezialisten. Deshalb kennen wir uns bei den Henkern gut aus.«

Johanna hörte ihm ungläubig zu. Sie wußte davon nicht das geringste.

»Er kann dir ja unterwegs davon erzählen«, sagte der Hagere gemütlich. »Jetzt werden wir dich erst einmal aus dem Weg schaffen.«

»Wohin? Wozu?« flüsterte Johanna.

»Ja, wohin wohl?« höhnte er. »Ab in die Höhlen, natürlich! Wenn du Glück hast, bezahlt dein Vater so viel, daß wir beschließen, dich am Leben zu lassen.«

»Wenn nicht – wir halten uns schon schadlos.« Der Filler suchte nach dem Zügel und schlug ihn über Ajax' Kopf nach vorne, ohne die andere Hand von Johanna zu lassen.

»Halt's Maul!« sagte der Anführer scharf. »Davon braucht sie nichts zu wissen!«

Durch das Gebüsch stob ein Reiter mit blankem Schwert, an Johanna vorbei. Der Hagere landete mit einem Aufschrei im Gras, das sich von einer tiefen Wunde im Arm schnell rot färbte. Den Filler packten zwei der bewaffneten Burgknechte und zerrten ihn von Johanna fort.

Praun brach von der Seite zu Pferd durch das Gebüsch. »Alles in Ordnung?« fragte er Johanna besorgt, als er neben ihr zum Stehen gekommen war.

Sie holte tief Luft und nickte.

»Wäre mir übel angekreidet worden, wenn man Euch ausgerechnet in meiner Nähe geschnappt hätte«, sagte Praun und musterte den Räuber eingehend, der gerade wieder auf die Füße gestellt wurde.

»Der Galgenstrick kann laufen, Hauptmann«, meldete der Knecht. »Seine Aburteilung wird er auf eigenen Füßen erreichen.«

Der Hagere stieß ein Geheul aus einer Mischung von Enttäuschung, Entsetzen und Schmerzen aus, außerstande, dem Filler zu helfen, der sich trotz seiner Blindheit kräftig zur Wehr setzte. Drei Knechte waren nötig, um ihn zu überwältigen. Als er mit kräftigen Stricken wie ein wilder Bär verschnürt war, steckte der Hauptmann sein Schwert in die Scheide zurück und wandte sich an Johanna.

»Obwohl ich jetzt einen Mann nach Königstein zurückschikken muß, um die Galgenvögel abzuliefern, ist es das beste, Ihr kommt mit mir nach Eppstein, Edelfräulein. Wer weiß, ob diese beiden nicht nur die Vorhut sind. Solches Pack zieht gern in Gruppen umher.«

Johanna nickte zögernd. Es waren die blinden Augen gewesen, die ihr den tiefsten Schrecken eingejagt hatten. Ihre Angst vor einer weiteren Begegnung dieser Art war größer als die vor Katherines Strafe.

Die Burg von Eppstein stach schwarz gegen den hellen Himmel im Westen ab. Es dämmerte, als der Ochsenkarren den Bogen um den Stausee einschlug und unter den Augen der aufmerksamen Stadtsoldaten das Osttor erreichte. In der Luft lag ein starker Geruch von Holzbrand, und Johanna sah einige rauchende Schlote.

Praun folgte ihrem Blick. »Es ist gut zu wissen, daß so wichtige geistliche Herren wie die Mainzer Erzbischöfe durch ihre engen verwandtschaftlichen Beziehungen zu den Eppsteiner Herren Zugriff auf diese Waffenschmieden haben. Unser Herr im Himmel sollte nie von des Kaisers Gnaden abhängig sein.«

Johanna nickte gleichgültig und gähnte. »Ihr habt sicher recht. Aber im Augenblick gäbe ich mehr für ein großes Bett als für die beste Waffe!«

»Wir werden eines für Euch finden«, sagte Praun zuversichtlich. »Die Zisterzienser sind für gewöhnlich auf alles eingerichtet, was Gäste brauchen.«

Johannas Kopf schnellte herum. »Zisterzienser? Ich gehe nicht in ein Kloster, Praun!« Sie hatte sich nie dafür interessiert, wo der Burghauptmann bei seinen Reisen nach Eppstein übernachtete. Flüchtig überlegte sie, ob es sich um eine Falle von Katherine handeln könnte.

»Nein, kein Kloster, es ist ein *Stadthof* der Mönche, ein Handelszentrum«, erklärte Praun beschwichtigend und hob und senkte seine Augenbrauen vertraueneinflößend. »Ein interessanter Ort, wirklich, Fräulein Johanna. Hier trifft man mit etwas Glück den höchsten Adel sowie Kaufleute, Krämer, Ritter. Keine Räuber! Ich bewundere die Zisterziensermönche und höre ihnen und ihren Gästen gerne zu, wenn ich dort bin. Sitze still in einer Ecke und trinke meinen Apfelmost. Da kann ein Hauptmann viel erfahren.«

»Wirklich?« So schrecklich unangenehm hörte es sich tatsächlich nicht an. Und Johanna konnte kaum noch die Augen offenhalten. Der Weg zwischen Königstein und Eppstein war zwar nicht weit, aber der Überfall forderte seinen Tribut. Außerdem wollte sie nachdenken. Sie hatte das nagende Gefühl, etwas übersehen zu haben.

»Bestimmt. Kommt nur!« Praun bog auf die Hauptstraße ein,

die jenseits der Burg nach Norden führte. Er machte vor einem großen Anwesen halt, das an das Stadttor grenzte.

Ein Mann in einer schäbigen braunen Kutte nahm die Gäste in Empfang und sorgte für ihre Unterbringung. Johanna nahm nur noch wahr, daß der Hof irgendwie verwahrlost wirkte, bevor jemand sie bei der Hand nahm und zu einem muffig riechenden Lager brachte.

Am nächsten Morgen wurde sie von einer Magd hochgescheucht, nachdem sich viele der vorübergehenden Hausbesucher längst auf den Weg gemacht hatten und es schon recht still im Haus geworden war.

»Ich bin Johanna«, sagte sie gähnend. »Danke, daß du mir Platz gemacht hast.«

»Ich weiß, wer Ihr seid. Ihr seid die Tochter des befehligenden Burgmanns von Königstein. Ihr sollt etwas sonderbar sein.«

»Sonderbar?« fragte Johanna und sprang aus dem Bett.

»Na ja, die Männerkleidung... Aber der Hofmeister hat trotzdem befohlen, daß Ihr bei mir liegen sollt.«

»Ja, schon gut«, sagte Johanna. »Wer ist der Hofmeister?«

»Der Leiter des Stadthofes natürlich«, antwortete die Magd erstaunt. »Und ich bin Martha.«

»Aha«, sagte Johanna, ohne sich sonderlich dafür zu interessieren. Unter Marthas prüfenden Augen zog sie sich an und folgte ihr dann neugierig in einen kleinen Raum, dessen Wände mit Teppichen wohnlich gemacht waren.

»Unser vornehmster Raum«, flüsterte Martha. »Drüben sitzen Kaufleute beim Morgenmahl, aber bei denen könnt Ihr nicht frühstücken. So ohne ziemliche Kleidung...«

Johanna sah an sich herunter. »Wie du meinst. Wo ist Praun?«

»Der Burghauptmann holt Euch ab, wenn Ihr gefrühstückt habt«, belehrte Martha sie.

»Gut.« Johanna setzte sich. »Dann kannst du mir mein Essen bringen.«

Martha blieb unschlüssig stehen und hielt Johanna endlich die geöffnete Hand hin. Sie machte sich erst auf den Weg, als sie bemerkte, daß Johanna sie nicht beachtete.

Ziemlich unwirsch setzte Martha ihr viel später eine Schüssel mit Brei vor. »Hochmut kommt vor dem Fall«, murrte sie vernehmlich und verschwand.

Der Brei war kalt und schmeckte scheußlich.

Dann kam Praun. »Ich denke, Ihr solltet mit mir gehen«, schlug er vor. »Ich will nicht verhehlen, daß ich Euch dadurch am besten im Auge behalten kann. Andererseits könnte Euch ein Besuch beim Schwertfeger auch interessieren.«

»Warum nicht?« meinte Johanna. Eins war so gut wie das andere.

An diesem grauen Morgen mischte sich der Rauch aus den Schloten mit dem Nebel, der das Tal bedeckte. Johanna fröstelte ein wenig, als sie durch eine schmale Gasse gingen, die an der Burg entlang und über eine Brücke führte. Praun wies mit dem Kinn auf ein zweistöckiges Haus, dessen Holzwerk geschwärzt und Gefache sauber ausgeputzt waren. »Da sind wir schon.«

Beiderseits des überdachten Tors standen halbierte Bierfässer mit heruntergeschnittenen Stockrosen, was Johanna als Schmuck einer Schmiede recht absonderlich fand, und dann betrat sie schon hinter Praun eine gewaltige, lärmerfüllte Werkstatt. Blasebälge fauchten, und Metall schlug auf Metall. Männer in Lederschürzen und mit Lederkappen arbeiteten an mehreren Stellen der Schmiede.

Der Burghauptmann gab jemandem ein Zeichen. Kurze Zeit später trat eine wuchtige Person auf sie zu, und Johanna erkannte erstaunt, daß es eine Frau war.

»Ennel, die Meisterin«, stellte Praun sie knapp vor. »Der beste Schwertfeger, den es hier weit und breit gibt. Und dies ist Johanna von Falkenstein.«

Die Ennelin nickte und winkte ihnen zu folgen. Sie brachte sie über den Hof in das Wohnhaus und bot ihnen endlich in einem kleinen gemütlichen Raum Stühle an. An der getäfelten Wand hingen in einer langen Reihe Waffen, vom kurzen Dolch bis zum langen Zweihänder, und keine glich der anderen. Kurze Zeit später brachte eine Magd Apfelmost im Bembel herbei.

»Meister Praun«, sagte die Schwertfegerin und trank erst ihm zu, dann Johanna. »Ein guter Tag, wenn Ihr kommt. Den Harnisch habe ich schon von Meister Nyclas' Werkstatt herschaffen lassen. Das Schwert, die Spieße, Dolche und was noch bestellt war, sind fertig.«

Praun lächelte. »Ich benötige zusätzlich noch einen Beidhänder und drei Stoßschwerter. Und ich habe eine ganze Wagenladung mit Waffen, die Ihr schärfen und aufpolieren müßt. Die Knappen sind heutzutage manchmal rauh im Umgang mit den Waffen, vor allem, wenn sie sich für fortgeschritten halten.«

»Und jetzt habt Ihr einen besonders Fortgeschrittenen?« Die Ennelin hatte hellwache braune Augen, die sie forschend auf Praun richtete.

Der Burghauptmann lächelte unfroh. »Ihr sagt es. Er ist sehr kräftig. Vor ihm ist nichts sicher.«

Das stimmt, dachte Johanna düster. Auch ein Beidhänder würde Konrad nicht so erschöpfen, daß er die Finger von Schwächeren lassen würde.

»Dann sucht Euch das Modell aus, das Ihr haben möchtet«, schlug die Schwertfegerin vor. »Ich gebe inzwischen Bescheid, daß man Eure Waffen für den Transport verpackt.« Sie verließ den Raum, und Praun trat an die Wand, wo die Musterstücke hingen.

Neugierig stellte Johanna sich neben ihn. Erstmals kam ihr der Gedanke, daß sie sich auch selbst bewaffnen sollte.

Unten ratterte ein Wagen in den Hof. »Das ist unserer«, sagte Praun zufrieden. »Heute klappt es ja wie am Schnürchen.« Bis die Ennelin zurück war, hatte er sich entschlossen. »Ich möchte die Hohlkehlen einmal ausprobieren.«

»Gut«, sagte die Schwertfegerin und öffnete ein kleines Büchlein, bereit zum Eintrag. »Also zwei Stoßschwerter mit voller Vierkantklinge und eins mit Vierkantklinge und Hohlkehlen. Soll es so sein, Meister Praun?«

»Genau so«, stimmte Praun würdevoll zu und verabschiedete sich mit Handschlag. »In vierzehn Tagen?«

»In vierzehn Tagen«, bestätigte die Meisterin.

»Geht schon vor, Praun, ich komme nach«, sagte Johanna und wartete ungeduldig, bis Prauns Schritte auf der Treppe verklungen und seine Stimme im Hof zu hören war.

Die Ennelin nahm ihre Vorsichtsmaßnahme verwundert zur Kenntnis.

»Ich müßte auch eine Waffe haben, Meisterin. Ich bin häufig allein zu Pferde unterwegs. Und die Zeiten werden unsicherer, wie es scheint… Ein Schwert wäre mir zu auffällig. Wozu ratet Ihr mir?«

Die Ennelin nickte und betrachtete Johanna von Kopf bis Fuß. »Ich könnte mir denken, daß Ihr Euch eher auf Eure Geschicklichkeit als auf Eure Kraft verlassen wollt. Außerdem werdet Ihr vermutlich nicht auf gerüstete Ritter losgehen. Ihr braucht eine leichte Waffe.«

»Möglich«, sagte Johanna abwartend.

»Es ist keine Waffe, mit der Ihr besondere Ehre einlegen werdet«, fuhr die Schwertfegerin fort und hob ein langes Messer von der Wand, das im unteren Teil der Schneide breiter war als im oberen. »Ritterlich ist der Malchus nicht, aber wirkungsvoll. Den Hals eines Räubers schneidet Ihr damit allemal durch.«

Johanna schrak zusammen.

»Habe ich eine wunde Stelle getroffen?« fragte Ennel in mitfühlendem Ton. »Kommt, erzählt mir davon.«

»Der eine Räuber war blind«, sagte Johanna leise und befühlte die Waffe, die ihr die Schwertfegerin über den Tisch schob. »Früher muß er einmal der Henker einer Stadt gewesen sein.«

»Und als er erblindet war, konnten sie ihn nicht mehr gebrauchen«, ergänzte die Ennelin. »Die Wälder sind voll mit solch armen Kerlen.«

»Arm nennt Ihr sie? Sie haben mich überfallen!«

Ennel nickte knapp. »Stellt Euch vor, alle Eure Verwandten wären ein Opfer der Pest und Ihr hättet keine außer Eurem Vater. Er muß in den Krieg und wird erschlagen. Der Kaiser setzt in Euren Burgmannenhof einen anderen Burgmann – da könnt Ihr ganz sicher sein. Und was macht Ihr? Vielleicht müßt auch Ihr in den Wald. Die meisten, die dort leben, tun es nicht freiwillig. Viele verhungern, bevor sie gelernt haben, sich Nahrung zu beschaffen. Und gelegentlich brauchen auch sie ein paar Münzen. Dann überfallen sie jemanden...«

Die Schwertfegerin hatte recht. Johanna schauerte zusammen; sie hatte bisher einfach nur Glück gehabt. Aber das war es nicht, was dieses Gefühl von Kälte in ihr hervorrief. Eine andere Bemerkung von Ennel war es gewesen...

Doch Ennel sprach und sprach, und ihr Tonfall nahm an Bitterkeit zu. »Aber sorgt Euch nicht. In Euren Kreisen ist jeder sicher wie in Gottes Schoß – verglichen mit dem Gesindel, und sogar mit jedem Bürger. Und Euresgleichen sorgt dafür, daß es auf ewig so bleiben wird.«

»Habt Ihr selbst Schwierigkeiten?« fragte Johanna bestürzt und verschob ihre Grübelei auf später.

Die Schwertfegerin wiegte ihren Kopf, der auf einem beeindruckenden Doppelkinn ruhte. »Wie man es nimmt«, sagte sie mit leisem Seufzer. »Ihr wißt wahrscheinlich, daß Eppstein zur Diözese des Erzbischofs von Mainz gehört. Kirchenmänner, vor allem die Kirchenfürsten, sehen es nicht gerne, wenn Frauen selbst Meisterinnen sind; sie sind da wesentlich unduldsamer als die Zünfte. Noch dazu in diesem Gewerbe. Aber ich bin nun mal die Beste. Die Ritter auf den kleinen Lehen hier ringsum verlangen nach meinen Waffen. Und solange die Kirchenadeligen selber in den Krieg ziehen, bin ich wohl noch einigermaßen sicher davor, ohne Grund plötzlich meine Zunftzugehörigkeit zu verlieren ...«

Johanna starrte sie mit großen Augen an.

»Ich wollte nicht klagen, glaubt nur das nicht. Aber tagein, tagaus habe ich nur mit Männern zu tun ... Ein Ritterfräulein im Haus, und schon geht mir die Zunge durch.« Die Ennelin lächelte mühsam und schüttelte über sich selbst den Kopf. »Was ist mit dem Malchus? Entspricht er Euren Vorstellungen?«

»Zeigt mir seinen Gebrauch«, bat Johanna.

Die Schwertfegerin bückte sich zu einem kleinen Kasten, der an der Wand stand, und holte eine Kastanie hervor. Sie warf sie in die Luft und teilte sie mühelos mit der Klinge. »Ihr müßt fleißig üben. Wie alles, will auch die Verteidigung gelernt sein. Bedenkt auch, daß der Gegner mit einer längeren Waffe bewaffnet sein könnte, einem Spieß etwa. Aber gerade im Wald seid Ihr mit dem Malchus natürlich wendiger als Männer mit langen Waffen. Lernt, schnell zu sein, und haltet den Malchus so, daß das Gebüsch Euch nie behindert.«

»Ich wünschte, ich könnte hier bei Euch lernen«, sagte Johanna spontan. »Mein Bruder wird es wahrscheinlich ablehnen, mit mir zu trainieren. Zu unritterlich!«

»Kriege werden immer mehr von Söldnern und Bauern geführt. Und von Kanonenkugeln. Es ist gescheiter, auf Bauernart mit einem Malchus zu siegen, als ritterlich an ihm zu sterben. Aus meiner schlichten bürgerlichen Sicht wäre so etwas einfach nur dumm.«

»Ihr urteilt sehr nüchtern«, sagte Johanna mit einem überraschten kleinen Lachen und stand auf.

»Ständige Gefahren lehren jeden, sein Leben mit Überlegung zu schützen. Aber Ihr, als Tochter eines Ritters auf einer scharf bewachten Burg, werdet diese Erfahrung nicht machen müssen. Ich gönn's Euch.« Die Schwertfegerin lächelte trotz ihrer bitteren Worte freundlich und bot Johanna ihre breite, kräftige Hand. Ihr bloßer Arm war übersät von kleinen Brandnarben.

»Euer Malchus ist fertig, wenn auch die anderen Waffen fertig sind. Meister Praun…«

Johanna unterbrach sie. »Ich möchte nicht, daß Praun oder ein anderer von der Burg es erfährt. Ich komme selbst, oder ich schicke jemanden Vertrauenswürdigen.«

»Wie Ihr wollt.« Die Ennelin begleitete Johanna hinunter in den Hof, wo die Männer das Verpacken der Rüstung und der Waffen gerade beendet hatten.

Praun blickte Johanna zufrieden entgegen. »Dann können wir«, sagt er. »Morgen geht's nach Hause. Bis zum nächsten Mal, Meisterin.« Er tippte an seine Kettenhaube, dann machten sie sich auf den Weg zum Stadthaus der Zisterzienser, gemächlich hinter dem Wagen her.

Der Karren mit den Waffen wurde in ein abgetrenntes Gewölbe gerollt und die Tür sorgfältig hinter ihm verschlossen. Der Hofmeister persönlich überprüfte das Schloß, jedenfalls vermutete Johanna, daß er der Leiter des Anwesens war, weil er als einziger einen weißen Mantel trug. Konversen in braunen Kutten kamen zu ihm und gingen wieder.

Als der weißgekleidete Mönch sich in ein vertrauliches Gespräch mit Praun vertiefte, entfernte Johanna sich höflich und schlenderte auf dem weitläufigen Hof umher.

Die meisten Gebäude schienen Lagerhäuser zu sein, von denen eins mit Riegeln und einem kräftigen Schloß versehen war. Es war in besserem Zustand als die übrigen, die etwas heruntergekommen wirkten. Der große Saal lag zwar in einem Steinhaus, aber hier und da bröckelten Ziegel, und Zeichen von Verfall gab es überall. Dann schaute sie in den Stall, in dem die Königsteiner Ochsen zusammen mit einigen Pferden standen.

»Aus dem Weg, Knappe«, röhrte eine Stimme hinter Johanna, und bevor sie sich in Sicherheit bringen konnte, wurde sie von einem mächtigen Schlachtroß an die einstmals geweißte Türlaibung gedrückt.

»Grober Kerl, du Ackertrapp!« schimpfte Johanna und stemmte ihre Schulter gegen das Holz, damit ihr noch Luft zum Atmen blieb.

»Selber schuld«, sagte der Knecht gleichgültig. »Kannst dich ja beschweren. Aber ich sag es dir gleich: Ein Herr von Falkenstein-Lich nimmt nur den Fehdehandschuh entgegen, Beschwerden nicht.«

Johanna zuckte zusammen und klopfte sich Holzsplitter und Spinnweben aus dem Wams, um ihre Verwirrung zu verbergen. Mit dem Licher Herrn war sie selber weitläufig verwandt. Allerdings kannte sie ihn nicht, da die Butzbacher und die Licher Linie verfeindet waren.

Der Knecht, auf dessen Wams ein rotes Wappen mit drei silbernen Hechten aufgenäht war, sattelte das Pferd seines Herrn ab, streifte ihm ein Stallhalfter über und warf ihm Heu vor. Für ihren Ajax hatte er nur einen verächtlichen Blick, bevor er den Stall mit großspurigen Schritten verließ.

»Seht Ihr, das ist es, was ich meine«, flüsterte Praun Johanna später zu, als sie auf ihr Nachtmahl warteten. »Man weiß nie, wer kommt. Aber daß jemand Bekanntes kommt, ist so sicher wie das Amen in der Kirche. Der Licher ist ein wichtiger Mann. Ich wette mit Euch, daß der Kaiser ihm irgendwann die Grafenwürde verleiht. Dann kann ich meinen Kindern ...«

»Es ist jedenfalls zu merken, daß er sich wichtig nimmt«, unterbrach Johanna den Hauptmann. »Aber uns hat man anscheinend vergessen.«

Die Stimme des Lichers war im ganzen Haus zu hören. Das Gelächter und Schwatzen seiner Leute füllte den Saal und die anschließenden Räume. Seit seiner Ankunft rannten die Konversen, um ihn und seine Ritter zu bedienen.

»Ich werde mich in der Küche erkundigen«, brummte Praun verlegen und erhob sich.

»Bleibt hier. Ich gehe. Ich würde mich gerne einmal umsehen«, flüsterte Johanna. »Wirklich, Praun!«

Er grinste spöttisch. »Man erzählt sich, daß Eure Stiefmutter Euch wegen Eurer Beziehungen zum Küchenpersonal schon getadelt hat.«

»Mehr noch wegen meiner Beziehungen zu den Männern der Wache«, versetzte Johanna böse und ging.

Die Küche war ein großer Raum im Untergeschoß mit Steinfußboden und gewölbter Decke. Zwei Männer in grobem braunen Habit waren dabei, ein Wildschwein zu tranchieren. »Was willst du denn hier?« fragte der eine, der unmäßig fett war und einen ebenso unmäßig breiten Dialekt sprach. »Kann es euch Lichern nicht schnell genug gehen?«

»Ich bin Johanna von Falkenstein-Butzbach!« Sie ärgerte sich derart über ihn, daß sie absichtlich ihren Titel ins Feld führte.

Aber statt daß der Mann sich nun entschuldigte, brach er in Gelächter aus. »Und ich der Erzbischof von Konstanz! Es hat sich schon bis zu den Lichern herumgesprochen, daß das Königsteiner Weib in Knappenkleidung jagt, was Jörg?«

Johanna zitterte vor Wut. Der Mann, der Jörg hieß, beugte sich zu dem unverschämten Laienmönch und flüsterte ihm ins Ohr.

»Ach, Ihr seid es wirklich? Na ja, auch gut. Man kann sich ja mal irren. Wenn Ihr etwas essen möchtet, bedient Euch bitte selbst. Wir haben keine Zeit dazu.«

»Und die Mägde?« wandte Johanna immer noch verärgert ein. Es gab drei, wie sie erfahren hatte.

»Kümmern sich um die Bequemlichkeit der Licher. Auf unserem Hof ist ein adeliger Herr wichtiger als ein Hauptmann aus Königstein.«

Johanna gab ein Schnauben von sich und trat an den nächsten Tisch. Wahllos häufte sie grell gefärbte Pasteten und zwei gefüllte Tauben in eine Holzschüssel, schöpfte eine sämige Tunke darauf und klemmte sich zwei dicke Brotscheiben unter den Arm. Bevor sie die Küche verließ, roch sie an einer Reihe von

Krügen, die wie zur Schlacht aufgereiht standen, und entschied sich für einen Würzwein. Ihren Apfelmost und das Bier sollten die Mönche gefälligst selber trinken.

»Ist etwas passiert?« fragte Praun beunruhigt, als sie kam.

»Das nicht, aber kommt ruhig mit und helft tragen«, bat Johanna. »Da ist kein Mensch, der Lust hätte, uns zu bedienen.«

»Na, ja. Die Vornehmen zuerst«, sagte der Hauptmann achselzuckend. »Für mich ist das normal, für Euch vielleicht nicht.«

Johanna begnügte sich mit einem verärgerten Blick.

Als sie sich den Würzwein nahm, spielte sie einen winzigen Augenblick mit dem Gedanken, den mißbilligenden Gesichtern der Laienbrüder die Zunge herauszustrecken. Praun angelte Becher von einem Bord und kehrte ihr den Rücken zu. Aber die Konversen hüllten sich in Schweigen, und sie blieb ebenfalls friedlich.

Das Gelächter im Saal erreichte den Höhepunkt gerade, als sie an der Tür vorbeikamen. Eine tiefe, laute Stimme hatte das Sagen. »Und trotzdem sind diese Burgmannen alle miteinander nur kleine Ratten, die nach Brosamen von den Tischen der Großen jagen. Grabt in ihren Familiengeschichten, und ihr werdet feststellen, daß kaum einer von ihnen frei geboren ist!«

»Unverschämtheit!« murmelte Johanna aufgebracht und setzte den Krug auf dem Tisch im kleinen Speiseraum ab.

»Man braucht sie, gelegentlich, aber wenn nicht, kann man sich ihrer leicht entledigen. Kleine Ritter, die gerne Burgmann wären, gibt es genug.«

Der Geräuschpegel der Licher ebbte unversehens ab, als ob sie sich jetzt alle miteinander einschenken ließen. Der Wortführer mußte Philipp von Falkenstein sein. Ein sehr sympathischer Zeitgenosse. »So denken die über uns«, flüsterte Johanna dem Hauptmann zu.

Praun zuckte mit den Schultern und schenkte mit mürrischer Miene ein.

Johanna schob den Unterkiefer vor und betrachtete ihn finster.

Es war tatsächlich möglich, daß manche Leute Rittern gegenüber nicht gerade wohlgesinnt waren, auch wenn sie bei ihnen im Dienst standen. Aber sie hatte überhaupt keine Lust, Prauns Einstellung genauer zu ergründen.

»Auf ein Wort, Herr von Falkenstein«, sagte eine Stimme in der Diele, die alle Räume mit dem großen Saal verband. Der Mann gehörte offensichtlich nicht zu den Männern des Lichers, und er schien eben erst eingetroffen zu sein.

»Die Besatzung der Burg besteht derzeit aus neunzig Mann, und die Waffen sind nicht auf dem neuesten Stand.«

Johanna atmete vor Schreck tief ein. Im Augenblick wollte ihr nicht einfallen, wo sie diese Stimme schon gehört hatte. Wer auch immer er war – er durfte sich nicht veranlaßt sehen, sie Philipp von Falkenstein vorzustellen. Sie wischte mit dem Ärmel ihr Mundtuch vom Tisch.

Bevor sie unter die Tischplatte tauchte, sah sie, daß Praun das Gesicht hinter seiner breiten Pranke versteckt hatte. Durch die Finger hindurch schielte er so angestrengt zur Tür, daß sie das Weiße in seinen Augen sah.

Welchen Grund hatte er denn, sich zu verstecken? Ihre Verblüffung hielt noch an, als sich vier Beine in die Türöffnung schoben. Zweifellos war es der Licher Ritter, der die weichen Reitlederstiefel trug. Der andere Mann war höfisch mit Schnabelschuhen ausgestattet.

Über ihr begann der Tisch zu erzittern. Praun schnarchte. Dann dröhnte die hölzerne Platte, als wäre sein Kopf daraufgefallen.

»Zu viel Würzwein.« Der Mann in den Schnabelschuhen lachte.

»Zu wenig Trinkfestigkeit, würde ich sagen. Der Mann ist nicht von Adel. Und was gibt es von dieser gottverdammten Feste noch zu melden?«

Sie entfernten sich, und Johanna konnte die Antwort nicht

mehr hören. Aber es war auch gleichgültig. Diesen Philipp von Falkenstein konnte sie nicht ausstehen.

Hastig kroch sie auf ihren Stuhl zurück. Praun schlief noch. Sie rüttelte ihn erstaunt, bis er überstürzt zu sich kam. »Ich glaube, wir sollten verschwinden, Praun. Dem Falkensteiner aus Lich möchte ich aus dem Wege gehen. Und wenn sie Verdacht schöpfen, daß Ihr ihnen eine Komödie vorgespielt habt, dann gnade uns Gott. Oder seid Ihr wirklich betrunken? Wie auch immer, wir brechen morgen früh auf, bevor die Licher wach sind!«

Praun kam behende auf die Füße. Johanna sah ihm nachdenklich nach, als er mit langen Schritten zum Schlafsaal verschwand. Er wirkte nicht betrunken. Sie selbst schlich zum Hintereingang, und glücklicherweise begegnete ihr keiner der Ritter.

Als sie auf den Hof hinaustrat, wurde gerade ein Klotz von Mann durch die Pforte eingelassen.

Er trug eine Lederschürze, hatte ein langschäftiges Beil in der Hand und schwitzte vor Angst. Johanna erkannte es, als er vor ihr seine grüne Filzkappe vom Kopf riß.

»Herr Ritter, Ihr könnt mir gewiß sagen, wo ich den Knappen finde, dem ich das Bein abnehmen soll. Ich bin der Hufschmied, nach dem gesandt worden ist.«

Sie ließ sich ihren Schrecken nicht anmerken und deutete stumm mit dem Daumen hinter sich. Der Hof war leer, bis auf einen Konversen, der seinen Besen gemächlich über die Pflastersteine schwenkte. Sie atmete tief durch, dann machte sie sich entschlossen, aber mit weichen Knien auf den Weg, quer über den Hof zum Gesindehaus.

Aufatmend drückte sie die Tür hinter sich zu und lehnte sich dagegen. Nach einer Weile stolperte sie in Marthas Bett. Die Binsen waren zusammengedrückt und stanken nach Schweiß, trotzdem verkroch sie sich darin wie in einer schützenden Höhle.

Von welcher Burg mochte der junge Bursche gesprochen haben, der dem Licher Bericht erstattet hatte? Aber wie von selbst konzentrierten sich ihre Gedanken auf das merkwürdige Verhalten von Praun. Er, der in Eppstein Waffen gekauft hatte und bei den Mönchen zu Gast war, wie viele andere auch, hatte doch keinen Grund, sich vor Philipp zu verstecken. Vielleicht war es ganz gut, daß er von ihrer Bestellung nichts erfahren hatte; allerdings war es ihr in Ennels Haus nur darum gegangen, sich nicht vor einem Hauptmann der Burgwache lächerlich zu machen.

Bevor sie einschlafen konnte, ließ der markerschütternde Schrei eines Mannes sie in die Höhe fahren. Und als endlich Martha neben ihr in das Bett gefallen war, wurde sie von ihr wachgehalten. Auf dem Rücken liegend, schnarchte Martha ausreichend laut, um eine Sägemühle das Fürchten zu lehren.

Eine Sägemühle, Wald, Räuber, die hin und wieder Münzen brauchten. Ennel hatte ihr den Schlüssel geliefert. Die beiden Räuber hatten es auf sie, auf Johanna von Falkenstein, abgesehen. Nicht auf jemanden, der zufällig durch den Wald ritt. Sie waren von jemandem bezahlt worden, damit sie sie gefangennahmen. Zu welchem Zweck? Und was wäre geschehen, wenn an diesem Tag nicht zufällig Praun nach Eppstein unterwegs gewesen wäre?

Johanna kamen immer mehr Fragen, aber sie fand keine Antworten. Sie war sich plötzlich sicher, in rätselhafte Vorgänge verwickelt zu sein, und das machte ihr angst. Es gab auch niemanden, mit dem sie darüber sprechen konnte, am allerwenigsten mit Praun.

Todmüde machte sie sich vor Morgengrauen fertig.

Kurz danach rollte der Waffentransport für die Königsteiner Burg aus dem Eppsteiner Stadthaus. Hinter ihnen verklang die Totenmesse, die in der Kapelle für den verstorbenen Knappen abgehalten wurde.

KAPITEL 4

Eine Elster flog lärmend auf, als Ajax auf den breiten Weg einbog. Hier erreichte das schwindende Licht noch den Waldboden. Johanna spähte nach oben. Sie mußte sich beeilen, um die Burg noch bei Tageslicht zu erreichen.

Und dann war wieder dieser Alptraum da, der sie seit jenem Überfall jede zweite Nacht hochschrecken ließ: Eine Hand greift nach dem Zügel, und sie starrt in blinde Augen.

Nur waren die Augen jetzt vom Braun der nebelnassen Bucheckern und glänzten ähnlich.

»Habt Ihr mich erschreckt, Konrad!« Johanna versuchte, ihren Zügel von der Hand im Stahlhandschuh zu befreien, und setzte Ajax die Hacken in die Flanken.

»Das war meine Absicht«, sagte Konrad und blieb an ihrer Seite. »Es gefällt mir, daß Ihr es zugebt. Steigt vom Pferd!«

Johanna schüttelte den Kopf und kampfte gegen ihre wachsende Panik. Sein tückisches Grinsen ließ keinen Zweifel daran, daß er etwas vorhatte.

Und dann sprang er vom Pferd und zerrte sie so grob aus dem Sattel, daß ihr nicht einmal Zeit zum Schreien blieb.

»Gefällt Euch mein Dorn?« keuchte Konrad und stieß nach.

Johannas Oberarme waren unter seinen Händen am feuchten Waldboden wie festgewachsen, und sie erstickte fast an ihrem Tuch, das er ihr zwischen die Zähne gestopft hatte.

Ave Maria und Vaterunser stiegen wie eine Perlenkette durch die entlaubten Äste in den Himmel, aber die Heerscharen des Herrn kamen nicht, um ihr beizustehen. Es dauerte Ewigkeiten, bis der Knappe sie losließ.

Während er die Beinlinge wieder über seine Oberschenkel rollte, behielt er Johanna im Auge. Sie wagte nicht, sich zu rühren. »Ihr solltet auch einmal merken, wie es ist, wenn einem ein Speer im Fleisch um und umgedreht wird, bis jede Faser des Leibes zerfetzt ist«, sagte er gehässig. »Das habe ich jeden Tag von Eurer Stiefmutter auszuhalten. Tag um Tag befiehlt sie mich zu den intimsten Handreichungen, und ich muß sie anschauen und zittere dabei vor Verlangen. Keine Angst, Euch Miststück rühre ich nicht wieder an! Wollte Euch nur einmal die Qualen der Minne fühlen lassen.« Er sprang auf die Füße, ging zu seinem Pferd, das er an einem Busch angebunden hatte, und stieg in den Sattel.

Johanna stützte sich auf ihre Ellenbogen und starrte ihm nach.

Der braune Hengst tat einige Schritte auf sie zu. »Ach, ja. Bevor ich es vergesse.« Konrad lächelte träge und warf Johanna etwas zu, das auf ihrem Busen landete. »Euer Hurenlohn. Die Dame Katherine und Vater Gottfried sind davon überzeugt, daß Ihr eine Hure seid. Im Beichtstuhl habe ich dem zisterziensischen Ohr einige Details zukommen lassen, die der Mann gierig einschlürfte wie ein Verdurstender. Würde mich nicht wundern, wenn er anschließend einer helfenden Hand bedurfte. Mit anderen Worten: Was immer Ihr petzt, niemand wird Euch glauben.«

Johanna unterdrückte ein Keuchen.

Konrad beobachtete sie unter halb geschlossenen Augenlidern. »Euer Vater ist Eurer Stiefmutter sehr dankbar, daß sie ihm die Frauenangelegenheiten seiner Familie vom Hals geschafft hat. Glaubt nur nicht, daß er sich jemals wieder hineinziehen lassen wird.« Er drückte seinem Pferd die Sporen in die Seite und ließ es sich am langen Zügel den Weg durch den Wald suchen.

Erst im Dunkeln wagte Johanna sich zu ihrem eigenen Pferd zu schleppen und auf den Heimweg zu machen. Die Perle von Konrad lag zuunterst in ihrer Jagdtasche.

Die Scham drückte Johanna schwer. Vater Josef würde ihr möglicherweise aus alter Verbundenheit zur Familie und gegen seine

Überzeugung die Absolution erteilen. Aber sie wagte nicht einmal, sich ihm anzuvertrauen.

Sie trieb sich den ganzen Tag im Wald herum. Wie früher unter der Aufsicht ihres Lehrmeisters Lettel, begann sie mit Pfeil und Bogen zu üben, riß sich den Kurzbogen von der Schulter und schnellte herum, bereit, den Pfeil in den Bauch des Gegners zu jagen. Nie wieder sollte es jemandem gelingen, sie so zu überraschen wie Konrad. Die Schmiedin hatte recht gehabt: Schnelligkeit war die einzige Möglichkeit einer Frau, mit einem Angreifer fertig zu werden.

Aber für einen Nahkampf brauchte sie den Malchus.

Doch als erstes wollte sie eine selbstauferlegte Pflicht erfüllen. Großmutter Niesgin sollte in diesem Winter leben, ohne hungern zu müssen.

Ausgerechnet an diesem Tag machten die Wildschweine sich rar. Als sich endlich eins geräuschvoll durch das Unterholz wühlte, war es ein Halbwüchsiges. Trotzig erschoß Johanna es, wagte aber nicht, das Junge im Revier der Sau auszuweiden, sondern stemmte es über den Hals von Ajax und brachte sich mit ihm in Sicherheit.

Auf halbem Weg zu Großmutter Niesgins Tal brach sie den Kadaver auf. Die Eingeweide schob sie unter einen Busch, wo Füchse und Krähen sie finden würden.

Niesgin sah ihr erstaunt entgegen, als sie das Haus betrat und im Eingang die Kälte aus ihren Kleidern klopfte. »Du siehst frisch aus wie eine Rose im Sommer«, sagte Niesgin heiter. »Kommst du mich besuchen, oder willst du Kräuter für einen Kranken holen?«

»Weder noch.« Johanna fühlte sich plötzlich unsicher und wußte nicht, ob sie überhaupt willkommen war. »Ich habe zufällig ein Schwein geschossen und dachte mir, daß Ihr das Fleisch als Wintervorrat gebrauchen könnt. Auf der Burg haben sie genug davon …«

»Ach, das ist lieb von dir«, sagte Niesgin gerührt und ergriff

Johanna bei den Händen, um sie neben sich auf die Bank zu ziehen. »Seit deines seligen Großvaters Zeiten habe ich solche Freundlichkeit nicht erleben dürfen.«

»Ich kann mich kaum an meinen Großvater erinnern.«

»Er starb früh. Gute Menschen sterben immer zu früh. Ihm lag das Wohlergehen seines kleinen Lehens und der Menschen sehr am Herzen.« Niesgin versank für einen Augenblick in der Erinnerung.

Johanna hob die Augen zur Decke. Wie die Schafe am Futtertrog waren die Kräuterbündel jetzt dort oben aneinandergereiht. Obwohl es jetzt schon tiefer Winter war, waren die Menschen anscheinend von Krankheitswellen bisher verschont geblieben.

»Wir können unserem Herrgott danken, wenn er uns vor solchen Seuchen wie der Pest bewahrt«, sagte Niesgin, die Johannas Blick gefolgt war. »Nicht daß ich etwas gegen die Pest tun könnte. Das kann keiner, nicht einmal studierte Ärzte.«

»Habt Ihr den Fischer in Fischbach von seinem Augenleiden geheilt?«

»Erinnerst du dich?« Niesgin freute sich über Johannas Anteilnahme, aber sie schüttelte den Kopf. »Sein Leiden ist das Alter, nicht eine Krankheit. Ich konnte ihn ein wenig trösten.«

»Wäre das nicht die Aufgabe des Priesters? Ich meine, Fischbach hat doch gewiß einen Priester.«

»Der Priester ist ein Mann, der im Dienst an seiner Kirche vorankommen will. Er verbringt seine Zeit dort, wo Almosen winken. Meistens sind es Frauen von gutsituierten Handwerkern, die sich bereits in der Jugend gut mit dem Himmelreich stellen wollen. Ähnlich wie deine Stiefmutter spenden sie großzügig.« Großmutter Niesgin sah sie liebevoll an. »Es ist so, Johanna, wir müssen uns damit abfinden, daß es in der Welt ungerecht zugeht. Unser Herrgott duldet hier unten sehr viel Unordnung. Aber noch mehr Sorge macht mir, daß er auch sein Himmelreich nicht auf das Beste bestellt haben könnte.«

Johanna brach in Gelächter aus. »Thomas würde fürchterlich mit Euch schimpfen, fürchte ich.«

Niesgin schmunzelte und nickte. »Bestimmt. Er hört sehr auf das Wort der Priester. Er hofft, daß sie ihn auf die Lateinschule schicken ...«

»Möchtet Ihr das auch?«

»Um seinetwillen, ja. Aber wer weiß, vielleicht werde ich es eines Tages bereuen.« Schwarze Schatten schienen auf einmal durch die Hütte zu ziehen. Johanna fröstelte, und Niesgin stand auf, um eine Kerze anzuzünden, die sie zwischen die Kräuter auf den Tisch stellte.

Die Kerze blakte und roch unangenehm. Johanna rümpfte die Nase. »Es wird Zeit, das Fleisch hereinzuholen. Wenn Ihr es einsalzen wollt, kann ich Euch helfen, Großmutter Niesgin. Ich habe Salz mitgebracht.« Sie eilte hinaus und dachte mit Schaudern an die Strafe, die gewöhnliche Leute für den Diebstahl eines so respektablen Sackes Salz beziehen würde. Pranger, Stäupen? Oder gar die Quälereien, die der Räuber genannt hatte?

Niesgin stand mit verschränkten Armen da und sah kopfschüttelnd zu, als Johanna das Schwein über die Schwelle zog. »Du hast es also geplant, Johanna, gib es zu. Es war kein plötzlicher Entschluß aus Großzügigkeit. Ich kann dir gar nicht genug danken. Weißt du was? Wenn du das Schwein in Stücke zerlegen willst, werde ich Wasser heiß machen und uns nebenher einen guten Becher Most aufsetzen.«

Johanna nickte, zog ihr Jagdmesser hervor und machte sich wortlos an die Arbeit. Niesgin reichte ihr eine große, fein polierte Baumscheibe als Unterlage, und bald häuften sich Lendenstücke, Rippenstücke, Bratenstücke, Füßchen ...

»Jetzt komm erst einmal an den Tisch und trink den Most«, sagte Niesgin voll Mitleid. »Du bist ja ganz blaß geworden. Ich könnte mir denken, daß für gewöhnlich die Knechte auf der Burg diese scheußliche Arbeit erledigen.«

Johanna stieß einen erleichterten Seufzer aus und wischte das

Messer an den Binsen ab. Dann setzte sie sich auf den Hocker und legte die Hände um den Becher. »Ich hole noch den Sack herein, dann muß ich los. Sie vermissen mich sonst.«

»Natürlich, reite nur, Johanna. Ich werde diesen Winter erstmals seit deines Großvaters Tod ohne Sorgen leben.« Niesgins glücklicher Blick wanderte zu dem Berg Fleisch hinüber.

Johanna zog die Augenbrauen fragend nach oben. Zu gern hätte sie gewußt, was ihren Großvater auf seiner kleinen, längst aus dem Familienbesitz verlorenen Burg mit Großmutter Niesgin verbunden hatte.

Aber Niesgin lächelte nur verschmitzt. Nach einer Weile machte Johanna sich auf den Heimweg.

»Denkt Euch doch nur, was ich in der Zwischenzeit erfahren habe, Vater Gottfried«, hörte Johanna Katherines entrüstete Stimme, als sie einige Tage später den Gang entlangschlich, der an der Kemenate der Burgherrin vorbei zur Treppe führte. »Lienhart hat noch einen Bankert, den er seit Jahren hier in der Burg hausen läßt, obwohl der Herr ihn mit einem sichtbaren Makel belegt hat. Ich möchte ihn so schnell wie möglich loswerden. Sein stechender Blick ist mir unangenehm.«

»Er ist ein kluges Bürschchen, Edeldame. Geknechtete wie er lassen sich zuweilen gut gebrauchen. Als Brechstange, zum Beispiel, um Breschen in Mauern zu schlagen.« Vater Gottfried keckerte verhalten. »Wenn nur der Klumpfuß nicht wäre. Die Kirche sieht solche Männer nicht gerne in ihrem Dienst.«

Was sollte das denn nun wieder bedeuten? Während Johanna ungesehen den Treppenabsatz erreichte und wenig später den Stall, beschloß sie, nach ihrer Rückkehr Thomas zu fragen. Im Augenblick war nichts wichtiger, als ihren Malchus zu holen.

Der Richtplatz zog die Krähen immer noch an. Am Tage ihrer Rückkehr aus Eppstein hatten dort schon die beiden Räuber gehangen, der Anführer tot am Galgen, der Blinde mit gebrochenen Knochen auf dem Rad, weil seine Taten schwerer wogen. Damals hatte er noch gezuckt, aber sie hatte nicht den Mut besessen, den Sterbenden nach seinem Auftraggeber auszuhorchen. Die Krähen, die sich nun um die letzten Muskelfetzen stritten, flogen auf, als sie kam.

Der Gestank war kaum auszuhalten. Johanna hatte Mühe, ihr Morgenmahl bei sich zu behalten. Erst am Waldrand verlor sich der Geruch. Sie parierte zum Schritt durch, bevor ihre uralten, furchterregend scheppernden Waffen womöglich den Schweinehirten und die Holzsammler zu Tode erschreckte. Sie hatte sich wie ein Ritter auf der Reise zwischen zwei Turnierorten ausgestattet, um Räuber abzuschrecken. Aber richtig sicher würde sie sich erst mit dem Malchus fühlen.

»Darf ich mich Euch anschließen?«

Johanna fuhr herum. Ihre Lanze verkeilte sich zwischen den Gliedern seines Kettenhemdes. »Auf keinen Fall«, schnauzte sie betont grob.

»Bitte nicht«, sagte der Ritter, den sie noch nie gesehen hatte, mit einem entwaffnenden Lächeln. Gegen die Lanze setzte er sich nicht einmal zur Wehr. »Ich würde es mir nie verzeihen, wenn ich mit Rostspuren im Kettenhemd zur Hölle fahren würde. Ich habe so lange an ihm putzen müssen. Mir fehlt ein Knappe, Ihr versteht?«

»Kaum.« Johanna zog die Lanze mit einem Ruck heraus und senkte sie verlegen. Der Reiter saß elegant zu Pferde und war bewaffnet, aber er sah nicht aus wie jemand, der auf Raubzug zu gehen pflegt. Seine Kettenhaube hatte er abgesetzt, und die aschblonden welligen Haare waren ordentlich gekämmt.

Aber schließlich war eine Ritterfrisur kein Beweis für Friedfertigkeit. Im Gegenteil. Warnend legte Johanna die Hand auf das Schwert, das am Sattelknauf hing.

»Oh, nein.« Der Ritter blickte mit gequältem Ausdruck hoch in den Himmel, der als ein blauer Streifen den Wald in zwei Teile schied. »Ich will Euch gewiß nicht ärgern: aber auch schartig möchte ich heute nicht sterben. Wegen der Hölle ... Es ist ein so schöner Tag, findet Ihr nicht?«

»Seid Ihr nicht ein wenig leichtfertig?« fragte Johanna verunsichert. »Wer will denn schon in die Hölle fahren?«

»Will? Ich muß, Knappe. Ich muß«, sagte er bekümmert. »Die Pfaffen wollen es so.«

»Ein besonders christlicher Ritter seid Ihr jedenfalls nicht.« Johanna fürchtete sich inzwischen nicht mehr vor ihm. Er suchte anscheinend nur Gesellschaft, bis sie durch den Wald hindurch waren, was ihrer Meinung nach durchaus vernünftig war. »Aber meinetwegen, reiten wir ein Stück zusammen. Wollt Ihr nach Eppstein? Oder noch weiter, Richtung Mainz?«

»Mal sehen«, antwortete er unbestimmt und überflog neugierig Johannas Erscheinung. »Fürchtet Ihr nicht, in Eppstein erschlagen zu werden? Ich meine, wenn die dortigen Waffenschmiede Euch mit solch schaurigen Waffen sehen ... Will sagen: Ihr beleidigt sie.«

Johanna lachte von Herzen. Er war anders als die Männer in der Umgebung ihres Vaters. Seiner ganzen Art nach wirkte er wie ein ritterlicher Sänger, der mit Liedern und Geschichten von Burg zu Burg zog. Sie sah zwar kein Instrument, aber schließlich hatte jedermann seine Geheimnisse. Ihr Blick blieb an seinem Wappenbild hängen, das eine Brücke darstellte, auf der ein goldener Löwe auf zwei Beinen stand.

»Mein Name ist Roland Brobergen«, sagte er und verneigte sich ein wenig. »Und Eurer?«

»Johann ...« Sie blieb stecken und entschloß sich spontan, es dabei zu lassen. »Johann von Falkenstein-Königstein«, wiederholte sie und deutete mit dem Daumen nach rückwärts. »Ich lebe auf der Burg. Euer Name ist seltsam.«

»Ja, ich komme ursprünglich aus dem Norden. Das ist schon einige Zeit her. In rauhen Zeiten verschlägt es manchen Mann weit von zu Hause. Johann von Königstein, also. Ist Euer Vater Lienhart von Falkenstein?«

»Ja«, sagte Johanna betroffen. Zu dumm, daß sie mit diesem Versteckspiel angefangen hatte, aber jetzt mußte sie weitermachen. »Ihr kennt ihn?«

»Nein, persönlich nicht.« Seine Stimme war jetzt hart, und er schien nachdenklich. »Er führt die Burgmannen von Königstein an, soviel ich weiß. Darf ich fragen, ob Euer Vater gegenwärtig für den Krieg rüstet?«

Johanna hatte nichts dergleichen bemerkt. Der Waffenkauf von Praun war normale Routine gewesen. »Das ist eine seltsame Frage.«

»Unter Rittersleuten nicht. Und wenn Ihr als Knappe bei ihm lebt, solltet Ihr sie beantworten können. Versteht mich recht: Ich wäre froh, wenn Ihr die Frage bejahen würdet. Ihr müßt damit nicht hinter dem Berg halten.«

Johanna wurde es eisig kalt. »Er rüstet nicht«, sagte sie erschrocken.

»Es heißt, daß die Licher nach einer Burg Ausschau halten.«

»Jetzt erklärt es mir einmal ganz genau«, sagte Johanna heftig. »Wollt Ihr damit sagen, daß der Falkensteiner von Lich Burgen sammelt und es jetzt auf Königstein abgesehen hat? Warum erzählt Ihr mir das? Woher soll ich wissen, daß Ihr mir nicht einfach angst machen wollt?«

Roland Brobergen warf ihr einen konsternierten Blick zu. »Ihr seid jung. Trotzdem solltet Ihr wissen, daß die Licher danach dürsten, Königstein wieder in die Hände zu bekommen. Nicht alle Licher Falkensteiner waren einverstanden, als Agnes von Falkenstein die Burg verkaufte.«

Johanna fand keine gescheite Erwiderung. Um die Familiengeschichte hatte sie sich seit dem Tod ihrer Mutter herzlich wenig gekümmert. Aber Philipps Bote hatte ja von einer Burg gesprochen ...

»Außerdem«, fuhr Brobergen seinen Monolog fort, »seid Ihr ein seltsamer Knappe. Die meisten würden vor Wut mit Schwert und Lanze rasseln und sie anschließend zum Schärfen geben.

Schließlich wäre es eine einmalige Gelegenheit, seine Tapferkeit unter Beweis zu stellen.«

Johanna biß sich auf die Unterlippe. Ihre Reaktion war falsch, und ihre Sprache war es auch. Sie hatte nicht gewußt, wie schwer es war, sich als Mann auszugeben. »Was geht es Euch überhaupt an, Brobergen?« fauchte sie.

»Ich mische mich gern ein! Vor allem, wenn wieder einmal hohe Herren die kleinen drangsalieren. Es geschieht oft genug, und meistens ziehen die kleineren Ritter den kürzeren. Einmischung ist auch der Grund, weshalb der Bischof mich exkommuniziert hat. Die Kirche steht im Zweifelsfall immer auf der Seite des Mächtigeren, und Exkommunikation ist nun mal ihre Waffe.« Er packte Johanna beim Arm und brachte Ajax zum Stehen. Er schüttelte sie und zwang sie, ihm ins Gesicht zu sehen. »Versteht Ihr das, verzogenes Kalb? Oder kümmert Euch nicht, was in der Welt vorgeht?«

Johanna war plötzlich ganz durcheinander. Gesprächsfetzen aus dem Stadthaus der Zisterzienser wirbelten ihr durch den Kopf. Aber bevor es ihr gelang, Klarheit in ihre wirren Gedanken zu bringen, verlor sie beinahe ihr Gleichgewicht, weil Brobergen sie unvermittelt losließ und dabei fast vom Pferd stieß.

»Moment einmal«, sagte er. »Ein Bullkalb bist du jedenfalls nicht. Kein Knappe, sondern ein Betrüger! Eine Diebin! Wo hast du die Waffen und den Hengst gestohlen? Wie ist dein Name, Frau?« Der Dolch in seiner Hand stak in der Haut ihrer Kehle.

Johanna saß mit steifem Hals und wagte sich nicht zu rühren. »Ich bin Johanna von Falkenstein, einem weniger bedeutenden Zweig der Familie aus Königstein«, bekannte sie.

»Den Unsinn hatten wir doch gerade«, sagte er drohend.

Aber Johanna dachte gar nicht daran, sich zu rechtfertigen. Trotz seines Zorns hatte sie keine Furcht vor ihm wie vor Konrad.

Nach einer Weile steckte Brobergen den Dolch wieder ein.

»Na, schön, ich glaube Euch. Die Ausrede ist einfach zu idiotisch, als daß eine einfache Frau sie sich ausdenken könnte.«

»Habt Ihr eine Ahnung«, entgegnete Johanna wütend. »Wie wollt Ihr wissen, was einfache Frauen sich ausdenken!«

»Stimmt auch wieder.« Er grinste. »Warum gebt Ihr Euch denn für einen Mann aus, wenn Ihr die Komödie nicht beherrscht? Ist es ein Spiel? Oder eine Wette?«

Johanna schnaubte. »Ein Spiel! Ich bin einmal überfallen worden. Und das werde ich nie wieder zulassen.«

»Dann solltet Ihr wirklich nicht allein im Wald umherreiten, mag auch Euer Vater für die Sicherheit der Straße verantwortlich sein«, sagte Brobergen kopfschüttelnd. »Euer ganzes Waffenrasseln wird Euch nicht viel nützen, wenn die Feinde Eures Vaters erkennen, wen sie vor sich haben. Sie nehmen gerne Lösegeld, wißt Ihr?«

»Für mich würden sie nichts bekommen. Meine Stiefmutter wäre ihnen dankbar.« Johanna brach abrupt ab, als sie den erhobenen Zeigefinger des Ritters bemerkte. Er lauschte konzentriert in die Ferne.

»Unterbrechen wir unsere freundschaftliche Unterhaltung und bringen wir uns in Sicherheit.« Brobergen sprang aus dem Sattel und hob Johanna behutsam herunter. Dann zog er auch schon beide Pferde an den Zügeln in das Gebüsch neben der Straße.

Johanna tappte hinterher, erschrocken und etwas verwirrt. Der Lärm kam aus dem Eppsteiner Tal. Waffen klirrten, und unter ihren Füßen dröhnte der Boden. Würde es jetzt Krieg geben?

Brobergen hielt hinter dichten Haselsträuchern an, die zur Straße hin durch niedrige und immer noch belaubte Hainbuchen geschützt waren. Er grinste Johanna aufmunternd an. »Wir sind in überwältigender Minderheit, und ich habe heute keinen Appetit auf Ruhm. Aber ansehen will ich sie mir. Ihr bleibt unter allen Umständen hier stehen!« Er zeigte mit dem Finger auf den Boden.

Johanna nickte eingeschüchtert. Brobergen verschwand geräuschlos. Während sie ihm nachlauschte, wurde ihr bewußt, daß er ritterliche Ideale hatte, sich im Wald aber wie ein geübter Strauchdieb benahm. Er mußte schon länger auf diese Weise leben.

Auf der Straße schwoll der Lärm zu einem einzigen Dröhnen von Hufen an, vermischt mit den Klängen von Metall auf Metall.

Als der Lärm verklungen war, tauchte Brobergen so leise neben Johanna auf, daß sie zusammenfuhr. Er nickte ihr zu und rieb sich nachdenklich das Kinn. »Man braucht keinen Herold um zu wissen, daß es der Licher Falkensteiner war«, sagte er. »Es fragt sich, wo er hinwill.«

»Seine Hechte sehen so unangenehm gefräßig aus«, meinte Johanna zustimmend. »Würde mich nach dem, was Ihr berichtet habt, nicht wundern, wenn sie ihre Zähne in die Königsteiner Burgmannen vergraben wollten. Ich muß zurück.«

»Wenn das der Fall wäre, würde Eure Anwesenheit Eurem Vater nicht helfen. Im Gegenteil. Ihr seid besser dort aufgehoben, wo Ihr heute hinwollt. Ihr solltet sogar Erkundigungen einziehen, ob Ihr gefahrlos zurückkehren könnt.«

»Ich will zur Schwertfegerin Ennel in Eppstein«, bekannte Johanna.

Brobergen lachte. »Ihr seid wirklich schnell von Entschluß. Mit einem scharfen Schwert von der Ennelin rückt Ihr dann gegen die Licher vor?«

»Ach, Brobergen«, sagte Johanna kopfschüttelnd, weil sie sich plötzlich so viel älter als er und ernster vorkam. Sein Leben mochte voller Gefahren sein, aber er nahm sie offenbar als Abenteuer. Vielleicht kam die Niederträchtigkeit, die sie erlebt hatte, darin nicht vor. Aber sie sah keinen Grund, ihm davon zu erzählen. »Zwar habe ich bei einem Lehnsmann meines Vaters gelernt, wie ein Ritter zu kämpfen, aber das Turnier macht mir mehr Freude. Nein, ich habe einen Malchus bestellt und will ihn abholen. Zweikämpfe überlasse ich den Männern. Wenn sie mich attackieren, werde ich mich ganz unritterlich verteidigen.«

»Abschlachten, meint Ihr.«

»Wenn Ihr es so nennen wollt, ja.«

Brobergen sah sie prüfend an. »Ihr habt gewiß Eure Gründe. Und was Ritterabschlachten betrifft, so könnte es sein, daß es ohnehin allgemein darauf hinausläuft. Ritterliche Ideale können gegen Kanonen wenig ausrichten. Das Zeitalter der Ritter ist Vergangenheit. Aber es wird ein Weilchen dauern, bis man es auf allen Burgen gemerkt hat.«

Sie hatte ihn unterschätzt. Johanna verglich Brobergen im stillen mit den prahlerischen Rittern und Knappen auf der Burg und fand wenig Ähnlichkeit. »Ihr seht den Krieg so nüchtern wie die Schmiedin«, sagte sie nachdenklich. »Andere Ritter reden von der Verteidigung des Christentums und ihrer Ehre...«

»Ihr seid sehr liebenswürdig«, stellte Brobergen mit einer höfischen Verbeugung fest. »Man hat mich schon einen Giler, einen Tollkistler und einen Demmer geschimpft. Schmiedin bedeutet einen steilen Anstieg meines Ansehens.«

»Ihr nehmt mich auf den Arm«, sagte Johanna kühl und nahm den Zügel auf. »Wollt Ihr mir hochhelfen?«

»Nichts lieber als das.« Er half ihr in den Sattel, dann stieg er selber auf. »Nach Eppstein, also.«

»Nach Eppstein«, seufzte Johanna. Sie hatte kein Bedürfnis, mit ihm wegen seiner Eigenmächtigkeit zu streiten. Ihre Sorgen und Befürchtungen wegen der Heeresmacht nahmen sie ganz ein. »Vielleicht reiten die Licher an Königstein vorbei. Es ist doch eher unwahrscheinlich, daß sie sich wieder blutige Nasen holen wollen.«

»Rachegefühle und Ehrgeiz lassen die Wirklichkeit oft in falschem Licht erscheinen.«

Johanna wurde es ganz flau im Magen. Er befürchtete ganz ernsthaft, was sie zu verdrängen versuchte. Sie hatte immer geglaubt, solche mißlichen Angelegenheiten würden allein durch

Könige und Kaiser aus der Welt geschafft. Aber wie die Dinge lagen, war ihr friedfertiger Vater derzeit derjenige, dem diese Aufgabe zufiel. Und statt zu rüsten, gab er Geld für Wandteppiche und Silberleuchter aus.

Johanna blieb den ganzen Weg schweigsam. Als sie in Eppstein eintrafen, hatte sie sich längst entschlossen, nicht bei den Zisterziensern um Unterkunft zu bitten. Die enge Verbindung zwischen den Mönchen und den Lichern war nicht zu übersehen gewesen.

Am Tor der Schmiede wandte sie sich an Brobergen. »Ich danke Euch für die Begleitung. Ich werde die Schwertfegerin bitten, mir für die Nacht Unterschlupf zu gewähren, schlimmstenfalls im Stall. Ihr könntet aber gut im Stadthaus der Zisterzienser nachfragen; ich habe dort selbst schon mal übernachtet. Das Essen war reichhaltig.«

Brobergen sah verblüfft auf sie herab und lachte dann herzlich. »Johanna von Königstein, glaubt Ihr wirklich, die Brüder würden mich aufnehmen? Sie mögen freundschaftlich mit den fleißigsten Wegelagerern unter den Rittern und Adeligen verkehren – aber nicht mit einem Ritter, den die Kirche verstoßen hat. Für Leute wie mich haben Mönche einen sechsten Sinn. Lebt wohl und sorgt Euch nicht um mich.«

Es tat Johanna schon leid, ihm den Ratschlag gegeben zu haben. Sie zuckte die Schultern und betrat das Anwesen der Schmiedin. Ein dünnes Ping-Ping war zu hören, und von der Geschäftigkeit, die bei ihrem ersten Besuch im Hof geherrscht hatte, konnte nicht mehr die Rede sein. Verwundert sah sie sich um, während sie Ajax an einen Ring in der Mauer band, und trat dann an die offene Tür der Werkstatt.

An der Esse sah sie einen breiten Rücken, und eine Hand schwang den Schmiedehammer.

»Ennel!« rief Johanna, und sie mußte noch zwei Mal rufen, bevor die Schwertfegerin sie endlich hörte.

Ennel schlurfte heran, ohne den Hammer aus der Hand zu legen, und als sie sich Johanna näherte, bemerkte diese die traurige, mutlose Miene der Schmiedin.

Johanna erschrak. »Was ist geschehen?«

»Ihr wünscht Euren Malchus«, entgegnete Ennel steif. »Ich werde ihn Euch holen.«

»Meisterin Ennel«, wiederholte Johanna, »bitte sagt mir, was passiert ist! Wo sind Eure Gesellen geblieben?«

Die Ennelin warf einen abschätzenden Blick nach draußen. »Die Schmiedglocke wird ohnehin gleich läuten. Na gut. Ich mache Schluß für heute und erzähle es Euch. Besser, Ihr erfahrt es von mir als durch Gerüchte. Oder gar von den Mönchen! Kommt mit nach oben.«

Sie machte sich daran, das Feuer auf der Esse zu löschen. Johanna sah ihr betroffen dabei zu und folgte ihr dann in den Raum, in dem die Musterwaffen hingen. Ennel goß für sich einen Becher randvoll mit Wein und schob Johanna zur Selbstbedienung einen sauberen Becher hin.

»Jetzt haben sie es doch geschafft. Mein Meisteramt ruht, und meine Gesellen sind über alle Berge. Ich kann es ihnen nicht verdenken. Auch sie müssen zu beißen haben.«

»Und wie...?« Johanna lehnte sich über den Tisch, um nach dem Wasserkrug zu angeln. Das dünne Gebräu trank sie nur aus Höflichkeit; ihr Durst war vergangen.

»Der Zunftmeister hat mir nachgewiesen, daß ich die Morgensprache dreimal eigenmächtig versäumt habe«, antwortete Ennel bitter. »Zwei Male gebe ich zu: Ich hatte besonders viel Arbeit und konnte keine Stunde entbehren. Beim dritten Mal war ich krank, aber sie leugnen, daß ich mich entschuldigt habe. Ich kann das Gegenteil nicht beweisen. Wie auch? Die Krankheit war vor zwei Jahren. Es ist sowieso eine Falle.«

»Und warum?«

»Oh, das ist einfach erklärt«, sagte Ennel und nahm einen kräftigen Schluck. »Die Zisterzienser haben schon lange ein Auge auf meine Werkstatt geworfen. Einen Teil meines Grundstückes haben sie mir bereits abgenommen, aufgrund uralter Rechte, die sie irgendwo ausgruben. Sie müssen ein Abkommen mit dem Zunftmeister getroffen haben, wenn ich auch nicht weiß, wie und wozu. Bisher war er den Mönchen spinnefeind.«

»Hat der Erzbischof auch damit zu tun? Ich meine, Ihr sagtet, er sähe es nicht gerne, wenn Frauen...«

»Nur insofern, als es zwecklos ist, um meine Rechte zu prozessieren. Ich würde viel Geld dafür ausgeben und doch verlieren. Ohnehin hat niemals ein Bürger gegen Zisterzienser gewonnen, aber mit der Unterstützung des Erzbischofs sind sie unschlagbar.«

»Und was wird jetzt?« fragte Johanna und empfand tiefes Mitgefühl.

Die Ennelin lehnte sich zurück und betrachtete die Figuren an der Decke, die eine Geschichte der Bibel erzählten, und schien sich nur noch dafür zu interessieren. Endlich sprach sie mit rauher Stimme. »Ich werde meine Kunden verlieren. Ohne Meisteramt darf ich keine Aufträge annehmen. Ich werde die Zeit mit Kleinkram zu überbrücken versuchen, mit dem Schmieden von Jagdmessern, Eßbestecken und dergleichen. Vielleicht sieht das Amt darüber hinweg, wenn ich mich nicht mit Waffen befasse.«

»Und wenn nicht?«

»Dann sitzen übers Jahr Konversen in meiner Werkstatt und ich auf der Straße.«

»Ich könnte versuchen, mit Praun zu reden«, bot Johanna an. »Vielleicht kann er Euch helfen.«

Ennel schüttelte den Kopf. »Mir ist nicht zu helfen. Durch Praun schon gar nicht. Er würde seinen Kopf nie dort hinlegen, wo er ihm abgeschlagen werden könnte. Ich werde jetzt Euren Malchus holen.« Ein wenig schwankend verließ sie den Raum, kam nach kurzer Zeit zurück und legte die Waffe vor Johanna auf den Tisch. »Es ist eine gute Waffe«, sagte sie grimmig. »Eine meiner letzten. Haltet sie in Ehren.«

Johanna nickte beklommen. Es war ihr äußerst peinlich, ausgerechnet in diese Sorgen der Meisterin hinein die Bitte um Unterkunft zu äußern. Andererseits gab es ja jetzt im Haus Platz genug. »Ich kann erst morgen früh zurückreiten«, sagte sie leise. »Wäre es möglich, daß ich bei Euch...«

Ennel schüttelte entschieden den Kopf, noch bevor Johanna ausgesprochen hatte. »Ausgeschlossen! Ich darf mir nichts zuschulden kommen lassen, wenn ich noch die winzigste Chance haben will, alles zum Guten zu wenden. Ein Edelfräulein in Knappenkleidung in meinem Haus zu beherbergen wäre der letzte Stein zu meinem Grab. Obendrein noch mit einem Malchus, der mein Meisterzeichen trägt! Ihr müßt verstehen, daß Ihr in gewisser Weise selbst suspekt seid, jedenfalls in den Augen derer, auf die es ankommt.«

Bestürzt und wütend sprang Johanna auf und wünschte, sie hätte nicht gefragt. Sie warf den Beutel mit dem abgezählten Geld auf den Tisch und lief hinaus und hinunter auf den Hof. Er war leer wie zuvor.

Einen Augenblick schmiegte sie ihre Stirn an Ajax' vertrauten warmen Hals. Ihre Stiefmutter hatte ihr zwar deutlich zu verstehen gegeben, daß sie sich außerhalb der Gesellschaft befand – aber deren Meinung zählte nicht. Jedoch war es eine schreckliche Vorstellung, jetzt auch von einer vernünftigen Frau wie Ennel wie eine Geächtete angesehen zu werden.

Dann ergriff sie die Zügel und trat beklommen in die Dunkelheit jenseits des Tores, wo sich zu dieser späten Stunde kein Mensch aufhielt. Nur Verfemte, Räuber und Männer, die bestimmte Gründe hatten, die Nähe anderer zu meiden.

Kapitel 5

Die Nacht verbrachte Johanna in einem Dickicht in der Nähe des Baches. Feuer wagte sie nicht zu machen, und die feuchte Luft schien ihr bis in die Knochen zu dringen. Nur wenn sie das beruhigende Schnauben von Ajax hörte, schloß sie einen kurzen Moment die Augen. Es war die scheußlichste Nacht ihres Lebens, aber sie überstand sie, ohne daß die Nachtmahre ihr etwas antaten, und im Morgengrauen saß sie wieder auf dem Pferderücken und ritt auf der Straße nach Königstein.

Die Stadt unterhalb der Burg wirkte merkwürdig still, als sie von der Brücke aus die Hauptstraße entlangblickte, nicht wie an einem Feiertag, sondern wie gelähmt. Sie brachte Ajax zum Traben, und das Echo seiner Hufe auf dem Pflaster wurde von den geschlossenen Fensterläden zurückgeworfen. In der Gasse zu Sankt Marien glitt ein schwarzes Gespenst aus einem Haus und versperrte ihr mit flatterndem Gewand den Weg.

Johanna parierte durch. »Gottes Barmherzigkeit, habt Ihr mich erschreckt, Vater Josef«, keuchte sie.

»Besser ich als andere«, versetzte der Priester. »Man sagt, Ihr wärt gestern nicht in der Burg gewesen, stimmt das?«

»Ja.« Johanna runzelte mißtrauisch die Stirn. »Aber ich wüßte nicht, daß ich damit gegen Gottes Gebot gehandelt hätte.«

»Ihr seid eine dumme Gans«, schnaubte Vater Josef. »Es geht nicht um versäumte Messen! Ich wollte Euch nicht unvorbereitet nach oben lassen. Legt Euer Herz in die Hände des Herrn, und dann reitet getrost.«

»Was ist passiert, Vater?« Johanna zitterte plötzlich vor Aufregung.

»Ein Überfall auf die Burg. Es waren Ritter, Feinde Eures Vaters.«

»Ist jemand tot, Vater Josef? Mein Vater ...?«

»Gott hält die Hand über die Seinen«, sagte Vater Josef, ein wenig gekränkt ob ihres mangelnden Gottvertrauens. »Was geschehen ist, ist geschehen. Das macht Ihr auch mit Eile nicht rückgängig. Aber es sollte Euch und Eurem Vater eine Mahnung sein, künftig mehr Ehrfurcht vor Gottes Ordnung zu haben. Zwei Mann, die töricht genug waren, sich den fremden Rittern in den Weg zu werfen, haben sie getötet, aber Euer Vater ist unversehrt.«

»Danke, Vater Josef, dann laßt mich jetzt durch!« Johanna ritt so schnell an, daß der Priester ihr aus dem Weg springen mußte.

In der Vorburg am Fuß des Burghügels, wo die Burgmannen wohnten, rührte sich nichts, aber oben war die Zugbrücke herabgelassen, wie immer. Ein Wagen mit Bauholz ratterte gemächlich darüber. Johanna mußte hinter ihm bleiben, so ungeduldig sie auch war.

Auf dem weiten Vorhof waren Knechte dabei, die Schäden zu reparieren. Neben den Zerstörungen beim Angriff, hatten sich die Männer anscheinend die Zeit damit vertrieben, das kaiserliche Wappen über dem Durchgang zum inneren Tor mit ihren Lanzen zu spalten. Ein Handwerker schlug die Reste davon gerade herunter, als Johanna seine Leiter passierte.

Sämtliche Burgmannen waren im großen Saal versammelt. Sorgenvolles Geflüster hatte den üblichen Lärm abgelöst, nicht einmal die jüngsten Knappen fielen durch unangebrachte Lacher auf.

Lienhart von Falkenstein sah auf. Erstaunen malte sich in seinem Gesicht, sogar ein wenig Befremden. »Sie haben dich gar nicht mitgenommen? Oder bist du ihnen entwischt? Wie geht es meiner Dame Katherine? Warum bist du nicht bei ihr geblieben, um sie zu trösten, Johanna?«

»Eine Menge Fragen, Vater. Ich war nicht gefangen. Was ist hier geschehen?« Sie war doch nicht der Knappe ihrer Stiefmutter! Wie käme sie dazu, auf Katherine aufzupassen? Aber Johanna hütete sich, dergleichen zu äußern.

»Die Dame Katherine ist von den Lichern entführt worden«, sagte Lienhart grimmig. »Sie waren im Burghof, bevor auch nur einer daran dachte, die Zugbrücke hochzuziehen. Wer hätte ahnen können, daß mein Verwandter noch nicht aufgegeben hat? Er ist anscheinend unbelehrbar. Und dich meinte Praun auf dem Turnierplatz gesehen zu haben, so daß uns allen klar schien, daß sie auch dich mitgenommen hatten.«

Johanna sah sich um, und ihr Blick kreuzte sich mit dem des Burghauptmanns. Wofür hatte ihr Vater seine Männer eigentlich auf den Zinnen postiert, wenn sie nicht in der Lage waren, eine feindliche Heeresmacht zu erkennen? Sie biß sich auf die Lippen, um auch diese Frage nicht laut zu stellen. Sie durfte froh sein, wenn man sie nicht hinauswarf. Schweigend musterte sie die übrigen.

Die Gesichter im Saal kannte sie alle. Vico war da, offenbar unverletzt. Nur Konrad und der Beichtvater ihrer Stiefmutter fehlten, aber das schien ihr kein großer Verlust zu sein. »Mehr ist nicht passiert?«

Lienhart zog die Schultern hoch und ließ sie wieder fallen. »Sie haben Kleinholz aus den neuen Werkstätten gemacht, Karren von den Mauern gekippt, die Küche als Abreitplatz benutzt, Wandteppiche zerschlitzt und zwei Männer erschlagen. Aber mehr ist nicht passiert, nein.«

»So meinte ich es natürlich nicht«, sagte Johanna beschämt. »Es tut mir leid um den Knappen Konrad und um Vater Gottfried.« Mit Maßen, dachte sie, aber das zu sagen, gehörte sich nicht.

Lienhart hob die Augenbrauen, bis sie unter seinen glatt abgeschnittenen Haaren verschwanden, dann begriff er. »Der Junge und der Pfaffe. Nein, die beiden sind nur verschwunden«, sagte er verächtlich. »Tot sind zwei gute Männer.«

Schade, dachte Johanna und fragte laut: »Und was wird jetzt?«

»Ja, darüber beraten wir gerade. Der Kaiser wird nicht erfreut sein, aber ob er bereit ist, wieder einmal ein Heer gegen die Licher aufzustellen, erscheint sehr fraglich. Und von den Wetterauer Städten, insbesondere von Frankfurt, ist auch keine Unterstützung zu erwarten. Man hat sie schon damals zum Krieg gegen Philipp von Falkenstein zwingen müssen.« Lienhart räusperte sich unbehaglich. »Ich fürchte, der Kaiser und die Städte werden die Angelegenheit zu meiner persönlichen Sache erklären... Auf jeden Fall werden die Licher die Geldforderung an mich stellen.«

Wieder setzten Diskussionen unter den Rittern und Knappen ein. Nach einer Weile erhob sich darüber Lienharts Stimme. »Zu überlegen wäre auch, meinem reizenden Vetter Johanna als Tausch gegen die Dame Katherine anzubieten, bis eine Entscheidung gefallen ist. Johanna ist robust genug, um eine Gefangenschaft gut zu überstehen. Meine Dame aber hat ein zartes Gemüt; ich weiß nicht, ob sie...«

Seine Überlegung endete in einem Selbstgespräch, während Johanna sich wie von einer riesigen Faust gepackt und geschüttelt fühlte. Sie sank zwischen zwei Gefolgsleuten ihres Vaters auf eine Bank. »Warum ich, Vater? Warum nicht ein Ritter? Oder... oder Ihr selbst?«

»Am Ende wärt ihr alle froh, mich los zu sein, damit ihr wieder in den alten Schlendrian fallen könnt.« Lienhart stimmte ein dröhnendes Gelächter an, aber in Johannas Ohren klang es falsch wie Hecht aus Schweinesülze, und nur wenige Männer fielen halbherzig ein.

Und mich erst, dachte sie entsetzt. War es nicht wahrscheinlich, daß man sie im Verlies der Burg von Lich einfach vergessen würde? Suspekt, wie sie war, wie es die Ennelin so unumwunden ausgedrückt hatte. »Dann sucht Konrad und schickt ihn hin«, sagte sie brüsk und erhob sich auf zitternden Knien. »Schließlich hat er oft genug davon gesungen, wie gerne er sein Leben für seine Herrin geben würde. Laßt es ihn tun.«

»Wacker gesprochen, Johanna.« Der grauhaarige Rittersmann Lettel, dem sie alles verdankte, was Waffen und Pferde anging, nickte ihr lebhaft zu.

»Ach, sein Mut reicht nur für einen halben Hasen, nicht für eine ganze Herrin«, spottete ein Knappe.

Zum ersten Mal, seitdem sie die Halle betreten hatte, lockerte sich die Stimmung ein wenig. »Geh jetzt, Johanna, und laß uns beraten«, sagte Lienhart milde.

»Ich würde gerne bleiben, Vater«, widersprach Johanna und setzte sich wieder. »Schließlich geht es mich an, was Ihr beschließt, vor allem, wenn ich das Pfand sein soll.«

Die Beratungen zogen sich hin. Johanna hörte aufmerksam zu. Niemand hatte sie bis dahin jemals mit den Schwierigkeiten der instabilen Machtverhältnisse vertraut gemacht, die den Kaiser zwangen, die Fürsten seines Reiches in Schach zu halten, ihre Feindschaften und Freundschaften gegeneinander auszuspielen, sie bei all dem nicht zu unversöhnlichen Gegnern seiner Person zu machen und gleichzeitig seinen Nutzen zum Wohl des Ganzen aus ihnen zu ziehen.

Und wieder einmal war dieses feingesponnene Netz unversehens in Unordnung geraten, indem die Licher eine Reichsburg angegriffen und die Frau des befehligenden Burgmanns gefangengenommen hatten. Falls der Vater keinen anderen Ausweg fand, würde er Johanna als Tauschobjekt anbieten, das war ganz klar.

Nach einigen Stunden, die kein Ergebnis brachten, stahl Johanna sich aus dem Saal, mit dem bitteren Gefühl, daß ihr möglicherweise nur eine kurze Frist blieb, bis man sie den Lichern aushändigen würde. Selbst Vico hatte dem Plan nicht widersprochen.

Zum Fest der unschuldigen Kinder gab es immer noch keine Nachricht von den Lichern, und mit jedem Tag wurde es klarer, daß die Lösegeldforderung erst nach den Feiertagen kommen würde.

Die Stimmung war trübselig. Das einzig Erfreuliche nach Johannas Meinung war, daß die Burgbewohner geschlossen zur Christmette nach Sankt Marien in der Stadt gingen. Vater Gottfried, von dem niemand wußte, wo er abgeblieben war, hätte wahrscheinlich darauf bestanden, die Messe in der Burgkapelle zu feiern, unter anderem auch, um mit den alten Gewohnheiten der verstorbenen Herrin zu brechen.

Vater Josef sprach nach dem Erheben der Hostie ein Gebet eigens für die Dame Katherine, und Ritter Lienhart verließ seinen Stuhl mit gefaßtem und hoffnungsvollem Gesicht. Johanna schöpfte ebenfalls Hoffnung. Immerhin war für das Tauschangebot noch kein Termin festgelegt worden.

Als sie sich inmitten der Bürger aus dem Portal hinausgedrängt hatte, sah Johanna den Bankert Thomas. Er ging mit seiner Großmutter Niesgin.

Etwas später schlängelte er sich an ihre Seite, was in dieser Nacht des Herrn, in der die Standesunterschiede aufgehoben waren, geduldet wurde. »Gelobt sei Jesus Christus«, sagte Thomas ehrerbietig. »Meine Großmutter läßt Euch nochmals von ganzem Herzen für das Fleisch danken. Sie hätte erstmals in diesem Winter keine Sorgen wegen des Essens, sagte sie. Ich danke Euch natürlich auch. Großmutter Niesgin mußte ganz eilig fort, sonst wäre sie selber gekommen. Mir wäre lieber gewesen, wenn sie die Nacht beenden würde, wie es allen Menschen der Christenheit zukommt ...«, fügte er mit einer plötzlichen Aufwallung von Zorn hinzu.

Johanna sah ihn erstaunt an. Er war gewachsen in letzter Zeit und inzwischen größer als sie, obwohl sie für eine Frau recht groß war. Sein Hinken hatte sich verstärkt, oder er gab sich weniger Mühe, es zu verbergen. Um seinen Mund mit den vollen Lippen lag ein verbissener Zug, so daß er fast wie ein alter Mann wirkte.

»Ich kann mir nicht vorstellen, daß Großmutter Niesgin etwas Unchristliches tut«, widersprach Johanna und blickte zum Himmel empor. Es war bitterkalt, und die Sterne glitzerten frostig. Auf den zugefrorenen letzten Pfützen spiegelte sich das Mondlicht.

»Die Frau des Flecksieders gilt nicht gerade als Musterbeispiel an Frömmigkeit«, sagte Thomas. »Aber ausgerechnet in dieser Nacht liegt sie in Wehen, die nicht vorankommen, und unser Herr im Himmel weiß wohl, warum. Die Hebamme hat nach Großmutter geschickt, und sie ist gegen meinen Rat gegangen.«

»Keine Nacht scheint mir besser geeignet für christliche Nächstenliebe als diese«, wandte Johanna ein und wunderte sich, daß Thomas von einer alten und weisen Frau erwartete, sie würde seinen Ratschlägen folgen. Sie zog ihren Mantel fester um sich; plötzlich schien es ihr kälter als zuvor. Ihre Zehen waren in den dünnen Schuhen schier erfroren, und ihre Waden fühlten sich ohne die gewohnten Beinkleider an, als stünde sie in einer eiskalten Gruft. »Und die Frau ist in Not, Thomas! Verstehst du das denn nicht?«

»Doch. Aber das ist die Buße, die ihr von unserem Herrn auferlegt ist für die fleischlichen Genüsse des Frühjahrs. Sie wußte es und konnte es doch nicht lassen. Warum soll sich Großmutter Niesgin jetzt in diesen Sumpf von Unrat hineinziehen lassen? Für ihre Nächstenliebe gäbe es überall dankbarere Empfänger.«

»Ich glaube nicht, daß es sich um einen Sumpf von Unrat handelt«, sagte Johanna gepreßt. Wieder schnürte der Gedanke an Konrad ihr fast die Kehle zu, aber das war es ja nicht, was Thomas meinte. Er sprach von einem ganz gewöhnlichen Eheleben. »Du bist auf die gleiche Weise gezeugt worden wie das Kind der Flecksiederin! Und ich auch.«

»Sprecht nicht von mir«, bat Thomas mit leiser Stimme, in der Haß mitschwang. »Mich hat der Herr mit einem Merkmal gezeichnet, an dem er mich überall erkennen kann. Nur Er weiß, warum.«

Johanna hatte nicht die Absicht gehabt, ihn zu kränken. Sein Fuß machte ihn sehr empfindlich. Sie kehrte behutsam auf neutrales Gebiet zurück. »Soviel ich weiß, hat die Flecksiederin keinen schlechten Ruf.«

»Vielleicht nicht«, knurrte Thomas widerspenstig. »Aber ihre Putzsucht macht nicht halt vor gelber Farbe, und was das bedeutet, muß ich Euch nicht erklären.«

»Nein, wirklich nicht!« Johanna begann allmählich, mit ihm die Geduld zu verlieren. »Aber weder ist sie die Geliebte von Vater Josef, ich bin ganz sicher, daß er keine hat, noch ist sie Jüdin. Ich habe mich einmal mit der Judenläuferin von Frankfurt unterhalten – die Flecksiederin ist keine.«

»Eben! Und was bleibt? Sie ist eine Hure«, höhnte Thomas. »Die ganze Zeit versuch' ich, es Euch klar zu machen.«

»Dann glaub' es halt«, schnaubte Johanna. »Ich glaube es nicht. Vielleicht findet die Flecksiederin die gelbe Farbe einfach schön und kümmert sich um die Meinung von dir und deinesgleichen nicht. Eine gesegnete Christnacht wünsche ich und ein wenig mehr Barmherzigkeit!«

Sie entfernte sich mit schnellen Schritten von Thomas. Als sie sich kurze Zeit später umdrehte, stand er noch am gleichen Ort: Die Fäuste in die Seiten gestemmt und den Unterkiefer vorgeschoben, war er geradezu die Verkörperung von Selbstgerechtigkeit. Heute fand sie ihn unerträglich.

Am Tag nach Dreikönig waren die Feiertage vorbei, und Johanna konnte endlich beginnen, mit dem Malchus zu üben. Die Kälte hatte nachgelassen, aber noch taute es nicht; der Boden war fest und frei von Schnee. Ein guter Tag.

Sie ritt tief in die entlaubten Wälder hinein, abseits von allen ihr bekannten Wegen, band Ajax an einen Strauch und holte die Waffe aus ihrer Jagdtasche. Sie steckte sie auf der linken Seite blank zwischen Gürtel und Wams und versuchte, sich vorzustellen, wie sie reagieren würde, wenn in diesem Augenblick ein Räuber käme.

Aber irgendwie fehlte ihr an diesem Tag das Geschick für

solche Übungen. Die Schneide blieb mehrmals im Holz eines gar nicht dicken Astes stecken. Nur fingerdick – und wie umfangreich war ein Arm. Oder gar ein Hals! Johanna entschloß sich nach diesen entmutigenden Versuchen, für den Tag aufzugeben. Seufzend schlug sie den Malchus in sein Tuch ein und verwahrte ihn wieder.

Lustlos ritt sie zur Burg zurück. Irgend etwas stimmte mit ihr nicht. Am Vortag hatte es als letztes Festessen Kutteln gegeben, die zerkleinert und zu einem riesengroßen Steinpilz geformt auf den Tisch gekommen waren. Der Pilz hatte ihr nicht geschmeckt. Vielleicht brütete sie eine Krankheit aus.

Als Johanna in der Burg ankam, war Ajax' Standplatz durch ein fremdes Pferd besetzt, dem man die Schabracke mit den silbernen Hechten gar nicht erst abgenommen hatte. Zutiefst erschrocken drückte sie einem der Burschen die Zügel in die Hand und rannte zum Palas.

Der Saal summte vor Neuigkeiten über die Dame Katherine. Der Bote der Licher hatte die schriftliche Nachricht seines Herrn überbracht und wartete jetzt auf die Antwort. Inzwischen saß er vor einem großen Krug Bier, den Resten der gestrigen Pastete sowie kaltem Fleisch und ließ sich während des Essens von den Königsteiner Rittern ausfragen. Johanna stellte sich zu der Gruppe um den Boten und hörte mit klopfendem Herzen zu. Es konnte sehr wohl sein, daß der Vater diesem Mann das Tauschangebot mitgeben würde.

»Ist die Dame Katherine bei guter Gesundheit?« fragte jemand besorgt.

»Bei allerbester! Die Herren und Damen kommen aus dem Lachen gar nicht heraus, wenn sie erzählt.«

»Wenn sie erzählt? Ja, was erzählt sie denn?« fragte Ritter Lettel, der nach Abschluß der Erntearbeiten wieder öfter auf die Burg kam und noch häufiger, seitdem seinem Herrn die Frau abhanden gekommen war. Er konnte sein Erstaunen nicht ganz verbergen. Die übrigen Burgmannen und Ritter auch nicht. Die Knappen stießen einander gegenseitig an und grinsten.

Wir machen uns Sorgen, und ihr geht es gut bei den Lichern! Sie amüsiert sich dort wie ein Gast, dachte Johanna aufgebracht.

Der Bote kaute in aller Ruhe weiter und spülte den Bissen mit einem kräftigen Schluck hinunter. »Was erzählt sie denn?« wiederholte er und grinste die Tischplatte an, auf der er die Vogelknöchelchen zu einem Haufen geschichtet hatte.

Johanna biß die Zähne zusammen und bemühte sich, nicht an den farbenprächtigen Fasan zu denken, den Vico vor einigen Tagen heimgebracht hatte.

»Sie erzählt, wic es hier bei euch zugeht«, fuhr der Mann fort und verstärkte sein tückisches Grinsen. »Bei uns hat ja keiner eine Ahnung, wie es sich auf einer Burg mit zerstörtem Gemäuer lebt. Was ihr euren Saal nennt, ist ja kaum größer als unser Scheißhaus. Lausig, was ich jetzt hier mit eigenen Augen sehe. Würde bei uns niemanden locken. Es würde mich auch nicht wundern, wenn die Dame Katherine gar nicht zurückkehren will! Eine wirklich ritterliche Dame muß zwischen Ratten und weiblichem Gesindel im Knabenwams ja verkümmern.«

Johanna fragte sich, ob der Vater es gehört hatte. Er saß an einem Tisch abseits und beriet sich leise mit einem seiner Getreuen, der viel Erfahrung hatte. Als die Blicke der Knappen sich auf sie richteten, wurde sie sich erst bewußt, daß der Licher auch von ihr gesprochen hatte. »Wenn Ihr nicht ein Bote wärt, würde ich Euch aus der Burg prügeln«, preßte sie zwischen den Zähnen hervor.

Der Mann betrachtete sie interessiert. »Ach, Ihr seid gewiß Johanna. Ja, ich glaube, Ihr brächtet es fertig. Die Dame Katherine beschrieb Euch genau so. Über Euch haben wir am meisten gelacht.«

»Johanna!« sagte Ritter Lienhart schneidend. »Der Knecht meines Verwandten ist ein Flegel, aber er ist ein Bote. Ich stehe mit meiner Ehre dafür ein, daß er meine Burg gesund verläßt.«

»Ja, Vater, ich weiß.« Johanna schoß noch einige funkelnde Blicke ab, bevor sie sich aus dem Blickfeld des Mannes entfernte, jedoch nur, um anschließend dorthin zurückzukehren, wo die Traube der Neugierigen am dichtesten war und sie von ihm nicht gesehen werden konnte.

»Hat sie eigentlich den Ältesten und Erfahrensten aus unserer Mitte zu ihrem Schutze und ihrer Unterhaltung bei sich, den Knappen Konrad?« erkundigte sich feierlich einer der jüngsten Knappen. Er zuckte zusammen, als Ritter Lettel sich laut und beziehungsvoll räusperte.

Der Bote starrte den vorlauten Jungen kurz an, dann schüttelte er den Kopf. »Von einem Knappen Konrad weiß ich nichts. Die Dame Katherine hatte niemanden bei sich, als wir, ähm, um ihre wohlwollende Begleitung ersuchten.«

»Wirklich nicht? Wir dachten, er wäre bei ihr, nachdem wir ihn nicht finden konnten und er auch nicht zurückgekehrt ist. Wo mag er denn dann sein?«

»Keine Ahnung. Paßt selber auf ihn auf«, brummte der Licher und schob den Krug über den Tisch. »Noch eine Füllung!«

Versoffener Schlauch, dachte Johanna und schnappte auf, daß die Burgmannen leise über Vater Gottfried sprachen. Aber der Licher hätte in seiner Wichtigtuerei einen Priester in Katherines Begleitung bestimmt erwähnt.

»So, Bote«, sagte Lienhart. »Ich bin fertig. Trink dein Bier aus, dann kannst du kommen und die Antwort für deinen Herrn abholen.«

»Ich trinke aus, wann es mir paßt. Tatsächlich paßt es mir jetzt.« Der Licher knallte den geleerten Krug auf den Tisch, kam schwerfällig auf die Füße und schwankte auf den Burgherrn zu. »Her mit dem Schrieb!« verlangte er undeutlich. »Bin froh, wenn ich dieses stinkende Läusenest hinter mir lassen kann.«

Lienharts Augen glitzerten vor Verachtung. »Wage nicht, dir den Hals vor lauter Trunkenheit zu brechen und dich mit der Antwort zu verspäten!«

Der Knecht grinste und griff neben der Rolle, die Lienhart ihm entgegenhielt, ins Leere. Mit einem Fluch auf den Lippen stützte er sich auf seine angewinkelten Arme und starrte dem Burgmann aus nächster Nähe ins Gesicht. »Die Beleidigung zahlen wir Euch zurück, Ritter Lienhart. Die Falkensteiner von Lich bleiben nichts schuldig.«

Lienhart lehnte sich nach hinten. »Mach, daß du fortkommst«, sagte er angewidert. »Ich erwarte, bei Gott, daß ich in spätestens vier Tagen die Antwort in Händen halte.«

»Die Antwort vielleicht, aber die Frau noch lange nicht!« Das Gelächter des Lichers wurde von den Wänden des Treppenturms zurückgeworfen, und sie hörten ihn noch im Hof.

Erst als die Hufschläge über die Zugbrücke gedonnert waren, drängten die Burgmannen und Knappen an Lienharts Tisch, um zu erfahren, was er geantwortet hatte. Lienhart verbarg schweigend sein Gesicht in den Händen.

»Da ist wohl keiner, der diesem Boten nicht gerne die Zähne eingeschlagen hätte«, sagte Lettel, schob sich die grauen Haare aus den Augen und musterte die Männer einen nach dem anderen. »Etwas anderes hat er nicht verdient. Aber laßt euch durch solche ungehobelten Klötze nicht verleiten zu denken, die Falkensteiner von Lich verstünden nichts vom Kampf. Nach dem Kaiser werden sie bei den ersten sein, die Geschütze und Handrohre anschaffen. Philipp der Jüngere gilt als sehr kundig im Waffenhandwerk und als fortschrittlich obendrein.«

Lienhart ließ die Hände auf den Tisch fallen. Sein wettergegerbtes Gesicht war blaß. »Stimmt, Lettel. Der Bote und die Botschaft sind ein einziger Hohn. Der Licher hat mit fünfhundert Bewaffneten gedroht gegen die paar Mann, die wir aufbieten können. Er scheint genau zu wissen, daß der Kaiser diese Sache zu meiner Privatangelegenheit erklären wird. Übrigens all dies nur für den Fall, daß ich mich weigere, das Lösegeld zu zahlen. Die Summe mag ja für einen Falkensteiner von seiner Art normal sein – aber ich kann sie nicht aufbringen.«

Johanna stockte der Atem.

»Der Graf läßt mir einen einzigen Ausweg. Er bietet mir an, die Dame Katherine an ihn abzutreten. Als seine Mätresse.« Ritter Lienhart sprang so heftig auf, daß sein Lehnstuhl umfiel, und verließ den Saal mit schnellem Schritt.

Johanna schielte zu Lettel hinüber. Der war dunkelrot angelaufen. Er hatte das Schluchzen des Burgherrn auch gehört.

»Elendes Ding, du!« schrie Johanna den Malchus an und warf ihn in hohem Bogen ins Gestrüpp. Er blieb mit vibrierender Klinge in einer jungen Buche stecken.

Unschlüssig starrte sie ihm nach. Gerade noch war sie entschlossen gewesen, ihn fortzuwerfen. Ihre Erfolge waren bestenfalls mäßig, obwohl sie schon mehrere Wochen mit ihm übte. Er war eben eine Bauernwaffe. Aber jetzt hatte er erstmals gezeigt, wozu er taugte. Sie beschloß, ihm noch eine Gnadenfrist zu gewähren, und holte ihn wieder zurück.

Dann machte sie sich auf den Rückweg zur Burg. Möglicherweise gab es Neuigkeiten. Die Verhandlungen über das Lösegeld für Katherine zogen sich endlos hin, in zwei Wochen war das Fest des Heiligen Gregor, und noch immer war alles ungewiß, außer daß sich weder der Kaiser noch die Wetterauer Städte für die ganze Angelegenheit interessierten. Eines war allerdings sehr wohl entschieden: Lienhart hatte stillschweigend seinen Plan des Tausches aufgegeben.

Seit dem Überfall verlief das Leben auf der Burg in einem seltsamen Schwebezustand, und nichts war, wie es sein sollte; das Gesinde hatte nicht einmal für die Aufführung des Fastnachtsspiels in Königstein freibekommen, und sein leises Murren war durch die Mauern bis in den Saal zu hören gewesen. Lienhart wußte es und blieb trotzdem unnachgiebig. Seine Lähmung griff auf alles über, auch auf Johanna, und kein Kraut war dagegen gewachsen. Sie haßte diesen Zustand allmählich.

Kurzerhand beschloß sie, Großmutter Niesgin einen Besuch

abzustatten. Vielleicht wußte sie Rat. Etwas aufgemuntert, setzte Johanna Ajax in Trab.

Der Ritt durch Königstein war an diesem Tag ein Spießrutenlaufen. Von allen Seiten bekam sie finstere Blicke zu spüren. Dabei konnte sie nichts dafür, daß Lienhart sich entschlossen hatte, von den Bauern und Handwerkern eine Sonderabgabe für das Lösegeld einzuziehen.

Ajax war kurz davor zu scheuen, als eine derbe Hand nach dem Zügel griff und seinen Kopf herumzerrte. »Was fällt dir ein?« rief Johanna, nachdem sie ihren Hengst unter Mühe wieder an die Hand gestellt hatte. »Laß sofort los!«

Der Mann mit dem Gesicht einer bissigen Bulldogge war der Flecksieder, Johanna erkannte ihn jetzt. »Nicht, ehe Ihr versprochen habt, Eurem Vater mitzuteilen, daß er uns nach Strich und Faden ausplündert!« Er umklammerte den Zügel so fest, daß seine Faust weiß wurde.

»Fünfzehn Pfennige. Die werdet Ihr aufbringen können, Meister«, sagte Johanna in versöhnlichem Ton.

Dem Flecksieder traten die rotgeäderten Augen unter der breiten, niedrigen Stirn hervor. »Ich würde jetzt gerne sagen: Bei allem Respekt, Fräulein Johanna, aber ich kann's nicht. Ich habe keinen Respekt vor einem Burgmann, der die Bevölkerung schindet, damit er sich seine Gemahlin zurückkaufen kann. Weiß das der Kaiser? Hat er sein Einverständnis gegeben?«

Johanna schwieg. Sie wußte es nicht.

»Und es sind nicht fünfzehn Pfennige! Wir Meister müssen jeder einen dicken Silberpfennig abliefern. Wie viele von uns erwirtschaften wohl in einem Jahr einen ganzen Schilling? Was meint Ihr? Kein einziger! Unsere Familien werden für die Dame Katherine hungern. Ist sie das wert?«

»Fragt Lienhart selber, wenn Ihr den Mut habt«, schrie Johanna außer sich und drückte Ajax die Hacken in die Seite.

Vor seinen Vorderbeinen hatte selbst der Flecksieder Respekt und ließ los. Rücksichtslos sprengte Johanna durch die Straßen.

Mütter retteten entrüstet ihre Kinder, und Krüppel entkamen nur knapp. Trotzdem parierte Johanna erst durch, als sie sich jenseits des Tores in den Feldern befand.

Sie fühlte sich tief verletzt und ließ ihren Tränen freien Lauf. Was hätte der Vater sonst tun können? Es war nicht seine Schuld, daß man ihm die Frau geraubt hatte.

Trotz aller Rechtfertigung ihres Vaters kam in Johanna ein seltsames Gefühl von Beschämung auf, als sie die Tür zu Großmutter Niesgins Hütte öffnete. Auch Niesgin würde fünfzehn Pfennige zu entrichten haben, aber die besaß sie bestimmt nicht, denn ihre Dienste wurden mit Rüben, Kohl und Flußkrebsen abgegolten. Von denen, die sie entbehren konnten.

Großmutter Niesgin lächelte ihrem Besuch erfreut entgegen. Johanna hatte sich das Gesicht und die Nase geputzt, aber sie merkte selbst, daß ihre Fröhlichkeit aufgesetzt wirkte, als sie sich auf die Bank sinken ließ.

»Nanu«, sagte Niesgin erstaunt. »So kenne ich dich ja gar nicht, Johanna. Ist etwas mit deiner Stiefmutter geschehen? Noch Schlimmeres, meine ich.«

»Ach, sie ist die einzige, der es gutgeht«, antwortete Johanna bissig.

Niesgin nickte verständnisinnig. »Ich weiß, was du meinst. Wir müssen wohl alle zusammenstehen, um dem Herrn Lienhart in seiner Not zu helfen. Gott gebe, daß diese Leidenszeit bald ein Ende hat und die Dame Katherine schnell zurückgegeben wird.«

»Ihr habt mehr Verständnis als andere«, murmelte Johanna. »Mich schelten sie schon offen auf der Straße wegen Vater. Mir ist ganz elend, wenn sie so unfreundlich sind.«

»Wirklich?« fragte Großmutter Niesgin und begann die Kräuterbündel an der Decke zu mustern.

Johanna sah es mit Erleichterung. Erklärungen konnte sie sich sparen. Sie klammerte sich an der Bank fest und machte die Augen zu, um ein plötzliches Schwindelgefühl zu überwinden.

Als sie sie wieder öffnen konnte, strich Luft um ihren Hals und ihre Kehle. Ihr begann kalt zu werden, und sie tastete nach ihrem Wams. Alle Knöpfe waren aufgeknöpft.

Vor Johanna stand Großmutter Niesgin mit weit aufgerissenen Augen. »Johanna, dir ist nicht elend wegen des Zorns der Königsteiner, sondern weil du in ungesegneten Umständen bist«, sagte sie bestürzt.

»Großmutter, ich wünsche nicht, daß du dich immerfort um diese Frauen bemühst! Die meisten von ihnen haben Dutzende mal die Sünde der Lust auf sich geladen, bevor sie in diesen Zustand geraten sind. Er wird zwar von der Mutter Kirche geduldet, trotzdem solltest du dich heraushalten. Um deines eigenen Seelenheils willen.« Thomas' Stimme war jetzt viel tiefer und energischer als im Herbst. Zugleich mit seinem Schlußpunkt schloß er die Tür nachdrücklich hinter sich.

Er hatte keine Ahnung von Frauen, aber er sprach sachkundig über sie wie ein Priester. Johanna war immer noch wie gelähmt.

Niesgin wandte sich mit gerunzelter Stirn zu ihrem Enkel um. »Thomas! Wer hat dir diesen Unsinn eingeredet?«

»Es ist kein Unsinn! Vater Gottfried hat sich viel Mühe gegeben, mir alles zu erklären, was Vater Josef nicht beantworten konnte. Vater Josefs Ausbildung ist nicht sehr gut gewesen, sagt Vater Gottfried.«

In Johannas Kopf summte es wie ein Bienenschwarm. »Ist Vater Gottfried denn wieder da?« fragte sie verwirrt.

»Natürlich nicht. Er wird auch nicht wiederkommen. Er ist in seine Zisterze zurückgegangen, als die Dame Katherine seiner nicht mehr bedurfte«, antwortete Thomas hochmütig.

»Gut so«, sagte Niesgin grimmig. »Einer weniger, der dir Flausen in den Kopf setzt.«

Johanna setzte sich auf. Ihr Kopf begann langsam wieder zu arbeiten. Sie wunderte sich, daß Thomas mehr von Vater Gottfried wußte als alle anderen. Ihre größte Sorge war trotzdem, daß er gehört haben konnte, von wessen Schwangerschaft die Rede war.

Doch er hinkte ohne Hast zur Bank und setzte sich. Er faltete die Hände auf dem Tisch und sah seiner Großmutter ernst ins Gesicht. »Großmutter, ich muß mit dir sprechen.«

Niesgins Haut wurde um die Wangenknochen herum straffer, aber sie verzog keine Miene.

»Vater Gottfried hat einen Platz in der Lateinschule für mich gefunden. Sie wollen auch mein Kostgeld bezahlen. Vater Josef hat immer behauptet, es wäre unmöglich.«

»Wer sind *sie*?«

»Die Zisterzienser.«

Niesgin nickte mit bekümmerter Miene. »Ich freue mich für dich, Thomas. Ich denke, du verdienst eine Ausbildung mehr als alle anderen. Aber nicht mit Hilfe dieser Mönche, bitte! Ich werde zu deinem Vater gehen und ihn bitten, daß er für deine Ausbildung aufkommt. Das erste Mal, daß ich ihn überhaupt aufsuche«, setzte sie mit Bitterkeit hinzu. »Für meine Tochter habe ich es damals nicht getan, als er sie geschwängert hatte.«

»Ich will davon nichts hören«, sagte Thomas heftig, mit blutrotem Gesicht. »Erkläre mir lieber, warum du so feindselig gegenüber den Zisterziensern bist.«

»Gut, aber du wirst wenig Erfreuliches erfahren«, antwortete Niesgin fest. »Die Zisterzienser waren immer bekannt für ihr Bauernlegen und sind es im Osten noch. Weißt du, was das bedeutet? Natürlich nicht. Sie gründen Klöster in Siedlungen und gliedern das von den Bauern längst kultivierte Land in den Klosterbesitz ein. Die Bauern haben nur die Wahl, zu gehen oder sich als Konversen der Mönche versklaven zu lassen. Sie werden zu Arbeitstieren gemacht, zu Ochsen, die gehorchen müssen. Konversen dürfen bei Strafe nicht lesen lernen und nie Mönch werden. Den weltlichen Herren pressen die Zisterzienser eigene Märkte, Befreiung von Zöllen und Steuern ab. Zwischen ihnen und den geschädigten Bürgern gibt es überall Spannungen, aber die Mönche gewinnen jeden Rechtsstreit. Ich möchte bei Gott nicht, daß du mit Hilfe dieser Menschen studierst!«

Thomas stemmte die Fäuste auf die graugescheuerte Tischplatte und zog sich hoch.

»Bitte, laß es mich bei deinem Vater versuchen«, sagte Niesgin. Große Angst schwang in ihrer Stimme mit.

Doch Thomas hörte nicht zu. »Ich wußte es«, stammelte er, schon im Gehen. »Du bist von Gott abgefallen, Großmutter Niesgin, und er wird dich dafür hart bestrafen.« Die Tür schlug mit einem Krachen hinter ihm zu.

Niesgin ließ sich mit bleichem Gesicht auf die Bank sinken.

Johanna verstand ihren Gram. Aber ihre eigene Sorge beschäftigte sie mehr. Entsetzen erfaßte sie, je mehr ihr die Ausweglosigkeit ihrer Lage bewußt wurde. Was blieb ihr denn anderes, als auch noch die größte Todsünde vor Gott auf sich zu laden und ihrem Leben ein Ende zu setzen?

Kapitel 6

»Ich weiß, Lienhart, was Ihr für mich getan habt. Aber mußte es denn ausgerechnet dieser Teppich sein? Er war der schönste! Ihr hättet bei einigem Bemühen gewiß noch jemanden gefunden, der ein wenig mehr hätte zahlen können. Ein einziger wenigstens hätte zurückbleiben müssen, damit ich mich wieder wie zu Hause fühlen kann. Oder wollt Ihr etwa erreichen, daß ich Euren schäbigen Burgmannenhof beziehe?« Die Stimme der Dame Katherine klang gequält, während sie sich im Saal umsah, dessen Wände jetzt kahl waren.

»Sie hatten alle schon so viel bezahlt«, sagte Ritter Lienhart entschuldigend und konnte seine Augen kaum von seiner Frau wenden.

Die Knappen schauten für einen Augenblick betreten drein. Sie hatten sich an diesem Festtag der Rückkehr der Burgherrin von ihren übrigen Pflichten befreit und waren ausnahmslos erschienen, um sie zu begrüßen. Sie umgaben Katherine wie ein aufgeregter Schwarm Bienen, während die Burgmannen schon an der Festtafel warteten.

Dame Katherine wanderte langsam von einer kahlen Stelle an der Wand zur nächsten. Bei manchen hob sie den Arm, deutete mit spitzem Finger darauf und stellte ihr ausgezeichnetes Gedächtnis unter Beweis, indem sie die Motive der verpfändeten Webarbeiten beschrieb.

Johanna rückte mißmutig Schritt um Schritt hinterher, immer bemüht, ihrer Stiefmutter nicht vor die Augen zu kommen. Dem Tag angemessen, hatte sie ein Kleid angezogen und es schön fest zugeschnürt. Es war ganz sicher noch nichts zu erkennen. Neugierig wandte sie sich wie alle anderen auch um, als harte Ledersohlen die Turmtreppe hochklapperten. Eine weitere unangenehme Botschaft? Oder ein unerwarteter Gast?

»Konrad!« rief Katherine in herzlichstem Ton und eilte mit ausgestreckten Händen auf ihren Knappen zu. »Du bist nicht tot?«

»Meine Herrin«, rief er, fiel auf ein Knie und beugte den Kopf vor ihrem Schoß, bevor er eilends aufsprang und ihr strahlend ins Gesicht blickte. »Ihr seid schöner denn je, Herrin! Eure Gefangenschaft hat Euch nicht geschadet, im Gegenteil.«

Katherine lächelte geschmeichelt. »Nicht wahr, Lienhart«, sagte sie, »unser Konrad hat sich zu einem Knappen entwickelt, dessen höfische Umgangsformen vollkommen sind. Ich hoffe, Ihr werdet ihn bald zum Ritter schlagen.«

»Wenn er so gut kämpfen kann, wie er sich zu benehmen weiß – warum nicht, geliebte Katherine. Aber das muß Konrad erst nachweisen.« Lienhart legte die Hand seiner Frau auf seinen Unterarm, um ihr beginnendes Schmollen zu beschwichtigen, und zog sie mit sich zur Festtafel. »Kommt, laßt uns feiern! Ich bin dem Herrn dankbar, daß ich Euch endlich wiederhabe.«

Die Knappen strebten gehorsam an ihre festgelegten Positionen.

»Wo ist Konrad eigentlich die ganze Zeit gewesen?« fragte Johanna in das Geräusch der vielen Füße hinein.

Katherine drehte sich mit versteinernder Miene um, suchte Johanna in der Gruppe der Knappen und musterte sie scharf, als die Jungen eine Gasse freigemacht hatten. Johanna wurde es höchst unbehaglich zumute. Sie hätte den Mund halten sollen.

»Ja, das haben wir uns oft gefragt«, erklärte Lienhart lebhaft und setzte seine kurze Begutachtung der Tafel fort, um sich zu überzeugen, daß sie dem Anlaß entsprechend hergerichtet war.

»Es ist nicht deine Sache, wegen Konrad Rechenschaft zu fordern, Johanna«, sagte Katherine in tadelndem Ton und schritt energisch um den Tisch herum und auf ihren Platz zu. »Kommt, Lienhart. Ihr habt es aufs schönste arrangiert.«

»Nicht wahr? Wir haben uns alle viel Mühe gegeben.« Lienhart eilte hinter seiner geliebten Dame her und nahm dem Knappen den Stuhl ab, um Katherine selbst zu bedienen. Als sie saß, strich er ihr liebevoll mit dem Handrücken über die Wange. »Es wird nicht ganz so üppig zugehen, wie Ihr es gewohnt seid und verlangen könnt. Aber alle von Euch bevorzugten Speisen hat die Küche natürlich zubereitet.«

Ja, dachte Johanna zornig, während sie sich an der Seite ihres Vater niedersetzte. Und auch dafür wird jemand hungern müssen. Der Widerwille gegen ihre Stiefmutter ballte sich kalt wie ein Schneeball in ihrem Magen. Ihren Ärger verstärkte noch Katherines fast skandalöser Aufzug. Das intensive Rot ihres Kleides ließ die hochgeschnürten Brüste kontrastreich sichtbar werden. Ganz sicher war es vor ihrer Entführung nicht in Katherines Besitz gewesen. Wer mochte es ihr geschenkt haben? Doch nicht der fast mittellos gewordene Vater!

»Der Saal kommt mir jetzt so klein vor«, bemerkte Katherine mit einem abfälligen Lächeln und übersah absichtlich die auftragenden Knappen. Vor ihr sammelten sich blaue, grüne, mehrfach und schachbrettartig gefärbte Pasteten, mit Silber bestreuter Biberrücken, ein safrangelber Hecht in Aspik und anderes, während die Ritter an den beiden anderen Tischen auf die ersten Schüsseln warteten.

Sie zieht die Jünglinge an wie altes Fleisch die Schmeißfliegen, dachte Johanna erbost. Auch ihren Vater machte Katherine zum Narren. Er betete sie immer noch an. Sein Ärmel ruhte in der Füllung einer Taube, die man ihm serviert hatte, und er merkte es nicht einmal.

»Jungs«, knarrte die Stimme des Ritters Lettel böse in die vorübergehende Stille hinein. »Haben wir uns nicht alle Mühe gegeben, euch beizubringen, wie man bei Tisch bedient?«

Verlegen griffen einige Knappen nach der einen oder anderen Schüssel und transportierten sie zu den quer stehenden Tischen.

»Nehmt alles andere auch«, sagte Katherine mit durchdringender Stimme. »Ich esse es ohnehin nicht. Ich danke meinem Schöpfer mit einem Fasttag.«

Die Traube der jüngeren Knappen wich plötzlich auseinander. Mitten zwischen ihnen erschien Konrad mit feierlichem Gesicht und einer hohen Schüssel in den Händen, die er vor Katherine absetzte. »Die gestockte Goldmilch, Herrin.«

Blitzartig ging Johanna durch den Kopf, daß alles verabredet sein mußte. Konrads plötzliche Rückkehr und die Begrüßung eines Totgeglaubten, sein Tischdienst... Dann fiel ihr Blick auf den wabbeligen gelben Berg, auf den an diesem Tag gebratener Dorschrogen gestreut war. Er schwamm bis zum Rand in flüssiger Butter mit kleinen Flocken darin.

Ihr wurde schlecht.

Sie schoß in die Höhe und stürzte von der Tafel fort, aber sie schaffte es nur bis zu der nächsten Wandbank, wo sie sich in den geöffneten Warmluftschacht erbrach.

Nach einer Weile hörte es auf. Schweißgebadet ließ Johanna sich auf die Bank sinken. Als sie die Augen wieder aufschlug, war es grabesstill im Saal. Alle starrten sie an.

Die Dame Katherine stand neben ihrem Stuhl. »Ich vermute, die Hure ist in Umständen!« sagte sie, und ihre Augen glitzerten vor Hohn.

Unter vier Augen mit ihrer Stiefmutter leugnete Johanna nichts.

»Wer ist der Mann, mit dem du buhlst?«

»Konrad war es. Er hat mich überfallen«, sagte Johanna und ließ müde den Kopf sinken. Das Verstecken, die Anspannung und das Verhör forderten ihren Tribut.

»Konrad ist der einzige Mann, der es nicht war. Er ist seiner Minneherrin treu!« Die Stimme von Katherine war scharf wie ein Habichtschnabel.

»Er war es wirklich! Er hat mich mit Gewalt genommen, weil er Euch nicht haben konnte«, sagte Johanna anklagend.

»Minne ist nicht vergleichbar mit dem, was Stallknechte mit

Mägden im Stroh treiben!« rief Katherine entrüstet. »Minne ist etwas Heiliges, das auf einer tiefen Liebe zu Christus und der Jungfrau Maria beruht. Aber du wirst es nie verstehen!« Sie glühte vor Erregung und erhob sich so hastig, daß das steife rote Gewand raschelte. »Ich werde herausfinden, wer dein Buhle war. Wahrscheinlich einer der Waffenknechte, zu denen es dich ja immer zieht.« Sie begann mit schnellen Schritten in Johannas kleiner Kemenate umherzuwandern, die Hände auf dem Rücken und mit gefurchter Stirn.

Johanna hockte auf ihrer Truhe. Sie war froh, einige Augenblicke schweigen zu dürfen und auch nicht die endlose Litanei von Vorwürfen aufs neue anhören zu müssen. Sie wünschte sich, wieder bei Großmutter Niesgin am Tisch zu sitzen.

Noch während sie dort gewesen war, war ihr mit einem Mal aufgegangen, daß Niesgin dies alles schon vor fünfzehn Jahren erlebt hatte. Damals war Ritter Lienhart der Täter, jetzt war seine Tochter das Opfer. Irgendwie hatte diese Erkenntnis sie bewogen, ihr Schicksal auf sich zu nehmen. Nur war es gänzlich überflüssig, daß ausgerechnet Katherine es in die Hand nehmen sollte. »Bitte teilt meinem Vater mit, wie es geschah«, sagte Johanna in die Stille hinein.

Katherine warf ihr einen flüchtigen Blick zu. »Ich werde mit mir zu Rate gehen, was geschehen soll, und es dich zu gegebener Zeit wissen lassen.«

»Werdet Ihr meinem Vater mitteilen, daß Konrad mir Gewalt angetan hat?« fragte Johanna beharrlich.

Katherine verzog ihre schmalen Lippen zu einem sarkastischen Lächeln. »Natürlich nicht. Glaube nur nicht, daß ich dumm genug bin, mich zum Werkzeug deiner Eifersucht machen zu lassen.«

Johanna war so schnell auf den Füßen, daß ihre Stiefmutter zurückzuckte. Sie stemmte die Hände in die Seiten und fixierte den messerscharfen Nasenrücken von Katherine. »Dann werde ich es ihm selber mitteilen.«

Katherines Lippen fanden wieder zu der runden Form zurück, die der Ritter so sehr an ihr liebte. »So? Ich glaube nicht, daß du das kannst«, sagte sie und rauschte hinaus.

Noch während Johanna ihr nachstarrte, hörte sie verblüfft, wie der Riegel von außen vorgeschoben wurde. Sie war gefangen.

Morgens kam eine Magd – jeden Morgen eine andere – und abends wechselweise einer der Knappen, um Johanna das Essen zu bringen. Ihr Eimer für die Notdurft wurde pünktlich geleert. Das war alles, was ihre Stiefmutter ihr zugestand. Offenbar hatten alle bei Strafandrohung die Anweisung erhalten, nicht mit ihr zu reden.

Am zweiten Tag kam Johanna auf die Idee, mit ihrem Jagdmesser Striche für jeden Tag ihrer Gefangenschaft in einen Balken zu ziehen. Entsetzt malte sie sich aus, daß Katherine es womöglich fertigbringen würde, sie bis zur Geburt ihres Kindes einzusperren. Nach acht Tagen war sie davon fest überzeugt.

Es dauerte zwei weitere Tage, bis sie ungewohnte Geräusche vor ihrer Tür hörte. Ein Mann und eine Frau sprachen miteinander.

Es konnte sich nur um ihren Vater handeln. Ihre Bestrafung war zu Ende. Erleichtert strich Johanna ihr Kleid glatt und sah ihm gefaßt entgegen. Alles würde sie tun, um dieser Einsamkeit zu entkommen – oder doch fast alles.

Die Tür schlug auf, und Katherine kam herein. Hinter ihr füllte eine weiße Kutte den Türrahmen aus. Vater Gottfried. Er sah sich neugierig um. Den großen Mönch, den er im Schlepptau hatte, kannte Johanna nicht. Seine lange Nase bewegte sich mißbilligend, und er stieg nur widerwillig über die Schwelle.

Johanna zog sich bis an das einzige Fenster zurück. Es war schmal und hoch und ließ genug Licht herein, um sie in den drei Gesichtern erkennen zu lassen, daß die Entscheidung über ihre Zukunft bereits gefallen war.

»Das ist sie«, bemerkte Katherine an die beiden Mönche gewandt, als ob es sich darum handelte, einen Gegenstand, der zum Verkauf stand, zur Besichtigung freizugeben. »Johanna, Edelfräulein von Falkenstein, die sich selber zur Hure gemacht hat.«

Vater Gottfried schwieg und blinzelte in die Helligkeit.

»Ja«, sagte der unbekannte Mönch, der nach einem schnellen Seitenblick auf Vater Gottfried seine Augen unruhig umherschweifen ließ, eifrig bemüht, Johanna nur verstohlen anzusehen, »glaubt Ihr, Bruder Subprior, daß dieses ungeratene und gottlose Häufchen Mensch sich wirklich ohne Schaden für die Seelen von frommen Frauen und Männern dem Klosterleben einfügen ließe? Ich bezweifle es, so wahr mir Gott helfe. Sie macht einen widerspenstigen Eindruck.«

»Seht sie Euch genau an, Vater Zellerar«, fiel Katherine ihm drängend ins Wort. »Sie ist das Leben zwischen Bäumen und Sträuchern gewohnt, sie reitet und jagt, sie wird den Frauen in den Gärten und Feldern gut zur Hand gehen können. Ich bin ganz sicher, daß man sie anlernen kann. Nach der Geburt des Kindes wird sie eine vollwertige Arbeitskraft sein.«

Johanna hörte fassungslos zu.

»Ich neige dazu, Euch zuzustimmen, Bruder Zellerar«, murmelte Gottfried, der inzwischen also Subprior eines Klosters war, und machte einige Trippelschritte zur Seite, um Johanna besser betrachten zu können.

»Ihr habt mir versprochen, bei ihrer Erziehung behilflich zu sein, Vater Subprior!« Katherines Stimme hatte sich um einige Nuancen höher geschraubt. »Wollt Ihr eine Seele verloren geben?«

Sie hat Angst, daß ihr Plan nicht aufgeht, dachte Johanna voll Verachtung. »Ich will meinen Vater sprechen«, verlangte sie unvermittelt.

»Dein Vater ist einverstanden mit allem, was ich beschließe! Er hat nicht den Wunsch, dich noch einmal zu sehen.«

Johanna ballte die Fäuste. »Das habt Ihr ja fein eingefädelt,

Katherine! Ihr wollt mich loswerden! Warum? Vater ist doch sowieso Wachs in Euren Händen.«

»Sie ist zweifellos ungewöhnlich frech.« Katherine wandte sich wieder an Gottfried. »Aber man muß mir zugute halten, daß ich, statt mich ihrer Erziehung widmen zu können, in Gefangenschaft geriet. Während dieser Zeit muß es in der Burg Königstein drunter und drüber gegangen sein. Das muß ich leider bekennen – meinem Gatten fehlt für standesgemäßes Verhalten jedes Gespür. Während meiner Abwesenheit hat er im Saal jeden einzelnen Teppich von der Wand entfernen lassen…«

»Ich verstehe, daß der Herr Euch Prüfungen auferlegt hat, die schwer zu ertragen sind. Vielleicht sollten wir den Versuch um der Dame Katherine willen wagen, was meint Ihr, Bruder Zellerar?« Gottfried, der inzwischen an Johannas Bett stand, rieb aufmerksam den Stoff des Vorhangs zwischen Zeigefinger und Daumen. »Kostspielig. Ausgezeichnete Arbeit«, sagte er. »Aber wahrscheinlich nicht die von Fräulein Johanna.«

»Sie beschäftigt sich bedauerlicherweise kaum jemals mit Handarbeiten«, bestätigte Katherine.

Der andere Mönch schüttelte abweisend den Kopf. »Ich halte es für aussichtslos. Töchter von ritterlichen Herren sind verwöhnt und anspruchsvoll. Und wenn sie noch nicht einmal sticken kann, was in unseren Augen ja schon fast dem Müßiggang nahekommt…«

»Ich wäre bereit, der üblichen Mitgift noch etwas hinzuzufügen«, versetzte Katherine atemlos. »Vierzig Pfund Pfennige für sie und, sagen wir, zehn dazu für das Kind.«

Gottfried schmatzte ein wenig und wiegte sein mächtiges Haupt. Sein Blick begegnete dem des Zellerars über den Kopf der Burgherrin hinweg. »Für unseren Herrn Jesus Christus.«

»Nun gut.« Der Zellerar schien nicht ganz überzeugt, aber er war bereit nachzugeben. »Machen wir also den Versuch. Bis zur Geburt des Bankerts kann sie in der Grangie bleiben. Danach sehen wir weiter.«

Bankert! Wie Thomas, dachte Johanna zermürbt.

Katherine schenkte den Mönchen ein dankbares Lächeln und atmete sichtbar auf. »Dann sind wir uns einig. Ich werde sie morgen früh unter Bewachung losschicken.« Ihre ausgestreckte Hand wies unmißverständlich zur Tür, und die Besucher kehrten Johanna bereitwillig den Rücken.

»Habt Ihr wenigstens gemerkt, daß das Sträuben Eurer Zisterzienser nur dazu diente, den Kaufpreis hochzutreiben?« rief Johanna, glühend vor Zorn, hinter Katherine her. »Und Ihr seid prompt darauf hereingefallen, Dame Katherine. Arbeitstiere für die Feldarbeit nehmen sie nämlich auch kostenlos an.« Vermutete sie wenigstens.

Katherine mit beträchtlicher Verspätung wohl auch. Die Tür schlug so heftig zu, daß die Truhe wackelte.

Kapitel 7

In aller Frühe wurde Johanna geweckt und nach einem kargen Morgenmahl von einem bewaffneten Knecht, den sie nicht kannte, hinunter in den Hof geleitet.

»Was ist da drin?« fragte er, als er am Fuß der Treppe ihren Sack, den sie nicht aus den Händen lassen wollte, entdeckte.

»Ein Kleid zum Wechseln«, schnaubte sie. »Und ein paar Kleinigkeiten, die eine Dame braucht. Soll ich sie dir aufzählen?«

»Pfeil und Bogen nicht?« erkundigte er sich mißtrauisch.

»Natürlich nicht!« Aber der Malchus, sorgfältig in die weiche Jagdtasche eingeschlagen, und Johanna stand eine Heidenangst aus, daß seine knetenden Hände ihn ertasten würden.

Nach einer Weile ließ er mit gleichgültigem Achselzucken von ihrem Gepäck ab und gab ihr mit einer Kopfbewegung zu verstehen, daß sie ihm zum Stall folgen sollte.

Ein verschnittenes braunes Pferd wartete schon aufgezäumt an der Stalltür. In der Tür stand aufgepflanzt, mit den Daumen im Gürtel, der Stallknecht, der sonst immer saumselig war und ausgerechnet an diesem Tag erstmals rechtzeitig für sie ein Pferd gesattelt hatte. Mit einem Damensattel, denn sie hatte von Katherine für die Reise ein Kleid vorgeschrieben bekommen.

Johanna wollte an ihm vorbei in den Stall gehen, um sich von Ajax zu verabschieden. Der Stallknecht schüttelte bedächtig den Kopf und legte beiderseits seine Hände an die Türlaibungen.

Katherine hatte an alles gedacht, was Johanna Verdruß bereiten konnte. Auch der Stallknecht gehörte dazu. Seine Arbeit war jetzt offenbar beendet. Mit den Daumen im Gürtel sah er grinsend zu, wie der Bewaffnete ihr vom Aufstiegsstein in den Sattel half.

Johannas Gedanken waren bitter, als sie ein letztes Mal über den einsam daliegenden Hof zur Zugbrücke ritt. Kein einziges Gesicht befand sich hinter den Fensteröffnungen, und niemand winkte ihr nach. Nicht einmal der Vater war heruntergekommen. Die Dame Katherine hatte die Burg und ihn fest in der Hand.

Die Knechte schlugen auf dem langen Serpentinenweg, der von der Burg hinunter zur Vorburg führte, einen leichten Trab an. »Kommt Ihr freiwillig mit, oder soll ich Euren Zügel nehmen?« fragte der eine.

»Das fehlte mir noch«, antwortete Johanna verächtlich und benutzte die Gerte, um den Wallach anzufeuern.

Auf dem Marktplatz waren die Bauern gerade dabei, ihre Schragen und Stände aufzubauen. Der Flecksieder richtete mit konzentrierter Miene gewaschene Gedärme in verschiedenen Größen appetitlich auf seinem Tisch an. Das Hufeklappern in allernächster Nähe ließ ihn argwöhnisch aufblicken.

»Ich habe es meinem Vater ausgerichtet, Meister«, rief Johanna ihm zu. »Aber er gibt zur Zeit mehr auf das Wort seiner neuen Gemahlin.«

Der Flecksieder musterte sie und die Knechte ausgiebig. »Habe schon davon gehört«, gab er knapp zurück, bevor er sich daranmachte, gelbe Fettklumpen zu einem Turm aufzuschichten.

Der Knecht vor Johanna drehte sich im Sattel um. »Wollt Ihr wohl schweigen«, zischte er ihr zu.

»Redeverbot habe ich auch noch? Auch angeordnet von der Dame Katherine? Und wird es auch im Arbeitshof gelten?« fragte Johanna laut und behielt den Flecksieder im Auge.

Er runzelte die Stirn. Immerhin. Johanna war erleichtert, daß wenigstens ein einziger Mensch wußte, daß sie Königstein nicht freiwillig verließ.

Die Männer schlugen den Weg nach Eppstein ein, schweigend und mürrisch. Ihre Laune sank noch tiefer, als es zu regnen begann und die Straße schmierig und rutschig wurde, so daß sie vom Trab zum Schritt durchparieren mußten. Lediglich vor einer kleinen Rast am gleichen Bach, hinter dem Johanna überfallen worden war, verständigten sie sich mit wenigen Worten.

Zwischen den Bäumen glitzerte bereits der Stausee des Fischbachs, als die Knechte auf einen schmalen Waldweg einbogen. Der Anführer riß ihr den Zügel ohne Vorwarnung aus den Händen. »Damit Ihr es Euch nicht im letzten Augenblick noch einfallen laßt zu entwischen«, knurrte er bösartig.

»Die Dame Katherine muß mir ja mächtig viel zutrauen, bei all diesen Anweisungen, die sie euch mitgegeben hat«, sagte Johanna.

»Scheint mir auch so«, bestätigte der Mann wortkarg.

Eine Karrenspur war auf dem Weg erkennbar, also gab es immerhin Menschen in der Nähe. Trotzdem fühlte sich Johanna in diesem dichten, von Nässe tropfenden Wald sogar von Gott, dem Herrn, verlassen. Noch niemals in ihrem Leben hatte sie sich so einsam gefühlt. Dann bogen sie um ein dichtes Gesträuch, und der Wald war plötzlich zu Ende. Vor ihnen breitete sich ein kleines Tal aus, in dessen Mitte ein einziger großer Bauernhof lag, der von beschnittenen Apfelbäumen umgeben war.

»Hier endet meine Verantwortung. Ab jetzt werden Euch die Mönche christliche Bescheidenheit beibringen. Mir scheint, sie sollten dabei ab und zu mit Prügeln nachhelfen.«

Johanna strafte den Knecht mit Mißachtung. Kurze Zeit später wurde sie bei dem Zisterzienser abgeliefert, der sie in der Burg besichtigt hatte. Endlich ging ihr die Bedeutung des Wortes Zellerar auf. Ein Zellerar war Leiter eines Arbeitshofes, in dem Menschen wie Sklaven gehalten wurden.

Der Zellerar war hier noch abweisender als in ihrer Kemenate. Er hieß Johanna stehenzubleiben, obwohl es nieselte, und wechselte dann belanglose Worte mit den Knechten, während er darauf wartete, daß die Magd ihnen einen Erfrischungstrunk brachte. Als die Männer ausgetrunken hatten, segnete und entließ er sie.

»Glaube nicht, daß wir dich hier als Tochter eines Ritters behandeln«, fuhr er Johanna grob an, die den Knechten nachblickte, bis sie von den Bäumen verschluckt wurden.

Dann war die letzte Verbindung mit der Burg von Königstein abgerissen. Sie wandte sich ihm zu. »Warum nicht?«

»Vor den Augen des Herrn sind wir alle gleich, ob wir uns zu den Oratores oder den Laboratores zählen. Du gehörst hier zu den Laboratores. Und da die anderen Laboratores fromme Frauen sind, die sich nichts haben zuschulden kommen lassen, im Gegensatz zu dir, stehst du weit unter ihnen. Solltest du anderer Meinung sein, kann ich dich jederzeit wieder zu deiner Stiefmutter zurückschicken. Verstehen wir uns?«

»Durchaus«, antwortete Johanna streitbar. »Vielleicht solltet Ihr mich gleich zurückschicken. An einem Ort, an dem vor Gott alle gleich sind, aber vor seinen Mönchen nicht, möchte ich nicht leben. Und meine Stiefmutter kann den Kaufpreis wegen Nichterfüllung des Vertrages zurückfordern.«

Das hagere Gesicht des Zellerars wurde noch kantiger, und in seine Augen stahl sich Nachdenklichkeit. »Du wirst dich an unsere Art zu arbeiten und zu beten noch gewöhnen«, sagte er und rieb sich seine raschelnden Hände. »Hast du ein Gebetbuch in deinem Gepäck?«

Johanna schüttelte mäßig schuldbewußt den Kopf. Sie hatte es vergessen.

Er sah sie forschend an und schien ihr nur widerwillig Glauben zu schenken. »Gut, dann muß ich es dir nicht abnehmen. Konversen und Lohnarbeiter lernen Gebete vom Hören, nicht durch Lesen, denn Bücher halten vom Arbeiten ab. Aber bei deinesgleichen kann man ja nicht wissen, ob ihr es nicht als Zeitvertreib geübt habt...«

Johanna stockte der Atem. In ihrer Furcht, sie könnte möglicherweise das Leben auf der Burg vergessen, hatte sie das Buch mit der Geschichte von König Artus eingepackt. Ihr Vater hatte es ihr vor Jahren geschenkt, als ihre Mutter schon tot und ihre Brüder zur Ausbildung fort gewesen waren, und sie hing daran, weil es etwas ganz Persönliches war.

Aber die Gefahr ging vorüber, denn in diesem Augenblick schlurfte ein Mann in brauner Kutte durch den Hof.

»Hanns!« rief der Zellerar. »Nimm dich der neuen Magd an, und mach sie mit den anderen bekannt. Sie wird hierbleiben.«

»So? Na, dann willkommen, junge Frau.« Hanns hatte ein Gesicht voller Sommersprossen und einen breiten Mund; er war gewiß grobschlächtig, aber an diesem Tag war er der erste Mensch, der ihr freundlich begegnete.

Johanna nahm ihren Sack auf und ging mit ihm.

Als sie um die Ecke des Bauernhauses gebogen waren, betrachtete er sie unverhohlen. »Viel gearbeitet hast du in deinem Leben aber noch nicht, gell? Was hast du angestellt, daß sie dich ausgerechnet hierher verbannen?«

»Sie haben mich aus dem Weg geschafft, damit ich hier mein Kind bekomme. Ich kann aber mit Pferden umgehen«, antwortete Johanna zögernd.

»Jesus, Maria und Josef! Unverheiratet und bald ein Balg am Rockzipfel! Mut hast du, das muß ich sagen.« Er zeigte auf die Tür eines Gebäudes, das eher ein Schuppen war und niedriger als das Bauernhaus selbst. Die Dachsparren waren teilweise eingesunken, und einige Schindeln fehlten. »Ihr Frauen schlaft dort.«

Johanna nickte und folgte ihm durch einen winzigen Vorraum hinein. Er machte einen Bogen um einen Bottich, der Regenwasser auffing, und blieb im angrenzenden Raum stehen. Auf dem Boden befanden sich drei Lager aus schmutzstarrenden Binsen. Auf dem einen saß ein mageres Mädchen, das sich stöhnend Lappen um ein Bein wickelte.

»Immer noch nicht besser?« fragte Hanns freundlich und

zeigte dann, ohne auf eine Antwort zu warten, auf Johanna. »Zeig ihr, wo sie schlafen kann, Else. Sie ist die Neue.«

»Noch weniger zu essen«, murrte die Junge mit herabgezogenen Mundwinkeln. »Immer wieder weniger!«

»Es wird schon gehen. Der Herr sorgt für die Seinen«, sagte Hanns zuversichtlich und verschwand wieder in den Vorraum.

»Wo kann ich schlafen?« fragte Johanna.

»Mir egal«, sagte das Mädchen mürrisch.

»Mir auch. Also wo?« Johanna war stehengeblieben und betrachtete widerwillig die ungelenken Versuche von Else, aus den schmutzigen Lappen einen Verband zu machen. Sehnsüchtig dachte sie an den Korb von Großmutter Niesgin zurück, in dem die gewaschenen Leinenstreifen ordentlich aufgerollt gelegen hatten und daneben kleine Päckchen mit Kräutern. Selbst ihr waren viele davon bekannt gewesen, und Niesgin kannte sie natürlich alle. Trotzdem waren sie durch unterschiedlich gefärbte und geknotete Wollfäden markiert gewesen.

Else stopfte zum Schluß die Zipfel unter die Ränder. »Nicht so patzig!« sagte sie warnend und sah erstmals auf. Ihr verkniffener Gesichtsausdruck wich unverhohlenem Staunen. »Du bist ja eine Feine. Aber glaub nicht, daß jemand dich hier bedienen wird!«

Johanna zuckte mit den Schultern und ging zu dem Lager, das ihr am saubersten schien und sich am nächsten an der Tür befand. Sie setzte sich und wartete.

Im Morgengrauen gab es ein kärgliches Mahl, eine Grütze, kaum gesalzen und ohne Gewürze. Johanna brachte sie nur mit Mühe herunter, aber sie war sehr hungrig, denn am Abend vorher hatte sie nichts bekommen. Eine der fünf Frauen des Arbeitshofes war anscheinend für das Kochen zuständig. Mürrisch sammelte sie die Holzschüsseln ein und verschwand damit.

Johanna wurde eingeteilt, mit drei anderen im Gemüsegarten zu arbeiten, wo jetzt im Frühjahr die Hauptarbeit anfiel, während im Herbst der Apfelgarten alle Hände erforderte. Welche Aufgaben Hanns hatte, wurde ihr nicht mitgeteilt.

Engele, die Älteste der Frauen, erklärte Johanna das Notwendigste, während sie zum Garten gingen, der ein Stück vom Bauernhaus entfernt inmitten von Weiden lag. Dann reichte sie ihr eine Hacke und hieß sie anfangen, das Unkraut zu ziehen.

Die Frauen sprachen kaum miteinander, und ihre Gesichter waren alle gleich verbissen. Johanna hieb aus Leibeskräften in die vom Winter zugeschlämmte und harte Erdkruste und versuchte sich ein Bild von den Menschen zu machen, bei denen sie einige Zeit leben sollte. Erfreuliches hatte sie bisher nicht zu sehen bekommen.

Auf Knien robbten sie durch den Garten. Er war groß genug, um jemanden zur Verzweiflung zu bringen, der eine solche Arbeit noch nie verrichtet hatte. Aber Johanna biß die Zähne zusammen und dehnte ihren Rücken. Ihr Leben würde noch schwerer werden, wenn sie sich nicht anpaßte.

Gegen Mittag wurde sie sehr hungrig. Zu Hause hätte sie jetzt durch die Burgküche wandern und den Köchen Leckereien abschwatzen können. Diese Frauen hier hatten es nie gekonnt. Und damit kam Johanna etwas zu Bewußtsein, worüber sie noch nie nachgedacht hatte. Wahrscheinlich hatten die Frauen einfach Hunger, und der war die Ursache ihrer schlechten Laune.

Irgendwann schlenderte Hanns herbei. Ein Grinsen lag auf seinem Gesicht, als er sich mit den Unterarmen auf den Lattenzaun stützte und eine Weile zusah. »He, Johanna«, sagte er nach einer Weile träge, »du kennst dich doch mit Pferden aus, hast du gesagt. Ich mich nur mit Rindviechern.« Er warf den Kopf zurück und prustete ein Lachen hinaus.

Engele machte ein saures Gesicht. Johanna sah sie verstohlen an. »Ja«, sagte sie knapp.

»Ich glaube, der Gaul vom Zellerar würde dich gern kennenlernen. Ich nehme sie mal für eine Weile mit, Engele.«

»Du tust ja doch, was du willst«, antwortete die ältere Frau.

Johanna erhob sich, dankbar für die Unterbrechung. An der Pforte des Gemüsegartens mußte sie warten, bis die freche junge Magd ihre kleine Schar Gänse mit Küken vorbeigetrieben hatte.

»Und mach das Tor zu«, schrie Engele ihr gereizt nach. »Damit die Else nicht behaupten kann, wir wären schuld, daß ihre Gänse die Erbsen fressen.«

Johanna nickte und schloß sich dem Konversen an.

»Ich glaube, er ist im Kopf krank«, sagte Hanns und zeigte zum Stall hinüber. Der sah besser aus als der Schuppen, in dem die Frauen schliefen.

»Der Zellerar?«

»Wo denkst du hin? Der ist in Ordnung. Nein, sein Pferd macht mir Sorgen. Es ist ein teurer Hengst, und mir hat er die Verantwortung übertragen. Ich kriege massenhaft Ärger, wenn ich ihn nicht wieder zurechtbekomme.« Hanns blieb stehen und zog die Schultern hoch. »Aber ich habe keine Ahnung davon, um ehrlich zu sein, und es wird mit jedem Tag schlimmer.«

Johanna nickte. Er setzte offenbar seine letzte Hoffnung auf sie.

Der Rappe war groß und kräftig wie ein Schlachtroß. Er verdrehte unruhig die Augen, als Hanns seinen Verschlag betrat. »Es geht schon wieder los«, schimpfte der Konverse. »Kaum bekommt der Gaul mich zu Gesicht, fängt er an zu keilen. Er ist besessen. Ich tu' ihm doch nichts. Ich bin wie ein Lämmchen zu ihm.«

Johanna sah sich im Stall um, fand nichts Eßbares außer Heu, aber es mußte reichen. »Laß mich mal mit ihm allein, Hanns«, bat sie und ging hinein, als der Konverse wieder im Stallgang stand. Der Rappe drehte sich aufmerksam zu ihr um, spielte mit den Ohren und schnupperte am Heu, das sie ihm unter die Lippen hielt. Seine Augen waren blank und klar, und sie klopfte ihm den Hals. Als er anfing zu kauen, strich sie ihm sanft das Fell, das ein wenig zu struppig war. Hanns hatte es bestimmt schon einige Tage nicht gestriegelt.

Als ihre Hand den Widerrist berührte, zuckte der Rappe zusammen und warf die Kruppe eine Handbreit hoch. Johanna tastete behutsam und fand eine Beule im Fell mit einem Krater in der Mitte. »Es könnte sein … Zeig mir den Sattel, Hanns.«

»Meinetwegen«, sagte er und schlurfte an die kurze Seite des Stalls, wo an Holzpflöcken all die Dinge hingen, für die die Burg eine Sattelkammer besaß. Mit dem Sattel über dem Arm kam er zurück.

Johanna ging nach draußen ans Licht.

Sie tastete über die Satteldecke, die am Sattel angeschnallt war, bis sie auf einen spitzen Gegenstand traf. »Das könnte es sein«, sagte sie und zog einen beachtlichen Dorn aus dem Filz. »Ja, ich glaube schon. Der Hengst hat sich gemerkt, daß du ihm Schmerzen zufügst. Nur dagegen hat er sich gewehrt.«

»Beim Pimmel des Heiligen Sebastian«, sagte Hanns staunend und wischte sich Schweißperlen von der Stirn. »Wo kommt der denn her?«

»Habt ihr Branntwein im Haus?«

»In einer Grangie? Glaubst du, wir wären Säufer? Du hast vielleicht Vorstellungen!« Hanns kratzte sich den Schädel. »Aber ich weiß, wo der Zellerar ihn aufbewahrt.«

»Dann hol ihn«, befahl Johanna. »Und bringe einen sauberen Lappen mit.«

Hanns nickte und rannte davon. Nach einer Weile kehrte er mit einem Krug zurück und einem Stück Stoff, das verdächtig einem ehemaligen Altartuch ähnelte. Johanna begann sehr vorsichtig, die Wunde mit dem Branntwein auszuwaschen, und der Hengst ließ es sich zitternd gefallen.

»Der Zellerar wird ein paar Tage einen Ochsen nehmen müssen, wenn er reiten will«, sagte Johanna schließlich, als sie Hanns den Krug zurückgab, »aber danach dürfte er wieder in Ordnung sein.«

»Nicht schlecht. Ich glaube, du bist ganz brauchbar für eine Adelige. Hätte ich nicht gedacht.« Zufrieden betrachtete Hanns den Rappen, dann Johanna. Schließlich setzte er den Krug an die Lippen und nahm einen ausgiebigen Schluck. Nachdem er sich die Lippen geleckt hatte, sagte er: »Für Frauen in Hoffnung ist Branntwein nichts, ich hätte ihn dir sonst angeboten. Wirklich.«

Johanna lächelte und schüttelte den Kopf. »Ich gehe jetzt in den Gemüsegarten zurück.« Auf dem Weg dorthin fragte sie sich, wer den Dorn so geschickt in der Satteldecke angebracht hatte, und zu welchem Zweck.

Kapitel 8

Als Johannas Leib sich sichtlich zu runden begann, wurden die Frauen freundlicher zu ihr.

»Jetzt bist du ein wenig mehr wie eine von uns«, sagte Engele zufrieden. »Jedes Jahr ein Kind macht demütig vor dem Herrn.«

Dabei hatte sie nie Kinder gehabt. Doch Johanna sagte nichts. Sie brauchte die Hilfe der Frauen bei ihren Plänen. Inzwischen hatte sie festgestellt, warum es wenig zu essen gab.

Ackerbau gab es gar nicht in diesem Tal. Der Hof ernährte seine Leute mehr schlecht als recht. Sein Hauptzweck war, den Apfelmost zu erzeugen, der im Stadthaus der Zisterzienser in Eppstein ausgeschenkt wurde. Und ganz offensichtlich flossen die Einnahmen nicht in den Hof zurück.

Jedenfalls kehrte der Zellerar, wenn er, wie so oft, einige Zeit fortgewesen war, stets mit leeren Händen zurück. Er war auch nicht derjenige, der sich um den Hof kümmerte. Anscheinend tat es überhaupt niemand.

Die Arbeiten wurden so durchgeführt, wie es seit Urzeiten Brauch war, und jeder neu eintretende Konverse hatte sich damit abzufinden.

Aber Johanna beabsichtigte nicht, sich mit mehr als dem absolut unabänderlichen Ungemach abzuplagen. Mißbilligend betrachtete sie das Dach, das bis zum Herbst gewiß ganz zusammenfallen würde. Sie drehte sich zu Hanns um, der wie üblich am Zaun der Weide herumlungerte und darauf wartete, daß die zwei Kühe das Gras in Milch verwandelten. »Für wen sind eigentlich die Gänse bestimmt?«

Hanns stellte sein Pfeifen ein und pflückte einen Grashalm,

den er sich in den Mund schob. »Weiß nicht«, sagte er träge. »Sie werden verkauft, wenn sie fett sind.«

»Die Grangie bekommt nichts ab?«

Der Konverse schüttelte den Kopf. »Außer den Eiern, und die kriegt der Zellerar.«

»Na, gut. Kannst du mir einen Bogen machen, Hanns? Und Pfeile.«

Der Konverse spuckte das Hälmchen aus, das im Bogen davonflog. »Wir dürfen nicht jagen, was denkst du dir nur aus?«

»Das laß meine Sorge sein«, sagte Johanna. »Dieses Gebiet gehört den Eppsteiner Mönchen, und die haben ja sehr wohl Vorteile dadurch, daß wir Äpfel veredeln. Dafür können sie ruhig mit ein paar Hasen bezahlen.«

Hanns grinste über beide Ohren. »Auf so etwas kann man auch nur kommen, wenn man auf einer Burg geboren wurde. Um ehrlich zu sein, habe ich früher auch ein bißchen gejagt, als ich meinen Hof noch selber bewirtschaftete. Natürlich kann ich einen Bogen machen.«

»Bis morgen Mittag«, sagte Johanna.

»So bald?« Hanns schnitt ein Gesicht und schüttelte den Kopf.

»Ja, wenn du morgen abend keinen Braten magst ...«

»So gut kannst du schießen?« murmelte Hanns ungläubig. Dann schlug er die Ärmel über die Schulter zurück und machte sich auf den Weg hinter die Gebäude.

Es war kein Hase, sondern ein junges Reh, und die Stimmung wurde richtig ausgelassen, was nicht zuletzt dem Apfelwein zuzuschreiben war, den die Köchin in einem großen Bembel herbeigeschafft hatte, der Himmel mochte wissen, woher, denn für die Arbeiter des Hofes war er nicht bestimmt.

Aber die Küche, in der sie saßen, war verlottert und roch eigentümlich. Vielleicht hat es auch mit dem Kind zu tun, dachte Johanna. Manchmal schärften sich in diesem Zustand die Sinne.

»Gehört der Wald den Mönchen oder einem anderen Herrn?«

fragte sie mitten in die albernen Scherze von Hanns hinein, dem der Wein zu Kopfe stieg.

»Den Mönchen, den Saukerlen.« Engele machte plötzlich aus ihrem Herzen keine Mördergrube.

Johanna stellte verstohlen fest, daß auch sie ein wenig angetrunken war. »Dann werden wir es den Saukerlen zeigen. Morgen fangen wir an.«

Hanns kicherte in hohen Tönen. »Ich glaube, du hast auch einen in der Krone, Johanna. Womit fangen wir an?«

»Du, zum Beispiel, wirst Holz schlagen und den Schuppen in Ordnung bringen! Wir Frauen machen uns zuerst über die Küche her, und dann nehmen wir uns Stück für Stück alles vor, was hier am Zusammenbrechen ist.«

Es wurde still in der Küche. Die Frauen sahen einander verlegen an. Als abzusehen war, daß sie gleich ablehnen würden, spielte Johanna einen letzten Trumpf aus. »Ich will meinem Kind nicht eines Tages erzählen müssen, daß es in einem Schweinestall zur Welt gekommen ist, der den Zisterziensern gehörte. Maria wäre nie in einem Schweinestall niedergekommen ...«

»Es ist immerhin ein Ritterkind«, sang Engele und schwenkte ihren Becher. »Ein Schweinestall kommt nicht in Frage.«

»Und was für ein Gerede würde es im Mutterkloster bei Würzburg über die Grangie von Eppstein geben!« fügte Hanns mit weinerlichem Gesicht hinzu und brach in Tränen aus. »Eine Schande wäre das für uns alle!«

»Gut, dann ist es also abgemacht«, sagte Johanna fest. »Wir bringen diesen Hof in einen Zustand, daß dem Herrn Zellerar die Augen aus dem Kopf kullern.«

»Das hat er schon längst verdient!« Engele stimmte ein meckerndes Gelächter an und klatschte sich auf die mageren Oberschenkel.

Je deutlicher die Veränderungen auf dem Hof zu erkennen waren, desto mehr Freude hatten sie daran. Selbst Hanns entwickelte Phantasie und Tatkraft beim Umgang mit Holz. Irgendwo hatte er einen jungen Mann aufgestöbert, der stumm und nicht ganz richtig im Kopf war, ihm aber ordentlich zur Hand ging. Nach einigen Wochen war der Anbau winterfest, mit Fensterläden für zwei Wandöffnungen versehen und vorläufig gegen Regen gesichert. Der stumme Bursche saß nun an der Hauswand und schnitzte Dachschindeln.

Johanna ging regelmäßig auf Jagd, denn Leute, die gut arbeiten sollen, müssen gut ernährt werden. Es kam jetzt öfter zweierlei Fleisch auf den Tisch, manchmal auch nur Eichhörnchen oder Star zum Rehwild, aber immerhin. Dazu gab es Brei oder Mus aus Gerste.

Manches Mal dachte sie an ihren Vater zurück, der auf ihrer letzten Jagd regiert hatte, wie einer, dem es in die Wiege gelegt worden war. Und ihr selbst lag es auch im Blut.

Als sie sich eines Abends verspätet hatte, saßen alle um den Tisch und warteten auf sie. Johanna stellte die Waffe ab und blickte mit gewissem Stolz hinunter auf die Tischrunde. Sie waren zu einer Familie zusammengewachsen. Als sie sich gesetzt hatte, begann Hanns das Tischgebet zu sprechen.

Sie aßen mit Genuß und ohne Hast. Auch das hatte Johanna den anderen beigebracht. Und seitdem genug da war, schlang nicht einmal die ewig hungrige Else mehr.

Wenn sie fertig waren, pflegte Johanna mit jedem die Arbeiten des nächsten Tages zu besprechen. Nach dem Abendessen blieb bis Sonnenuntergang nie mehr viel Zeit; jedermann beendete sein Tagewerk mit den letzten Handreichungen. Grete, die zweitälteste nach Engele, hatte angefangen, Kinderwäsche anzufertigen, nachdem das Haus so schön geworden war.

Johanna setzte sich zu ihr, um zuzusehen, wie Grete ein Häubchen, das längst fertig genäht war, am Rand liebevoll mit feiner krapp- und waidgefärbter Wolle bestickte. Sie selbst hatte für derartiges wenig Geschick. Mit Sehnsucht dachte sie dann an ihre Übungen mit dem Malchus. Ganz bestimmt würden sie ihr leichtfallen, wenn sie wieder richtig beweglich war.

Else sah mit einem Anflug von Eifersucht herüber. »Morgen mußt du dir meine Gänse ansehen, Johanna. Versprich es!«

»Morgen müssen wir uns vor allem über die Wohnung des Zellerars hermachen«, sagte Johanna mit einem Seufzer. »Aber die Gänse sehe ich mir vorher an.«

Engele und Grete wechselten düstere Blicke. Sie hatten sich an die Wohnung des Zellerars, der außer der Küche das ganze Bauernhaus mit Beschlag belegte, noch nicht herangewagt. Sie konnten ihn auch nicht fragen. Er blieb diesmal außergewöhnlich lange aus, das war die einhellige Meinung. Aber sie konnten dieser letzten großen Arbeit im Haus nicht aus dem Wege gehen.

»Übrigens weiß der Zellerar sicher nicht, wie viele Gänse du in deiner Herde hast, Else. Oder?«

Else schüttelte den Kopf.

»Dann werden wir das Putzen seiner Wohnung mit einer gebratenen Gans feiern«, bestimmte Johanna. »Schließlich zieht er die Kraft, sie schmutzig zu machen, aus den Gänseeiern.«

Else und Johanna waren die einzigen, die darüber von Herzen lachen konnten.

Am nächsten Morgen stellten sie die Stühle und die Betbank in der Wohnstube des Zellerars hoch und scheuerten den Fußboden ganz gründlich mit Flußsand.

Während die jüngeren Frauen sich aufmachten, um das gute Heu, das eigentlich für die Kühe bestimmt war, zum Abstreuen zu holen, schaute Johanna in die kleine Kammer neben dem Wohnraum.

An ihrer kurzen Seite war eine Wandöffnung, die mit einer kräftigen Luke verschlossen war. Johanna löste den Riegel und schlug sie auf. Etwas verwundert sah sie sich um.

Auf offenen Borden lagen mehrere Bücher, alle ähnlich im Aussehen. Unter der Fensteröffnung stand ein hohes Pult mit mehreren Schreibfedern verschiedener Dicke und flachen Gefäßen, in denen man Tinte anzurühren pflegte. Offenbar waren hier die Rechnungsbücher der Grangie.

Aber, wofür in aller Welt brauchten sie für die Grangie eine Buchführung, die die der Burg Königstein bei weitem übertraf? Der Verwalter ihres Vaters hatte Johanna einmal die zwei Folianten der Burg gezeigt. Johanna trat näher und schlug einen der ledergebundenen Bände auf. Dort standen Zahlenkolonnen auf der ganzen Seite, unten ein Datum des vorigen Jahres und dann Bursarius und ein unleserlicher Name.

Das war ja interessant. Hanns hatte ihr von der Organisation der Zisterzienser so viel erzählt, daß sie wußte, wer der Bursarius war: der Finanzverwalter. Aber ein kleiner Hof im Wald benötigte bestimmt keinen Finanzverwalter. Die Bücher wurden hier vermutlich nur aufbewahrt. Aber warum?

Sie blätterte bis zur letzten Seite. Dort fiel ihr der Name Ennel auf. Ennel, Schwertfegerin in Eppstein. Sie hatte etwas krakelig oberhalb ihres Siegelabdruckes unterschrieben. Vor wenigen Wochen erst hatte sie Geld von den Zisterziensern geliehen und dafür ihre Schmiede verpfändet. Johanna überlegte nicht lange. Das schon öfter beschriebene und dünn radierte Pergament ließ sich leicht herausreißen. Sie verwahrte das Blatt an ihrer Brust und schob das Buch an seinen Platz zurück.

Als Engele mit frischen Kräuterbündeln zurückkehrte, die sie als Gegenmittel gegen Flöhe auf dem Fußboden verstreute, war Johanna längst wieder im Wohnzimmer und polierte das Holz des Betbänkchens. Sie deutete mit dem Daumen auf die Kammertür. »Ich glaube, diesen Raum lassen wir aus.«

»Ist wohl besser«, meinte die alte Frau. »Wir betreten ihn nie. Die Mönche geben sich immer ganz geheimnisvoll, wenn sie dort hinein verschwinden. Man darf sie dann auch nicht stören.«

»Welche Mönche denn, Engele?«

»Unser Zellerar und Vater Gottfried«, antwortete Engele und schlug mit frommer Miene das Kreuz.

Kapitel 9

In der Mitte des Sommers kehrte der Zellerar zurück. Elses Warnruf brachte die Frauen dazu, sich hastig frische Schürzen umzubinden und vor das Wohnhaus zu laufen, um sein Lob mit eigenen Ohren zu hören. Als letzter keuchte Hanns herbei. Er hatte deutlich an Umfang zugenommen.

Johanna war eigentümlich berührt, als der Zellerar seinen weißen Mantel so dicht um sich zog, als ob er fröre, und dann mit schleppendem Schritt zum Stall ging, hineinsah, schweigend herauskam, um zur Kelterei hinüberzugehen, einen raschen Blick hineinwarf und schließlich zu einem Inspektionsgang hinter dem Wohnhaus verschwand.

Grete schaute erschrocken auf Engele.

Als der Zellerar von der anderen Seite auf den Hof zurückkehrte, stand ihm die Fassungslosigkeit ins Gesicht geschrieben. Die Frauen begriffen, daß sie etwas falsch gemacht hatten. Grete wisperte Engele etwas ins Ohr. Engele bewegte unruhig die knochigen Schultern und seufzte leise.

»Wir sollen arbeiten, um Gott zu dienen, nicht um es uns selber bequem zu machen«, rief der Zellerar voll Schmerz, als es ihm gelungen war, seiner ersten Erregung Herr zu werden. »Wer hat euch nur diese teuflischen Gedanken eingegeben?« Sein Blick und sein Verdacht konzentrierten sich auf Johanna.

Sie schob sich schwerfällig vor ihn, denn sie hatte in den letzten Wochen stark zugenommen. Der Zellerar wandte angewidert den Kopf ab. »Wie kann Arbeit teuflisch sein, wenn sie uns in die Lage versetzt, für Gottes Werk noch mehr zu tun? Alle übrige Arbeit wurde keinen Augenblick vernachlässigt. Engele hat mehr Erbsen und frühe Zwiebeln als im letzten Jahr eingelagert.«

Er fuhr herum. »Ich dachte mir schon, daß dieser Widerstand gegen mich und Gott von dir ausgeht, Johanna! Wie lauten die Regeln der Grangie, Hanns?«

Sie sahen sich um. Hanns hatte sich davongestohlen.

»Nun gut«, schnarrte der Zellerar mit dem Blick in den Himmel. »Arbeiten für das Werk Gottes, danach beten. Und nur beten! Engele, was hast du zu deiner Entschuldigung zu sagen?«

Die alte Frau senkte den Kopf und faltete die Hände vor dem Bauch. Tränen liefen ihr die Wangen herab. »Die Gurken gedeihen gut, Vater Zellerar«, murmelte sie verwirrt.

Der Zellerar streifte sie mit einem verächtlichen Blick und verschwand in seine Wohnung.

Zur Buße für ihre Verfehlung mußten alle Grangienbewohner einen halben Nachmittag in seiner Wohnstube auf den Knien liegen und laut beten. Johanna bekam danach für sieben Tage Sprechverbot auferlegt.

Sie verstand seine Reaktion überhaupt nicht. Was den Zellerar gegen sie aufgebracht hatte, mußte mehr sein als versäumtes Beten. Natürlich versuchte sie, das Sprechverbot zu durchbrechen, aber es erwies sich, daß die übrigen es mit erstaunlicher Konsequenz einhielten. Wenn sie flüsternd eine Bemerkung machte, wandten die anderen sich ab. Sie hatten Angst vor dem Mönch, selbst wenn sie ihn weit weg wußten.

Johanna hoffte inständig, daß er schleunigst wieder auf Reisen gehen würde. Aber er hatte anscheinend beschlossen, es sich im Haus bequem zu machen. Außerdem begann er, alles zu überprüfen, zu kontrollieren und zu hinterfragen.

»Was sind das für Knochen auf dem Misthaufen?« fragte er Hanns nach einer seiner täglichen Runden.

»Knochen?« fragte der Konverse mit unschuldigem Gesicht. »Vielleicht sind es die Gräten von den Fasttagen, die jetzt wieder nach oben steigen.«

Johanna, die auf der Bank vor dem Haus saß und Himbeeren

verlas, hörte mit gleichgültiger Miene zu. Hanns hatte seine Grenzen; er war kein Mann, der jemals offenen Widerstand leisten würde. Er hatte allerdings von allen Grangienbewohnern am wenigsten Anlaß dazu.

»Dummes Zeug«, knurrte der Zellerar. »Johanna, was weißt du darüber?«

Johanna hob den Kopf und ließ die klebrigen Hände in die Schüssel sinken. Der Zellerar war schon wieder am Ende seiner Duldsamkeit angelangt, sie erkannte es am Flackern in seinen Augen. Sie schüttelte den Kopf und deutete mehrmals mit dem Zeigefinger auf ihren Mund.

Er warf die Hände in die Höhe und bewegte die Lippen. Johanna hätte schwören können, daß es ein Fluch war.

Eine Woche später ging Johanna zum Zellerar, der müßig in seinem Zimmer saß. Er schaute erstaunt auf. Bevor er sie fortschikken konnte, brachte Johanna unverzüglich ihr Anliegen vor.

»Ich möchte, daß die alte Niesgin aus dem Wald bei Königstein bei mir ist, wenn die Zeit für mein Kind gekommen ist«, sagte sie fest. »Die Hebamme von Eppstein kenne ich nicht.«

»Ich auch nicht, und ich habe auch nicht den Wunsch, sie kennenzulernen«, versetzte der Zellerar übellaunig. »Deshalb wirst du dich mit Engele zufriedengeben müssen.«

»Gegen Engele ist nichts einzuwenden, außer daß sie schon als junges Mädchen in diese Grangie gekommen ist und selber nie ein Kind hatte. Sie weiß nicht, was zu tun ist, ich habe mich mit ihr darüber unterhalten. Mit den anderen auch. Keine traut es sich zu.«

»Wenn Hanns nichts Wichtigeres zu tun hat, macht er es vielleicht. Mit Kühen kennt er sich aus«, sagte der Zellerar grob.

Johanna sah ihn sprachlos an. Wut kroch ihr bis in die Fingerspitzen. Aber jetzt ging es um mehr als um persönliche Genugtuung. Um ihres Kindes willen entschloß sie sich, ihn mit seinen eigenen Waffen zu schlagen. »Wollt Ihr wirklich einem

Mann zumuten, die Frucht der Sünde anzufassen?« fragte sie mit gut gespielter Demut.

»Das ist wahr«, sagte er widerstrebend. »Das wäre nicht sehr fromm von mir.«

»Und wenn Ihr das Kind am Ende nicht gesund vorweisen könnt«, fuhr Johanna zielstrebig fort, »wird die Dame Katherine Euch zehn Pfund Pfennige streichen.«

Der Zellerar dachte eine Weile nach. »Weiß diese Frau aus dem Wald Bescheid über dich?«

»Sie war diejenige, die es vor mir erkannte.« Johanna brachte es fertig, sich ihren Triumph nicht anmerken zu lassen. Er war dabei nachzugeben; den Kreis der Mitwisser klein halten zu können, mußte für ihn ein guter Grund sein.

»Glaubst du, sie würde kommen? Hat sie keine Familie?«

»Sie lebt ganz allein und hat keine Familie«, beteuerte Johanna. »Sie ernährt sich mehr schlecht als recht, und wenn man ihr zusicherte, daß es hier ausreichend zu essen gibt, würde sie kommen. Ich möchte sie übrigens bald!«

»Hanns wird sie herschaffen«, schnaubte der Zellerar. »Und du kannst den Bogen auch wieder aus dem Versteck holen. Die paar Hasen, die du erlegen kannst, werden dem Kloster nicht fehlen.«

Den Bogen hatte er also entdeckt. Gottlob noch nicht die herausgerissene Seite im Rechnungsbuch. Aber unterschätzen durfte man ihn nicht, dachte Johanna besorgt, beugte den Nacken und blieb mit gefalteten Händen vor ihm stehen. Manchmal war es gescheiter, sich gefügig zu geben, jedenfalls, wenn man in Kürze für jemanden anderen die Verantwortung tragen sollte.

Als der Mönch sich gewiß war, daß Johanna auf ihre Entlassung wartete, winkte er sie mit dem Handrücken ungeduldig fort.

So schnell wie der Zellerar nachgegeben hatte, machte sich Hanns nicht auf den Weg nach Königstein. Immer wieder wurde er mit angeblich wichtigen Aufgaben betraut, aber Johanna konnte dagegen nichts machen. Es war wie ein Tauziehen, wer der Stärkere war: der Zellerar oder sie, und er beobachtete sie genau.

Aber sie tat ihm nicht den Gefallen, aus der Rolle zu fallen, und im September, kurz bevor die ersten Äpfel reif wurden, fuhr Hanns endlich mit dem Ochsenwagen los. Wenn die Ernte erst in vollem Gang war, hätte der Zellerar seine Zusage womöglich zurückgezogen. Sie traute ihm nicht über den Weg. Er folgte allein seinem Vorteil. Johanna atmete erst auf, als das Rumpeln des Wagens vom Wald verschluckt worden war.

Der Nebel lag über den Wäldern; kurz nach der Mittagsstunde senkte er sich bereits wieder, ohne sich zwischendurch aufgelöst zu haben. An dem Tag, an dem der Wagen zurückkam, war es besonders naß, und Großmutter Niesgin stieg herunter, übersät von tausend Nebeltröpfchen aus tiefhängenden Ästen.

»Großmutter Niesgin«, rief Johanna, lief auf sie zu und umarmte sie von Herzen. Die alte Frau war für sie wie eine leibliche Großmutter, und Niesgin ließ es sich lächelnd gefallen.

»Hier lebst du also, Tochter.« Niesgin löste sich von Johanna und sah sich um. »Nicht schlecht. Ich hatte schon befürchtet, daß sie dich an einen besonders scheußlichen Ort geschickt hätten.«

»Das hatten sie auch.«

»Nun, das erzählst du mir später«, meinte Niesgin. »Jetzt mache mich mit den anderen bekannt. Bruder Hanns hat sie mir unterwegs schon vorgestellt. Er hat sehr viel Respekt vor dem Zellerar der Grangie, wie ich erfuhr. Ich freue mich darauf, so einen guten Menschen kennenzulernen.«

Johanna sah sich um, aber der gute Mensch kam nicht, um Niesgin zu begrüßen. Sie verschränkte ihren Arm mit Niesgins und zog sie zum Schuppen.

Der Raum war leer, die Frauen waren alle im Apfelgarten. Der

Boden war mit sauberen Binsen abgestreut und die Lagerstätten inzwischen von hölzernen Wänden zusammengehalten und dick mit Reisig und Moos aufgefullt. Niesgin nickte zufrieden.

Johanna lächelte in sich hinein. Sie hatten geschuftet, um es derart wohnlich zu machen; seitdem der Zellerar zurück war und alle mit Argusaugen überwachte, war es für die Frauen schwieriger geworden, Zeit für Arbeiten neben dem Gotteswerk abzuzweigen.

»Haderst du mit deinem Schicksal?« forschte Niesgin behutsam. »Vor einem Jahr noch durftest du etwas ganz anderes erhoffen als Mooslager auf ebenem Boden.«

»Nein«, sagte Johanna. »Ich hadere nicht. Ich versuche, es zu ändern. Katherine und ich – das wäre sowieso nicht lange gutgegangen. Aber die feine Dame hat mich auf eine Weise aus der Burg geworfen, auf die ich nicht gefaßt war. Vermutlich wäre es ihr am liebsten, wenn die Mönche mich mein ganzes Leben lang einsperren würden. Sie bezahlt dafür.«

Großmutter Niesgin drehte sich mit bestürztem Gesicht um. »Wirklich? Das ist ja schlimmer, als sie mit meiner Tochter umgingen. Sie durfte bei der alten Herrin in Dienst bleiben – unter der Voraussetzung, daß man ihr das Kind aus den Augen schaffte. Deshalb war Thomas bei mir…«

»Katherine will uns vor allem aus den Augen meines Vaters schaffen. Persönlich sind ich und das Kind ihr völlig gleichgültig. Und genau deshalb beabsichtige ich, in die Burg zurückzukehren. Mit meinem Kind.«

Niesgin runzelte besorgt die Stirn. »Glaubst du wirklich, daß sie es zulassen?«

Johanna schüttelte lachend den Kopf. »Natürlich nicht, Großmutter Niesgin. Aber ich werde es schon schaffen. Und jetzt kommt, laßt uns in den Apfelgarten zu den Frauen gehen. Der Zellerar hat mich seit einigen Tagen von der Arbeit dort befreit, weil ich zum Klettern nicht tauge und mich auch nicht bücken kann.«

Das war Niesgin recht, zumal sich inzwischen die Sonne zwischen den Wolken hindurchwagte. Sie kehrten in den Hof zurück. Johanna blinzelte in das Zwielicht, bis sie neben sich ein Geräusch hörte.

Der Zellerar war um die Ecke gebogen und so abrupt stehengeblieben, daß die Steine unter seinen Füßen knirschten. Die sonnengebräunte Farbe seines Gesichtes war dunkler als gewöhnlich und stach gegen die blütenweiße Kukulle ab. Sein hagerer Hals schoß vor wie der einer wütenden Gans. »Niesgin! Die Ketzerin und Zauberin von Kronberg!«

Einen Augenblick konnte man Vögel piepsen und einen Igel rascheln hören. Die schreckliche Anklage des Mönchs lähmte Johanna. Er meinte es ernst. Seine Augen flackerten wieder.

Aber er zwang sich zur Ruhe, zupfte die Kukulle an ihren Platz und wirkte nur noch mäßig an Niesgin interessiert. »Unkraut vergeht nicht, wie ich sehe. Wo hast du dich die ganzen Jahre versteckt?«

»Das geht Euch nichts an«, erwiderte Niesgin. »Und immerhin bin ich Gottes Unkraut. Von Euch kann man nicht einmal das behaupten. Ungeziefer müßte man Euch nennen. Deshalb war es wohl des Herrn Wille, daß ich Euch überstand. Und Ihr, seid Ihr immer noch dabei, Häuser unschuldiger Bürger mit Urkunden, die sie nicht kennen, an Euch zu bringen?«

Johannas Herz sprang wie wild umher. Großmutter Niesgin begab sich in Todesgefahr. Sie zog kräftig an Niesgins abgetragenen Umhang.

Das Gesicht des Zellerars verlor jede Farbe. Kleine Speichelbläschen platzten in seinen Mundwinkeln. Dann drehte er sich um und verschwand auf dem Weg, den er gekommen war.

»Allmächtiger!« flüsterte Johanna. »Ich wußte nicht, daß ihr euch kennt. Ich hätte Euch sonst nicht gerufen, Großmutter Niesgin.«

Niesgin tätschelte gedankenvoll Johannas Hand. »Es spielt keine Rolle mehr. Es gibt Menschen, denen man nicht entkommt. Die Frist ist mal länger, mal kürzer. Und meine war lang. Ich bin zufrieden.«

»Was meint Ihr damit?« Eine böse Vorahnung beschlich Johanna, die sie gar nicht in Worte hätte fassen können. Aber Niesgin schüttelte den Kopf. »Habt Ihr Euch denn wirklich versteckt?« fragte Johanna weiter.

»Nein, dein Großvater tat es. Man kann auch sagen, daß er mich in Sicherheit brachte. Er überließ mir die Waldhütte, nachdem mir die Mönche mein Haus in Kronberg fortgenommen hatten.«

»Mit einer gefälschten Urkunde?«

»Davon bin ich überzeugt. Das Haus war seit vielen Generationen im Besitz der Familie meines Ehemannes. Sie waren Kaufleute, die Spezereien importierten und verkauften. Das einzige, was mir davon geblieben ist, ist meine Kenntnis von Heilkräutern.«

»Und was wurde aus dem Haus?«

»Die Zisterzienser haben darin einen Weinausschank eingerichtet, zum Ärger des Wirtes auf der gegenüberliegenden Marktseite. Die Ratsherren gehen jetzt nach der Sitzung zu den Mönchen, nicht zu ihm.«

»Jetzt verstehe ich, daß Ihr Thomas nicht gern zu den Zisterziensern gehen lassen wolltet«, sagte Johanna bedrückt. »Kommt mit, Niesgin, da vorne beginnen die Apfelbäume schon. Habt Ihr von Thomas gehört?«

»Nur daß er tatsächlich auf der Lateinschule ist. Er bekommt anscheinend keinen Urlaub, um mich zu besuchen. Aber er wird schon noch kommen.«

»Ja, sicher.« Doch Johanna war nicht so zuversichtlich wie Niesgin. Sie hatte inzwischen selbst erfahren, wie die Mönche einen Menschen unter Druck setzen konnten. Redeverbot, Essensentzug und künftige Höllenstrafen waren eine sehr wirkungsvolle Mischung, auch für weniger fromme junge Männer als Thomas.

Bevor sie die ersten Körbe erreichten, die bis zum Rand mit kleinen gelben Äpfeln gefüllt waren, hielt Johanna Niesgin einen Augenblick zurück. »Großmutter Niesgin, ich möchte so schnell wie möglich von hier fort. Und ich weiß auch schon, wie. Ihr müßt mir dabei helfen.«

Großmutter Niesgins Anwesenheit vertrieb den Zellerar. Plötzlich war er fort, nach Eppstein geritten, sagte Hanns. Mit den Frauen verstand Niesgin sich auf Anhieb gut, sie brachte sie alle zum Lachen. In die Grangie kehrte Fröhlichkeit ein.

Zwei Tage später war das Kind da, ein wenig früher, als gedacht. Es war ziemlich klein. Hat der Herr es so klein haben wollen, damit es durch die Schlupflöcher dieser Welt leichter hindurchkommt? dachte Johanna und betrachtete ihre Tochter dankbar und liebevoll.

Die Geburt war so leicht gewesen und schnell gegangen. Nach all den erschreckenden Schilderungen von Frauen, die es gut mit anderen meinten, hatte sie damit am wenigsten gerechnet. Niesgin konnte sich damit begnügen, ihr stärkende Speisen zu verabreichen, vor allem die Kuhmilch, die sonst der Zellerar für sich beanspruchte.

»Sie hat fingerhutblaue Augen. Ein leichtes Leben wird auch sie nicht haben«, seufzte Niesgin und streichelte zart die kleine Wange, die sich von Johannas Milch schon nach wenigen Tagen rundete. »Wie soll sie heißen?«

»Gesche.«

Niesgin schmeckte den Namen auf ihrer Zunge. »Es klingt irgendwie altertümlich, heidnisch.«

»Nach meiner Mutter«, antwortete Johanna.

Niesgin nickte. »Gott den Herrn fürchte ich mit aller Demut. Er wird verstehen, daß du sie Gesche nennst. Aber die Mönche nicht. Du lenkst ihren Unmut bereits mit der Taufe auf Gesche.«

»Trotzdem«, beharrte Johanna. »Gesche ist der richtige Name für sie. Sie wird es verstehen.«

Gesche gedieh gut und war bereits drei Wochen alt, als der Zellerar zurückkehrte. Man hörte seine Stimme schon, bevor er zu sehen war. »Wen mag er mitbringen?« Johanna sah Hanns fragend an, der neben ihr am Brunnen stand. Sie fühlte sich beunruhigt, ohne zu wissen, warum.

Hanns schüttelte den Kopf und stellte den vollen Eimer neben seinen Füßen ab. »Vielleicht Vater Gottfried. Er ist der einzige, der hin und wieder kommt.«

Es war eine ganze Gruppe von Personen. Johanna erkannte entsetzt Katherine, der ein neuer Knappe von ihrem Zelter half. Die breithüftige Frau, die vom Maultier gehoben werden mußte, kannte sie nicht.

»Wir sind anscheinend zur rechten Zeit gekommen«, bemerkte der Zellerar, indes er Johannas schlanken Körper abschätzig musterte.

»Lebt es?« Katherines Ton war spitz wie eine Schusterahle.

Johanna betrachtete ihre Stiefmutter mit einem Hauch von Verächtlichkeit. Sie war unverändert schmal und trug ganz offensichtlich kein Kind. »Gesche geht es ausgezeichnet. Es ist sehr freundlich von Euch, daß Ihr gekommen seid, um sie zu sehen.«

»Meinst du?« Katherine wechselte einen verständnisinnigen Blick mit Vater Gottfried und ließ sich von ihm in das Wohnhaus führen.

Die korpulente Frau wackelte zu dem neuen Bänkchen neben der Tür und ließ sich aufatmend nieder. »Gibt es vielleicht ein Bier oder einen Apfelwein für eine gottesfürchtige Frau?« fragte sie mit bemerkenswerter Lautstärke und wischte sich die verschwitzte Stirn mit einem großen Tuch, das sie aus einer von vielen Taschen in ihrem Gewand zog.

»Wer bist du denn?« Hanns rührte sich nicht vom Fleck. Er

ließ erkennen, daß sie nichts bekommen würde, bevor die Frage beantwortet war.

Recht so, dachte Johanna.

»Die Kettin.«

»Ketten, so, so. Und was machst du hier?« Hanns stemmte seine Arme in die Seite.

»Ich bin hier mit Vater Gottfried. Mehr soll ich nicht sagen.« Ketten streckte sich behaglich auf der Bank, die unter ihrem Gewicht knackte. Ein Grinsen zog über ihr feistes Gesicht. »Ich kann deine Frage ja an ihn weitergeben. Könnte sein, daß ich dabei auch ein Wort über eure Gastfreundschaft verliere.«

»Schon gut. Du kriegst deinen Wein und ich meine Ruhe«, knurrte Hanns und machte sich auf den Weg in die Küche.

Johanna ging auch. Auf die Gesellschaft einer Person, die Gastfreundschaft erzwang, konnte sie gut verzichten. Gesche schlug gerade die Augen auf, als sie kam, und ihr kleiner Mund suchte sofort mit gespitzten Lippen nach der Brust. Lächelnd nahm sie ihre Tochter hoch. Sie konnte sich schon kaum mehr vorstellen, daß sie je ohne dieses winzige Wesen gewesen war. »Ich glaube, Gesche kommt ganz nach mir«, bemerkte sie zu Niesgin, die auf dem Bettlager saß und eine Jacke flickte. »Ich werde meinen Vater dazu bringen, daß er sie als eine Falkenstein anerkennt. Sie darf sich nie als... als Bankert fühlen.«

Niesgin nickte, ohne aufzusehen. »Ich weiß, wie Thomas leidet. Manchmal habe ich Angst um ihn.«

Gesche schmatzte laut und zufrieden, und erst nach einer Weile bemerkte Johanna, daß sie beobachtet wurden.

In der Türöffnung lehnte die Kettin. Ihr berechnender Blick konzentrierte sich hauptsächlich auf Gesche, aber hin und wieder schien sie zu überlegen, in welcher Eigenschaft Niesgin hier war. »Trinkt sie gut?«

Johanna nickte schweigend.

»Das ist gut. Dann sind sie ruckzuck gestillt, gewindelt und zum Schlafen gelegt.« Ketten drehte sich um und verschwand wieder.

»Merkwürdige Frau«, sagte Niesgin nachdenklich.

»Katherine sammelt immer merkwürdiges Volk um sich. Ich mag sie nicht.« Johanna stillte ihre Tochter, bis sie einschlief. Sie hatte sie gerade wieder hingelegt, als sie das Rumpeln des Apfelkarrens im Hof hörte. Sie trat in die Tür.

Dem Wagen folgten unter Gelächter die Frauen. Sie verstummten, als sie die Pferde sahen, die nicht abgesattelt worden waren. Johanna ging zu ihnen hinüber, um zu erzählen, wer zu Besuch war.

Aber es erübrigte sich, denn die Gäste waren im Aufbruch. Der Knappe stand schon neben dem Zelter, und Katherine kam mit Vater Gottfried aus dem Haus. »Wo ist das Kind?« fragte Katherine herrisch.

Ketten deutete mit dem Daumen hinter sich. »Dort, Herrin. Es ist jetzt satt. Es wird gut schlafen und wenig schreien.«

»Dann hol es.« Katherine setzte ihren zierlichen Fuß in die gefalteten Hände ihres Knappen, rückte sich im Sattel zurecht und ließ sich von ihm die Zügel reichen. »Geh mit ihr!« befahl sie.

Johanna konnte die Ungeheuerlichkeit kaum glauben. Sie wollte zur Tür des Gesindehauses stürzen, um ihre Tochter vor der Amme zu retten, aber Vater Gottfried trat ihr in den Weg und hielt sie mit hartem Griff fest. »Hanns, bewache sie, bis wir fort sind«, befahl er.

Der Konverse zuckte entschuldigend mit der Schulter, nestelte ein dünnes Tau aus seiner Kutte und band Johanna die Arme auf dem Rücken fest. Sie wehrte sich wie eine Wildkatze, aber schließlich spannte sich das Seil von ihren Handgelenken zur Seilwinde des Brunnens.

Dann kam die Kettin mit dem Bündel zurück, in dem sich Johannas Tochter befand, händigte es dem Knappen aus und wurde von Hanns auf ihr Maultier geschoben. Großmutter Niesgin preßte die Hände an ihren Mund, ganz stumm vor Entsetzen.

Während Hanns zu Johanna zurückkehrte, um sie wie ein tollwütiges Tier zu bewachen, verließen Katherine und Vater Gottfried nebeneinander die Grangie. Der Knappe und die Amme folgten mit Johannas Tochter.

»Laßt sie auf den Namen Gesche taufen«, heulte Johanna hinter ihnen her, aber es kam nur das Rauschen der Bäume zurück, von denen still einige Blätter herabrieselten.

Man ließ Johanna am Brunnen allein. Auch Niesgin durfte nicht bei ihr bleiben. Johanna riß und zerrte am Tau, aber es gab nicht nach. Schließlich war sie so erschöpft, daß sie in sich zusammensank. Stunden mußten vergangen sein, es dämmerte bereits.

»Es ist das Beste für dein Kind«, sagte die Stimme des Zellerars.

Johanna sah auf. Der Zellerar befand sich auf der anderen Seite des Brunnens und schien zu ahnen, daß sie noch die Kraft gehabt hätte, ihm etwas anzutun. Aber er war unerreichbar für sie. »Was machen sie mit Gesche?«

Der Zellerar schüttelte bekümmert den Kopf. »Sie wird zuallererst auf einen christlichen Namen getauft«, sagte er mit besonderer Betonung. »Die Amme Ketten wird sie aufziehen. Mit drei oder vier Jahren wird man die Frucht der Sünde in ein Kloster geben können, wo sie eine Erziehung im Namen des Herrn erhalten wird.«

»In welches Kloster?« fragte Johanna mit erstickter Stimme.

»Du wirst es nie erfahren. Es ist besser für dich und das Kind.«

»Gesche!« brach es wild aus Johanna heraus. »Sie heißt Gesche!«

»Diesen Namen schlage dir aus dem Kopf. Es wäre sowieso besser, du würdest das Kind einfach vergessen.« Der Zellerar betrachtete Johanna prüfend. »Willst du jetzt vernünftig sein, damit wir dich losbinden können?«

»Ja, bindet mich los!« schrie Johanna außer sich vor Qual und Wut.

»Also nicht.« Der Zellerar steckte seine Hände in die weiten Ärmel, denn es war mittlerweile sehr kalt geworden, und entfernte sich.

Die Dunkelheit senkte sich über das Tal. Johanna hörte das Brausen der Windböen weit oben und kroch in sich zusammen. Ihr war eisig bis ins innerste Mark. »Gesche«, murmelte sie.

Am nächsten Morgen glühte Johanna vor Hitze. Sie merkte, daß Hanns sie losband und in ein Bett legte. In den folgenden Stunden tauchte zuweilen Großmutter Niesgins Gesicht vor ihren Augen auf. Manchmal versuchte sie, das Bett zu verlassen, aber starke Arme hielten sie fest.

Irgendwann schmeckte ihre Zunge Apfel.

»Sie wird es überleben«, sagte jemand und schluchzte leise.

»Großmutter Niesgin? Seid Ihr da?« Johanna öffnete die Augen nicht. »Wo ist Gesche?« Ihre Frage brachte alles wieder in ihr Gedächtnis zurück. Mit Mühe stützte sie sich auf und sah sich um.

Großmutter Niesgin und sie waren allein im Gesindehaus.

»Wie lange war ich denn krank?«

»Eine Woche, mein Kind. Die Apfelernte ist in vollem Gange, sie sind alle draußen.« Niesgin sah sie todtraurig an. »Von Gesche habe ich nichts gehört. Niemand weiß etwas. Mit Ausnahme vielleicht von Hanns. Manchmal fallen Bemerkungen zwischen ihm und dem Zellerar… Sie waren inzwischen zwei Tage in Eppstein. Aber er sagt nichts…«

Johanna nickte nur. Hanns würde immer auf der Seite der Mönche stehen.

»Seit gestern ist der Zellerar wieder fort. Und du mußt jetzt zu Kräften kommen, meine Tochter.« Niesgin hielt Johanna eine Schüssel mit einem gelblichen Brei unter das Kinn und begann sie zu füttern.

Das halbwarme Mus schmeckte widerlich. Johanna kehrte den Kopf fort. »Äpfel mit…?«

»Mit Zwiebeln und Honig. Ich weiß, sie sind scheußlich. Aber du bist dünn wie ein Strohhälmchen geworden, Johanna.«

Johanna hielt den Arm von Niesgin fest und blickte ihr in die

Augen. »Großmutter, werdet Ihr mir alles über Heilkräuter beibringen? Und über das Heilen mit Äpfeln? So viel und so schnell wie möglich.«

»Ja, gewiß«, sagte Niesgin zögernd. »Gerne, sogar. Aber wie kommst du jetzt darauf?«

Johanna schob sich näher an Niesgins Ohr. »Ich muß in das Stadthaus der Zisterzienser. Einen heilkundigen Mönch haben sie dort nicht, aber sonst gibt es nichts, was sie nicht wissen. Wenn irgendwo, erfahre ich dort, wie ich Gesche finden kann.«

Großmutter Niesgin faltete erschrocken die Hände. »Du kannst gegen die Zisterzienser nicht gewinnen, Tochter. Das Kunststück hat noch niemand fertiggebracht.«

»Ihr habt es doch geschafft.«

»Nein. Ich bin ihnen nur für eine Weile entkommen. Das ist etwas anderes, als ihnen die Stirn zu bieten.«

»Und doch werde ich genau das tun«, sagte Johanna eigensinnig und reichte Niesgin die leere Schüssel zurück. »Gebt mir noch eine Portion von dem Mus, Großmutter. Ich muß auf die Beine kommen. Ich bin bereit, jeden Preis zu zahlen, den der Herr mir für Gesche abverlangt.«

»Der Herr ist gnädig. Die Mönche sind es nicht«, flüsterte Niesgin. »Du spielst mit deinem Leben, Johanna. Wenn sie dich in ihrem Zorn zur Ketzerin erklären, wirst du verbrannt, mag unser Herr im Himmel dazu sagen, was er will.«

Kapitel 10

»Geht es ihr noch nicht besser?« Bruder Hanns machte ein mitleidiges Gesicht und sah Niesgin fragend an.

Johanna blinzelte zwischen den Augenlidern hindurch, während Niesgin den Kopf schüttelte.

»Aber sie sieht frisch und munter aus.« Hanns blieb beharrlich in der Türöffnung stehen.

»Das täuscht«, sagte Niesgin endlich. »Vor zwei Tagen lag sie ohne Besinnung mitten auf dem eiskalten Boden. Ich war nicht lange fort gewesen, wirklich nicht.«

»Wir könnten sie gut beim Mosten gebrauchen. So wie es jetzt steht, haben wir nur zwei Esser mehr.«

»Euer Zellerar hätte sie nicht draußen liegenlassen dürfen...«

»Er lebt im Herrn und weiß, was für Johanna richtig ist.«

»Amen«, fügte die alte Frau hinzu, und das stimmte den Konversen wieder versöhnlich. Er nickte ihr zu und schloß die Tür.

Als Hanns fort war, sprang Johanna aus dem Bett, schob Reisig und Moos zu einem Haufen zusammen, der eine liegende Gestalt vortäuschen konnte, und holte ihre Jagdtasche heraus. Sie klopfte auf den Malchus, der sich hart durch den abgeschabten Stoff abzeichnete. »Die nächsten Stunden haben wir Ruhe«, sagte sie. »Ich gehe üben.«

»Sei vorsichtig! Ich habe ständig Angst, daß sie dich erwischen«, seufzte Niesgin. »Es kann nicht immer gutgehen!«

»Laßt nur, Großmutter Niesgin«, sagte Johanna. »Es ist ja bisher alles gutgegangen. Hanns ist neugierig und etwas eifersüchtig, aber im großen und ganzen kein schlechter Kerl. Und beim Mosten wird er dringend gebraucht. Es besteht keine Gefahr.«

Niesgin sah sie forschend an. »Was treibst du da draußen? Ich mache mir Sorgen um dich, Kind.«

Aber Johanna war schon aus der Tür und schlich sich aus dem Hof, wie so oft in letzter Zeit. Ein säuerlicher Geruch lag über den Gebäuden. Die Apfelernte war beendet. In der Scheune klapperten Holzgeräte; Stampfen und die Stimmen der anderen Frauen erklangen. Die Geräusche blieben hinter ihr zurück, als sie in den Wald eintauchte.

An diesem Tag suchte sie sich einen neuen Übungsplatz. Beim Üben mit dem Malchus schlitzte sie notgedrungen die Rinde der Bäume auf und zertrampelte das Gras, und je länger sie einen Platz benutzte, desto auffälliger wurden die Spuren.

Sie fand eine Lichtung, die ihr geeignet schien. Zwei uralte Buchen mit tief angesetzten Ästen ragten über eine Senke hinaus, die einmal Wasser geführt haben mochte und jetzt spärlich mit jungen Erlen bestanden war. Sie packte den Malchus aus, warf ihn in die Höhe und fing ihn am Griff auf. Dann begann sie, auf die unteren Äste der Bäume einzuschlagen. Sie sanken in rascher Folge auf den gefrorenen Boden. Als sie einmal im Kreis herum war, hörte sie auf und musterte das Ergebnis. Sie war zufrieden mit sich. Inzwischen war sie mit dem Malchus sehr schnell geworden und konnte hart zuschlagen. Endlich ein Schritt auf dem Weg zu Gesche!

Ein schabendes Geräusch hielt Johanna davon ab, ihre zweite Runde zu beginnen. Ein schäbiges, braunes Gewand rutschte den steilen Abhang zwischen den Buchen herunter; Hände griffen vergeblich nach freiliegenden Baumwurzeln. Das Bündel landete vor Johannas Füßen. Der Stoff einer Kutte legte sich über einen kahlen Hinterkopf.

Mit der Spitze des Malchus hob Johanna die Kutte hoch. »Ach, du bist es«, sagte sie verdrossen. »Ich hätte mir denken müssen, daß du dich vor der Arbeit drückst.«

Hanns setzte sich mit verlegenem Gesicht auf.

»Spionierst du mir nach?« fragte Johanna rauh.

»Nein, bestimmt nicht«, antwortete Hanns gepeinigt und schielte nach der Klinge, die blank und scharf an seinem Hals lag.

»Sondern?«

»Ich habe der alten Niesgin nicht geglaubt«, murmelte er niedergeschlagen, »und auf dich aufgepaßt.«

»Eben. Weiß es sonst noch jemand?«

Hanns sah sie treuherzig an und schüttelte den Kopf.

»Schwöre bei Jesus Christus.«

Die Schnelligkeit, mit der er gehorchte, und die Schweißperlen auf seiner Stirn sagten Johanna, daß Hanns sie für fähig hielt, den Malchus auch an ihm zu erproben. »Du wirst über diese Sache schweigen«, drohte sie ihm leise. »Ich könnte dich jederzeit... Wie du weißt, bin ich mehr im Wald zu Hause als in einer Burg. Dich würde ich leicht finden, und dann...« Der Malchus strich über seine Kehle.

»Du wirst mir helfen«, bestimmte Johanna. »Wenn du den ersten Apfelwein nach Eppstein bringst, nimmst du mich mit.«

»Wie soll ich das denn machen?« jammerte er.

»Dir wird schon eine Begründung einfallen«, sagte Johanna sorglos. »Lege einfach die gleiche Phantasie an den Tag wie bei deinen Ausreden, wenn du dich vor der Arbeit drücken willst. Du weißt doch: Ich bin noch zu schwach zum Arbeiten. Außerdem muß ich mich in der Kirche von Eppstein beim Herrn für meine Genesung bedanken. Glaubst du, unser Herr Zellerar würde mir eine so fromme Handlung verbieten?«

Wahrscheinlich hätte Hanns am liebsten mit ja geantwortet, aber er wagte es nicht. »Wie du willst«, sagte er ergeben. »Läßt du mich jetzt gehen?«

Johanna nickte knapp. Sie sah ihm nachdenklich nach, als er die Kutte schürzte und die Böschung hochzuklettern begann. Sie mußte in Kauf nehmen, daß er sie dem Zellerar verraten konnte. Aber es gab keine andere Möglichkeit, unauffällig nach Eppstein zu gelangen als mit einem Apfelweintransport.

Zwei Wochen später war die erste Fuhre fällig. Glücklicherweise war der Zellerar fort und Hanns noch weich wie Wachs. Schmerzlich war, daß mit ihrer plötzlichen Gesundung zwangsläufig die Rückkehr von Großmutter Niesgin in ihr eigenes Häuschen verbunden sein würde.

Aber die Suche nach Gesche ging vor.

Kaum war es hell genug, wirbelte die Peitsche von Hanns über die Rücken der unwilligen Zugochsen. Johanna saß neben ihm, eingehüllt in das ärmliche Gewand der Klostermagd. Sie war zu gespannt, um zu schlafen, während Hanns einnickte, als die Ochsen in einen gleichmäßigen Trott gefallen waren.

Als sie durch das Fischbachtaler Tor in die Stadt hineinfuhren, schnupperte Johanna in die Luft. Der Ort schien sich irgendwie verändert zu haben. Die Atmosphäre war anders, aber natürlich lag es nicht an der Luft, in der wie immer Brandgeruch lag.

Es gab nur wenige Leute auf der Straße; sie grüßten alles, was eine Kutte trug, äußerst knapp, auch Hanns, und machten dann, daß sie fortkamen. Hatten die Eppsteiner etwa Ärger mit den Mönchen? Johannas Neugier war erwacht.

Das zweiflügelige Tor wurde aufgezogen, kaum daß sie davorstanden, und genauso schnell hinter ihnen geschlossen. Johanna war gerade vom Kutschbock gesprungen, als ein Zisterzienser mit einer Schreibtafel unter dem Arm herbeieilte.

»Vier Fässer, beste Qualität, Vater Lorenz«, teilte Hanns ihm mit. Johanna starrte ihn erstaunt an. Der Mann war Priester. Trotzdem trug er keinen weißen Mantel wie der Leiter des Stadthofes, an den sich Johanna noch gut erinnerte. Er sah eher aus wie einer, der am liebsten selbst anpackt.

Energisch rüttelte Vater Lorenz an einem der Fässer. »Wein oder Most?«

»Das ist aber eine däm..., also eine Frage, Vater! Apfelwein, natürlich.«

Vater Lorenz drehte sich ruhig zu ihm um. »Du mußt entschuldigen. Da wo ich herkomme, hatte ich hauptsächlich mit

Bier zu tun. Unsere kleinen sauren Äpfel konnten nur die Schweine fressen. Ich muß jetzt umlernen.« Offenbar umfaßte das Umlernen auch die Schreibtafel, denn seine Abscheu war unverkennbar, als er sie unter dem Arm hervorzog und ungeschickt versuchte, Hanns' Angaben zu notieren.

Die Entschuldigung machte ihn Johanna sympathisch. Sie ging um den Wagen herum, um sich bemerkbar zu machen.

Der Mönch sah auf. »Wer bist du denn?« fragte er, während sein rundes Gesicht sich zu einem freundlichen Lächeln verzog.

»Johanna vom Apfelhof«, sagte sie bescheiden. »Ich gehe Bruder Hanns zur Hand.«

»Der Weg ist vermutlich sehr holperig«, meinte Vater Lorenz verständnisvoll. »Man hat mir schon erzählt, daß der Hof irgendwo in den Wäldern liegen soll. Wäre ja schade, wenn die Fässer umschlügen.«

»Ganz genau«, sagte Johanna, froh um diese einleuchtende Erklärung ihrer Anwesenheit. »Aber da wir ja gut angelangt sind, werde ich jetzt zu den Mägden nach hinten gehen.«

»Am besten bleibst du dort auch«, sagte der Mönch zustimmend. »Wir haben eine Menge Ritter auf der Durchreise zu Gast. Sie sind außergewöhnlich durstig.«

»Und betrunken und gierig nach Frauen wie üblich«, ergänzte Johanna.

Sein Schmunzeln machte Vater Lorenz richtig liebenswert. »Wenn du es so ausdrücken willst… Jedenfalls möchte ich nicht, daß jemand zu Schaden kommt, ausgerechnet, wenn der Hofmeister außer Haus ist.«

»Habt Ihr derzeit hier die Leitung, Vater?« fragte Johanna neugierig.

»So ist es. Und noch bevor ich den Hof richtig kennenlernen konnte, sind Ritter aus Lich gekommen, Gott sei's geklagt, mit einem Verletzten. Im Kloster hätte ich den Infirmar gerufen. Er konnte einfach alles behandeln. Aber hier? Hier haben sie anscheinend nur einen Hufschmied für's Grobe.«

»Der alte Hofmeister war immer der Meinung, daß der Hof für den Handel und nicht als Hospital gebaut worden ist«, sagte Hanns entschuldigend.

»Oh, ich könnte möglicherweise helfen«, warf Johanna ein. Die Licher interessierten sie brennend, und sie fühlte sich durch ihre Verkleidung aufs Beste geschützt.

»Du?« fragten der Mönch und Hanns wie aus einem Mund.

»Ich bin bei Großmutter Niesgin in die Lehre gegangen«, antwortete Johanna kühn. »Was meinst du, woher ich sie sonst hätte kennen sollen, Hanns?«

»Bestens! Du bist ja ein Geschenk des Himmels.« Dem Mönch fiel sichtlich ein Stein vom Herzen. »Fahr schon in den Schuppen, Hanns! Johanna muß sich den Verletzten auf der Stelle ansehen.«

»Wenn ich das gewußt hätte, hätte ich dich nie mitgenommen, ich schwör's dir, Johanna«, zischte Hanns ihr zu, bevor sie sich umdrehte, um Vater Lorenz nachzulaufen.

»Vater Lorenz«, flüsterte Johanna und zupfte den Mönch behutsam an der Kutte, damit er sich zu ihr umdrehte. Sie befanden sich vor dem großen Schlafsaal; die Ritter schienen das ganze Haus zu füllen. »Ich habe noch nicht ausgelernt.«

»So Gott will, schaffst du es«, raunte er zurück und räumte resolut einige Knappen beiseite, um für Johanna Platz zu machen. »Der Hufschmied gilt als Schlächter. Für den ist der Verletzte noch zu lebendig.«

Johanna nickte und folgte dem Mönch in eine kleine Kammer, in der ein blasser, langer Mann mit geschlossenen Augen auf einem Bett lag. Neben ihm saß ein Knappe und betupfte unbeholfen eine Wunde am Oberarm, aus der wässeriges Blut sickerte.

Sie beugte sich mit sachkundiger Miene über den Ritter, aber ihr Herz klopfte aufgeregt. »Hat er viel Blut verloren?«

»O ja, Herrin.« Der Knappe räusperte sich verlegen, sah unsicher zu ihr auf und fragte: »Oder wie soll ich Euch nennen?«

»Johanna genügt.« Der Mönch legte seine Hand auf die Schulter des Knappen und sah ihm ernst ins Gesicht. »Wir haben Johanna von unserer Grangie im Wald geholt, damit sie sich um deinen Herrn kümmert. Geh ihr zur Hand, wenn sie etwas braucht, ja?«

»Natürlich, Vater«, sagte der Junge wohlerzogen.

»Fein.« Johanna schenkte ihm ein Lächeln. »Dann geh bitte zu Bruder Hanns in den Wagenschuppen, und bitte ihn um den Krug mit dem Apfelessig von der reinsten Sorte.«

»Mache ich«, sagte der Knappe dankbar und verschwand wie ein Blitz.

»Ich benötige auch Schüsseln und saubere Tücher«, fuhr Johanna fort. »Würdet Ihr wohl den Mägden entsprechende Anweisungen geben, Vater? Es könnte sonst sein, daß sie es mir verweigern, weil ich ja nur im Apfelhof beschäftigt bin... Sie sehen auf uns Frauen in der Grangie herab.« Zumindest beschwerte sich Engele ständig deswegen.

»Kenne ich«, bestätigte der Mönch ein wenig grimmig. »Meine Handwerker klagten auch immer, wenn meine betenden Mitbrüder sich für besser als sie hielten. Ich schicke dir Martha.«

Hintereinander trafen der Knappe und die Magd mit allem Gewünschten ein. Johanna bedankte sich knapp und konzentrierte sich auf das, was Niesgin ihr in der kurzen Zeit beigebracht hatte. Sie hatte ein gutes Gedächtnis und kannte die Pflanzen, die Niesgin ihr beschrieben hatte. Aber die Erfahrung hatte sie ihr nicht mitgeben können, die mußte sie sich selbst erwerben.

Beherzt faltete sie eins der Leintücher des Stadthofes zu einem länglichen schmalen Streifen zusammen und tränkte es gründlich im Essig, den der Knappe in eine Schüssel goß.

Der Ritter jammerte leise, als Johanna seinen Arm mit dem Tuch säuberte. »Habt ihr Fleisch von einem kastrierten Hammel oder einem kastrierten Ziegenbock im Haus, Martha?«

»Ich glaube schon.«

»Dann läßt du den Koch daraus eine kräftige Fleischbrühe machen und mit viel Petersilie würzen. Und der Knappe des Ritters wird ihn damit füttern. Der Ritter muß, wenn er die Augen aufschlägt, ein vertrautes Gesicht vor sich sehen.« Niesgins Rezept, bereichert um ihre eigenen Erfahrungen, hörte sich sehr vernünftig an, fand Johanna selbst. Sie war erleichtert, daß Martha sich widerspruchslos aufmachte.

»Wie heißt du eigentlich, junger Mann?« erkundigte Johanna sich, als sie fort war.

»Heinrich. Heinrich Toppler.«

»Gut. Heinrich, du gehst mir zur Hand.« Mit Hilfe des Jungen machte Johanna einen festen Verband. »Habt ihr eine Schlacht geschlagen?«

»Es war zwar nur ein Scharmützel, weil die Mannschaft der Burg sehr klein ist, aber dafür haben wir fast ohne Verluste gewonnen«, erklärte Heinrich stolz. »Mein Herr schlug sich mit dem Burgherrn, und beide waren sie sehr gut!«

»So«, sagte Johanna mit bangem Herzen. »Hier in der Nähe?«

»Gewiß. In Königstein.«

»Und der Burgherr starb?« Mit aller Willenskraft gelang es Johanna, das Zittern aus ihrer Stimme zu verdrängen.

»O nein.« Heinrich begriff, daß ihr die Feinheiten des Krieges unbekannt waren. »Wir wollen ihn doch lebend, damit er Lösegeld zahlt. Dieses Mal bekamen wir ihn nicht, aber zwei seiner Ritter. Die Burg können wir ihm später abnehmen.«

»Warum nicht gleich? Ich meine ... dann hättet ihr sie doch schneller?«

Der Knappe grinste überlegen. »Man merkt, daß Ihr im Wald zu Hause seid. Also, das ist so: Dem Burgherrn von Königstein gehört die Burg nicht, er verwaltet sie nur. Aber weil er ein Falkensteiner ist und denen die Burg einmal gehörte, glaubt er, daß er ein gewisses Anrecht darauf hat, versteht Ihr? Er wird alles tun, um sie nicht zu verlieren, und wird auch nicht so schnell

Hilfe von außen holen. Statt dessen wird er die Bürger wegen der Lösegelder auspressen. Wenn er die Königsteiner genügend verärgert hat, kommt der Licher Falkensteiner und beansprucht die Burg und die Stadt wieder für sich.«

»Ach so, jetzt verstehe ich«, murmelte Johanna verstört. »Wird denn der Kaiser das dulden?«

»Ach, der hat keine Zeit, sich um Königstein zu kümmern«, sagte Heinrich sorglos. »Außerdem hat Philipp von Falkenstein noch andere Eisen beim Kaiser im Feuer. Deshalb ist es gar nicht so sicher, daß der Kaiser ihn hindern würde. Philipp von Falkenstein...«

Der Ritter stöhnte so vernehmlich, daß Heinrich sich unterbrach und erschrocken zu ihm hinblickte.

Auch in Johannas Ohren hatte es sich wie eine Warnung angehört. Sie grub ihre Fingernägel in die Handflächen und hoffte, daß der Knappe ihr nicht anmerkte, wie sehr sie interessiert war. »Das ist ja ein sehr kluger Plan. Was wolltest du über Philipp sagen?«

»Philipp von Falkenstein ist ein sehr schlauer Mann. Er hat schon mehrere Burgen in seinen Besitz...«

»Ach, was schwatzt du denn da schon wieder, Kleiner«, ließ sich eine scharfe, helle Stimme hinter ihnen vernehmen.

Johanna sah sich erschrocken um. Ihr Blick fiel auf einen grünen und einen grün-gelb gestreiften Beinling, und die Bänder von auffallend langen Schnabelschuhen.

Konrad.

Er sperrte den Mund auf, was ihm ein blödes Aussehen verlieh. Er sah keinen Tag älter aus als damals. Nur für sie war die Welt eine andere geworden. Haß und Abscheu schnürten ihr die Kehle zu.

»Johanna die Hochnäsige, mit Lappen in der Hand wie eine Magd! Was macht Ihr denn hier? Oder vielmehr: du!« Konrad lachte dröhnend, und der verletzte Ritter rührte sich.

»Nehmt wenigstens auf einen Kranken Rücksicht«, schnaubte Johanna verhalten. »Warum fragt Ihr eigentlich? Ihr wißt sehr genau, daß ich durch Eure Schuld hier bin!«

»Was?« Der Knappe war so überrascht, daß er vergaß, sie zu verhöhnen. »Was soll ich damit zu tun haben, daß du im Klosterdienst Buße tust?«

Johanna ballte die Fäuste. »Ihr habt mir Gewalt angetan, und als Folge davon war ich guter Hoffnung.«

»Was ist es denn geworden?« warf Konrad neugierig ein.

»Ein Mädchen. Sie heißt Gesche«, antwortete Johanna mit plötzlicher Trauer und wunderte sich zugleich, daß Katherine es ihrem Knappen verschwiegen hatte.

»Eine Tochter! Nutzloser als ein Huhn! Das sieht dir ähnlich!«

Oh, sie verachtete ihn aus tiefstem Herzen. »Ihr habt meine Stiefmutter und ihren Beichtvater belogen, und sie haben Euch geglaubt und nicht mir. Mich haben sie fortgeschickt und eingesperrt. Statt mich zu bestrafen, hätten sie Euch hängen sollen!«

Konrads Gesicht rötete sich vor Wut. »Na hör mal, ich werde bald zum Ritter geschlagen. Ritter dürfen nicht gehängt werden.«

»Ritter! Was werdet Ihr schon für ein Ritter werden. Ein Gewalttäter seid Ihr! Ein Demmer, Dallinger, Dehner und Fetzer!« Johannas Wut brach sich unvermittelt Bahn.

Heinrich folgte dem Wortwechsel mit ungläubiger Miene.

Konrad faßte ihn ins Auge. »He, du Knirps, bestätige ihr, daß Ritter nicht gehängt werden dürfen! Soviel wird dein Herr dir ja schon beigebracht haben.«

Heinrich warf ihm einen kühlen Blick zu. Dann nickte er. »Stimmt, Ritter werden nicht gehängt. Ritter tun Frauen auch keine Gewalt an.«

»Werde nicht frech!« Konrad hob ein Bein, zielte auf die Kniescheibe des Jungen und trat zu.

Heinrich flog in die Ecke, wo er sich unbeeindruckt aufrappelte, als ob Tritte von älteren Knappen zu seinem Alltag gehörten. »Ich zahle es dir schon noch heim«, sagte er leise.

Konrad wieherte vor Lachen. »Hör zu, Kleiner«, sagte er, als er sich beruhigt hatte. »Der Herr läßt deinem Ritter bestellen, daß er nachkommen soll. Wir anderen brechen morgen in aller Frühe auf.«

Heinrich nickte. Johanna zuckte zusammen, als Konrad die Tür geräuschvoll hinter sich zuwarf.

Und dann fiel ihr endlich ein, wo sie diese Waden und die auffallenden Schuhe schon einmal in Augenhöhe gesehen hatte. Es war Konrad gewesen, der ihren Vater an den Falkensteiner verraten hatte. Praun mußte ihn rechtzeitig an der Stimme erkannt und sich darum hinter Trunkenheit versteckt haben. Lebend wäre er sonst nicht hinausgekommen.

Das Haus der Zisterzienser von Eppstein war wie ein Spinnennetz, in dem viele Fäden zusammenliefen. Praun hatte recht gehabt, obwohl er hier nur Unterhaltung suchte. Sie war entschlossener denn je, hier zu leben, wenn es denn bei den Zisterziensern sein mußte. Aber sie ahnte, daß es gefährlich werden konnte.

Der Ritter gab ein Stöhnen von sich und schlug die Augen auf.

»Mein Herr!« Der Knappe sah ihn erwartungsvoll an und sank am Kopfende des Bettes in die Knie. »Geht es Euch besser, Herr?«

Der Ritter bewegte die Lippen. Sie waren trocken, und er brachte nur ein Krächzen heraus.

»Die Magd kommt gleich mit kräftiger Brühe«, sagte Johanna teilnahmsvoll, »sie wird Euren Durst löschen und Euch außerdem kräftigen.«

Der Kranke drehte seinen Kopf und betrachtete Johanna. Sein Gesicht bekam langsam wieder Farbe, und sie war sich fast sicher, daß es ihm besserging.

Dann kam Martha herein. Heinrich schoß auf sie zu und riß

ihr die Schüssel aus der Hand. »Das Fräulein hat gesagt, ich soll es machen, weil mein Herr dann schneller gesund wird.«

Über seinem Kopf lächelten Johanna und der Ritter sich an. Ihr fiel ein Stein vom Herzen.

Dann waren eine Weile nur noch das vorsichtige Schlucken des Verletzten zu hören und die leisen Worte des Knaben, der seinem Herrn zuredete wie einem Säugling. Er hat bestimmt kleinere Geschwister großgezogen, dachte Johanna versonnen.

»Und wer seid Ihr denn nun? Fräulein, wie mein Knappe sagt, obwohl Eure Kleidung etwas anderes behauptet? Aber ich würde sagen, er hat recht.«

Johanna zuckte resignierend mit den Schultern. »Ich bin die Tochter des Ritters, mit dem Ihr Euch auf Burg Königstein geschlagen habt.«

»Des Burgmanns von Königstein!« rief der Knappe entgeistert. »Und ich habe ihr alles erzählt...« Noch während er sprach, schlug sein Entsetzen in helle Bewunderung für sie um.

»Das macht es nicht schlimmer, Heinrich.« Johanna klopfte ihm ermunternd auf die Schulter.

»Das Leben eines Ritters ist so. Euer Vater und ich, wir wissen es beide. Er hat ehrenvoll gekämpft.«

Johanna machte ein zweifelndes Gesicht. »Aber Euer Herr will die Burg Königstein auf wenig ehrenvolle Weise gewinnen. Er zieht ins Kalkül, daß mein Vater auch ein Falkensteiner ist... Hat er mit seinem Plan gewartet, bis mein Vater die Verwaltung übernahm?«

Der Ritter antwortete nicht. Heinrich, den das alles wenig interessierte, pflanzte sich breitbeinig vor Johanna auf und stemmte die Fäuste in die Seiten. »Warum lebt Ihr im Wald? Hat der Kerl wirklich schuld?«

»Ja. Konrad.« Johanna biß einen Augenblick die Zähne zusammen, bevor sie ihm antworten konnte. »Die Sache ist für ihn noch nicht ausgestanden, ganz bestimmt nicht. Ich werde jemanden finden, der ihn in meinem Namen im Zweikampf erschlägt.«

Während Heinrich zu überlegen schien, ob er derjenige sein konnte, wurden Johannas Rippen wie von einer Lanze im Tjost getroffen. Es war Marthas Ellenbogen, und der war mächtig spitz. »Was fällt dir denn ein?« fragte Johanna ärgerlich und hielt sich die Seite.

»Und dir? Wie sprichst du denn über einen Ritter? Sogar einen Mann würde der Hofmeister für solche Worte bestrafen. Warte nur, wenn er es erfährt!«

Heinrich und sein Herr hörten den gezischten Worten von Martha interessiert zu.

»Wer sollte es ihm denn sagen, Martha? Ich glaube nicht, daß der kranke Ritter und sein Knappe sich so unritterlich verhalten würden.«

Martha warf den Kopf schnippisch zurück und holte die leere Schüssel ab, die Heinrich neben das Bett des Ritters gestellt hatte. Sie stampfte aus dem Raum, ohne Johanna noch eines Blickes zu würdigen.

»Ich muß jetzt auch gehen«, sagte Johanna. »Wollt Ihr wirklich morgen mit den anderen reiten? Wenn ich Euch einen Ratschlag geben darf, solltet Ihr einen oder zwei Tage warten.«

Nachdenklich betrachtete der Ritter seinen Arm.

»Es wäre gut, ihn morgen noch einmal zu verbinden ...« Johanna setzte ganz stark darauf, daß Vater Lorenz mit ihr zufrieden war. Vielleicht würde er dann dem Hofmeister vorschlagen, sie nach Eppstein zu holen. Vielleicht – bei viel Glück.

»Die Brühe schmeckte ausgezeichnet«, sagte der Ritter und zwinkerte seinem Knappen zu. »Meinst du, wir sollen Vater Lorenz bitten, daß das Edelfräulein mich morgen noch einmal verbindet?«

Heinrich Toppler nickte mit glänzenden Augen.

»Gut, dann ist das abgemacht.« Er wandte sich an Johanna. »Ihr lebt wirklich im Wald?«

»In der Grangie, die zu diesem Haus gehört. Vater Lorenz hat mich rufen lassen, damit ich mich um Euch kümmere«, wiederholte Johanna frohgestimmt die kühne Auslegung des Mönchs.

»Sehr umsichtig von ihm. Ich muß sagen, unter der neuen Leitung verbessern sich hier die Zustände rasch. Ich werde Philipp von Falkenstein darauf aufmerksam machen. Es wird ihm gefallen; es kommt seinen Plänen entgegen.«

Nur zu, dachte Johanna. »Unter der neuen Leitung wird der Zisterzienserhof von Eppstein nicht ausschließlich ein Zentrum des Handels sein«, bemerkte sie, bevor sie sich endgültig zurückzog.

Sie war sehr zufrieden mit sich, als sie über den Hof zum Anbau der Mägde eilte. Glücklicherweise waren da keine halbbetrunkenen Ritter, die sich erleichterten. Statt dessen sah sie einige Konversen, die begonnen hatten, die unordentlichen Winkel aufzuräumen. Vater Lorenz war in der Tat ein Gewinn für den Zisterzienserhof. Daß er nicht gerne schrieb, fand Johannas volles Verständnis.

Leider kehrte der Hofmeister an diesem Tag nicht zurück. Aber Johanna merkte am Verhalten von Vater Lorenz, daß er ausgesprochen glücklich war über den Zufall, der sie zur rechten Zeit nach Eppstein geführt hatte. Sie bekam von ihm die Erlaubnis, bis zur Abreise des Ritters im Stadthof zu bleiben, und an Hanns erging der Befehl, den Konversen des Hofes einstweilen beim Aufräumen zu helfen.

»Wie hast du das nur wieder fertiggebracht?« grollte Hanns und stützte sich auf ein beschädigtes Wagenrad, das er gerade in den Wagenschuppen rollte.

Johanna blieb unschlüssig bei ihm stehen und zog fragend die Augenbrauen in die Höhe.

»Mir brummt der Vater Arbeit auf, und du lügst ihm ins Gesicht und bekommst, was du willst«

Davon konnte ja leider überhaupt nicht die Rede sein, aber Johanna ersparte sich die Mühe, ihm zu erklären, was sie wirklich wollte. »Großmutter Niesgin hat mir beigebracht, was ich wissen muß, um Verletzte zu behandeln«, sagte sie knapp. »Ich brauche ein kleines Fäßchen, das ich dem Knappen mit Essig gefüllt mitgeben will. Kannst du mir so eins besorgen?«

Hanns schnitt ein Gesicht und breitete die Arme weit genug aus, um eine hundertjährige Buche darin einzuschließen. »Das ist das kleinste, das wir haben. Was die hier haben, wissen sie selber nicht.«

»Stimmt wahrscheinlich.« Johanna schüttelte unzufrieden den Kopf. Dann kam sie auf eine Idee, mit der sie zwei Fliegen auf einen Schlag erledigen würde. »Ich gehe zur Ennelin. Vielleicht kann sie für mich eine kleine Flasche aus Blech herstellen.«

»Zur Schwertfegerin? Bist du verrückt?« Hanns betrachtete Johanna mißtrauisch.

»Hast du es nicht gehört? Die Ennelin darf nur noch Kleinkram machen, keine richtigen Schmiedearbeiten mehr.«

Hanns schüttelte den Kopf. »Du steckst deine Nase wohl in jeden Dreck, den du findest. Ich glaube nicht, daß der Zellerar dir erlauben würde, dorthin zu gehen.«

»Er würde es. Vater Lorenz ist glücklich über alles, was geeignet ist, den Gästen den Aufenthalt bei den Zisterziensern unter seiner Leitung in angenehmer Erinnerung zu halten.«

»Der Hofmeister bestimmt nicht«, sagte Hanns spöttisch und rollte sein Rad davon.

Johanna spitzte die Lippen und blies seine apfelweingeschwängerte Atemluft aus ihrer Nähe fort. Es war schon möglich, daß es dem Leiter des Hofes nicht recht war, wenn die Gäste Gefallen an seinem Stellvertreter fanden. Aber er würde sicher begreifen, daß es die erwiesenen Dienste waren, auf die es ankam.

Der Bruder Pförtner ließ sie durch die kleine Pforte im Tor hinaus. »Mach den Mund zu«, sagte Johanna fröhlich. »Vater Lorenz hat es erlaubt.« Beschwingt wanderte sie die Straße hinunter. Obwohl die Arbeiterinnen noch weniger als die männlichen Konversen galten, war es ihr gelungen, ein Stück Freiheit zurückzuerobern. Aber bei uns ist alles anders, Gesche, dachte Johanna und winkte ihrer Mutter mit dem kleinen Finger zu.

Ennel war bei der Arbeit, Johanna konnte die leisen Geräusche aus der Werkstatt schon auf der Straße hören. Als sie im Hof stand, vernahm sie ein leises Murmeln. Vielleicht ging es der Schmiedin wieder besser, und sie durfte mit einem Gesellen arbeiten. Erleichtert vergewisserte sich Johanna, daß die herausgerissene Schuldverschreibung unter ihrem Kleid steckte, und trat in die Schmiede.

Sie hielt in ihrem Schritt abrupt inne. Neben der Ennelin stand Roland Brobergen. Die Schmiedin ließ ihren Hammer sinken und richtete sich langsam auf, Argwohn in den Augen.

Brobergen lächelte erfreut und verneigte sich. »Wieder eine neue Verkleidung? Ich kann mir nicht denken, daß Ihr ein Gelübde abgelegt habt.«

»Ihr könnt wohl nie ernst sein!« sagte Johanna halb erzürnt, halb lachend.

»Nicht einmal am Galgen«, bestätigte er.

»Aber Roland Brobergen«, sagte Johanna streng. »Ritter werden nicht gehängt!«

»An solchen Kenntnissen erkennt man das Edelfräulein. Und was das Hängen betrifft…« Er machte eine vage Handbewegung. »Es gibt eine unterschiedliche Behandlung zwischen Rittern und…«

»Wirklichen Rittern«, ergänzte Johanna.

»Wie schön Ihr das sagt«, seufzte Brobergen.

Die Ennelin sah von einem zum anderen. Ihr Mißtrauen gegenüber Johanna wich langsam. »Ihr kennt Euch«, stellte sie fragend fest.

»Wir sind alte Freunde, Ennelin, keine Sorge.«

»Ja, wenn Ihr es sagt… Dann kommt mit.« Ennel war erstaunt, aber ihre Besorgnis, deren Ursache Johanna nicht erkennen konnte, hatte abgenommen.

Während Johanna als letzte folgte, schwirrte ihr einiges von dem, was Brobergen erzählt hatte, durch den Kopf. Sie erinnerte sich, daß er ein Feind der Falkensteiner von Lich war. Daß er die Schmiedin kannte, hatte er mit keinem Wort erwähnt. Da Johanna nicht wußte, wie die beiden zueinander standen, konnte sie Ennel den Schuldschein auf keinen Fall in Brobergens Gegenwart übergeben.

Die Schmiedin füllte drei Becher mit Apfelmost.

»Geht es Euch wieder besser?« fragte Johanna, um das Eis restlos zu brechen.

»Ich lebe. Mehr nicht.« Ennelin stieß die Fingerkuppen ihrer Hände gegeneinander und betrachtete sie tiefsinnig. »Und Ihr selber?«

»Ich lebe auch«, sagte Johanna leise. »In der Verbannung. Ich dachte mir, ich könnte Euch mit einem winzigen Auftrag einen Tag weiterhelfen, wenn Ihr Zeit habt, ihn sofort auszuführen.«

»In der Verbannung! Gott, wie das klingt«, sagte die Ennelin verächtlich. »Wahrscheinlich hat Euer Vater Euch nur zu seiner Schwester oder seiner Urgroßmutter geschickt, damit ihr der neuen Burgherrin nicht dauernd widersprecht. Nur der Speck wechselt, die Made bleibt die gleiche.«

Johanna schüttelte verständnislos den Kopf. »Ich weiß nicht, was Ihr aus Königstein zu hören bekommt. Vermutlich die Unwahrheit.«

»Ich glaube nicht«, unterbrach die Ennelin sie. »Seitdem Euer Vater das Sagen hat, haben die Scharmützel begonnen, und die Bürger werden, wie seit vielen Jahren nicht, für Lösegeld ausgepreßt!«

Gewiß. Aber das war es doch nicht, worum es ihr ging! »Mich haben sie zu den Zisterziensern geschickt«, sagte Johanna nachdrücklich.

»Zu den Zisterziensern, damit Ihr in Sicherheit seid!« Die Schmiedin kochte vor Wut. »Dann seid Ihr bei mir an der falschen Adresse. Ritterfamilien, die sich bei diesen Mönchen einkaufen, soll der Teufel holen! Raus hier, bevor ich Euch Beine mache!«

Obwohl Brobergen seine Arme beschwichtigend ausbreitete, schoß Johanna mit rotem Gesicht von ihrem Stuhl hoch. So ließ sie sich von niemandem beschimpfen. »Ich hatte Euch einen Verdienst zukommen lassen wollen«, sagte sie verärgert. »Aber Ihr braucht anscheinend keine Hilfe.«

Als sie zur Tür hinaus und die Treppe hinunterlief, blieb oben alles still. Brobergen hielt es mit der Schmiedin.

Ihr blieb nichts anderes übrig, als mit dem faden Gefühl einer gewaltigen Niederlage zum Stadthaus der Zisterzienser zurückzukehren.

Kapitel 11

Johanna fand im Stall des Stadthofes eine hölzerne Trinkflasche für den Feldgebrauch. Sie füllte sie mit Essig und suchte den Knappen Heinrich, um ihm genaue Anweisungen für die Behandlung des Arms zu geben. Er bedankte sich artig.

»Schon gut«, sagte Johanna und brachte ganz beiläufig die Frage an, die ihr seit dem Vortag auf der Zunge brannte. »Heinrich, warum meinst du, es könnte dem Kaiser recht sein, daß Philipp von Falkenstein die Burg Königstein wieder zurückbekommt?«

Der junge Toppler schüttelte betrübt den Kopf. »So gern ich's Euch sagen würde, Fräulein Johanna, mein Herr hat's verboten.«

»Oh.«

Seite an Seite mit Vater Lorenz verabschiedete Johanna kurz darauf den Ritter. Der Ritter verbeugte sich vor ihr, und Heinrich Toppler strahlte sie an.

»Gottlob, daß das gut gegangen ist«, seufzte Vater Lorenz, und scheuchte eine Gruppe Konversen mit einer sparsamen Geste an die Arbeit.

Kurz danach rollte der Wagen der Grangie ebenfalls zum Tor hinaus. »Hochgeboren und tief gefallen«, bemerkte Hanns gehässig und doch hörbar neidisch. »Trotzdem versteht euresgleichen es immer, sich Vorteile zu verschaffen. Und uns Nachteile. Mein Rücken ist in diesen zwei Tagen krumm geworden.«

»Was meinst du, welche Strafe sie mir auferlegt hätten, wenn es dem Ritter trotz meiner Behandlung schlechter gegangen wäre?«

Hanns zuckte die Schultern und schwieg mürrisch den ganzen Weg bis zur Grangie. Johanna war froh, als sie im Dämmern endlich anlangten. Sie ließ ihn stehen und rannte nach hinten, wo ein schwacher Lichtschein in den Ritzen der Fensterläden zeigte, daß sie alle schon zu Hause waren. Sie mußte unbedingt Niesgin von ihrem ersten Erfolg erzählen.

Engele und Grete saßen auf ihren Betten und nähten, die drei jüngeren würfelten am Tisch. Else schüttete sich vor Lachen aus, weil die Köchin immer verlor.

»Wo ist Großmutter Niesgin?« Johanna sah sich erstaunt um.

»Fort.« Engele biß den Faden ab und sah auf.

»Wohin?« fragte Johanna beherrscht. Noch hoffte sie auf eine einfache Erklärung.

»Keine Ahnung«, antwortete Engele. »Es waren zwei Männer von der Burg in Königstein, die sie holten. Vielleicht erwartet die Burgherrin ein Kind.«

»So hat es nicht ausgesehen, Engele«, widersprach die sonst so stille Grete überraschend energisch. »Um eine heilkundige Frau zu holen, schickt man keinen Hauptmann. Der Mann hieß Praun und hat sich bei mir nach dir erkundigt, Johanna, während sein Knecht Großmutter Niesgin auf ein Maultier setzte und ihr die Hände festband.«

Johanna spürte Schweißperlen auf ihrer Nase. Sie kauerte sich neben Grete. »Sagte er noch etwas?«

Die Frau schüttelte den Kopf.

»Laß dir nicht einfallen, ihr hinterherzulaufen.« Engele schlug einen hörbar drohenden Ton an. »Wenn du abhaust, müssen wir es alle büßen. Das war damals bei Alheid auch so. Dabei war sie nur im Bach ertrunken.«

Johanna beachtete sie nicht mehr. Ratlos ging sie zu dem Bett hinüber, das sie mit Niesgin geteilt hatte. Das Leben in der Grangie war ihr nur mit der alten Frau einigermaßen erträglich erschienen. »Ist eigentlich der Zellerar wieder da?«

»Unser verehrter Zellerar ist gestern gekommen«, bestätigte Engele zufrieden. »Die Grangie wird jetzt wieder von dem allmächtigen Herrn im Himmel persönlich geleitet.«

Du liebe Güte, dachte Johanna. Seit wann verehrt sie ihn denn so? Mit plötzlicher Klarheit erkannte sie, daß die Frauen ihr unkompliziertes, wenn auch arbeitsreiches Leben akzeptierten. Sie selber war es, die mit ihren Verbesserungen Unruhe und Unfrieden in die Grangie getragen hatte. Sie gehörte einfach nicht zu ihnen, Hanns hatte recht, wenn er es auch anders gemeint hatte.

Als sie sich auf das plattgelegene Moos ihrer Bettfüllung geworfen hatte, beschloß sie, mit dem Zellerar ein längeres Gespräch zu führen. Niesgins überhasteter Aufbruch hatte ihre Pläne umgestoßen. Sehnsucht nach der Burg erfaßte sie und ließ sie darauf hoffen, daß sie Gesche auch ohne den Umweg über Eppstein finden konnte.

»Ausgeschlossen«, sagte der Zellerar eher erstaunt als abweisend. »Deine Familie hat dich der Kongregation der Zisterzienser übergeben, damit deine Seele sich läutern und auf das ewige Leben vorbereiten kann. Ich dachte, du hättest verstanden, daß wir das Beste für dich wollen.«

»Solange meine Stiefmutter für meinen Aufenthalt bezahlt hat. Jetzt habt Ihr keinen Grund mehr, mein Bestes zu wollen. Darum werde ich nach Hause zurückkehren. Glaubt Ihr nicht, daß Praun geschickt wurde, um mich abzuholen?«

Der Zellerar schien seinen Ohren nicht trauen zu wollen. Dann brach er in Gelächter aus. »Unglaublich«, keuchte er. »Du dreistes Stück Weib! Du bist hier Magd, nicht ein adeliges Burgfräulein, das Geleit erwarten kann. Meister Praun kam ausschließlich wegen der Niesgin. Der Wildhüter der Königsteiner Burg hat sie angeschuldigt, und sie soll aussagen.«

Johanna hatte es nicht wahrhaben wollen, vielmehr hatte sie auf einen Irrtum von Grete gehofft. Sie versuchte mühsam, ihre zunehmende Besorgnis zu beschwichtigen. »Weswegen?«

»Es ging um die Kutteln eines Schweins, glaube ich.«

»Jetzt auf einmal?« fragte Johanna bestürzt. »Das kleine Tierchen ist doch schon längst gegessen! Und seine Eingeweide verwest! Seid Ihr daran beteiligt?«

Der Zellerar blähte sich vor Würde, und gleichzeitig wich sein Blick ihr aus. »Es scheint eher, daß du daran beteiligt bist... Man hört zwar auf mein Wort, aber schließlich haben die Dame Katherine und Vater Gottfried die Niesgin hier gesehen.«

»Was bedeutete ihnen Niesgin schon?« fuhr Johanna auf ihn los. »Sie kannten sie gar nicht! Ihr müßt es gewesen sein, der Gottfried oder Katherine auf Großmutter Niesgin gehetzt hat! Ihr habt ihr das Haus geraubt, und jetzt verfolgt Ihr sie immer noch mit Eurer Gehässigkeit!«

»Niesgin gehört zu den Feinden der Kirche!« Der Zellerar sprang auf und deutete mit seinem langen dürren Zeigefinger zur Tür. »Raus jetzt! Und das andere schlage dir aus dem Kopf. Die Grangie ist dein Heim bis zu deinem Tod!«

So war das also. Die kalte Luft dämpfte Johannas Zorn, aber nicht ihren Tatendrang. Sie mußte sofort los, um Niesgin zu helfen.

In der Nacht sattelte Johanna das Pferd des Zellerars. Lautlos suchte sie im Stockdunklen nach der Trense, die nicht an ihrem Haken hing, und fand sie nach einer Weile über der hölzernen Wand, die die Stände der Tiere vom Haferkasten trennte. Auf die Faulheit von Hanns konnte man sich verlassen; es wäre ihm nie eingefallen, das Zaumzeug etwa bei Kerzenschein in seinem Verschlag auszubessern.

Beherzt führte sie den Hengst auf dem Weg, den sie vor der Geburt von Gesche oft mit geschlossenen Augen gegangen war, um ihn auswendig zu lernen. Er schnaubte leise, war aber willig, weil Johanna sich nicht fürchtete. Sie hatte seit ihrer ersten Nacht im Freien die Angst vor Mahren verloren. Die wahren Nachtmahre lebten in den Zisterzen, nicht in den Wäldern.

Nach einiger Zeit stieß sie auf die große Straße und konnte endlich in den Sattel steigen. Es war herrlich, wieder einmal die Beinkleider und Stiefel zwischen der eigenen Haut und dem drahtigen Fell eines Pferdes zu spüren. Im Morgengrauen ritt Johanna in Königstein ein.

Wenig hatte sich verändert. Verschlafene Gesichter erschienen zwischen den Fensterläden, die gerade aufgeschlagen wurden. Niemand kümmerte sich um sie. Das Tor zur Vorburg war schon geöffnet, und auf dem Serpentinenweg überholte sie mehrere Burgmannen, die nach oben stiegen, um ihren Dienst anzutreten.

Dem Stallknecht, den sie so innig verabscheute, klappte der Unterkiefer herunter.

»Mach den Mund zu!« herrschte Johanna ihn an, »und versorge das Pferd ordentlich. Es gehört einem Zisterzienserpriester, der in der Hölle die Aufsicht führt. Er weist dir dort sofort deinen Platz zu, wenn du schlampst.«

»Nicht nötig. Ich bin ein frommer Mann«, stammelte der Knecht und kam auf der Stelle seiner Pflicht nach.

»Das will ich hoffen!« Johanna lächelte schmal und wandte sich zum Tor. Wie üblich, seitdem die Reichsburg wieder von Rittern bewohnt war, hörte man den Lärm der Männer im Saal bereits im inneren Hof.

Als sie in der Saaltür erschien, ebbten das Schwatzen und das Klappern der Löffel ab. Ritter Lienhart kleckerte der Brei in dicken Klumpen auf den Tisch. »Was machst du hier, Johanna?« fragte er entgeistert.

»Ich muß mit Euch sprechen, Vater.« Johanna gelang es mit einem Blick festzustellen, daß Katherine beim Morgenmahl nicht anwesend war. Vermutlich geboten ihre Pflichten als Burgherrin ihr, bis in den Mittag zu schlafen. »Unter vier Augen, Vater.« Davon hing alles ab.

»Ich gestatte dir zu reden«, sagte Lienhart abweisend. »Ohne Bedingungen.«

Johanna atmete tief durch, um ihre Enttäuschung zu verbergen. Über die Dame Katherine und ihre Machenschaften vor aller Ohren zu sprechen, war unmöglich, wollte sie sich nicht jeden Schritt zurück in die Burg verbauen. »Es geht um Großmutter Niesgin«, sagte sie zögernd. »Darf ich erfahren, warum sie von Praun abgeholt wurde? Sicherlich ist sie sehr erschrokken ...«

Lienhart runzelte die Stirn. »Eröffnest du dein Angriffsspiel neuerdings mit einem Bauern? Früher hast du sofort deine Dame eingesetzt, um mir Schach zu bieten. Und jetzt kein Flehen, zurückkehren zu dürfen? Die Erziehung der Mönche scheint ja Wirkung zu zeigen. Das alte Kräuterweib ist der Wilddieberei angeklagt. Man hat bei ihr Salzfleisch in einem Faß entdeckt.«

»Gottes Barmherzigkeit!« rief Johanna aufgebracht. »Ein Glück, daß ich so etwas ahnte. Das Schwein habe ich geschossen und ihr für einen Dienst als Bezahlung gebracht. Sie hatte ein Recht darauf.«

»Niemand hat ein Recht auf das Wild des Burgherrn.«

»Ihr seid nicht der Burgherr, Vater, sondern ein Burgmann!« Johanna wußte sofort, daß es die falsche Antwort gewesen war.

Lienhart versteifte und trommelte leise mit den Fingerkuppen auf den Tisch. »Die Gerichtsbarkeit liegt bei der Burg«, sagte er leise.

Irgend etwas stimmte nicht. »Wo ist Niesgin? Haltet Ihr sie etwa gefangen und laßt die Sache untersuchen? Sie hat Euch doch bestimmt erzählt, wie es sich verhielt, und damit war alles klar.«

»In der Tat. Es ist alles klar«, sagte Lienhart kalt und gab einem Knappen einen tadelnden Wink wegen seines leeren Bierhumpens. »Die Kräuterfrau wurde überführt und bestraft. Auf Wilddieberei steht nach dem Gesetz: lebendig begraben.«

Johanna starrte ihren Vater an. Ein Burgmann, der in seinem kleinen Bereich Graf, König, Kaiser und Gott in einer Person verkörperte. Und auch das Gesetz. Er, der kaum lesen konnte, war Fleisch gewordenes Gesetz und befehligte über Filler, Dehner und Fetzer. Und über Scharfrichter, die eine weise Frau lebend begruben.

»Sie starb schnell, wenn es das ist, was dich bekümmert.«

Nein, Vater, hätte sie gerne gerufen, das ist es nicht. Aber das Übermaß an Ungerechtigkeit machte Johanna stumm. Es gab keine Worte die dafür ausgereicht hätten.

Kurz nach der Sext war Johanna zurück in der Grangie.

Die Köchin überließ ihr den Breitopf, aber die Reste waren angebrannt. Engeles Blick krallte sich lauernd an ihr fest. Johanna fühlte sich todtraurig und ausgelaugt; sie brauchte dringend Ruhe, um nachzudenken. »Was ist los, Engele?« fragte sie schließlich.

»Wer nicht hören will, muß fühlen. Du wirst schon sehen«, antwortete Engele gehässig.

»Wahrscheinlich.« Johanna brachte den Topf in die Küche und warf sich auf ihr Bett. Trotz ihrer Abgeschlagenheit merkte sie, daß das Moos sich ungewohnt anfühlte. Sie stieß sich eine neue Kuhle zurecht, rollte sich zusammen und schlief augenblicklich ein.

Am nächsten Morgen erging an die Konversen und Mägde der Befehl, still zu beten und sich anschließend den eigenen Handarbeiten zu widmen. Die Mosterei war inzwischen beendet, dennoch löste diese Änderung des gewohnten Tagesablaufs Verwunderung bei den Konversen aus, außer bei Engele, die sich in stiller Genugtuung blähte.

Mitten im Gebet, das bei Johanna schnell in ein Grübeln über Großmutter Niesgin umschlug, rief der Zellerar durchdringend nach Johanna. »Vergiß das Beten nicht«, fauchte sie im Vorbeigehen in Engeles Ohr.

Engele steckte einen Finger ins Ohr und rüttelte daran. Ihre Augen funkelten gehässig, während sie Johanna bis zur Tür folgten.

Was wird jetzt wohl wieder los sein, fragte Johanna sich, allmählich der vielen Widrigkeiten überdrüssig. Sie erfuhr es, noch bevor der Zellerar den Mund aufgemacht hatte. Als sie in sein Wohnzimmer trat, saß er vor seinem üppigen Frühstück und schwenkte in einer Hand ein Buch. Ihr Buch. Die Geschichten des König Artus.

Er legte es neben sich und widmete sich in aller Ruhe einem gekochten Gänseei, dem zweiten den Schalen nach zu urteilen. Ein Berg von weißem Brot war vor ihm aufgeschichtet, und im Krug mit Milch schwammen Butterklümpchen.

»Du warst mit meinem Pferd unterwegs?« fragte er süffisant lächelnd. »Darf man fragen, wohin sich die Magd begibt, wenn sie ausreitet wie eine Gräfin, statt sich Arbeit und Gebet zu widmen wie wir anderen?«

»Ich habe versucht, die Frau zu retten, die Ihr den Henkern ausgeliefert habt.« Mehr denn je war Johanna davon überzeugt, daß er die Hände im Spiel hatte.

»Menschen wie du gehören in die Narrenstube«, sagte der Zellerar kauend.

»O ja«, sagte Johanna provokant. »Damit wir ja nicht ausplaudern, was wir sehen! Ist es nicht so, Herr Zellerar? Ein Priester will eine Frau loswerden, und das Gericht findet einen passenden Vorwand. Die Kirche und der Adel stehen immer zusammen, und wer aufbegehrt, wird zwischen diesen beiden Mühlsteinen zerrieben.«

Die weiße Masse des dritten Eies spritzte unter der Faust des Zellerars bis zur Wand. »Ihr verachtet die Gemeinschaft der Menschen, die durch Christi Blut zusammengehalten wird. Wenn man zuläßt, daß sich daraus auch nur ein Seelchen entfernt, hat der Antichrist schon gewonnen. Es ist der Auftrag der Priester, das zu verhindern.« Seine Aufregung steigerte sich, je länger er sprach.

Johanna sah ihr Buch in Gefahr. Sie mußte seine fromme Verzückung stoppen, bevor er außer sich geriet. »Habt Ihr jemals daran gedacht, Euren Reichtum mit den Armen zu teilen?«

Der Zellerar blinzelte und ließ den Kopf auf den Schultern kreisen, damit sich die Muskulatur lockern konnte. Mit der Antwort ließ er sich viel Zeit. »Täglich. Mönche denken täglich an die Armen. Du solltest mittlerweile wissen, daß es Orden gibt, die sich ganz in den Dienst der Armen stellen.«

»Gut«, sagte Johanna knapp. »Dann werdet Ihr sicher nichts dagegen haben, wenn wir Armen der Grangie die Eier morgen unter uns aufteilen. Damit Ihr es nicht beim Denken belassen müßt...«

»Die Zisterzienser haben andere Aufgaben«, sagte der Zellerar gepreßt.

Johanna lächelte schmal. »Ich weiß. Sie stellen sich ganz in den Dienst der Reichen.«

Die schwärmerische Verzückung des Zellerars wich einer ganz gewöhnlichen Wut, die sich als Röte bemerkbar machte. Er ließ seine Hand auf Johannas Buch fallen. »Hierfür und für den Diebstahl meines Pferdes verdienst du eine Strafe. Das weißt du ja.«

Johanna zuckte gleichgültig die Schultern. Sie hatte eine kleine Hoffnung gehegt, daß es ihr gelingen würde, ihrem Vater alles zu erklären. Da dies unmöglich gewesen war, war die Rückkehr zur Grangie unumgänglich, genau wie die Bestrafung.

»Dein Wille muß gebrochen werden, bevor auch deine Seele verloren ist. Ich werde mir überlegen, wie. Geh inzwischen zurück zu den anderen.«

Einen Moment kreuzten sich ihre Blicke. Johanna lächelte. Sie hegte keinen Zweifel, daß er sich eine gemeine Strafe ausdenken konnte. Aber er fürchtete, daß sie nicht am Boden kriechen würde.

»Vergib mir, Herr. Zum Seelenheil dieser Frau ist es nötig, allen Widerstand gegen Deine Herrlichkeit und Deine Wahrheit aus ihrem widerspenstigen Körper zu peitschen. Wäre sie eine fromme Person, würde sie sich mit Freude selbst geißeln, um den Antichrist aus ihrem sündigen Leib zu treiben.«

Das Gebet des Zellerars drang als dumpfes Murmeln hinter seinen gefalteten Händen hervor und wurde zunehmend unverständlich. Johanna, die von Hanns zur Tür hereingeschoben worden war, erfaßte mit Entsetzen den Priester auf dem Betbänkchen und auf dem Tisch eine Geißel, deren einzelne Lederriemen von schwarzem Blut steif waren und am Ende in kleinen Bleiklümpchen ausliefen.

Voller Panik blickte sie sich um. Aber die Tür fiel ins Schloß, und ihre Hände waren verschnürt wie die Läufe eines Kaninchens, das der Bauer lebend nach Hause bringen will. Sie konnte sich gut vorstellen, wie Hanns früher gewildert hatte.

»Amen«, sagte der Zellerar vernehmlich und erhob sich. Mühelos warf er Johanna über die Betbank, riß ihr das Obergewand vom Halsausschnitt her auf und ließ die Schläge hageln.

Johanna angelte sich mit dem Mund einen Fetzen Stoff und biß hinein. Die Schmerzen waren kaum erträglich.

Irgendwann hörte der Zellerar unvermittelt auf. Er zerrte Johanna hoch und ließ sie auf halbem Weg zur Tür fallen. Dann sank er selbst auf sein samtenes Betbänkchen. Sie hörte sein Schluchzen noch, als sie zur Tür hinausgetaumelt war.

Johannas Rücken brannte höllisch, und niemand war da, ihn zu versorgen, als sie keuchend auf ihr Bett kroch.

Irgendwann hörte sie im Halbschlaf den Klang von Hufen. Gottlob, der Zellerar verließ die Grangie. Dieser Gedanke wirkte sofort schmerzlindernd, und es gelang ihr, sich zu entspannen. Um so überraschter war sie, als er sie kurz danach rufen ließ. Aber Hanns, den Kopf in den Nacken gelegt und die Unterlippe vorgestülpt, wartete unbarmherzig darauf, daß sie seinem Befehl gehorchte.

Mit gekrümmtem Rücken schleppte Johanna sich in das Wohnhaus. Ein Konverse stand neben dem Zellerar. Als sie sich stoßweise keuchend gegen den Türholm lehnte, betrachtete der Besucher sie ungläubig.

Der Zellerar strich ein Schreiben glatt, das vor ihm auf dem Tisch lag. »Mit Gottes Hilfe hätten wir dich hier wieder auf den rechten Weg bringen können, Johanna. Zu meinem Bedauern werden wir dich verlieren. Allerdings glaube ich, daß man dich auch in deiner neuen Umgebung vor den Versuchungen fleischlichen Genusses schützen wird.«

Johanna ignorierte ihre Schmerzen. »Wo?«

»In Eppstein. Im Stadthaus der Zisterzienser.«

Ächzend vor Erleichterung, sank Johanna auf den nächsten Stuhl und blickte dem Zellerar ins gefrorene Gesicht. Er hatte sie nicht gebrochen, und er wußte es.

Erst nach einer Weile wurde Johanna bewußt, daß der Zellerar und der fremde Konverse über sie sprachen.

»Mit diesem Weib lädt sich der Stadthof eine der übelsten Töchter Evas auf.«

»Wenn Ihr meint, Grangienmeister«, sagte der Gast höflich. »Gehört habe ich etwas anderes. Auch habe ich noch nie erlebt, daß einer meiner Lehrlinge besseres Bier gebraut hätte, solange sein Blut in den Gerstensaft tropfte.«

»Was sagst du?« Der Zellerar strich sich mit Zeigefinger und Daumen ratlos über die Mundwinkel. »Hast du mich falsch verstanden?«

»Nein, Ihr habt mich falsch verstanden, Zellerar.« Der Konverse wandte sich brüsk von ihm ab und beugte sich zu Johanna hinunter. »Wann könnt Ihr zur Abreise fertig sein?«

»Auf der Stelle, wenn Ihr wollt.« Johanna gab, ohne es zu wollen, ein leises Keuchen von sich, als sie sich auf die Füße mühte, denn wieder klebte der grobe Stoff am rohen Fleisch ihres Rückens. Aber im Augenblick war dies alles unwichtig geworden.

»Bestimmt?« Der Konverse musterte sie besorgt.

Johanna nickte mit zusammengebissenen Zähnen.

»Ihr werdet einen Maulesel reiten.«

Ja, ja, wenn sie nur endlich fort wären! Johanna humpelte hinaus und in das Hinterhaus. Es war immer noch leer. Viel gab es nicht zu packen. Den Bogen und ihren Malchus mußte sie einstweilen in ihrem Versteck im Wald liegenlassen. Das Wams und die Stiefel hatten sie ihr gottlob nicht fortgenommen.

Sie schnürte gerade unter Mühen ihren Sack zu, als Else zur Tür hereinhuschte. Nein, nicht die auch noch, dachte Johanna verzweifelt. Keine Zwischenfälle mehr, die alles umwerfen würden!

Else vergewisserte sich, daß niemand ihr folgte, dann zog sie hastig einen Gegenstand unter dem Rock hervor. »Du hast mich nicht verpfiffen wegen des Dorns in der Satteldecke, weißt du noch?«

Johanna nickte. Sie hatte nur einen Verdacht gehabt, aber nie mit Sicherheit herausgefunden, wer es gewesen war.

»Sie sind immer alle so garstig zu mir. Du nicht. Du bist etwas Besseres. Hier.«

Ihr Buch. Johanna starrte überrascht auf den Lederdeckel. »Ach, Else«, sagte sie mit einiger Beklemmung. »Daß du die Sünde auf dich genommen hast!«

»Sünde!« zischte das Mädchen. »Der Zellerar ist der einzige richtige Sünder hier. In die Hölle mit ihm, amen! Aber die Engelin soll ihm gleich hinterherfahren! Kaum warst du fort, hat sie dein Bettzeug herausgerissen und durchwühlt.«

»Danke«, sagte Johanna von Herzen und umarmte sie schwesterlich. Die Kleine schmiegte sich einen Augenblick an sie wie ein Küken unter das Huhn.

»Beeilt Euch«, vernahm Johanna die Stimme des Konversen im Hof. Sie griff nach ihrem Sack und humpelte hinaus.

Das Maultier stand bereits neben dem Aufsteigestein, trotzdem half der Mann ihr in den unbequemen Sattel und wartete neben ihr, bis sie saß. Das war mehr Aufmerksamkeit, als Johanna in der Grangie je zuteil geworden war. Sie warf ihm einen dankbaren Blick zu und hoffte inständig, daß sie nicht zu gehetzt wirkte. Ihre Angst, daß alles ein Traum bleiben würde, steigerte sich mit jedem Moment.

»Nur die Ruhe«, brummte er. »Ich habe wegen der späten Tageszeit gedrängt, nicht weil ich etwas befürchte. Bei mir seid Ihr in Sicherheit!«

Als sie anritten, ließ sich von den Grangienbewohnern niemand blicken. Und das war gut so, denn Johanna hatte mit ihnen abgeschlossen.

»Wer seid Ihr eigentlich?« fragte sie schüchtern, als sie sich schon ein Stück von der Grangie entfernt hatten.

»Mein Name ist Cord Syrlin, Braumeister in Doberan.«

»Seid Ihr einer der Meister, denen der Vater Lorenz vorgestanden hat?« Johanna konnte sich die Zusammenhänge plötzlich vorstellen.

»Einer von denen, genau. Unser ehemaliger Konversenmeister bat mich um den Gefallen, Euch zu holen, damit Ihr sicher anlangt. Er hat den Eindruck gewonnen, daß man Euch das Leben in der Grangie nicht besonders leicht gemacht hat.«

»Ich fühle mich schon halbwegs wieder unter Menschen aufgenommen«, meinte Johanna. »Ich bin froh, daß Vater Lorenz nach mir verlangt hat.«

»Ja, aber er hätte nichts ausrichten können, wenn der Hofmeister nicht seiner Meinung gewesen wäre. Er zeigte sogar selbst Interesse daran, Euch in den Stadthof zu holen.«

»Ich habe neulich einen verletzten Ritter gerettet. Vielleicht ist das der Grund.«

Der Braumeister zuckte unbestimmt mit den Achseln und lenkte sein Pferd schweigend um eine Pfütze herum. Johanna blieb den Rest des Weges hinter ihm. Um sich von den Schmerzen abzulenken, begann sie sich auszumalen, wie sie es anstellen würde, die Durchreisenden im Stadthaus nach ihrer Tochter auszufragen. Irgend jemand mußte schließlich wissen, wie es die Nonnen anstellten, Waisen großzuziehen, bis sie in die Arbeitshöfe geschickt werden konnten.

Zuversichtlich ritt sie in den Hof der Zisterzienser von Eppstein ein. Als Johanna von ihrem Maulesel herabgerutscht war und sich umdrehte, stand vor ihr Vater Gottfried.

»Das ist die Frau, von der ich Euch erzählte«, sagte Vater Lorenz mit heiterer Miene. »Johanna, Vater Gottfried, unser Hofmeister. Ihm darfst du dich getrost anvertrauen. Mit seiner Hilfe wirst auch du in den Stand der Gnade zurückfinden.«

»Vielleicht, Bruder, vielleicht«, sagte Gottfried mit vor Genugtuung triefender Stimme, als er Johanna seinen Handrücken zum Kuß hinhielt.

Ihre Knie waren so weich, daß sie ihm ganz von selbst vor die Füße sackte.

Kapitel 12

Die Weihnachtsfeiertage verstrichen, ohne daß Johanna die Gelegenheit gehabt hätte, ihrem Ziel auch nur einen Schritt näher zu kommen. Sie war zutiefst enttäuscht, als sie allmählich verstand, daß es zu dieser Jahreszeit im Stadthaus einsam zuging, ganz im Gegensatz zur Burg, wo sich jetzt fahrende Sänger aus allen Gegenden der Welt aufhielten und Neuigkeiten verbreiteten.

Trotz dieser Enttäuschung tat Johanna still, was man ihr befahl, hielt sich aus den Streitereien heraus, die Martha anzettelte, und beobachtete im übrigen soviel wie möglich, um zu verstehen, wie der Stadthof funktionierte.

Er hatte weitaus mehr mit einem Handelsunternehmen zu tun als mit einem Kloster. Vater Lorenz war den ganzen Tag mit der Registrierung der Handelswaren beschäftigt, die hier eingelagert waren. Aber er war nicht schnell genug. Johanna wurde Zeuge, wie er vom Hofmeister getadelt wurde, der endlich einen Überblick haben wollte. Vater Lorenz fragte Gottfried daraufhin schmollend, warum man denn auch aus einem guten Konversenmeister partout einen schlechten Schreiber machen wolle.

Johanna stahl sich ganz vorsichtig von ihrem unbeabsichtigten Horchposten davon. Sie mochte Lorenz gern, und er hätte sich gewiß gegrämt, wenn er gewußt hätte, daß sie seine Schwäche kannte. Kurze Zeit später sah sie ihn auf Knien vor dem Altar in der Kapelle.

»Könntest du mir helfen, Johanna?« Vater Lorenz betrachtete entmutigt die Wachstafel in seiner Hand. »Der frühere Hofmeister hatte offenbar alles im Kopf. Meiner ist nicht so hell. Ich muß Buch führen, um eine Übersicht zu bekommen. Du müßtest eigentlich schreiben können, oder?«

»Nicht besonders gut«, bekannte Johanna und bedauerte ihr Versäumnis zutiefst. Schließlich war sie nicht darauf vorbereitet worden, daß sie einstmals zwischen dem Aufzeichnen von Handelsware und dem Fegen der Fußböden zu wählen hätte. »Aber ich will es gern versuchen.«

»Fein!« Lorenz strahlte Johanna an. »Worauf warten wir?«

So begann Johannas Lehrzeit. Sie war erstaunt, wie vielfältige Handelsprodukte im Hof gelagert wurden. Außer der Grangie im Wald gab es noch eine weitere Grangie bei Wiesbaden, die vor allem Lederwaren für die Frankfurter Märkte lieferte. Aus Eppstein selbst bezogen die Mönche die Waffen. Als sie eines Tages erstmals die Waffenkammer betrat, die durch zwei Schlösser gesichert war, sperrte sie den Mund auf.

Die Kammer enthielt alles, was das Herz begehrte, jedenfalls das Herz eines Ritters. Ihr stockte fast der Atem, als sie einen Malchus im Regal fand. Ihre Hand streckte sich wie von selbst danach aus. Er trug das Meisterzeichen der Ennelin.

»Alles für den Frühjahrsmarkt in Frankfurt bestimmt«, erläuterte Vater Lorenz bereitwillig, dem Johannas Wißbegier Freude machte. »Schneide dich nicht. Die Dinger, wie auch immer sie heißen, pflegen scharf zu sein.«

»Gewiß nicht. Ich bin vorsichtig mit den Dingern«, beteuerte Johanna gehorsam und schlug ihre Schreibtafel auf.

»Gute Handwerksarbeit, scheint mir, sehr sauber geschmiedet, obwohl ich von Waffen so gut wie gar nichts verstehe.«

Jedenfalls der von der Ennelin, die anderen vier weniger, dachte Johanna und schrieb sorgfältig mit, was Vater Lorenz ihr diktierte. Mit einer kleinen Ausnahme.

»Lange Bauernmesser«, sagte er. »Fünf Stück.«

Johanna verzeichnete vier lange Bauernmesser.

Mit Beginn der ersten Feldarbeiten im Lorsbachtal kamen auch die ersten Besucher in das Stadthaus, Kaufleute, die das schlechte Wetter nicht scheuten, und Ritter mit unbekanntem Auftrag.

»Johanna wird jetzt bei Tisch bedienen. Ich habe geduldet, daß sie Euch half, aber jetzt werdet Ihr wieder selber schreiben«, verfügte Vater Gottfried zerstreut, als er Vater Lorenz im Hof begegnete, dem Johanna auf den Füßen folgte, wie üblich mit der Schreibtafel in der Hand.

»Aber ...«, wollte Johanna aufbegehren.

»Eine gute Demutsübung. Für euch beide.«

»Des Herrn Wille geschehe, amen.« Vater Lorenz nahm Johanna die Schreibtafel mit einem abgrundtiefen Seufzer aus der Hand.

»Es tut mir leid«, sagte Johanna, aber es stimmte nur zur Hälfte. Sie mußte endlich in die Nähe der Gäste gelangen, damit sie sich umhören konnte.

»Das soll es auch.« Vater Gottfried sah von einem zum anderen. Seine Freude an ihrem Ärger war unverkennbar. »Du wirst auch mir aufwarten, Johanna.«

Er hatte unverkennbare Ähnlichkeit mit Konrad. »Solltet Ihr nicht besser Martha bitten, Vater Gottfried? Ich könnte Euch vergiften wollen.«

»Das könntest du. Aber du wirst es nicht. Nur ich weiß, wo dein Kind geblieben ist.« Mit den Händen in den Ärmeln schritt der Hofmeister davon.

Johanna schnitt ein Gesicht hinter ihm her und erntete ein mildes Kopfschütteln von Lorenz, der zu arglos war, um zu bemerken, daß es dem Hofmeister nicht um Demut, sondern um Demütigung ging.

Mehrere Stunden später wußte sie, daß Gottfried gleich zwei Fliegen mit einer Klappe geschlagen hatte. Die zweite Fliege war sie selbst. Die jungen Ritter, die sie bedienen mußte, betranken sich im Verlauf des Abends hemmungslos. Solange sie noch bei Sinnen waren, wurden die bedienenden Mägde mit Anzüglichkeiten und Unflätigkeiten überzogen; nachdem die Ritter selbst dazu nicht mehr in der Lage waren, hatten die Mägde den Unrat zu beseitigen, den die Männer ins Stroh des Saales spien. Johanna mußte jetzt dasselbe tun, was zweifellos auch die Mägde auf Burg Königstein taten, wenn sich die Dame Katherine zurückgezogen hatte.

Erst im Morgengrauen kroch sie neben Martha in die Binsen. Sie war völlig erschöpft, und erreicht hatte sie überhaupt nichts. Was konnten Ritter aus der Würzburger Gegend schon über ihre kleine Gesche wissen? Zum ersten Mal kamen Johanna Zweifel, ob dies überhaupt der richtige Weg war.

Johanna bekam die Augen kaum auf, als sie wenig später schon wieder aufstehen mußte. Einige der Würzburger wollten den Hof sehr früh verlassen, Brei und Warmbier mußten aufgetragen und die Schüsseln wieder fortgeräumt sein, bevor die nächsten kamen.

Beladen mit Holzschüsseln für acht Männer, trottete Johanna hinter den zwei Konversen her, die den geschwärzten Breitopf zwischen sich aus der Küche in den Saal schleppten. Die jungen Ritter klopften rhythmisch und lärmend mit ihren Löffeln auf die Tische, um die Dienstleute des Hauses anzutreiben. In der Stille dazwischen hörte Johanna halblautes Murmeln aus dem Raum, in dem sie einst mit Praun gesessen hatte. Wenn sie nicht alles täuschte, waren es Vater Gottfried und der Zellerar.

Der Zellerar mußte trotz der frühen Stunde gerade angekommen sein, denn in der Nacht war in den Hof niemanden eingelassen worden. Johanna blieb im Schutz der Wand stehen und lauschte.

»Der Vertrag ist fort«, sagte der Zellerar schuldbewußt. Johanna konnte sich gut vorstellen, wie er jetzt den Kopf einzog und ihn gleichzeitig ein wenig drehte, um Gottfried nicht in die Augen schauen zu müssen.

»Und das habt Ihr jetzt erst entdeckt?« zischte der Hofmeister.

»Es war das letzte Blatt. Danach habe ich ein neues Buch angefangen«, kam es kleinlaut und dann energischer: »Ich brauche unbedingt eine neue Schriftprobe von ihr. Das Siegel habe ich noch, dem Herrn sei Dank. Aber es muß schnell gehen. Die Frist läuft im Mai ab, dann darf sie das Amt wieder ausüben, wenn Ihr Euch erinnert.«

»Ich werde untersuchen, wie das hat passieren können! Es muß ja jemand sein, der lesen kann. Aber zunächst müssen wir Ersatz schaffen, damit wir das Weib endgültig in die Knie zwingen«, bestimmte Vater Gottfried.

Gütiger Gott! Es ging um Ennels Vertrag. Nichts wies auf sie hin, aber wer außer ihr konnte in der Grangie schon lesen!

»Du neugierige kleine Schlampe«, sagte eine drohende Stimme dicht an Johannas Ohr. Eine grobe Faust packte sie am Ohrläppchen und zog sie in Richtung Saal. »Sollen die Ritter etwa alle aus dem Topf essen?«

»Mir wäre es recht«, fauchte Johanna zurück. Den fetten triefäugigen Konversen, der sie entdeckt hatte, fürchtete sie nicht. Aber es war ganz gut, daß er sie gezwungen hatte, ihren Horchposten zu verlassen. Durch die Saaltür hindurch sah sie soeben den Zellerar und Vater Gottfried in den Gang hinaustreten. Und ihnen folgte zu ihrem Schrecken Konrad, der keinen Ton von sich gegeben hatte, aber die ganze Zeit anwesend gewesen war. Oder war er gerade erst gekommen und ging zufällig jetzt hinter den Mönchen her?

Konfuse Vermutungen überschlugen sich in Johannas Kopf, während sie die Holzschüsseln jeweils zwischen zwei Ritter auf den Tisch schleuderte.

»He, mach mal ein freundliches Gesicht, Weib!« forderte einer und klopfte ihr kräftig auf den verlängerten Rücken, bevor er sie mit einem herzhaften Kneifen entließ. »So schmeckt mir das Essen nicht!«

»Du kannst auch zwischen den anderen Ochsen im Stall fressen«, erwiderte Johanna grob und ging weiter am Tisch entlang.

Nach einem Augenblick Stille brachen die Männer in Gelächter aus.

Gerade noch mal gutgegangen, dachte Johanna reuig. Sie mußte lernen, den Mund zu halten und unauffällig wie ein Halm im Stroh zu sein. Es fiel ihr furchtbar schwer.

»Ihr habt ja eine muntere Henne in Eurem Hühnerstall, Vater Hofmeister«, sagte einer der Ritter grinsend, während Johanna um ihre eigene Achse flog und die Mönche hinter sich entdeckte.

»Aber keine Fensterhenne, du Flegel«, versetzte sie wutschnaubend zur Belustigung der ganzen Runde. »Der Hofmeister wird mir immerhin darin recht geben, daß eine Frau Respekt von Rittern erwarten kann.«

Vater Gottfried lächelte schmal. »In unserem Hof ist es üblich, daß Konversen die Wünsche der Gäste erfüllen.«

»Wer will heute abend als erster bei ihr liegen?« fragte Konrad höhnisch über die Schulter des Hofmeisters hinweg. »Aber seid versichert: Es lohnt sich nicht.«

Johanna stürzte mit blutrotem Gesicht aus dem Saal. Das erneute Gelächter war bis in die Küche zu hören. Sie schwor sich, daß Konrad auch diese Beleidigung büßen würde.

Am gleichen Abend holte sie sich den Malchus, der einen Blumenkübel als Meisterzeichen trug, aus der Waffenkammer. Verglichen mit ihm lagen die vier Malchi mit dem Wildschweinkopf deutlich schlechter in der Hand. Nachdem sie den Schlüssel zur Waffenkammer an den Gürtel des schnarchenden, von Weindunst umgebenen Hofmeisters zurückgeschmuggelt hatte, nahm sie sich vor, in Erfahrung zu bringen, wer den Wildschweinkopf führte.

»Das große Geläut will ich haben, sag das dem Pfarrer! Aber ich zahle nicht mehr als 9 Pfennige. Er soll würdig läuten lassen. Keine Hast, das würde meine Frau selig nicht billigen.« Kaufmann Wasserfaß sah Johanna streng an. Es gab keinen Zweifel, daß er meinte, was er sagte.

»Eure Frau selig wird sich nicht zu beklagen haben.« Johanna nahm das Geldsäckchen in Empfang und verließ hocherfreut den kleinen Raum, in dem die Kaufleute ihr Morgenmahl zu sich nahmen. Hofmeister Gottfried bewegte mißbilligend die Nasenflügel, aber er hielt sie nicht auf; er konnte sich nicht selber Lügen strafen.

Für acht Pfennige versprach der Pfarrer von Eppstein dankbar ein ganz großes, sehr würdiges Geläut. Beschwingt eilte Johanna weiter, über die Brücke der Stadt hinaus in die Wiesen, wo sie nach wenigen Schritten vom Wald verschluckt wurde.

Ihr neuer Malchus war ein wenig schwerer als ihr gewohnter, aber bald fand sie auch mit ihm ihren Rhythmus. Zufrieden mit ihm und sich, packte sie ihn nach einiger Zeit wieder in den Sack zurück und schlenderte einen Weg entlang, der auf halber Höhe der Taunusberge an Eppstein vorbei nach Norden führte. Sie war noch nie hiergewesen.

Die Brombeeren blühten, und ihr süßer Duft versetzte Johanna zurück in ihre sorglose Zeit auf Burg Königstein. Im nachhinein begriff sie erst, wie schön sie gewesen war. Sie träumte sich gerade zurück, als sie etwas verspätet auf Hufschlag aufmerksam wurde, der hinter ihr näher kam und dann plötzlich abbrach.

Als Johanna sich umdrehte, war der Reiter schon abgesprungen. Auf weichen Sohlen rannte er fast lautlos auf sie zu. Sein Leibrock flatterte hinter ihm zu Boden, die Hände hatte er an der Schamkapsel seines *paltok*. Die breite Krempe seines Hutes wippte auf und ab; auf dem Samt glitzerten Diamanten. Aber Johanna konnte trotzdem erkennen, daß sein Gesicht vor Gier verzerrt war.

Johanna riß ihren Leinenbeutel nach oben. Der junge Mann nahm ihn kaum wahr. Er rannte geradewegs in den Malchus hinein, dessen breite Schneide ihm seitlich in den Hals fuhr und dic beiden großen Adern aufschlitzte.

Mit ungläubiger Miene brach der Angreifer zu Johannas Füßen zusammen. Hellrotes Blut schoß pulsierend aus seinem Hals, mischte sich mit dem dunkelroten, das sich kreisförmig im Wams ausbreitete, und versickerte im Gras. »Dafür werden sie dich hängen«, keuchte er.

Johanna starrte wie gelähmt auf ihn hinunter.

Als sein Atem ausgesetzt hatte, ging Johanna zu seinem Pferd hinüber, das ruhig stehengeblieben war und graste.

Es war ein Rappe mit sanften Augen und einer ganz ebenmäßig schildförmigen Blesse. Er hob sofort den Kopf, ein wenig argwöhnisch plötzlich, als sie den Zügel nahm, und Johanna erkannte auch, warum. Seine Mundwinkel waren vernarbt; sein Reiter mußte ihn mehr durch Riegeln als durch Kunst dressiert haben.

Trotzdem ließ er sich behutsam den Hals klopfen. Nachdem Johanna ihm eine Weile leise zugesprochen hatte, schnoberte er sogar in ihrem Gesicht herum.

Sie ließ den Zügel los und untersuchte die Satteltaschen. Überrascht zog sie die Luft ein, als ihr eine Kettenpanzerung in die Hand fiel, dazu eine Kettenhaube und ein Kriegshut.

Ihr Gegner trug eine vollständige Rüstung mit sich, und zwar nicht eine prunkvolle für das Turnier, sondern eine einfache, zweckmäßige für den Kriegsgebrauch. Am linken Oberarm des Kettenhemdes waren einige Glieder herausgeschlagen, abgesehen davon war es in Ordnung. Am Sattel hing ein Schwert, das nicht allzu schwer wirkte.

Johanna brauchte nicht lange zu überlegen. Die Rüstung würde ihr passen. Pferd und Ausrüstung waren ihre Beute. Es war ihr Recht, sie zu behalten.

Als sie wieder vor dem Toten stand und auf ihn hinunterblickte, brachte sie keinen Funken Mitleid für ihn auf. Er gehörte zu den Männern des Ritterstandes, die der Meinung waren, die Welt sei für sie gemacht und sie könnten sich nehmen, was sie wollten. Ein christliches Begräbnis konnte er leider nicht erhalten; Johanna erwog jedoch, eine Messe für ihn lesen zu lassen, eine kleine, für einen Pfennig.

Sie schloß die Augen und lauschte einen Augenblick. Alles war ruhig, abgesehen von Vögeln in allen Büschen. In aller Ruhe rollte sie den Leichnam über die Kante des Abhangs. Er rutschte auf dem abblätternden schwarzen Boden hinunter und blieb am Fuß eines Brombeergestrüpps liegen. Johanna trat so viel losen Schieferstein aus der Wand, wie sie konnte, und warf trockene Äste und Haufen von nassem braunem Buchenlaub hinterher, bis nichts mehr von ihm zu sehen war. Dann ging sie daran, das Blut abzustreuen.

Schließlich waren alle Spuren beseitigt. Als sie den Zügel des Hengstes aufnahm, begann ihr Herz heftig zu klopfen. Sie war auf dem Weg in die Freiheit.

Bis Johanna eine Lichtung an einem Bach gefunden hatte, wo sie ihr Pferd, das jetzt Arco hieß, angehobbelt laufen lassen konnte, war es schon ziemlich spät geworden. Sie mußte Ennelin um Hilfe bitten. Eine andere Möglichkeit, Arco unterzubringen, gab es nicht.

Auch an diesem Tag schwiegen der große Aufwerfhammer und die Blasebälge, die von der Mühle betrieben wurden. Als Johanna vorsichtig in die halbdunkle Werkstatt spähte, erkannte sie im schwachen Feuerschein der Esse einen halbwüchsigen Knaben, der einen kleineren Blasebalg trat, und daneben die Ennelin, die gerade ein glühendes Metallstück mit einer dickbackigen Zange wendete.

Johanna wartete, bis Ennel das Werkstück in einen Bottich tauchte.

»Meisterin Ennel, kann ich Euch sprechen?« rief sie in das Zischen des Wassers hinein in drängendem Ton. »Es ist wichtig.«

»Für Euch oder für mich?« fragte die Schmiedin, ohne aufzusehen. Nur der Junge hörte erschrocken auf zu treten. »Mach weiter, Claus!«

»Für uns beide. Es geht um die Mönche.«

Ennel ließ den Hammer sinken, während der Junge aus Leibeskräften trat. »Hör auf damit«, sagte sie ärgerlich.

»Aber Ihr habt doch gesagt...«

»Papperlapapp. Benutz deinen Kopf.« Ennel wischte seinen Widerspruch fort und seinen mageren Körper mit ihrer breiten Hand dazu. Er stolperte aus dem Raum, anscheinend eher erleichtert, als ungehalten.

Johanna kam langsam näher. »Ihr habt mich neulich mißverstanden«, sagte sie vorsichtig. »Ich halte es nicht mit den Zisterziensern, sondern sie halten mich in ihrem Gewahrsam. Meine Stiefmutter hat mich aus dem Weg geräumt, damit sie mit meinem Vater machen kann, was sie will.«

»Was gehen mich die Händel von Rittersleuten an«, brummte Ennel, aber nicht mehr ganz so abweisend.

»Das stimmt. Aber mir kommt manches im Hof der Mönche zu Ohren. Einiges könnte Euch interessieren.«

Die Ennelin stützte sich mit beiden Händen auf den schartigen, angesengten Arbeitstisch und sah Johanna abwartend an.

»Es geht um einen Vertrag, den Ihr mit den Mönchen geschlossen haben müßt. Eine Schuldverschreibung.«

»Es gibt keine Schuldverschreibung.« Ennel runzelte die Stirn.

»Doch«, widersprach Johanna erstaunt. »Ich habe sie selbst gesehen. In der Grangie im Wald. Mit Eurer Unterschrift.«

Ennel schüttelte stumm den Kopf.

Johanna wurde es ganz weich in den Knien. Die Meisterin log ganz sicher nicht. Aber sie hatte das Dokument nicht bei sich, um es ihr zu zeigen. Unter diesen Umständen wäre es möglicherweise sowieso nicht ratsam gewesen. Tausend Gedanken schossen durch ihren Kopf. Vor allem der an Arco, den sie unbedingt behalten wollte. »Auf jeden Fall planen die Mönche einen Anschlag auf Euch mit Hilfe Eurer eigenen Unterschrift. Euer Siegel haben sie anscheinend bereits.«

Die Schwertfegerin wurde plötzlich steif wie eine Lanze.

»Mein Siegelstempel ist allerdings seit längerem verschwunden. Dann müßten die Mönche ihn ja gestohlen haben …«

»Ob das möglich ist, wißt Ihr selber am besten«, meinte Johanna und faßte allmählich Vertrauen zu ihrer eigenen Taktik. »Es hörte sich irgendwie so an, als ob sie Eure Schriftzüge benötigen, um sie nachzumachen …«

»Wer stiehlt, fälscht auch«, bemerkte die Ennelin düster.

Johanna starrte die Schmiedin an, ohne sie zu sehen. Statt dessen sah sie vor sich das Pergament, beschriftet in den winzigen, energischen Buchstaben eines Mönchs, unterschrieben und datiert von ihm selber. Gegengezeichnet mit einer großen, krakeligen und unsicheren Unterschrift, neben dem sich ein Blumenkübel aus Wachs befand. Sie schlug sich an die Stirn. »Das ganze Dokument, das ich gesehen habe, ist gefälscht.«

Die Ennelin nickte bedächtig. »So wird allmählich ein Schuh daraus. Und Ihr sagt, es handele sich um eine Schuldverschreibung?«

Johanna blähte die Nasenflügel. »Genau. Und die Gefahr droht Euch nur bis zum Mai, bis zu dem Tag, an dem Ihr das Amt wieder aufnehmen dürft.«

»Danach kommt wieder Geld herein, das ist richtig. Könnt Ihr Euch an die Summe erinnern?«

»Leider nicht.«

»Nun, es wird so viel sein, daß es mich ruiniert«, meinte Ennel seufzend. »Bald haben sie es ja geschafft. Ich weiß nicht, ob ich bis dahin durchhalte. Es gibt tatsächlich noch eine echte Schuldverschreibung. Bei der Krämerin. Ich muß ja auch leben …«

»Ihr müßt sie zurückkaufen! Wenn die Mönche davon erfahren, haben sie Euch in der Tasche!« sagte Johanna alarmiert.

Ennel breitete schweigend die Handflächen aus. »Ich werde es dem Herrn überlassen, mich zu schützen«, sagte sie nach einer Weile mit rauher Stimme. »Aber Euch danke ich für die Mühe.«

»Ich hätte noch eine Bitte«, sagte Johanna mit einem Anflug

von Beschämung. »Wäre es Euch möglich, mein Pferd und einige Sachen unterzustellen? Gegen Bezahlung natürlich. Die Mönche dürfen nicht wissen, daß ich auch Waffen habe. Aber irgendwann schlägt meine Stunde…« Den Rest ließ sie ungesagt und hoffte, daß die Schwertfegerin ihn zu ihren Gunsten auslegen würde.

»Es sieht Euresgleichen ähnlich, für Freundlichkeiten eine Gegenleistung zu verlangen«, sagte Ennel gepreßt. »Aber meinetwegen. Ihr sollt nicht feststellen müssen, daß es Ehre und Ritterlichkeit nur auf Burgen gibt.«

Ach, wenn du wüßtest, dachte Johanna unglücklich und begann in ihrem Sack nach dem Beutel mit dem Pfennig zu kramen. Sie brachte nicht mehr als ein dankbares Nicken zustande. Wissentlich würde sie die Ennelin einer Gefahr aussetzen. Es gab bestimmt Menschen, die Arco erkennen würden. Er war eine Schönheit und unverwechselbar, und diese Schmiedewerkstatt bekannt genug, um Durchreisende anzulocken, wenn sie wieder mit voller Besetzung arbeitete.

Aber sie brauchte Arco.

Als Johanna den Hengst im Schutz der Dämmerung eingestellt hatte und auf dem Weg zum Haus der Zisterzienser war, schlugen die Kirchenglocken zur Vesper. Um Himmels willen, dachte sie und rannte los. Schon viel zu spät. Die zwei Glocken beendeten das monotone Läuten, eine dunkel, eine hell, und sie hatte immer noch vier Quergassen vor sich.

Als sie die vorletzte Gasse erreichte, ertönte ein freundliches Bimmeln, die andere Glocke antwortete , dann schlugen beide gemeinsam. Sie sangen eine wirklich schöne Melodie, wie Johanna sie noch nie gehört hatte. Der Küster gab sich sehr viel Mühe. Sie drückte sich in die schmale Gasse und wartete das Ende des Läutens ab.

Obwohl sie es nicht mehr weit hatte, legte sie danach die letzten Meter im Laufschritt zurück. Atemlos kam sie an, lief am vorwurfsvoll blickenden Torhüter vorbei und dem Hofmeister geradewegs in die Arme, der hinter dem Tor auf sie gewartet haben mußte.

»Wer einmal gefallen ist, bleibt ewig im Zugriff des Teufels«, herrschte Vater Gottfried sie mit finsterer Miene an. »Der Knappe Konrad hat recht. Du hast zusammen mit den anderen Hübschlerinnen in der Zaddelgasse auf einen Kerl gehofft, stimmt's?«

»Ja – aber Vater Hofmeister«, ertönte eine entgeisterte Stimme aus dem Eingang des stockdunklen Warenlagers, »woher wißt denn ausgerechnet Ihr, wann die Fensterhennen dort stehen?«

Ihn schickt der Himmel, dachte Johanna. »Seid Ihr es, Meister Wasserfaß?« erkundigte sie sich laut. »Ich mußte dem Küster auf die Finger sehen, bis er endlich bereit war zu läuten, und dann noch, damit er das Läuten nicht kürzte, und ich hoffe, Ihr seid mit ihm zufrieden gewesen. Es ist eine sehr hübsche Melodie, und für das Andenken an Eure verstorbene Frau habe ich sie selber ausgesucht.«

»Es war ein sehr schönes Lied. Komm nachher zu mir, Johanna, um deine Belohnung in Empfang zu nehmen.«

Vater Gottfried gab ein Prusten von sich, wie ein verärgerter Esel.

»In die Frühstücksstube der Kaufleute, Johanna, im hellsten Licht des Hauses, damit dich niemand verdächtigen kann«, setzte Wasserfaß mit besonderer Betonung hinzu.

Johanna sah ihn immer noch nicht, dank der Sparsamkeit der Mönche, aber seine gewichtigen Schritte entfernten sich entlang der Mauer. Dann wurde seine mächtige Gestalt als Silhouette einen Augenblick im Kerzenschimmer des Eingangs erkennbar.

»Vater Gottfried«, flüsterte Johanna einigermaßen ehrfurchtsvoll und eilte dem Kaufmann mit der Schnur ihres Beutels zwischen den gefalteten Händen nach. Der Beutel pendelte gegen ihren Leib, und sie hielt den Atem an. Es mußte wirklich nicht sein, daß Gottfried ihren Malchus in einem zerschlitzten blutbefleckten Beutel entdeckte.

Er rief sie nicht zurück.

Sie fand ausreichend Gelegenheit, die Waffe blitzblank zu wienern und den Sack zu waschen. Naß wie er war, versteckte sie ihn unter ihrem Lager. Wenigstens war Martha nicht da; wahrscheinlich hatte sie den Tischdienst übernehmen müssen.

Danach warf Johanna sich auf das Stroh und begann nachzudenken. Das Glück, das ihr heute in den Schoß gefallen war, entschädigte für manches. Aber sie mußte geschickt damit umgehen.

Kurze Zeit später fiel ihr der Kaufmann wieder ein. Nichts konnte sie derzeit so gut gebrauchen wie Futtergeld für Arco. Irgendwann würde der erste Pfennig verzehrt sein. Sie sprang auf und rannte über den Hof zum Haupthaus. Der Kaufmann war gottlob noch im Frühstücksraum und wartete im Schein einer blakenden Unschlittkerze auf sie. »Meister Wasserfaß«, sagte sie höflich und trat vor ihn.

»Ach, Johanna«, sagte er wehmütig. Behutsam nahm er sie bei den Schultern und drehte sie mit dem Gesicht zum Licht. »Schön, daß du da bist. Du erinnerst mich an meine Frau.«

Dazu gab es nichts zu sagen. Der Schmerz des Kaufmanns war offenbar frisch. Johanna nickte voll Mitgefühl. »Kann ich Euch etwas Gutes tun?« fragte sie leise. »Möchtet Ihr vielleicht einen Hippocras oder einen Sinopel vor dem Schlafen?«

»Nein, nein«, sagte Wasserfaß seufzend. »Du kannst mir mit nichts helfen, schon gar nicht mit einem Würzwein. Es sei denn, du kennst ein Kind, das ich zu mir nehmen könnte. Meine Frau wünschte sich von Herzen eigene Kinder, aber der Herr hat sie uns versagt.«

Johannas Herz tat wilde Schläge. Vielleicht kam hier ihre Chance, etwas für Gesche zu tun.

»Ich habe schon in mehreren Waisenhäusern geforscht, mußt du wissen, aber nirgendwo ein Kind gefunden, das meiner seligen Frau zugesagt hätte.«

»Wie muß das Kind denn beschaffen sein, das ihr zugesagt

hätte?« Johanna brachte die Frage vor Aufregung nur unter Stottern über die Lippen.

Meister Wasserfaß war einen Augenblick damit beschäftigt, sich Tränen aus den Augenwinkeln zu wischen. »Wir wollten ein Töchterchen haben. Es soll hellhaarig und noch ein Säugling sein.«

Johanna biß sich auf die Lippen. »Es gab bis vor kurzem ein solches Mädchen in meiner Verwandtschaft. Aber es verschwand spurlos. Danach starb die Mutter. Wir glauben, daß das Kind wegen Lösegeldes gestohlen wurde und noch in der Nähe ist.«

»Wird das Lösegeld denn nicht gezahlt werden?«

»Nein. Der Vater brach sich den Hals, als er nach Hause jagte und dabei vom Pferd fiel«, erfand Johanna frisch. »Er war aus niedrigem Ritterstand. Jetzt kümmert sich niemand mehr um das Mädchen.«

»Ja, das wäre etwas für mich«, sagte Wasserfaß interessiert. »Möglicherweise wurde das Mädchen also in ein Kloster oder ein Waisenhaus gegeben, wenn die Räuber es nicht getötet haben.«

»Oh, das glaube ich nicht«, stammelte Johanna und erbleichte allein bei dem Gedanken, daß so etwas möglich sein konnte.

»Ich danke dir«, sagte Wasserfaß, jetzt ganz energisch und tatendurstig, und schüttelte Johannas willenlose Hand, bevor er ihr wohl ein Dutzend Münzen hineinlegte und ihre Finger darüber schloß. »Ich werde mich mit Vater Gottfried beraten, wo ein solches Kind sich aufhalten könnte. Wie sagst du, war sein Name?«

»Ich sagte nichts. Auf den Namen Gesche sollte es wegen seiner blauen Augen getauft werden«, antwortete Johanna zitternd. »Aber das wußten die Räuber nicht...«

»Ein wunderbarer Name. Gesche Wasserfaß«, murmelte der Kaufmann und wanderte mit den Händen auf dem Rücken und gebeugtem Nacken hinaus in den Flur.

Johanna ging auf Zehenspitzen hinter ihm her. Sie wußte nicht, ob sie es richtig gemacht hatte. Wer wußte schon, was vor Gott dem Herrn richtig war. Aber sie hatte das Schicksal von Gesche jetzt in die Hand genommen, und es war ein Anfang.

Kapitel 13

Wasserfaß verließ den Hof in Gesellschaft von mehreren anderen Kaufleuten, die nach Frankfurt wollten. Er winkte Johanna nur noch kurz zu, ohne mit ihr zu sprechen. Ohnehin hatte sie keine Zeit dafür. Gottfried pflegte besonders ungnädig zu sein, wenn er auf seine Morgenmahlzeit warten mußte.

Der Geruch von siedendem Apfelwein kam ihr schon vor der Küche entgegen. Als der Konverse sie bemerkte, wischte er seine schmierigen Hände an der Schürze ab, griff nach einer zweizinkigen Gabel und einem scharfen Messer und begann ein umfangreiches Stück Speck und eine Fleischrolle aufzuschneiden, die auf einem Holzbrett ruhten. »Wird Zeit, daß du kommst«, sagte er ungnädig, während er die Scheiben in eine Schüssel zu schichten begann und sie schließlich mit gehackten Kräutern dekorierte. »Los, jetzt mach schnell! Vater Gottfried wünscht den gefüllten Hals noch warm.«

»Wie wäre es, wenn du seinen Hals stopfen würdest?« fragte Johanna mürrisch. »Der ist noch fetter als ein Gänsehals.« Sie duckte sich, um dem Löffel zu entgehen, der hinter ihr hergeflogen kam, und trug das Gericht dem Hofmeister auf.

Der Tisch war gedeckt, und Gottfried wartete nur noch auf seine Leibspeise. Als Johanna die Schüssel vor ihn setzte, wedelte er mit seiner fetten kleinen Hand, um schon den Duft genießen zu können, während er noch sein Eßmesser aus dem Futteral zog. Er stach auf eine dicke Scheibe Speck ein wie der Metzger persönlich.

Johanna ergriff die Flucht. Es war unerträglich anzusehen.

Der Hofmeister kaute, schluckte, stopfte wieder. Als Johanna an der Tür war, fiel ihm etwas ein. »Ich bin ganz sicher, daß du Wasserfaß diese unsinnige Idee eingeredet hast. Wie käme er sonst dazu, ausgerechnet mich wegen eines Kindes um Rat zu fragen!«

»Ich weiß nicht, von welchem Kind Ihr redet«, erwiderte Johanna unschuldig. »Meines habt Ihr mir geraubt, und andere kenne ich nicht.«

»Du konntest dich in der Grangie nicht um ein Kind kümmern. Es war der einzige Weg, ihm eine christliche Erziehung zu geben«, sagte er undeutlich mit vollem Mund.

»Wo ist Gesche?«

Gottfried setzte ein bösartiges Lächeln auf. »O nein. So nicht. Du siehst sie nicht wieder. Sie heißt natürlich auch nicht Gesche.«

Nicht einmal das Essen, über das er herfiel wie ein ausgehungerter Straßenköter, und der Wein ließen ihn seine Vorsicht vergessen. Johanna überlegte, ob es ihr auf anderem Wege gelingen würde, ihn zu überlisten, als einer der durchreisenden Mönche auf klappernden Sandalen eintrat und ihr die Aufmerksamkeit des Hofmeisters entzog.

Der fremde Mönch beachtete sie nicht. Für die meisten Besucher stellten die einfach gekleideten Hilfskräfte des Hofes kaum mehr dar als herumstreunende Hühner oder Ferkel. Johanna war längst klar, daß es für sie sogar eine Art Schutz war. Sie beobachtete ihn neugierig.

Mit kritischem Blick schien er den Umfang der Mahlzeit des einzelnen Mannes am Tisch abzuschätzen. Die schmalzgebackenen honigsüßen Hasenöhrchen, die sich auf einem Teller türmten, ließen ihn die Augen abwenden. Seine Abneigung dagegen mußte groß sein.

Gottfried wischte sich verstohlen einen rinnenden Fettropfen vom Kinn und deutete einladend auf den Stuhl neben sich.

Der Gast schüttelte den Kopf. »Vater Gottfried, ich muß mich jetzt auf den Weg machen. Mit Gottes Hilfe erreiche ich Kronberg heute noch. Wenn Ihr mir also die Botschaft anvertrauen wollt, muß es jetzt sein…«

»Das Schreiben ist fertig, bis auf einen notwendigen Zusatz, der sich inzwischen ergeben hat. Ich kümmere mich sofort darum, Vater Lucas. Es ist sehr freundlich von Euch ...« Gottfrieds einschmeichelnde Stimme änderte sich abrupt, als ihm Johannas Interesse an dem Hausgast auffiel. »Du verbringst den heutigen Tag in der Kapelle im Gebet! Du wirst dort deine Verfehlungen aufs innigste bereuen.«

Johanna stieß ein tonloses Schnauben aus und entfernte sich wortlos. Schade. Aber was sie gehört hatte, war genug gewesen, um ihre Neugier zu wecken. Gottfried war geradezu unterwürfig gewesen. Es war nicht anzunehmen, daß dieser vornehm wirkende Gast eine Botschaft transportierte, für die der Hofmeister einen Konversen hätte schicken können. Der Zusammenhang mit der Beunruhigung durch Wasserfaß lag nahe.

Als sie den Hof überquerte, wieherte ein Pferd im Stall. Gleich danach kam Vater Lorenz heraus, ganz in Gedanken betrachtete er einen Trensenzügel in seiner Hand. Dann bemerkte er Johanna. »Ach Johanna. Diese Zügel sind gut genäht. Die Stiefel, die wir letztens erhielten, können wir leider kaum verkaufen, so schlecht sind sie. Ich hätte solche Arbeit bei meinen Konversen nie durchgehen lassen.«

»Vielleicht sind die Hersteller der Stiefel unglückliche Menschen«, mutmaßte Johanna. »Solche, die ungerechte Bußen auferlegt bekommen. Vielleicht ist ihre Grangie schlecht geführt.«

Der Mönch rieb seine Nase. »Meinst du wirklich?« fragte er überrascht. »Könnte sein. Das wäre eine Erklärung.«

»Ich selber muß heute in der Kapelle strafbeten« erzählte Johanna beiläufig. »Ich habe keine Ahnung, warum.«

Lorenz sah unvermittelt auf. »Und was hast du vor, um dich zu revanchieren?«

Johanna zuckte zusammen. Sie hatte ihn nicht gerade mit der Nase draufstoßen wollen. »Nur beten, wie befohlen.«

»Ein Gebet an unseren Herrn kann nie eine Strafe sein, Johanna.«

»Vielleicht freut der Herr sich über meine Gebete gar nicht.« Was ziemlich sicher war, denn Johanna hatte nicht vor zu beten. Die Tür der Kapelle ließ sie einen Spalt offen, damit sie beobachten konnte, was sich draußen tat.

Als letzter Hausgast an diesem Morgen verließ der Mönch, der nach Kronberg wollte, den Hof. Augenblicke später verschwand der Torhüter in Richtung Küche. Johanna erreichte ungesehen die Pforte.

Die Ennelin war nicht in ihrer Schmiede, nur der Junge, der Johanna wiedererkannte. Er sah kaum auf, als sie sich eine Handvoll Ruß von einer kalten Feuerstelle klaubte.

Kurz danach war sie mit dem frisch geschwärzten Arco am Zügel schon auf dem Pfad am Bach und aus Eppstein heraus. Hinter einem Busch schlüpfte sie in ihr Knappenwams, zögerte einen Moment wegen der Kettenhaube und streifte sie dann entschlossen über den Kopf.

Mit Arco kam sie besser zurecht, als sie zunächst vermutet hatte. Er begriff ganz schnell, daß sie ihm nicht weh tat wie sein voriger Reiter. Sein wiegender Galoppschritt hätte Johanna fast ihr Vorhaben vergessen lassen. Viel lieber wäre sie jetzt über die Weiden geritten, frei wie früher.

Aber die Botschaft von Gottfried war wichtiger; sie mußte sie in die Hand bekommen.

Der Mönch war gut zu Fuß. Mit einem kräftigen Wanderstab versehen, hatte er den Stausee schon hinter sich gebracht und erreichte gerade den Wald, der sie beide vor neugierigen Blicken aus Eppstein schützen würde.

Johanna schloß leise von hinten auf und setzte ihm die Klinge ihres Malchus in den Nacken. »Ich tue es nicht gerne, Vater. Aber es muß sein. Gebt Eure Tasche heraus und alles, was Ihr an Wertvollem bei Euch tragt!«

Der Zisterzienser ließ seinen Wanderstab augenblicklich los und versuchte nicht, sich umzudrehen. Vermutlich hatte er schon mit Räubern zu tun gehabt. Ganz langsam zog er den Beutel von der Schulter und reichte ihn nach hinten. »Mehr habe ich nicht.«

Johanna zog den Beutel zu sich hoch, ohne den Malchus zu senken, und wühlte in ihm herum. Das versiegelte Schreiben lag obenauf und darunter glücklicherweise ein Geldbeutel. »Wieviel enthält er?« fragte sie, um ihre Spuren zu verwischen.

»Fünf Schilling. Du wirst jeden einzelnen Pfennig mit einem Jahr Fegefeuer büßen müssen. Fromme Menschen haben sie mir für die barmherzigen Werke der Schwestern in Himmelspforten anvertraut.« Der Klang seiner Stimme gab zu erkennen, daß er Johanna aus tiefem Herzen bedauerte.

Am liebsten hätte sie ihm die Münzen hingeworfen, aber das war unmöglich. Sie drehte sich um und jagte davon. Jenseits eines Baches drängte sie Arco in das Unterholz, parierte schließlich unter einer dicken Buche durch und sprang aus dem Sattel.

Was hast du nur getan, dachte sie und ließ sich auf schütteres Gras sinken. Arco begann zufrieden an den Hälmchen zu zupfen. Johanna versenkte ihr Gesicht in die Hände. Ihr wurde klar, daß sie sich durch ihre Tat selbst aus der Gemeinschaft der Menschen ausgeschlossen hatte. Es gab kaum ein schwereres Vergehen als den Angriff auf einen Priester.

Verstört holte sie das Schreiben aus der Tasche, erbrach das Siegel und las.

Verehrte Dame Katherine, Euer Knappe Konrad war hier, um Bericht zu erstatten. Es ist alles glücklich in die Wege geleitet und kann nun nicht mehr lange dauern. Ich bin sicher, daß sich für Eure Ehe ein Dispens erreichen läßt.

Post Scriptum. Ein Tolpatsch von Kaufmann namens Wasserfaß möchte einen Säugling wie Maria auf immer zu sich nehmen und forscht danach in den Waisenhäusern dieser Gegend. Ich rate jedoch, davon Abstand zu nehmen, da Eure Stieftochter Johanna mit ihm bekannt ist.

Gott, der Herr, sei auf allen Euren Wegen mit Euch.
Gottfried, Hofmeister des Zisterzienserhofes zu Eppstein, gegeben am Sankt Georgentag anno 1390.

Johannas Gewissensbisse versickerten schneller als Morgentau im Gras. Erbittert starrte sie auf die Mitteilung von Gottfried und versuchte zu begreifen, was sie noch enthielt, außer daß sie Gesche auf den Namen Maria getauft hatten. Auf jeden Fall plante Katherine unter Mithilfe der Mönche Verrat an ihrem Vater. Konrad war und blieb ein Rätsel. Sie hatte angenommen, daß er zu dem Licher übergelaufen war.

Wie dem auch war, sie mußte jetzt schleunigst zurück.

An diesem Tag blieb das Glück Johanna treu. Sie erreichte ungesehen die Kapelle und machte es sich hinter dem Altar bequem. Sie hatte über so vieles nachzudenken, und dort würde man sie wenigstens nicht sofort grübelnd und mit den Fäusten am Kinn erwischen.

Es dämmerte schon, als Johanna über sich das vorwurfsvolle Gesicht von Vater Lorenz entdeckte, der sie wachgerüttelt hatte.

»Johanna, wo bist du gewesen?« fragte er gedämpft.

»Hier. Ich muß geschlafen haben«, antwortete sie gähnend und wunderte sich gar nicht mehr, daß die Lüge ihr so glatt über die Zunge kam.

»Ich kenne alle Tricks der Welt von faulen Konversen und Novizen«, entgegnete er ärgerlich. »Glaubst du, daß ausgerechnet ich nicht weiß, wo man ungestört schlafen kann, wenn man schon bereit ist, des Herrn heilige Kirche zu mißbrauchen? Du warst nicht hier, als ich zur Sext nachgesehen habe.«

Johanna schwieg beharrlich.

Der Mönch seufzte bedeutungsvoll. »Ist dir klar, daß ich es Vater Gottfried berichten muß? Ich würde mich sonst einer Lüge schuldig machen.«

»Ihr habt auch schon gelogen. Und manchmal ist eine Lüge

die kleinere von zwei Sünden, zwischen denen man zu wählen hat«, sagte Johanna.

»Meinst du dich oder mich?« Vater Lorenz ging, mit erzürnter Miene und ohne auf eine Antwort zu warten, und Johanna fragte sich beklommen, was er wußte, und welche Strafe sie diesmal von Gottfried zu erwarten hatte.

Der Abend endete zu Johannas Überraschung ganz anders, als sie befürchtet hatte. Der fremde Zisterzienser kehrte zurück, und sein Bericht versetzte den Hof in solche Aufregung, daß der ganze geordnete Haushalt durcheinander geriet.

Die drei Frauen standen zusammengedrängt mit einigen Konversen in der Saaltür und hörten zu, wie sich der Hofmeister beschreiben ließ, was passiert war, und das gewiß schon zum dritten Mal. Beide Mönche hatten einen Becher Wein vor sich stehen, und zumindest Gottfried sprach ihm ausgiebig zu.

»Noch einmal von vorne«, befahl Vater Gottfried bedächtig. Sein Dreifachkinn stieß in den Stoff der Kukulle hinein.

Johanna fühlte sich unangenehm an den gestopften Gänsehals erinnert, den sie ihm aufgetragen hatte.

»Ihr habt als erstes den Stahl eines Schwertes gespürt, Vater Lucas. Ein Pferd habt Ihr nicht kommen hören?«

»Nein, ich war ganz in Gedanken. Ich fühlte mich sehr sicher. Ich war kaum richtig im Wald. Aber er muß aus Eppstein gekommen sein.«

Vater Gottfried schüttelte den Kopf. »Aus der Hölle. Er kann nicht aus Eppstein gekommen sein.«

Vater Lucas zog eine Schulter in die Höhe, machte ein geduldiges Gesicht und widersprach nicht.

»Könnte es der Höllenfürst selber gewesen sein?«

Der fremde Mönch nahm einen winzigen Schluck Wein, wie offenbar jedesmal, wenn ihn eine Frage von Gottfried ärgerte. Vielleicht versteckte er auch einfach nur sein Gesicht hinter dem

Becher. »Es war kein Glühen um ihn, wenn Ihr das meint, Vater Gottfried. Sein Pferd war allerdings schwarz wie Kohle.«

Ein Hauch von Spott schimmerte durch, aber der Hofmeister merkte nichts davon. Die Jagd nach der Erscheinung machte ihn immer eifriger. Er beugte sich vor. »Und seine Füße?«

»Oh, nein, Vater Gottfried, Ihr seid auf dem Holzweg«, rief der Gast endlich entnervt aus. »Kein Bocksfuß! Er war ein ganz gewöhnlicher Räuber, ein ritterlicher, allerdings. Die Kettenglieder seiner Haube glitzerten in der Sonne, und das Kettenhemd war am linken Oberarm zerrissen. Das Loch sah aus wie ein aufgenähtes Buchenblatt als Wappenzeichen.«

Johanna schluckte trocken. Vater Lucas hatte bemerkenswert viel gesehen. Er war kaltblütig und ein guter Beobachter.

»Ihr meint wirklich, daß ein gewöhnlicher Raubritter es wagt, einen Anschlag auf einen Mönch zu verüben? Ich kann es mir kaum vorstellen«, murmelte Gottfried, vorübergehend aus dem Takt gebracht und sehr durstig. Er ließ sich seinen Becher durch den am nächsten stehenden Konversen erneut vollschenken. »Davor gab es keinen, und danach wird es keinen ...«

»Das wißt Ihr nicht«, unterbrach Vater Lucas ihn kurzerhand. »Ich stelle ihn mir wegen seiner hellen Stimme als fünften Sohn eines Ritters vor, jung noch und ohne jede Aussicht auf Erbschaft und Titel. Wenn Ihr ihn auch bisher nicht kanntet, so ist es doch möglich, daß er ab jetzt die Gegend unsicher machen wird.«

»Das wird er nicht wagen!« Gottfried aalte sich im Wissen um Kenntnisse, die nur er besaß. »Der Falkensteiner wird es verhindern, der Herr stehe ihm bei!«

»Bisher gelten die Burgmannen der Königsteiner Burg nicht gerade als mustergültig, was die Bewachung der Straßen angeht«, wandte Vater Lucas ein. »Und der Falkensteiner soll in letzter Zeit nicht gerade zuverlässiger geworden sein, wie man hört.«

»Den Falkensteiner meine ich nicht«, antwortete Gottfried.

Seine Zunge stolperte, und er zwinkerte nervös mit den Augen, als hätte er bemerkt, daß er zuviel gesagt hatte.

Dann konnte er nur den Falkensteiner aus Lich meinen. Johanna kaute auf ihren Lippen herum. In Gedanken wiederholte sie den Text der Botschaft an Katherine, den sie auswendig gelernt hatte.

»Gegen eine solche Ausgeburt des Teufels müssen alle Ritter der Christenheit zusammenstehen«, fügte Gottfried hinzu.

»Na ja. Immerhin hat er mich nicht erschlagen«, sagte Vater Lucas beschwichtigend. »Für einige Ritter werden sich gewiß noch andere Aufgaben finden lassen. Übrigens hoffe ich, daß durch den Verlust Eurer Botschaft kein großes Unglück geschehen ist.«

Vielleicht noch nicht. Aber möglicherweise war das Unglück in ihr enthalten. Jäh merkte Johanna, daß man den Text weiter auslegen konnte. Womöglich ging es nicht allein um Katherines Ehe. Unruhig wechselte sie ihr Standbein, bis sie voll Schrecken bemerkte, daß Vater Lorenz sie nicht aus den Augen ließ. Er machte sich seine eigenen Gedanken. Hoffentlich nicht die richtigen!

Welche es auch immer waren, Vater Lorenz mußte sich umentschlossen haben. Nach einigen Tagen war Johanna sicher, daß er nichts gesagt hatte, denn Vater Gottfried war wie immer, gleichbleibend ungnädig. Kleinigkeiten brachten ihn auf, und es begann schon beim Morgenmahl, wenn sein gewohntes Gänseei ausblieb oder zu weich war, was auch mal vorkam. Der fette Konverse, der zu kochen pflegte, war morgens oft unausgeschlafen.

Ungeduldig wartete sie darauf, daß Gottfried verreisen würde. Es ging auf das Ende des Monats April zu und war allerhöchste Zeit.

Und endlich verließ er am letzten Apriltag den Hof. Johanna eilte zu Vater Lorenz, um sich bei ihm für einen halben Tag abzumelden. »Die Kräuter sind jetzt reif und müssen gepflückt werden«, erklärte sie ihm und bemühte sich, das Drängen in ihrer Stimme zu dämpfen. »Und wenn Vater Gottfried tatsächlich die Gabe besitzt, in die Zukunft zu schauen, werden wir bald verletzte Ritter im Haus haben.«

»Ja, ich habe mich auch gewundert«, bekannte er unumwunden. »Jedoch ist der Zisterzienserhof hier zwischen Mainz und Frankfurt eine wichtige Station, und Vater Gottfried als sein Leiter ... Ihm wird manches zu Ohren kommen, was gewöhnliche Sterbliche erst hinterher erfahren.«

»Dann ist es wohl ein Glück, daß er säuft wie ein Pferd. Damit wir es beizeiten erfahren, meine ich.«

»Oh, Johanna! Seine Zunge war allerdings locker, das stimmt. Ich hoffe, er verspricht sich nicht an falscher Stelle.«

»Ihr seid wenigstens ehrlich.«

»Was man von dir nicht behaupten kann, Johanna. Du hast es faustdick hinter den Ohren. Der Herr vergebe mir meine Gutmütigkeit.« Lorenz ließ sie abrupt stehen.

Oje. Er wußte mehr, als er durfte. Aber dafür war jetzt keine Zeit. Johanna rannte, um ihren Korb zu holen. Auf dem Weg zum Tor fiel sie beinahe über Jörg. Er kniete mit gefalteten Händen auf den Pflastersteinen. »Was machst du denn hier«, fragte sie verblüfft. »Betest du um härtere Gänseeier?«

Jörgs bauernschlaues Gesicht verzog sich vor Verdrossenheit. »So ungefähr. Ich soll hier nachdenken, wo die Gänse ihre Eier legen könnten. Vater Gottfried ist schwer zu ertragen, wenn er hungrig ist.«

»Oh, wenn er satt ist, auch«, versetzte Johanna und lief weiter. Daß Jörg für alle Arten von Handarbeit geschickt war, war allgemein bekannt. Es war ein Rätsel, warum ausgerechnet er sich um die Gänseherde kümmern mußte. Er schien Angst vor allen Tieren zu haben, deren Größe die einer Maus überschritt. Vor Menschen leider auch.

In der Werkstatt war nur der Junge, der der Schwertfegerin zu helfen pflegte. Claus fuhrwerkte mit schwarzen Händen an einem Amboß herum, und sein hungriges Gesicht zeigte Tränenspuren.

»Wo ist Ennel?« fragte Johanna.

Seine Kopfbewegung ging zur Wohnung hinüber. »Zwei Mönche sind bei ihr.«

»Um Gottes willen«, flüsterte Johanna, »hole deine Meisterin her. Oder es gibt ein Unglück.«

»Das ist bereits da«, sagte er düster, ohne sich von der Stelle zu rühren, und strich seine schwarzen Haare, die schon lange nicht mehr geschnitten worden waren, nach hinten. »Sie wollen Geld. Oder die Werkstatt. Die Meisterin hat es mir erklärt.«

»Ich bringe Geld«, fauchte Johanna. »Nun hole sie schon!«

Er sah sie verstört an, dann nahm er die Beine in die Hand. Johanna auch. Ihr Packsack hing im Stall, offen vor jedermanns Augen. Er war unberührt, und sie war mit dem Geldbeutel noch vor der Ennelin in der Werkstatt zurück.

»Was stört Ihr mich denn ausgerechnet jetzt?« fragte die Schwertfegerin verdrossen. »Morgen hättet Ihr mich leicht auf der Straße sprechen können. Ihr habt recht gehabt. Sie haben mir einen Vertrag mit meiner eigenen Unterschrift vorgelegt, die ich nie geschrieben habe. Sie verlangen das Geld oder die Werkstatt.«

Johanna antwortete nicht, sondern begann Münzen auf den Arbeitstisch zu zählen. »Wieviel wollen die Mönche haben?«

»Sechzig Pfennige«, antwortete Ennel grimmig. »Nicht so viel, daß es unglaubhaft wirkt, aber zuviel für mich, um es irgendwo zu leihen.«

»Also fünf Schilling?« fragte Johanna und brach in Lachen aus. »Nehmt alles. Es sind sechzig. Ich erkläre Euch den Witz später.«

»Ich werde Euch auch erst später danken.« Die Ennelin betrachtete das Geld ungläubig, dann gab sie sich einen Ruck, schaufelte es rasch in den Beutel zurück und verschwand mit ihm durch die Seitentür.

»Laßt den Vertrag nicht zerreißen, sondern nehmt ihn an Euch«, rief Johanna ihr nach.

»Geht jetzt alles in Ordnung?« fragte Claus ängstlich.

»Ich hoffe doch.« Johanna setzte sich auf einen Hocker und lächelte ihn zuversichtlich an.

»Dann nimmt die Meisterin mich nämlich ab morgen als Lehrling an«, erklärte er stolz. »Sogar ohne, daß mein Vater das Lehrgeld zahlt. Das hat er nicht, weil wir arm sind, aber er hat einen guten Leumund.«

»Du hast bestimmt Glück. Wenigstens diesmal.«

Claus nickte und lauschte nach draußen. »Sie sind fertig.«

»Ich möchte doch wissen, wer der zweite ist«, murmelte Johanna vor sich hin und stellte sich hinter den Türholm, von wo sie die Mönche beobachten konnten, die gerade die Treppe des Wohnhauses herabstiegen.

»Der eine ist Vater Gottfried vom Zisterzienserhof«, klärte der zukünftige Lehrling sie auf. Er schien gewachsen zu sein, seitdem Johanna den Hocker verlassen hatte.

»Der andere ist der Zellerar der Grangie im Wald.« Johanna hatte es sich schon gedacht.

»Wie kann ich Euch nur danken, Edelfräulein!« rief Ennel schon von der Seitentür aus und stürmte in die Werkstatt.

Ich wüßte schon, wie, dachte Johanna, schmunzelte über die großen, runden Augen des Jungen, die jetzt respektvoll auf sie gerichtet waren, und fragte statt dessen: »Habt Ihr den Vertrag?«

Ennel zog mit bedauernder Miene die Schultern hoch. »Trotz Eurer Warnung: nein. Der Zellerar hielt ihn über eine Kerze und verbrannte ihn, als ich noch damit beschäftigt war, das Geld hinzuzählen.«

»Warum habt Ihr es nicht gleich wieder an Euch genommen?« fragte Johanna ärgerlich.

Der Schwertfegerin blieb der Mund offen stehen. »Was seid Ihr doch für ein Schlitzohr! Auf so etwas kommt eine ehrliche Handwerkerin gar nicht. Allmählich wird mir klar, warum Ritter Burgen besitzen und Handwerker nicht.«

»Und mir, warum der Geistlichkeit Burgen, Kathedralen, Städte und Klöster gehören«, versetzte Johanna grimmig. »Aber auch erst, seitdem ich bei den Mönchen in die Lehre gegangen bin. Schließlich hätte ich beinahe einmal eine Fälscherwerkstatt geputzt.«

Kapitel 14

»Fünf Malchi waren es, Bruder!« Vater Gottfried stemmte die Hände in die Seite und ließ unchristliche Ungeduld erkennen.

Johanna verzog keine Miene und wunderte sich nur. Was hatte ihn nur zu der unerwarteten Inspektion der Waffenvorräte bewogen?

Vater Lorenz schüttelte ratlos den Kopf.

»Doch!« herrschte Gottfried ihn an.

Vater Lorenz zuckte zusammen. »Ich gebe Euch ja recht, Vater Gottfried. Es waren fünf.«

»Eure Aufsicht über die Vorräte zeigt grobe Mängel!« schnaubte Gottfried.

»Aber nein«, mischte Johanna sich ein. »Ich bin ganz sicher, daß ich nur vier Messer aufgeschrieben habe, vier lange Bauernmesser, Vater Lorenz. Erinnert Ihr Euch jetzt nicht? Wenn eines fehlt, wird es wohl bereits auf dem Herweg verschwunden sein.«

»Nichts fehlte, solange ich die Waren in meiner Obhut hatte.« Gottfrieds Blick streifte Johanna kalt und biß sich dann wieder an seinem Schreiber fest. »Wärt Ihr mir nicht so besonders ans Herz gelegt worden, Bruder, so müßte ich vermuten, daß die Waren des Stadthofes unter Eurer Aufsicht eigene Wege zu gehen beginnen. Ich werde Euch beobachten. Einstweilen werdet Ihr im Gebet in Euch gehen und Euer Gewissen vor Gott, dem Herrn, erforschen. Es ist selbstverständlich, daß Ihr diese zwei Tage fasten werdet.« Er ging.

»Im Namen des Herrn. Amen«, murmelte Lorenz ergeben hinter ihm her.

»Im Namen eines skrupellosen Mannes«, murrte Johanna und

blickte Vater Lorenz nach, der zur Kapelle schlurfte. Er sah erbärmlich aus in letzter Zeit.

Erst am nächsten Abend entdeckte ein Konverse, der den Kirchenraum säubern sollte, daß Vater Lorenz nicht in Demut betete, sondern bewußtlos vor dem Altar lag.

Sein aufgeregtes Geschrei ließ die Knechte und Mägde und auch einige Gäste auf dem Hof zusammenlaufen. Vater Lorenz war beliebt, weil er ein herzensguter Mann war.

Nur Vater Gottfried verfolgte mit verkniffenem Gesicht von der Treppe aus, wie zwei der Konversen den anscheinend leblosen Mönch auf einem Brett heraustrugen. »Johanna, komm her!« befahl er.

Sie ließ die Hand von Vater Lorenz nur widerwillig los und trottete zum Fuß der Treppe. Gottfried senkte die Stimme, damit nur sie ihn verstehen konnte. »Er wurde mir als starker Mann geschildert, der alles kann. Mir scheint, er wird überschätzt. Kümmere dich um ihn.«

»Wollt Ihr nicht wenigstens für ihn beten?« fragte Johanna mit eiskalter Wut. »Das Fasten würde Euch guttun.« Sie ließ ihn stehen. Gottfried sog Zufriedenheit aus der Demütigung anderer Menschen, das war ihr schon lange klar. Gegenwärtig war Vater Lorenz das Opfer. Aber er wagte nicht, ihn einfach sterben zu lassen.

Als Johanna sich an das Bett von Vater Lorenz setzte, war nur noch wenig Leben in ihm. Sie schob die erhitzten und weich eingewickelten Steine an seinen Füßen zurecht und nahm wieder seine Hand, um sie unermüdlich zu streicheln. Mehr konnte sie nicht tun.

Mitten in der Nacht flatterten die Augenlider des Kranken, und er schlug die Augen auf. Im Licht der kleinen Kerze glänzten sie matt. »Johanna?« flüsterte er.

»Ich bin hier, Vater«, sagte sie beruhigend. »Sorgt Euch nicht, ich bleibe, bis es Euch bessergeht.«

Danach schlief Vater Lorenz ein. Im Morgengrauen machte Johanna ihm Apfelwein heiß, den sie mit frischer Minze und Petersilie sowie Pfeffer aus den Vorräten würzte.

»Dem Herrn sei Dank, daß er dich mir schickte«, murmelte der Mönch und sank erschöpft auf sein schmales Bett zurück. Johanna wischte ihm den Schweiß von der Stirn und war nicht unzufrieden mit ihrer Behandlung. Immerhin war die Farbe in sein Gesicht zurückgekehrt. Sie erlaubte sich, selbst ein wenig einzunicken.

»Schluß jetzt mit dem Faulenzen!« rief Martha zur Tür herein, die Johanna gar nicht hatte aufgehen hören. »Komm endlich, oder ich sorge dafür, daß Vater Gottfried dir Beine macht. Eine Dame muß untergebracht werden, und sie hat einen Haufen Mannsleute bei sich.«

»Ich pflege Vater Lorenz, Martha. Du mußt zusehen, daß du mit der Dame allein fertig wirst. Du wirst es schon schaffen«, sagte Johanna besänftigend. »Den Männern laß Bier vorsetzen, dann sind sie erst einmal zufriedengestellt.«

Martha stieß ein höhnisches Schnauben aus. »Sie verlangt ausdrücklich nach dir. Ich bin nur gut genug für die Kerle.«

»Geh nur, Johanna. Vater Gottfried wird ruhiger sein, wenn er weiß, daß sich zwei Frauen um die Dame bemühen.« Lorenz zog sich kraftlos in die Höhe und versuchte, zuversichtlich und gesund auszusehen. Es gelang ihm nicht, aber er hätte sich aufgeregt, wäre Johanna geblieben.

Woher, wenn nicht durch Gottfried selbst, weiß diese Person überhaupt, daß es mich hier gibt, dachte Johanna verdrossen, während sie hinter sich die Tür schloß und Martha folgte.

Das giftgrüne Kleid der Dame, die sich mit dem Hofmeister in vertraulichem Gespräch befand, ließ ihr Herz wie rasend schlagen. Sie war versucht, auf der Stelle umzukehren. Aber Gottfried hatte sie schon gesehen.

»Die Dame Katherine wünscht von dir bedient zu werden, Johanna«, sagte er. »Schließlich bist du mit der Lebensweise unserer vornehmen Gäste am meisten vertraut.«

»Auch Martha kann mit Waschkübel und Nachtgeschirr umgehen«, versetzte Johanna bissig.

»Ich höre gerne Gedichte, während ich mich erleichtere.« Katherine lächelte Johanna säuerlich an. »Mein Knappe Konrad konnte sie so wunderbar rezitieren, ohne auch nur einmal beim Halten des Topfes ungeduldig zu werden. Ich bin sicher, daß Martha keine Gedichte kennt.«

»Aber Gebete. Die lernen sie hier, und Euch tun sie auch gut.«

Katherine ließ sich nicht provozieren. »Ich bete nachher mit Vater Gottfried zusammen. Zum Unreinen des Körpers passen keine Gebete.«

»Dann hättet Ihr besser Konrad mitgebracht!«

»Oh, ich hoffe, ihn bald zu treffen«, sagte Katherine heiter.

»Wir erwarten an diesem Tag noch mehr Gäste«, ergänzte Vater Gottfried zu Johanna gekehrt, um sich darauf mit schmeichlerischem Tonfall wieder an Katherine zu wenden. »Es beginnt sich wahrhaftig herumzusprechen, daß der Zisterzienserhof zu Eppstein für diplomatische Treffen sehr geeignet ist. Dank Eurer tatkräftigen Mithilfe.«

Johanna hörte aufmerksam zu. Katherine hatte sich offenbar hier mit jemandem verabredet.

»Gewiß, Vater Gottfried. Aber meine eigentliche Mission ist natürlich die Reise nach Mainz wegen der Verlängerung meines Butterbriefes.« Sie hatte einen warnenden Unterton in ihre Stimme gelegt, und Vater Gottfried verstand.

»Keine Sorge, Dame Katherine. Mit des Herrn Hilfe habe ich auf diesem Hof alles im Griff. Meine Leute kennen die Strafen für Übertretungen.«

»Nein, eine wirkliche Sorge habe ich auch nicht. Als Streiter Gottes wart Ihr noch nie zimperlich mit Euren Waffen. Das gefällt mir so an Euch, Vater Gottfried. Keine Ausreden, keine Finten, sondern geradewegs auf das Ziel los. Das erinnert mich übrigens daran, daß ich mit Euch etwas anderes zu besprechen habe, das keine Zeugen benötigt.« Katherine wandte ihren Kopf zu Johanna herum und zog abwartend die Augenbrauen hoch.

»Geh an die Arbeit, Johanna.« Gottfried scheuchte sie mit seiner fetten Hand fort.

Johanna zog sich bedauernd zurück.

»Siehst du«, zischte Martha ihr ins Ohr, kaum daß sie den Gang betreten hatte, »was habe ich dir gesagt! Und ich lege überhaupt keinen Wert darauf, für so eine hochnäsige Gans das Nachtgeschirr zu leeren.«

»Ich auch nicht«, sagte Johanna, »und ich bin froh, daß ihr Gänserich heute noch kommt.«

»Ihr Gänserich?«

»Der Knappe«, erklärte Johanna verdrossen.

»Ist das dieser Konrad, der die Dame früher begleitete? Eigentlich merkwürdig, daß er deine Stiefmutter minnt, obwohl der Herr Philipp von Falkenstein so große Stücke auf ihn hält. Findest du nicht?« Martha rannte davon und ließ Johanna sprachlos stehen.

Offenbar wurden die Licher erwartet, und Martha hielt es für selbstverständlich, daß Konrad mit ihnen kam.

Die Botschaft. Das Treffen. Die Zählung der Waffen. Es konnte bedeuten, daß der Krieg zwischen den Falkensteinern aus Lich und der Königsteiner Burg vorbereitet wurde. Und irgendwie waren ihre Stiefmutter, der Knappe und Vater Gottfried darin verwickelt.

Am gleichen Nachmittag noch wimmelte es von Rittern und Knappen im Hof, und die Konversen, die von ihren Aufträgen zurückkehrten, wußten von einem Zeltlager am Goldbach zu berichten. Die bewaffneten Knechte des Lichers lagerten in Eppstein.

Trotzdem war Johanna nicht darauf gefaßt, gleich mit Konrad zusammenzustoßen, denn sie hielt sich, soweit es möglich war, abseits. Als sie gerade wieder in das Krankenzimmer schlüpfen wollte, packte jemand sie grob am Arm.

»Hier. Ich will die Bruoch morgen gewaschen und glatt zurückhaben«, befahl Konrad und versuchte ihr eine Unterhose mit langen Beinlingen in die Hand zu drücken.

Johanna verschränkte die Hände hinter dem Rücken und schnüffelte hörbar. »Riecht sehr markant. Etwas danebengegangen? Habt Ihr wieder versucht, ein Mädchen zu vergewaltigen?«

Konrad schlug mit dem Handrücken zu. Er traf Johannas Wange. »Bring mir die Hose morgen in aller Frühe. Denk dran, was Vater Gottfried befohlen hat!«

Der Schmerz an den Zähnen ließ keine Antwort zu. Johanna flüchtete mit brennenden Tränen der Wut in den Augen an das Krankenbett von Vater Lorenz, wohin ihr Konrad nicht zu folgen wagte. Nach einem flüchtigen Blick in den Raum, schloß er die Tür und marschierte mit markigen Schritten davon.

»Ärger?« flüsterte Vater Lorenz.

Johanna nickte. »Die Dame ist meine Stiefmutter Katherine«, berichtete sie mühsam. »Sie hat einen Narren an einem Knappen gefressen, der anscheinend zu den Feinden meines Vaters gehört, den Falkensteinern aus Lich. Mich drangsaliert dieser Mann, wann immer wir uns begegnen, und wenn sie es sieht, freut sie sich.«

Lorenz hörte voll Mitgefühl zu. »Ist er der Vater deines Kindes, das von Meister Wasserfaß gesucht wird?«

»Ihr wißt Bescheid?« Johanna verschloß entgeistert mit der Hand ihren Mund und erstickte so weitere Bekenntnisse.

»Vater Gottfried erwähnte es, ja«, sagte Vater Lorenz. »Den Rest habe ich mir zusammengereimt. Es ist einfach nicht normal, daß ein Edelfräulein wie du als Klostermagd dienen muß. So wie ich dich kennengelernt habe, würdest du freiwillig nicht einmal als Äbtissin in ein Kloster gehen. Meister Wasserfaß erkundigte sich auch bei mir. Ich bin nicht lange genug in der Gegend, um etwas über Waisenhäuser zu wissen, aber seine liebevolle Beschreibung von Gesche habe ich mir angehört. Sie ließ mich vermuten, daß dein Verhältnis zu dem Mädchen sehr eng sein muß.«

»Konrad hat mir Gewalt angetan. Aber meine Gesche liebe ich trotzdem.«

»Du willst sie zurückhaben. Stimmt es?«

»Jawohl«, sagte Johanna fest. »Ich bekenne auch, daß ich mich absichtlich bemühte, Euch nützlich zu sein, damit Ihr mich aus dem Wald holtet. Dort gab es nicht die leiseste Möglichkeit, über Gesche etwas zu erfahren. Ich mußte hierhin, wo es von Rittern und anderen Reisenden wimmelt – und mittendrin meine intrigante Stiefmutter, die mein Kind gestohlen hat.«

Vater Lorenz brummte vor sich hin. »Ich verstehe es ja. Ich wußte es schon vorher. Vergiß nicht, daß ich mich mit Ausreden von Konversen auskenne. Das einzige, was ich nicht ahnen konnte, war, warum Vater Gottfried so bereitwillig auf meinen Vorschlag einging. Ich freute mich vielmehr über seine Milde. Leider irrte ich mich. Der Herr hat ihn uns wohl zur Prüfung unserer Geduld gesandt.«

»Glaubt Ihr wirklich, daß der Herr zu solcher Schlechtigkeit fähig ist?« fragte Johanna erschrocken.

Doch der Mönch war eingeschlafen. Zumindest tat er so.

Gegen Abend kam Burghauptmann Praun in Begleitung eines Knechts angeritten. Als Johanna ihm unvermutet in den Weg trat, zog er hastig seine Kettenhaube vom Kopf. »Daß ich Euch hier begegne, Edelfräulein«, murmelte er verlegen. »In der schäbigen Kleidung einer Klostermagd … Auf der Burg erzählen sie, Ihr wärt in allen Ehren als Nonne in ein Kloster eingetreten, nachdem … Nun, nachdem Ihr von der Frucht Eures Fehltritts befreit gewesen seid.«

»Sähe mir das ähnlich?« fragte Johanna mit schneidender Stimme. Solche Gerüchte konnte nur Katherine in Umlauf gesetzt haben. Sie versuchte sich zu mäßigen. »Etwas ganz anderes, Praun. Ich habe angenommen, es würde ein Krieg gegen die Burg Königstein vorbereitet. Durch die Falkensteiner aus Lich. Euch jetzt hier zu treffen, ist ziemlich überraschend, finde ich.«

Praun riß voller Verblüffung die Augen auf und begann dann schallend zu lachen. »Im Gegenteil, Fräulein Johanna, im Gegenteil. Wir stehen derzeit gut mit allen Adeligen und Burgherren zwischen dem Odenwald und Kassel. So gut, daß Euer Vater zum Turnier eingeladen hat, das er nächste Woche veranstalten wird.«

Johanna starrte ihn ungläubig an.

»Wirklich«, versicherte er. »Ich bin nur hier, weil die Ennelin jetzt wieder schmiedet und ich meine Bestellung aufgeben will. Mit den Lichern hat es nichts zu tun. Ich war selber überrascht, ihnen hier über den Weg zu laufen.«

»Kommt, Praun«, sagte Johanna bestimmt und zog den Hauptmann über den Hof zum Tor. »Begleitet mich ein Stück.«

Der mißtrauische alte Torhüter wurde gerade rechtzeitig durch eine Horde lärmender Knappen abgelenkt, die von draußen kamen und den Tischen zustrebten, an denen Apfelwein ausgeschenkt wurde. Bis er sich vergewissert hatte, daß die Männer keine Dirnen einschleppten, waren Johanna und Praun schon weit fort. Auf der Straße war außer ihnen niemand zu sehen.

»Soviel ich weiß, hat der Licher fest vor, sich Königstein zurückzuholen«, behauptete Johanna. »Seid Ihr ganz sicher, daß er nicht Verrat plant? Ich glaube, daß der neue Hofmeister Waffen an ihn verkauft. Vor einigen Tagen hat er die Malchi gezählt.«

Praun hob geduldig eine Schulter in die Höhe und ließ sie sacken. »Bauernwaffen, Fräulein Johanna. Nicht für Ritter. Soviel ich weiß, verkaufen die Mönche alles, was auf dem Land benötigt wird. Auch Bauern haben das Recht, sich gegen Gottlose und Verfemte zu verteidigen.«

»Aber ...«

Der Hauptmann legte seine Hand auf Johannas Arm und sah

ihr in die Augen. »Laßt es gut sein, Edelfräulein. Ihr seid jetzt verbittert, aber Ihr werdet Euch an das fromme Leben gewöhnen. Um die Burg müßt Ihr Euch keine Gedanken machen. Es geht uns wieder gut. Die Leute haben sich wegen der Steuern beruhigt und werden sich nur kurzfristig aufregen, wenn Euer Vater sie nochmals erhöht.«

»Warum macht er das?« fragte Johanna konsterniert.

»Das Turnier natürlich. Es kostet eine ganze Menge. Aber es gehört nun einmal zur Aufgabe von Rittern, die Macht und den Glanz des Kaisers in die äußersten Winkel des Reiches hineinzutragen. Wer den Schutz der Burg genießen will, muß auch die Kosten für ein Turnier mittragen. So einfach ist das.«

»Haltet Ihr es für gerechtfertigt, wenn Familien ihr Häuschen verlieren, weil die Burgmannen Geld für bestickte Gästezelte benötigen?« Johanna sah Praun ungläubig an. Der Zufall hatte ihn vom Bauern zum Soldaten gemacht, aber er machte sich das ungerechte Anliegen der Herren blindlings zu eigen.

Praun trat in steifer Haltung einen Schritt zurück. »Ihr habt Euch sehr verändert, Fräulein Johanna, seit der Zeit, da Ihr selber noch auf dem Turnierplatz übtet. Ich sehe Euch noch vor mir, wie Ihr mit Eurer Lanze den Herrn Vico ohne Schwierigkeit aus dem Sattel hobt. Aber wie Ihr jetzt redet... Ich merke jetzt auch, daß Ihr Euch wahrlich nicht zur Nonne eignet und warum sie Euch lieber arbeiten lassen. Lebt wohl.« Er wandte sich um, um zum Zisterzienserhof zurückzugehen.

»Oh, Praun, bitte«, sagte Johanna gequält. »Gebt mir wenigstens noch eine Auskunft.«

Der Hauptmann blieb widerwillig und mit gesenktem Kopf stehen und wartete auf Johanna.

»Habt Ihr schon einmal den Namen Roland Brobergen gehört?« Johannas Herz klopfte plötzlich so laut, daß sie befürchtete, Praun würde es hören.

Er schien erleichtert, daß sie endlich ein neutrales Thema gefunden hatte, und gab sich ehrlich Mühe, sich zu besinnen. »Ich glaube, jemand erwähnte ihn einmal in der Halle«, sagte er endlich. »Es muß einer der Ritter gewesen sein. Jedenfalls blieb mir in Erinnerung, daß sie über ihn lachten. Anscheinend fühlt sich der Mann dazu berufen, gegen Kaiser und Gott zu streiten, um für Gerechtigkeit zu sorgen.« Praun grinste kumpelhaft. »Jedenfalls für das, was er für Gerechtigkeit hält.«

Aber die alte Vertrautheit zwischen ihnen gehörte der Vergangenheit an. Johanna verstand immer besser, was die Ennelin damit gemeint hatte, als sie sagte, daß Praun seinen Kopf niemals dorthin legen würde, wo er ihm abgeschlagen werden konnte. Der Mann nahm instinktiv stets Partei für die Mächtigsten. »Ich kann mich erinnern, daß es auch Ritter gab, die in der gleichen Weise über mich schlecht geredet haben. Und für Gerechtigkeit zu kämpfen ist, soweit ich weiß, ein hohes ritterliches Ziel. Zu bedauern sind die Ritter, die es aus dem Auge verloren haben«, sagte sie kühl.

Praun deutete eine sehr knappe Verneigung an. »Ich glaube, ich wäre nicht gut beraten, noch länger mit Euch unter vier Augen zu sprechen. Man würde es mir übel anrechnen. Ich hoffe, Ihr versteht das.«

»Ich verstehe vollkommen«, murmelte Johanna mit zusammengebissenen Zähnen hinter ihm her, stieß einen Kieselstein in den Graben und blieb stehen, bis Praun ausreichend Vorsprung gewonnen hatte.

Er marschierte, im Kettenhemd sehr aufrecht und vertrauenerweckend aussehend, die Straße entlang, bis er kurz vor dem Steinhaus auf einen Mönch traf, den er in freundlichem Gespräch durch das Tor begleitete. Prauns Beinschienen rasselten, als er durch die Pforte schritt.

Johanna dachte über die Naivität nach, mit der Praun an freundschaftliche Turniere alter Feinde glaubte. Sie nicht. Aber es gab keinen Weg, den Vater zu warnen.

Es blieb ihr nur die Hoffnung, daß sie möglicherweise in ihrem augenblicklichen Argwohn über das Ziel hinausschoß.

Vater Gottfried leckte mit Schmatzen alle Finger ab, die vom Fett der Kaldaunen troffen, und löffelte dann schnell die erkaltende Brühe hinterher, in der Fettaugen und Minzblätter schwammen. Johanna, die hinter ihm stand und ungeduldig wartete, verzog angewidert ihr Gesicht.

»Wenn Ihr zu Krampfadern neigt, verehrte Edeldame, solltet Ihr diese Speise meiden, *grossas venas involutas in cruribus*, sagen die Ärzte.« Der Hofmeister blickte einen Augenblick hoch und vertiefte sich dann wieder in sein Essen. »Für mich, der tagein, tagaus angestrengt arbeiten muß, sind Kaldaunen wie himmlisches Labsal.«

Dame Katherine stocherte in den kleinen gelblichen Lebern herum, die nur hochgeborenen Gästen serviert wurden, und nickte abwesend.

Die Gänse mußten im Auftrag der Mönche auf einem der Höfe von Eppstein mit Nudeln und Milch gemästet werden, weil Jörg es einfach nicht fertigbrachte, sie zu stopfen. Aber trotz der Mühe, die man sich mit ihr gab, schien es Katherine nicht zu schmecken. Sie schob die Schüssel angewidert von sich.

»Die schönen Lebern! Sind sie nicht gut?« fragte Gottfried bestürzt.

Katherine schüttelte uninteressiert den Kopf. »Was wird nach dem … dem Turnier sein, Vater Gottfried?«

Der Hofmeister ließ den Löffel sinken und starrte in die Ferne, die vielleicht auch die Zukunft war. »Das Leben auf der Burg wird sich wieder wie in alten Zeiten abspielen. Ich kann mich noch gut erinnern, daß Philipp und Agnes von Falkenstein dort Hof hielten wie Grafen. Eine wunderbare Zeit. Sie hatten für alle eine offene Hand. Vor allem knauserten sie nie gegenüber den Männern der Kirche.«

»Ich werde mich eine Zeitlang in Mainz aufhalten, denke ich. Aber wenn ich zurück bin, wird es mir Freude machen, endlich Herrin einer bedeutenden Burg zu sein«, sagte Katherine mit besonderer Betonung. »Ich würde Euch dann sehr gerne wieder als meinen Beichtvater sehen.«

O nein, dachte Johanna erschrocken. Aus einem unerfindlichen Grund hatte sie gehofft, Katherine würde eines Tages einfach verschwinden.

»Schließlich müssen meine Kinder im Wort des Herrn aufgezogen werden.«

Gottfried ließ den Löffel sinken. Ein Tropfen rann sein Kinn herab.

»O ja«, beteuerte Katherine. »Ich habe mich entschlossen, einen Sohn zu haben. Es gibt einer Burgherrin Sicherheit im Alter, wenn sie die Burg in der Hand des eigenen Sohnes weiß.« Übergangslos hob sie die Stimme. »Siehst du nicht, daß mein Pokal leer ist, Johanna?«

»O doch«, antwortete Johanna und holte den Krug von einem Tischchen, auf dem Schüsseln bereitstanden. »Ich erkenne auch, daß Ihr den Hals nicht voll genug bekommen könnt. Habt Ihr wirklich vergessen, daß diese Burg meinem Vater nicht gehört? Und was werdet Ihr mit Vico machen? Er ist der Erbe des Burgmannenhofes und künftiger Burgmann des Kaisers!« Sie füllte den Pokal mit dem tiefroten Wein, den Gottfried bei Tisch bevorzugte.

»Dein Bruder wird keine Rolle mehr spielen«, sagte Katherine schneidend und starrte ungläubig auf den Wein, der sich in einer Pfütze um den Pokal herum ausbreitete und sich gerade als Rinnsal einen Weg zum Tischrand bahnte. »So hör doch auf zu gießen«, schrie sie und versuchte verzweifelt aufzuspringen.

Aber Johanna klemmte mit ihrem Bein den hohen schweren Lehnstuhl fest und schüttete unverdrossen weiter. Katherine stemmte sich mit aller Kraft gegen die Tischkante, während sich auf dem Schoß ihres grünen Kleides der dunkle Fleck unaufhörlich vergrößerte.

»Tut mir leid«, sagte Johanna kühl und zog ihren Fuß fort.

Der Stuhl kippte um. Katherine schlug mit einem Schmerzensschrei auf dem Boden auf.

»Ich bin bei niedrigen Diensten zuweilen ungeschickt. Laßt Konrad holen, der ist für das Bedienen geboren.« Johanna machte Platz, damit Gottfried seinem Gast vom Boden aufhelfen konnte. Dann stellte sie den Krug ab und verließ den Raum. Hinter ihr gab es ein Wortgefecht. Wer Sieger war, erfuhr sie nicht.

Aber vom Nachtgeschirr war nicht mehr die Rede. Vermutlich mußte Konrad seinen alten Platz wieder einnehmen.

Drei Tage später reiste Katherine ab, nur von einem einzigen Burgknecht begleitet. Bemerkenswert leichtsinnig, fand Johanna, da doch gerade der Vater für den Geleitschutz aller hohen Damen und Herren zwischen Frankfurt und Mainz zuständig war. Wie konnte es sein, daß Lienhart ihr nicht mehr Bewaffnete mitgab? Oder behielt er etwa zur Sicherheit alle Männer auf der Burg, weil er dem Frieden nicht traute?

Katherine jedenfalls ritt durch das Südtor, und nur wenig nördlich von Eppstein lagerten immer noch die Licher Ritter, zum anhaltenden Schrecken der Stadt. Die jungen Mädchen wurden nicht mehr allein auf die Gassen gelassen, nachdem eine Fünfzehnjährige zu Tode gekommen war, die angeblich zwei Knappen aufreizend angesehen hatte.

Vater Gottfried hielt es für geboten, die drei Mägde seines Hauses zu frommem Gebet in der Kapelle zu ermuntern. »Wenn ihr den Knappen in die Hände fallt, muß ich es als die Strafe des Herrn für eure sündigen Gedanken betrachten«, erklärte er, was so zu verstehen war, daß er sich keinesfalls beim Falkensteiner beschweren würde.

Martha und ihre Freundin nickten und gingen kichernd Arm in Arm davon.

»Aber ich, Vater Gottfried, darf doch hinaus, nicht wahr? Die Kamillenblüten haben jetzt die stärkste Heilwirkung.«

»Du wirst wieder einen Knappen verführen und hinterher behaupten, er habe dir Gewalt angetan. Kommt gar nicht in Frage«, antwortete Gottfried barsch.

»Aber wenn die Licher aufgebrochen sind, muß ich noch am gleichen Tag hinaus und die verlorene Zeit einzuholen versuchen. Es wird dann um so länger dauern«, sagte Johanna tugendsam.

»Meinetwegen.« Gottfried nickte ihr gleichgültig zu und verließ den Hof.

Johanna lächelte versonnen hinter ihm her. Sie hatte gewußt, daß er so reagieren würde.

»Grins nicht so unverschämt. Wir arbeiten, oder wir beten«, tadelte der Torwächter Johanna im Vorübergehen.

»Ich weiß. Du meistens in der Küche mit einem Becher Apfelwein in den Händen.« Sein erzürnter Blick störte Johanna nicht. Er gehörte zu denen, die sich mit dem Winde drehen. Irgendwann würde der wieder anders wehen.

Ihre Aufmerksamkeit wurde von einem Jungenkopf eingefangen, der in der kleinen Klappe des Tores erschien. Claus. Johanna sah sich unauffällig um, bemerkte nichts Außergewöhnliches und schlenderte zu ihm hinüber.

»Edelfräulein«, flüsterte er aufgeregt. »Ich soll Euch eine Botschaft überbringen. Gut, daß Ihr da seid.«

»Ich höre«, murmelte Johanna, ohne die Lippen zu bewegen.

»Die Ritter haben Waffen bei der Meisterin gekauft. Mehr besorgt, würde ich sagen.«

»Gestohlen?«

»Sie haben alle Schwerter mitgenommen und der Meisterin Geld versprochen. Irgendwann. Wenn mein Vater es täte, würde er wegen Diebstahls gehängt werden.«

»Das würde er. Laß dir deshalb nie so etwas einfallen, Claus. Sollst du noch mehr ausrichten?«

»Nein, das war alles. Die Meisterin Ennel hielt es für wichtig genug, daß Ihr es erfahrt. Sie muß Euch für allmächtig halten«, bekannte er mit Ehrfurcht in der Stimme. »Mein Vater hätte sich bestimmt an den Erzbischof in Mainz gewandt.«

Johanna lachte leise. »Das sollte er auch tun. Vielleicht traut die Ennelin dem Licher mehr als du.«

»Das glaube ich nicht. Sie hat Angst vor ihm.«

»Würdest du mir einen Gefallen tun, Claus?«

»Alles«, sagte er feierlich.

»Ich muß wissen, wann die fremden Ritter aufbrechen. Könntest du das in Erfahrung bringen? Ich müßte die Nachricht haben, sobald der letzte Mann fort ist. Im Augenblick halte ich mich meistens am Krankenbett von Vater Lorenz auf, der der Schreiber des Stadthofes ist. Wenn du mich nicht findest, bitte ihn, mir zu sagen, daß du hier warst. Nur ihn.«

»Mache ich«, versprach Claus. »Lebt wohl, Edelfräulein.« Sein Kopf verschwand aus der Luke, und Johanna schlenderte weiter.

Innerlich war sie gespannt wie eine Bogensehne. Was immer sich ereignen würde, es würde bald beginnen. Dummerweise hatte sie vergessen, Claus zu warnen. Schließlich durfte ihr Interesse an den Falkensteinern nicht jedem sofort ins Auge springen.

Einige Tage später schickte die Ennelin Claus mit einem Geschenk, das für Vater Lorenz bestimmt war, einem Kasten aus dünnen Stahlplatten, der aufgeklappt werden konnte und innen verschiedene Fächer für Feder und Tintenfäßchen enthielt, sowie einer schrägen Schreibplatte, unter der Raum für Bögen aus Pergament war. »Mit den besten Wünschen meiner Meisterin zur Genesung«, sagte Claus munter und blinzelte Johanna wild zu.

Ihr fiel ein Stein vom Herzen.

»Eine wunderbare Arbeit«, sagte Vater Lorenz überwältigt. »Wer da keine Lust hat, richtig schreiben zu lernen, dem ist nicht zu helfen. Sag der Ennelin meinen herzlichen Dank. Ich erkenne darin die Handschrift der Meisterin der vier Langmesser wieder.«

»Fünf«, verbesserte Johanna beherzt. »Des einen von den fünfen, jedenfalls.«

Der Mönch schüttelte betrübt den Kopf. »Ich dachte es mir. Du stiehlst nicht nur, du lügst auch. Und ich fürchtete um mein Gedächtnis ...«

»Das ist bestimmt in Ordnung, Vater Lorenz«, versicherte Johanna. »Ich wollte Vater Gottfried von Euch ablenken, aber es hat nicht geklappt.« Sie holte tief Luft, um ihm einen Vorschlag zu unterbreiten. »Ich glaube, daß Vater Gottfried oft so hart ist, weil er Hunger hat. Oder vielmehr einen wahnsinnigen Appetit. Vielleicht verursacht der bei ihm denselben Mißmut wie bei Konversen, die schlecht arbeiten ...«

Das Interesse von Vater Lorenz war geweckt. Er zog sich auf einen Ellenbogen hoch. »Was meinst du damit?«

»Der Morgen beginnt für ihn gut, wenn sein Frühstücksei in Ordnung ist, nicht wahr?«

Lorenz nickte nachdenklich.

»Die Else von der Grangie kann mit Federvieh umgehen wie die Gans mit ihren Gösseln«, erzählte Johanna. »Sie kann auch stopfen. Wenn man sie herholte, würde Vater Gottfried möglicherweise täglich mit blendender Laune umherspazieren. Und Ihr würdet die hohen Kosten für die Gänsehälse des Bauern sparen können ...«

Der kranke Mönch ließ sich auf das Strohkissen zurückgleiten. »Du hast etwas von einem bäuerlichen Schlitzohr an dir, Johanna.«

»In meiner Familie gab es ja nicht nur Burgherren«, stimmte Johanna friedfertig zu.

Lorenz schlug die Augen wieder auf. »Meinetwegen. Versuchen wir es. Ich werde nach ihr schicken.«

»Dann, Vater Lorenz, muß ich jetzt los und Kamillenblüten einsammeln.«

»Vater Gottfried hat es verboten.«

»Nur, solange die Licher die Gegend unsicher machen. Sie haben Eppstein gerade verlassen.«

»Diebe, Lügner und heimliche Beobachter. Pfui, Johanna! Oder habt ihr etwa Falken in eurer Familie?« fragte der Mönch mit einem tiefen Seufzer und schlug über ihr das Kreuz. »Der Herr sei mit dir, Johanna.«

»Wir sind doch die Falkensteiner«, murmelte Johanna ein wenig verwirrt. Es war, als wüßte Vater Lorenz, daß sie an diesem Tag etwas ganz Besonderes vorhatte und den Schutz des Herrn dringend brauchte.

Arco war bereits gesattelt. Nur vom Schwärzen seiner Blesse hatte die Ennelin nichts gewußt, und das holte Johanna schnell nach. Dann warf sie sich in ihre alte Reitkleidung. Im Stall war niemand zu sehen, als sie den Hengst hinausführte. Das Gesicht im Schutz ihres breitkrempigen Hutes, trabte sie am Goldbach entlang aus Eppstein hinaus.

Entweder hatten sich die Einwohner noch nicht von den Schrecken der letzten Tage erholt, oder sie waren alle an der Straße nach Königstein versammelt, auf der die Licher geritten waren, jedenfalls war sie hier ganz allein, und das paßte ihr gut.

Johanna lachte leise und trieb Arco zum Trab an. An der engsten Stelle des Tales fragte hinter ihr eine Männerstimme: »Darf ich mich Euch wieder einmal anschließen, Johann von Königstein?«

Es bereitete Johanna Mühe, gelassen zu nicken. Roland Brobergen, auf einem kräftigen Fuchs, schloß neben ihr auf.

Kapitel 15

»Habt Ihr vor, zu einem Turnier zu reiten, Brobergen?« fragte Johanna sarkastisch. Diesen Ritter konnte sie gerade jetzt überhaupt nicht als Begleiter gebrauchen.

»Turnier«, wiederholte Brobergen. »Ich weiß nicht.«

»Ihr müßt doch wissen, wohin Ihr wollt«, fuhr Johanna ihn verärgert an.

»Oh, das weiß ich. Aber ich habe keine Ahnung, ob es beim Turnier bleiben wird.«

»Ihr sprecht in Rätseln.«

»Auch da bin ich nicht sicher.« Roland Brobergen grinste.

Johanna funkelte ihn böse an. Jedoch dauerte es nicht lange, bis sie mitlachte. Er war einfach umwerfend. Aber obwohl seine Gesellschaft ihr nicht grundsätzlich mißfiel, mußte sie ihn heute unbedingt loswerden. »Die Mönche schicken mich aus, um Kamillenblüten zu pflücken«, erzählte sie treuherzig.

»Gewiß. Ich höre sie im Sack klirren.«

»Bis zur Wiese dürft Ihr mich begleiten«, fuhr Johanna unbeirrt fort und beschloß bei sich, daß sie ihn falsch verstanden haben mußte. Anscheinend gipfelte ihre Besorgnis um den Vater und die Burg Königstein schon in Wahnvorstellungen.

»Da man nicht weiß, ob die Licher zum Turnier oder in den Krieg reiten, folgedessen auch nicht, ob sie die Wege bewachen, empfiehlt es sich, den flotten Hut noch vor dem Beginn des Pflückens gegen die Kettenhaube zu tauschen.« Brobergen musterte Johannas Hut ein wenig abfällig, wie ihr schien.

»Ich kann nichts für die Perlen darauf«, entschuldigte sie sich gegen ihren eigenen Willen, »ich habe ihn erobert. Er ist in Eppstein mein Schutz.«

»Die Männer der Licher Nachhut würden ihn vermutlich liebend gerne kassieren. Am besten mit Eurem Kopf, damit Ihr hinterher nicht erzählen könnt, von wem Ihr überfallen wurdet.«

»Ihr seid so gräßlich vernünftig«, schnaubte Johanna, parierte zum Stehen durch und setzte den Hut vorsichtig ab. Er war ihr kostbarstes Stück und wirklich elegant. Dann wühlte sie im Mantelsack, der hinter ihr auf Arcos Kruppe aufgebunden war.

»Bin ich. Wer in den Wäldern lebt, muß vernünftig sein.«

»Richtig. Ihr seid ja so vernünftig, daß Ihr exkommuniziert wurdet«, fiel Johanna jäh ein, während sie die Haube überstreifte. »Dann dürft Ihr ja gar nicht zum Turnier!«

»Zum Kampf melden darf ich mich nicht, da habt Ihr recht, aber zusehen darf jedermann, auch Bürger und andere unehrenhafte Personen. Wollt Ihr nicht auch mit, Johanna von Königstein? Wenn Ihr so ganz zufällig noch ein Kettenhemd zur Hand hättet, würde Euch selbst Euer Vater nicht erkennen, möchte ich wetten.«

»Unehrenhafte Personen! Kettenhemd! Nein, ich will nicht nach Königstein«, sagte Johanna unbeirrbar. »Hinter dem Wald werden wir uns trennen. Dort beginnt das Gebiet meines Vaters, das ich nicht betreten werde. Schließlich hat seine neue Frau viel Geld dafür bezahlt, daß die Zisterzienser mich gefangenhalten. Ich habe nicht vor, ihr Vertrauen in sie zu enttäuschen. Zumindest jetzt noch nicht.«

»Sie ist in Mainz.«

»Es überrascht mich wirklich, was Ihr alles wißt«, sagte Johanna argwöhnisch. »Vermutlich könnt Ihr mir auch sagen, wieviel Mann derzeit auf der Burg Königstein stehen und ähnlich nützliche Dinge.«

»Zweiundfünfzig.« Brobergen runzelte besorgt die Stirn. »Zu wenig. Euer Vater hat nur so viel Mann behalten, wie für den Geleitdienst unumgänglich ist. Für die Verteidigung reicht es natürlich nicht.«

Johanna blieb vor Schreck stumm. Vor noch nicht langer Zeit waren es mehr als hundert gewesen.

»Dazu hat der Licher Waffen mit Beschlag belegt, die der Hauptmann Eures Vaters bestellt hatte, Praun heißt er, glaube ich. Die Ennelin hat sich geweigert, sie dem Licher herauszugeben, aber was konnte sie schon gegen fünfzehn waffenstarrende Kerle ausrichten?«

»Es würde schlecht für meinen Vater aussehen, wenn jetzt jemand die Königsteiner Burg erobern wollte, nicht wahr, Brobergen?«

»Vor allem für ihn, ja. Der Kaiser erwartet von den Burgmannen, daß sie die Burg Königstein halten. Es ist nicht in seinem Sinne, wenn der Befehlshaber die Zahl der Wachsoldaten einschränkt, um einen Lebensstil zu führen, als ob ihm die Burg gehörte!«

»Die Dame Katherine!« stieß Johanna aus. »Hätte er sie doch nie kennengelernt!«

»Vielleicht war es ja die Dame, die auf die Bekanntschaft Eures Vaters wert legte. Wie dem auch sei«, fuhr er fort, ohne Johanna zu einer Frage Gelegenheit zu geben, »es ist glücklicherweise ja nur ein Turnier, eine freundschaftliche Begegnung und ein festliches Ereignis.«

Johannas Hände zitterten. Sie klammerte sie an der Sattelkammer fest, während sie durch die sich lichtenden Bäume ritten und bald eine Weggabelung erreichten. »Hier müssen wir uns trennen. Ich hoffe, das Turnier macht Euch Freude«, sagte sie düster.

»Ich hoffe, es macht Eurem Vater Freude.« Brobergen nickte höflich und setzte im leichten Galopp davon.

Johanna sah dem riesigen Fuchs nach, bis er verschwunden war. Dann sprang sie ab und führte Arco in ein Dickicht. Als sie nach kurzer Zeit wieder herauskam, sah sie aus wie jeder junge Knappe, augenscheinlich im Gefolge eines Herrn, der zum Turnierplatz von Königstein vorausgeritten war und ihn dort erwartete.

Königstein war bunt geschmückt. Aus den Fenstern des Wirtshauses zum Goldenen Löwen, dem vornehmsten der Stadt, hingen die Banner des Herausforders. Wie viele andere Leute auch, blieb Johanna stehen und starrte nach oben. Beim Anblick der silbernen Hechte ballte sie die Fäuste. Zwei Falkensteiner, beide aus Nebenlinien und durch den zufälligen Lauf der Welt miteinander verfeindet, würden gegeneinander antreten. Hoffentlich gelang es ihrem Vater, Philipp von Lich in die Schranken zu weisen.

Der Turnierplatz unterhalb der Burg wogte von Menschen, die aus dem gesamten Vordertaunus, vielleicht auch von Frankfurt, gekommen sein mußten. Bunte Zelte, Wappen und Standarten schmückten den Raum zwischen den Mauern und dem Turnierfeld, und dort waren auch die abgesteckten Plätze für die Pferde.

Johanna lieferte Arco bei einem der vielen Helfer ab, die im Dienste der Burg, mit einer blauen Armbinde gekennzeichnet, für die Bequemlichkeit der Gäste sorgten.

Noch ein wenig unsicher ging sie hinüber zur Absperrung, bedacht, keinem zu begegnen, der sie wiedererkennen würde. Die Bauern zogen ihre Frauen und Kinder aus dem Weg und grüßten mit knappem Nicken, wie es einem unwichtigen fremdem Knappen zukam, und Johanna faßte schnell Zutrauen zu ihrer Verkleidung.

Dann ließ sie überwältigt die Blicke über den Turnierplatz schweifen, auf dem sie oft geübt und sich nicht einmal im bösesten Traum ausgemalt hatte, daß sie hier einmal stehen würde wie eine Fremde.

Die Tribünen für die vornehmen Gäste füllten sich schon. In der Mitte, auf dem Ehrenplatz, würde wahrscheinlich ihr Vater sitzen. Der Platz neben ihm würde frei bleiben. Beim Bankett nach dem Turnier wäre es Katherines Aufgabe gewesen, die Huldigungen der Ritter entgegenzunehmen, kurz, sie war genauso wichtig für das Fest in der Burg wie Ritter Lienhart auf dem Turnierplatz. Die Reise von Katherine ausgerechnet während eines Turniers war eine merkwürdige Sache. Sie hatte den Vater dazu gebracht, wie ein Burgherr auf dieser Burg zu leben, und bei dem ersten wirklich großen gesellschaftlichen Ereignis würde sie nun fehlen.

In den Refugien beider Parteien bereiteten sich derweil schon einige Ritter auf die Tjost vor; ihre Knappen begannen, ihnen die Turnierrüstungen anzulegen. Um Johanna herum schwoll der Lärm der Zuschauer an, und das Gedränge nahm zu.

Sie drehte sich um und begann sich durch die Leute zu schieben. Die Licher interessierten sie mehr als die Männer ihres Vaters, auch schien dort etwas Besonderes vorzugehen.

Im Mittelpunkt einiger älterer Ritter standen drei junge Männer, um die herum Knaben mit Beinschienen und Eisenhandschuhen herumwieselten. Johanna sah zwei bartlose Gesichter, die sich auf einen Priester konzentrierten, und einen breiten Rücken, der ihr irgendwie bekannt vorkam. Und dann schritt Philipp von Falkenstein in den ihm und seinen Leuten vorbehaltenen Bereich.

Die Zuschauer schwiegen beeindruckt und sahen ihm bewundernd zu, als er stehenblieb, um die letzten Vorbereitungen zu überprüfen. Er drehte sich gemächlich um sich selbst und zeigte seinen über und über bestickten Waffenrock. Vor allem die niedlichen Hechte, dachte Johanna erbost. Vielleicht sollten sie lediglich von der dicken Polsterweste ablenken. Aber auch ohne die Weste mußte er eine imposante Figur haben.

Der Priester, die Ritter in des Lichers Gefolge und die gerade gerüsteten jungen Männer sanken auf die Knie und begannen, mit kräftigen Stimmen das Vaterunser zu beten. Im Hintergrund murmelten die Zuschauer.

Nach dem Ende des Gebets erhob sich der Priester, breitete seine Hände zum Segen aus und rief vernehmlich: »Mögen die drei neuen Ritter gute Ritter Gottes und des heiligen Petrus sein!«

»Amen«, antwortete die Menge.

»So sei es!« bekräftigte Philipp, ließ sich von einem Lehnsmann ein Schwert reichen und gürtete damit den ältesten Knappen, der sich in diesem Augenblick umdrehte, so daß Johanna sein Gesicht sehen konnte.

»Konrad«, flüsterte sie lautlos. Wie konnte Konrad, durch Katherine ein Knappe ihres Vaters, von einem anderen Mann zum Ritter geschlagen werden? Der Verdacht, daß er in Wahrheit im Dienst des Lichers stand, war in diesem Augenblick zur Gewißheit geworden.

Sie mußte fort. Die Schwertleite war jetzt völlig unwichtig geworden. Sie mußte Vico finden, damit er den Vater warnte. Es mußte etwas zu bedeuten haben, daß Konrad ausgerechnet hier zum Ritter geschlagen wurde.

Johanna näherte sich dem Refugium ihres Vaters, wo sie Vico vermuten mußte, als sich eine schrundige Hand auf ihren Arm legte und ihn wie ein spanischer Stiefel zusammenpreßte. Ein wütendes Gesicht schob sich nahe an ihres heran.

»Na, wenn du nicht die unehrenhafte Tochter unseres geldgierigen Herrn bist, fresse ich meine eigenen Kutteln roh! Ich habe mir schon gedacht, daß du versuchen würdest zurückzukommen. Habe immer nach dir Ausschau gehalten.«

»Was wollt Ihr denn?« fragte Johanna mühsam. »Ich kenne Euch überhaupt nicht.«

»O doch, natürlich kennst du mich!« Der Flecksieder zog die Nase hörbar hoch und überlegte offenbar, wie er vorgehen sollte. »Letztens sprachen wir über die Steuern deines Vaters, erinnerst du dich jetzt? Heute hätte ich noch mehr Grund zur Klage, aber das kümmert euch Pack ja nicht. Ich bringe dich in das Kloster zurück, aus dem du entlaufen bist! Sie sollen dir die schönsten Höllenstrafen aufbrummen, die sie sich ausdenken können!«

Am Rücken ihres Kettenhemdes lief Schweiß zusammen. Angstschweiß. Der Flecksieder war groß und kräftig, und wenn er sich vorgenommen hatte, sie im Kloster abzuliefern, würde sie unweigerlich als Betrügerin am Galgen enden.

»Was fällt dir ein, meinen Knappen zu attackieren«, herrschte eine Stimme den Flecksieder an. »Er ist vor Angst ja schon ganz stumm. Dafür ist er mit dem Messer um so flinker. An deiner Stelle würde ich mich vorsehen!«

Die Drohung reichte aus, um den Königsteiner zu verunsichern. Er ließ sie los und trat mit erhobenen Händen einen Schritt nach hinten, wobei er Brobergen nicht aus den Augen zu lassen wagte.

Johanna schwieg, weil Brobergen es so wollte, und legte ihre Hand auf das Messer, das in ihrem Stiefel steckte. Die Scham brannte in ihrem Gesicht.

Aber der Flecksieder brauchte keine weitere Aufforderung. Einem Ritter gegenüber würde er immer den kürzeren ziehen. Erbittert schluckte er weitere Anschuldigungen hinunter und machte sich mit mahlendem Unterkiefer davon.

Roland Brobergen beugte sich zu Johannas Ohr. »Alles in Ordnung?«

»Ja«, murrte sie. »Danke.«

»Etwas unvorsichtig von Euch, findet Ihr nicht?«

»Ich konnte ja nicht wissen, daß der Mann ein so gutes Gedächtnis für Gesichter hat; er kennt mich kaum. Allen Leuten von der Burg werde ich aus dem Weg gehen, da passe ich schon auf. Ich muß unbedingt sehen, was in Königstein vor sich geht.«

»Ein Turnier wie viele«, sagte Brobergen leichthin. »Eines, bei dem ein ehrgeiziger Burgritter einen unwichtigen Burgmann das Fürchten lehren will. Damit er es später um so leichter hat.«

»Dann glaubt Ihr also nicht, daß es sich um eine freundschaftliche Begegnung handelt?«

»O nein«, sagte Brobergen überzeugt. »Es ist der freundschaftliche Teil einer Eroberung. Kommt, laßt uns den Beginn davon ansehen.«

Auf dem Turnierplatz tänzelte das Pferd ihres Bruders, sie erkannte es schon von weitem an der Schabracke. Vico hatte das Visier seiner schon etwas älteren Beckenhaube hochgeklappt, und als er an ihr vorüberkam, erkannte sie, daß er unternehmungslustig und gut gelaunt auf die Meldung eines Gegners wartete. Noch hatte niemand seinen Schild berührt, der an einem Pfosten vor der Tribüne des Turnierherrn und seiner Gäste hing.

Es gab keine Möglichkeit, jetzt mit ihm zu sprechen. Sie war zu spät gekommen.

Dann erzitterte der Boden von den Huftritten eines schweren Pferdes, das auf den Platz sprengte. Die silbernen Hechte glänzten im Sonnenlicht auf seiner Kruppe. Weil sein Reiter das Visier heruntergeklappt hatte, konnte Johanna ihn nicht erkennen. Ungeduldig wartete sie darauf, daß der Herold endlich den Namen des Gegners nannte.

»Konrad, Ritter des Edelmannes Philipp zu Falkenstein-Lich, fordert Vico von Königstein zum Kampf mit der Lanze heraus.«

»O nein!« Es graute Johanna vor diesem Kampf. Ihr Bruder war arglos und konnte gar nicht wissen, welchen Haß Konrad mittlerweile gegenüber ihrer Familie hegte. Vico erhob nicht einmal Einspruch gegen die unkorrekte Namensnennung des Herolds, sondern ritt zu seinem Knappen hinüber, der mit den Waffen bereitstand, und ließ sich eine Lanze reichen. Dann nahm er seine Position am schmalen Ende des Feldes ein.

Ein Hornstoß des Herolds, dann begann der Zweikampf. Vico war ein gewandter Reiter und geübt in allen Turnierwaffen. Er würde bestimmt gewinnen. Johanna umklammerte trotzdem den Holm der Absperrung und fühlte, daß auch die Anspannung von Brobergen, der neben ihr stand, zunahm.

»Ich frage mich, welche Abmachungen vor dem Turnier getroffen wurden«, sagte Brobergen nachdenklich. »Seltsamerweise reitet Euer Bruder Vico à plaisance, während dieser Konrad à oultrance zu kämpfen beabsichtigt.«

Johannas Augen schwenkten erschrocken zu Konrad herum. Er hatte tatsächlich eine Kriegswaffe eingelegt, während ihr Bruder mit einer stumpfen Lanze ausgerüstet war. »Ein Versehen? Warum hält der Herold sie nicht auf?« fragte sie.

»Auch der Herold ist ein Liebhaber von kleinen Hechten«, murmelte Brobergen mit zusammengekniffenen Augen. »Ich hoffe, Vico ist gut genug, um einen unritterlichen Kampf zu bestehen. Sonst hat er keine Chance, mit dem Leben davonzukommen.«

Johanna hatte sich den Herold bisher nicht genauer angesehen. Ein Herold hatte neutral zu sein, und in wessen Sold er stand, war im Prinzip gleichgültig. Aber sie wußte, daß es auf Königstein keinen Herold gab. Von allen Gästen war zweifellos der Licher der Vornehmste und hatte den Herold mitgebracht.

Sie hielt den Atem an. Die beiden Ritter trafen aufeinander.

Konrad, nach vorne gebeugt, lag fast im Sattel und zielte durch den Schlitz seines Froschmaulhelms auf Vicos Leibesmitte. Die einzige Chance ihres Bruders bestand darin, in dem winzigen Augenblick auszuweichen, in dem sich sein Gegner vor dem Zusammenprall aufrichtete, um seine Augen zu schützen, und dann praktisch nichts sehen konnte.

Vicos Lanze traf Konrad mit dumpfem Aufprall, während er selbst blitzschnell auswich und die gegnerische Waffe ins Leere ging.

»Er hat es erkannt.«

»Gottlob«, sagte Johanna dankbar. »Daß mein Vater nicht viel Geld für die neuesten Rüstungen ausgibt, rettet Vico vielleicht.«

Mit geöffnetem Visier ritten die Gegner wieder auf ihre Positionen zurück. Konrad bleckte die Zähne, er wirkte wie ein hungriger Wolf, der einen lässigen Probesprung gemacht hat, um die beste Entfernung abzuschätzen. Offensichtlich hatte er begriffen, durch welche Finte Vico ihm entkommen war.

»Was denkst du über seine Aussichten, Johann?«

Johanna klopfte das Herz wegen der ungewohnten Vertraulichkeit plötzlich bis zum Halse. Aber Brobergen hatte recht, es mußte so sein, sie war ja sein Knappe.

»Ich habe Vico von Falkenstein einmal auf der Jagd begleitet«, sagte sie leise, »er schießt nicht ganz so gut wie ich. Aber einen Bären würde auch er treffen. Außerdem ist er nicht dumm. Er wird schnell erkennen, daß es um sein Leben geht.«

Roland Brobergen nickte und versuchte beide Gegner abwechselnd im Auge zu behalten. Sie rannten wieder aufeinander los. Vico schien zu ahnen, daß Konrad seine Taktik ändern würde. Er lehnte sich so weit zu Konrad hin, daß die Lanze an seiner Außenseite vorbeiging und er sie mit seinem Leib mit sich nahm, wodurch sie Konrad entglitt und auf den Boden rutschte.

Durch die Zuschauer ging ein Seufzen. Jeder dachte, daß Vico von Königstein vom Pferd gerissen würde, aber er hielt sich schwankend. An der Ausgangsposition schüttelte er sich und war anscheinend in Ordnung.

»Das war knapp«, sagte Johanna erleichtert und beobachtete, wie Konrad eine neue scharfe Lanze gereicht bekam.

»Es wird noch knapper, vermute ich.« Brobergen preßte die Lippen zusammen, und Johanna begann sich wirklich zu fürchten.

Beim dritten Anlauf richtete sich Konrad nicht auf. Das Froschmaul des Helms blieb in gleicher Höhe über dem Pferderücken, und kurz bevor er mit Vico zusammentraf, senkte er seine Lanze. Sie fuhr Vicos Hengst zwischen die Beine, ein vernehmliches Krachen war zu hören, dann schlitterte das Pferd mit gestrecktem Hals über die ausgetrocknete Erde des Turnierplatzes.

Vico wurde herabgeschleudert und schlug auf dem harten Boden auf. Er lag wie tot da, während sich unter den Zuschauern ein Gebrüll der Empörung erhob und Knappen von allen Seiten herbeirannten.

Johanna tauchte unter der Absperrung hindurch. Brobergen packte ihr Kettenhemd und hielt sie mit kräftiger Hand zurück.

»Da sind genügend Knappen! Du bleibst hier, mein Lieber!«

Er hatte ja recht. Sie nickte ernüchtert. Ihre Hände krampften sich um den Baumstamm der Absperrung, während Vicos Pferd den Gnadentod durch Lettels Schwert erhielt. Er hatte auch Vico das Reiten beigebracht, und Johanna wußte, wie schwer es ihm fiel. Aber natürlich würde er es aus Barmherzigkeit niemand anderem überlassen.

Sie wandte den Blick ab. Im Rücken fühlte sie Brobergens Hand, der ihr Kettenhemd hielt, als wolle er es zum Lüften über die Leine hängen. »Kein Aufsehen«, murmelte er. Sie hatte gedacht, er wolle ihr helfen.

Zwei Knappen bemühten sich gerade, ihren Bruder wieder auf die Beine zu bringen. Sie hatten ihm den Helm abgenommen. Sein Gesicht war bleich, aber er konnte allein stehen.

Über dem Getümmel meldete sich der Herold wieder. »Sieger im Zweikampf gegen Vico von Königstein ist Ritter Konrad, Vasall des Herrn von Falkenstein-Lich. Er hat sich die Rüstung und die Waffen seines Gegners tapfer erstritten.«

»Die Waffen der Licher sind denen der anderen überlegen«, stellte Brobergen leise fest.

»Lettel sagte einmal, daß Philipp nach dem Kaiser bestimmt einer der ersten wäre, der mit Kanonen käme.«

»Da ist es ja ein Glück, daß Kanonen noch nicht zu den Turnierwaffen zählen.«

Johanna nickte und sah sich um. Die Stimmung der Zuschauer war nach der Niederlage von Vico merklich gedämpft.

»Das ganze Turnier ist Unsinn!« hieß es in Johannas Nähe. Sie wechselte einen Blick mit Roland Brobergen.

»Es ist nicht schwer, einen Ritter dazu zu bringen, tollkühn eine solche Einladung auszusprechen«, sagte er ihr leise ins Ohr. »Man muß ihn nur entsprechend reizen. Und Euer Vater möchte zudem seine Bedeutung unter Beweis stellen, um seiner Fau zu gefallen.«

»Wahrscheinlich«, stimmte Johanna zu. »Aber er ist der Tücke des Lichers nicht gewachsen; Vico war darauf ja auch nicht vorbereitet. Übrigens hätte Konrad gar nicht antreten dürfen. Er weiß selber am besten, daß er ein Frauenschänder ist.«

Brobergen wiegte seinen Kopf. »Wie ernst der Herold solch vorgebrachten Tadel nimmt, ist allein von ihm abhängig. Ich glaube nicht, daß ein Herold des Lichers einen Tadel akzeptieren würde, den irgend jemand gegen einen Licher Ritter vorbringt. Er wäre dann nicht mehr lange Herold seines Herrn.«

»Ich möchte gehen«, brach Johanna aus und sah erbittert über das Turnierfeld, auf dem sich gerade die Ritter und Knappen vorbereiteten, als Mannschaften gegeneinander anzutreten. Es waren keine Absperrungen errichtet worden, da sie mit stumpfen Waffen kämpfen würden.

Brobergen bahnte ihnen den Weg. Johanna hielt den Kopf gesenkt, um nicht erkannt zu werden, und trottete scheinbar ermattet hinter ihrem Ritter her. Irgendwann fiel ihr auf, daß sie immer wieder gute kräftige Stiefel sah, in denen eine Waffe steckte, lange Messer und sogar Messer mit Querstange. Malchi.

»Roland«, flüsterte sie an seinem Oberarm vorbei und zog an seinem Waffenrock, bis er stehenblieb. »Hier sind Bewaffnete. Das sind nicht nur Königsteiner Zuschauer.«

»Ist mir auch aufgefallen«, raunte er zurück. »Jemand hat sie strategisch aufgestellt wie Schachfiguren. Komm, schnell. Wir müssen hier raus.«

Ein unerwartetes Wutgebrüll aus vielen Männerkehlen scholl hinter ihnen über den Platz. Dann ertönte eine Stimme, die sich an den Mauern der Burg brach und die Johanna als die ihres Vaters erkannte. »Die Schwerter der Licher sind scharf! Herold, tu deine Pflicht! Brich den Kampf ab!«

Aber statt dessen begannen die Ritter, Befehle zu brüllen und ihre Schwerter zu gebrauchen. Über die Absperrungen des Turnierfeldes sprangen bewaffnete Knechte; silberne Hechte glänzten überall. Die Menge begann zu drängen und zu schieben, fort von dem Turnierplatz, auf dem in diesem Augenblick ein ernsthafter Kampf begann.

Brobergen packte Johanna am Arm und zog sie hinter sich her. Erst am Tor der Vorburg wußte er nicht weiter.

»Hier durch!« rief Johanna, lief eine Gasse entlang und schlüpfte ein paar Häuser weiter in einen ganz gewöhnlichen Eingang zu einer Werkstatt. Durch die Hintertür gelangten sie auf weitere Hinterhöfe und standen schließlich vor der Stadtmauer. »Das Pförtchen der Fischer ist meistens nicht verschlossen«, murmelte Johanna.

Wenige Augenblicke später liefen sie im Schutz des Gestrüpps am Bach entlang bis zum Waldrain. Niemand folgte ihnen. Als sie auf die Häuser und die Burg zurückblickten, war das Stadttor geschlossen worden. Ein leises Klirren erreichte sie vom Turnierplatz über die Dächer hinweg.

KAPITEL 16

»Erschlagen sie jetzt die Königsteiner?« fragte Johanna besorgt.

Brobergen schüttelte den Kopf. »Sie überreden sie, brav zu bleiben und den Widerstand aufzugeben. Wahrscheinlich leisten sie ohnehin keinen. Und die Burgmannen mit ihren lächerlichen stumpfen Schwertern in den Händen werden klug genug sein, sofort aufzugeben. Welche Tücke, jemanden mit Hilfe von Turnierregeln zu entwaffnen! Das muß ich mir merken. Vielleicht kann ich es noch gebrauchen.«

»Glaubt Ihr denn, daß wir so lange am Leben bleiben?« fragte Johanna und sah an sich hinunter. »Ein Ritter mit seinem Knappen, beide ohne Pferd! Es dürfte doch jedem klar sein, daß wir lediglich unrechtmäßig unserer Gefangennahme durch den Eroberer der Burg und der Stadt Königstein entgangen sind.«

»Wie wahr. Pferde müssen wir uns unbedingt verschaffen«, bemerkte Brobergen entschlossen. »Wir sehen sonst gar zu ärmlich aus. So ein flottes Hütchen werden wir aber für dich nicht auftreiben können. Schade drum!«

»Wollt Ihr... stehlen?«

Brobergen zuckte mit den Schultern. »Notzeiten.«

Die Straße zwischen Königstein und Eppstein war zu dieser nachmittäglichen Stunde wie leergefegt. Offensichtlich hatte es sich herumgesprochen, daß der Tag nicht mit einem Fest, sondern im Kampf geendet hatte.

»Es hat keinen Sinn. Laßt uns verschwinden«, sagte Johanna und wischte sich Erde und Steinchen aus dem Kettenhemd. »Ich komme auch zu Fuß nach Eppstein.«

»Und dann? Willst du als Knappe bei den Mönchen auftauchen?«

Johanna biß sich auf die Lippen. »Stimmt. Möglicherweise würde mich sogar jemand als den Raubritter erkennen.«

»Welchen Raubritter?« Brobergen betrachtete sie mit gesteigertem Interesse.

»Als den Raubritter zum Buchenblatt...«

»Ich habe es schon gesehen«, sagte Brobergen mit einem Seitenblick auf ihren Arm. »Laß das Loch von der Ennelin schließen. Was war so bemerkenswert am Ritter zum Buchenblatt?«

»Er erleichterte einen Mönch um eine Tasche.«

Roland Brobergen riß die Augen auf. Dann schlug er die Hände auf seine Oberschenkel und begann schallend zu lachen. »Die harmlose Johanna von Königstein, die sich Gedanken um das Stehlen von Pferden macht, plündert in Wahrheit Mönche aus!«

»Es war anders«, sagte Johanna verlegen. »Er hatte eine Botschaft bei sich, die ich unbedingt lesen mußte. Ich konnte es nur vor ihm verbergen, indem ich ihm auch das Geld fortnahm. Ich hätte es ihm gerne gelassen.«

»Weißt du, es gibt Opferstöcke, in die man einfach Geld hineinwerfen...«

»Das Geld haben die Mönche längst zurückbekommen«, verteidigte sich Johanna. »Auf anderem Weg.«

»Wie bedauerlich. Ich hätte es dir gegönnt.« Brobergen hob den Kopf und lauschte. Dann sprang er auf.

Als hätte sie nie etwas anderes getan, schlich Johanna ihm zum Straßenrand nach. Aus der Königsteiner Richtung näherten sich Leute, die hörbar guter Laune waren. In Männerlachen hinein mischten sich Frauenstimmen. Ob die noch nichts gehört haben, dachte Johanna mißgestimmt. Königstein war erobert worden, und die Einwohner freuten sich. Aber am Ende hatten sie aus ihrer Sicht recht. Steuern würden von neuen Herren anfänglich nicht erhoben werden.

Jedoch hatte sie sich getäuscht. Es waren zwei Knechte des Lichers zu Pferd, die einen verschnürten Gefangenen mit sich führten. Ihnen folgte ein Maulesel, auf dem zwei junge Frauen saßen, kichernd und herumalbernd. Die eine war eine Magd aus der Burgküche, die andere kannte Johanna nicht.

Brobergen zeigte auf die Küchenmagd, und Johanna spannte den Rücken. Als die Magd sich dem Knecht mit gespitzten Lippen näherte, sprang der Ritter mit blankem Schwert auf.

Die Knechte waren zu überrascht, um sich zu wehren. Brobergen entwaffnete sie leicht, und Johanna sammelte die Zügel aller Pferde und des Maulesels ein.

»Der Raubritter vom Buchenblatt!« keuchte der Gefangene.

Johanna sah ihn erstmals genauer an und erschrak. Kaufmann Wasserfaß. Noch hatte er sie nicht erkannt. Er war so gebannt von dem Loch in ihrem Kettenhemd, daß er die Augen davon nicht lassen konnte. Sie verzog sich unauffällig hinter die Pferde.

Roland Brobergen zog einen der Knechte vom Pferd, riß seinen Ärmel ab und band ihm damit die Hände auf dem Rücken zusammen.

»Er soll seine Hose ausziehen«, befahl Johanna, »und die Frauen die Kleider.«

Brobergen warf ihr mit gerunzelter Stirn einen Blick zu, dann zerrte er dem Mann die Hose vom Leib.

Die Mägde rutschten freiwillig vom Maulesel herunter. Ihre Kleider, Hauben und Schuhe ließen sie wie bunte Häufchen auf dem Waldboden liegen und flüchteten danach hinter ein Brombeergebüsch.

Der Ritter ließ die gefesselten Knechte auf dem Boden sitzen und trat zu dem Gefangenen. Nachdenklich sah er ihm ins Gesicht. »Was machen wir mit Euch?«

»Ich gebe Euch alles, was ich habe«, versicherte Wasserfaß entgegenkommend und deutete mit dem Kopf hinter sich. »Geld ist dort drin. Wenn Ihr mir nur freundlicherweise mein Leben laßt.«

»Wir lassen Euch frei«, versicherte Johanna spontan. »Eure Hose auch«, fügte sie beruhigend hinzu.

Wasserfaß betrachtete sie forschend, dann folgten seine Augen Brobergen, der seinen Packsack herunterholte und darin herumzuwühlen begann.

Brobergen fand eine Börse. »Die Hälfte, wenn's recht ist, Herr Kaufmann«, sagte er und sah auf. »Ihr werdet uns dafür einen Dienst leisten.«

Johanna nahm kaum wahr, was zwischen dem Ritter und Wasserfaß besprochen wurde. Zwischen den Dingen, die Brobergen neben sich auf die Erde gepackt hatte, befand sich ein Kinderhäubchen, in Blau und Rot mit den säuberlichen Stichen von Grete verziert.

Wasserfaß hatte Gesche gefunden.

Sie trabten auf ihren schweren Pferden dem Sonnenuntergang entgegen.

»Warum hast du das Kinderhäubchen an dich genommen?« fragte Brobergen.

»Ich habe alle Kleidungsstücke an mich genommen.«

»Zur Tarnung der Tatsache, daß du die Frauenkleider benötigst, das ist mir klar«, erwiderte Brobergen mit einem Anflug von Verärgerung. »Die Hosen der Knechte wirst du verkaufen oder verschenken, soviel ist auch klar. Aber das Häubchen hast du so liebevoll betrachtet wie einen Geliebten. Mit ihm hat es eine besondere Bewandtnis. Und warum warst du so schnell entschlossen, den Kaufmann freizulassen? War er dein Liebhaber?«

»Oh, nein, Roland Brobergen!« Johanna war ganz aufgelöst wegen Gesche. Trotzdem brach sie in Lachen aus. Roland hörte sich ganz wie ein eifersüchtiger Ehemann an. Sie parierte durch. »Laßt uns das letzte Stück im Schritt gehen. Unser Vorsprung ist bestimmt groß genug.«

Brobergen nickte.

»Kaufmann Wasserfaß kenne ich vom Hof der Zisterzienser. Er hat dort übernachtet. Er erzählte mir, daß er um seine Frau trauert und ein Mädchen sucht, das er als seine Tochter aufziehen möchte. Das Häubchen muß einer Verwandten von mir gehören, und ich konnte nicht widerstehen, es als Erinnerung an mich zu nehmen.« Johanna forschte im Gesicht des Ritters. Mehr konnte sie ihm beim besten Willen nicht erzählen. Sie hätte sich auf der Stelle seine Verachtung zugezogen, und das... Nein, das wollte sie wirklich nicht.

Offenbar stellte ihre Erklärung ihn zufrieden. »Wenn der Kaufmann die Licher und die Mägde bewacht, wie er soll, wird er trotzdem bald bei den Zisterziensern anklopfen. Durch den Wald wird er auch bei Nacht marschieren, er machte einen ganz beherzten Eindruck. Hast du keine Angst, daß er eins von den gestohlenen Kleidern erkennen könnte?«

»Ich brauche es nur, um ins Haus zu kommen. Ich besitze noch ein zweites Kleid«, erklärte Johanna. »Warum sorgt Ihr Euch so sehr um mich? Wir werden uns nie mehr sehen.«

»Ach, wer weiß«, sagte Brobergen leichthin. »Die Gegend gefällt mir. Ich werde noch eine Weile hierbleiben. Könnte ja sein, daß ich mich mit dem Raubritter zum Buchenblatt ein wenig anfreunde.«

»Bestimmt nicht. Lebt wohl.« Johanna setzte ihrem Pferd die Hacken in die Seite, und es fiel in einen schweren Galopp. Mit einem gefallenen Edelfräulein mit Kind befreundet sich niemand, dachte sie im Takt der Hufe, während sie sich den ersten Häusern von Eppstein näherte.

Brobergen blieb hinter ihr zurück.

Das Pförtchen war nicht verschlossen, was ungewöhnlich war. Daß der Pförtner fehlte, war hingegen nicht erstaunlich. Aber als Johanna über den Hof in den Anbau schlich und über sich im Saal das Gesumm von Stimmen hörte, ahnte sie, daß erste Nachrichten aus Königstein den Zisterzienserhof schon erreicht hatten.

In aller Hast wechselte sie die Kleider und ging zurück in das Haupthaus.

Vor dem Saal kam ihr Martha mit mehreren leeren Humpen

in den Händen entgegen. »Ach, da ist sie ja«, sagte sie höhnisch. »Als hätte sie Ausgang wie eine feine Dame, verschwindet sie einfach und läßt uns mit der Arbeit allein.«

Johanna maß sie von oben nach unten. »Was fällt dir ein?« fragte sie scharf. »Der ganze Wald wimmelt von Knechten des Lichers, die auf Frauen lauern, kann ich dir sagen. Vielleicht hat es sich schon bis hierher herumgesprochen. Ich bin froh, daß ich ihnen nicht in die Hände gefallen bin.«

»Schon gut, Johanna«, sagte die ruhige Stimme von Vater Lorenz hinter ihr. »Wir wissen Bescheid, wir reden von nichts anderem. Für den Hof zieht es einige Konsequenzen nach sich, daß die Herrschaft in der Nachbarschaft jetzt eine andere sein wird. Es wird wohl einige Zeit dauern, bis der Kaiser sich entschließt, ein Heer gegen den Licher zu schicken.«

»Selbst da ist noch nicht das letzte Wort gesprochen«, sagte Vater Gottfried zufrieden, der in diesem Augenblick den Saal verließ. »Mit Falkenstein-Lich haben wir gottlob ein sehr freundschaftliches Verhältnis, während Ritter Lienhart ... Nun ja, er bringt der Geistlichkeit eben wenig Ehrfurcht entgegen. Dem Herrn sei Dank, daß seine neue Frau frommer ist als die erste.«

»Meine Mutter hatte immer ihre eigene Meinung zu den Aufgaben der Kirche, das stimmt«, versetzte Johanna patzig. »Und vor allem zu dem, was sie nicht als Aufgaben der Kirche erachtete. Obendrein hat sie es auch laut gesagt. Aber dafür war sie eine ehrbare Edeldame. Sie hätte sich nie den Nachttopf von einem Knappen halten lassen.«

Vater Gottfried kräuselte abweisend die Lippen und schob sich an Marthas Krügen vorbei. »Beeile dich endlich!« befahl er ihr, und sein Blick streifte Vater Lorenz, als ob der Befehl auch ihm gelte. Vater Lorenz eilte die Treppe hinunter.

»Vater, würdet Ihr Johanna um Gottes Barmherzigkeit willen bitten, mir bei der Bedienung zu helfen«, bat Martha mit wachsweicher Stimme.

»Meinst du, sie wüßte immer noch nicht, wo ihr Platz ist?« Gottfried holte zu einer Strafpredigt aus.

»Du bist wohl nicht ganz bei Trost«, sagte Johanna zu Martha. »Als ob es meine Gewohnheit wäre, hier nicht wie drei Konversen auf einmal zu schuften.«

»Davon habe ich noch nichts bemerkt«, erwiderte Martha spitz. »Ich sehe nur, daß du dir immer besondere Aufgaben geben läßt.«

»Nein, wir geben sie ihr«, sagte Vater Lorenz und stieg schnaufend die Treppe wieder nach oben. »Und das wird wohl auch so bleiben. Meister Wasserfaß ist gerade eingetroffen. Er bittet um ein Bett, um ein kräftigendes Nachtmahl und ausreichend Wein, um großen Kummer zu ertränken. Er hat Schlimmes erlebt, sagt er. Und er möchte mit Johanna unter vier Augen sprechen.«

Vater Gottfried und Martha ähnelten einander fast, als sie bündelweise giftige Blicke auf Johanna abschossen.

Johanna sprang die Treppe in großen Sätzen hinunter. Wasserfaß war da! Er würde ihr mitteilen, wo Gesche versteckt wurde. Und sie konnte fort aus Eppstein! Wohin? Ach, es würde sich finden.

Der Kaufmann lächelte ihr erschöpft entgegen. »Ein schlimmer Tag, den ich heute durchmachen mußte. Vater Lorenz hat eingewilligt, daß du allein dich um mich kümmerst. Andere Gesichter würde ich heute nicht ertragen.«

»Eure Kammer ist schon fertig«, erwiderte Johanna munter, nahm ihm seinen Sack ab und ging voraus.

Während er sich auf das Bett sinken ließ, packte Johanna den Sack aus, glättete die Kleidungsstücke, so gut es ging, und faltete sie ordentlich auf dem Hocker zusammen.

»Ich geriet in einen Krieg zwischen den Burgmannen von Königstein und dem Burgherrn von Lich«, sagte Wasserfaß plötzlich.

Johanna hockte sich neben ihn auf den Boden. »Sehr schlimm?« fragte sie leise. »Gab es Tote bei den Königsteinern?«

»Seltsam, daß du mich ausgerechnet nach denen fragst. Na ja, du stammst aus Königstein, nicht wahr?« Seine Augen richteten sich mitfühlend auf sie. »Die Bürger hat der Licher wohl geschont, hörte ich, jedenfalls die, die ihm nicht als besonders begütert genannt wurden. Und von der Burg... Es sprach sich herum, daß der Befehlshaber, Lienhart, gefangen und sein Sohn getötet wurde...«

»Vico?« fragte Johanna entsetzt und ließ sich ganz zu Boden sinken.

Wasserfaß stutzte und unterbrach sich für einen Augenblick. »Anscheinend hatte einer der Gäste eine persönliche Rechnung bei diesem Vico offen. Er soll ihn mit einer Axt von hinten erschlagen haben, erzählte man sich hinter der vorgehaltenen Hand.«

»Konrad«, sagte Johanna tonlos.

»Das mag so sein. Du kennst dich gut in Königstein aus.«

Johanna nickte.

»Weißt du, ob es in Königstein ein Waisenhaus gibt?« fragte Wasserfaß kummervoll und ließ seine Augen ziellos über die Deckenbalken wandern.

»Es gibt keines«, antwortete Johanna innerlich zitternd.

»Das kleine Mädchen, das ich suche, die Gesche, könnte trotzdem in der Nähe sein«, fuhr Wasserfaß monoton fort. »Ich habe ihr Häubchen auf einem Weg im Wald gefunden. Die Frau, die im Häuschen neben der Brücke von Königstein wohnt, hat es wiedererkannt. Sie erinnerte sich, weil die Burgherrin und ihre zwei Knechte einer Amme erlaubt hatten, sich ihnen mit einem Säugling anzuschließen. Sie fand es merkwürdig, sagte sie. Katherine von Falkenstein ist wohl nicht sehr beliebt bei den Leuten.«

Johanna schüttelte den Kopf. Sie stieß einen tiefen Seufzer der Enttäuschung aus und verbarg ihr Gesicht zwischen Knien und Armen. Sie hatte sich so nah an Gesche gewähnt.

»Das Häubchen wurde mir übrigens unter seltsamen Umständen wieder entwendet. Ich dachte, du solltest alles zu wissen bekommen, weil du doch ihre Verwandte bist ...«

»Danke«, sagte Johanna gepreßt.

»Sie muß irgendwo dort sein, und ich werde sie finden.«

Ich auch, dachte Johanna.

»Könntest du mir wohl jetzt einen Hippocras besorgen, bitte?«

»Ja sofort, Meister Wasserfaß.« Johanna taumelte mit Tränen in den Augen zur Tür.

»Zwei Becher, Johanna. Ich möchte zwei Becher Hippocras haben, hast du es gehört?«

»Ja, Meister Wasserfaß.« In der Küche wiederholte Johanna in Gedanken seine Worte und begriff sie dann endlich. Sein Kummer war so groß, daß er zwei Becher Würzwein benötigte.

Als sie seine Kammer mit den dampfenden Bechern betrat, bemerkte Johanna, daß sie im Hinausgehen die kostbare Kleidung des Kaufmanns heruntergeworfen hatte. Er tadelte sie nicht einmal dafür. Mit den Bechern in der Hand wartete er, bis sie mit dem erneuten Zusammenlegen seiner Gartkors fertig war. Auf einmal fiel ihr der Ausdruck ein, den ihre Mutter für eine solche Hose benutzt hatte. Ein dänisches Wort aus dem hohen Norden. Absurd, gerade jetzt daran zu denken ...

»Komm her, Johanna«, sagte Wasserfaß weich und hielt ihr einen der Becher entgegen. »Stoß mit mir an. Wir wollen gemeinsam um das trauern, was wir verloren haben.«

Kapitel 17

»Eine gottlose Dirne ist und bleibt sie!«

Johanna blinzelte, wurde vollends wach und setzte sich erschrocken auf.

Vater Gottfried stand inmitten der Mädchenkammer, hinter ihm Martha. Die Sonne schien durch die Ritzen des Fensterladens. Der Mönch bewegte seine runde Nase. »Du hast recht, Martha. Würzwein. Wie lange stiehlst du ihn schon, Weib?«

Johanna schüttelte verstört den Kopf. Sie hatte dank des Hippocras wie betäubt geschlafen. Vico war tot. Was bedeuteten schon die lächerlichen Anschuldigungen eines Mönchs gegenüber dem, was an Unrecht in den Wäldern geschah, täglich, andauernd?

Gottfried wollte ohnehin keine Antwort. Er legte ihr Schweigen als Trotz aus und fühlte sich bestätigt. Johanna konnte jeden einzelnen seiner Gedanken erkennen, als hätte er ihn laut geäußert.

»Du wirst die Verwundeten versorgen!« bellte er, schon halb im Gang. »Danach kehrst du endgültig zur Grangie zurück!«

O nein, nur das nicht! Im Wald würde sie keine Möglichkeit haben, nach Gesche zu forschen. Und jetzt, wo der Vater wahrscheinlich sogar seinen Burgmannenhof in Königstein verloren hatte, war der Weg zurück nach Königstein für immer versperrt.

Als Johanna über den Hof zum Vorderhaus ging, stellte sie fest, daß die Konversen alle Hände voll zu tun hatten. Vater Lorenz ließ den Hof von abgestellten Waren räumen und Tische und Bänke aufstellen. Johanna ging zu ihm. »Was ist eigentlich los?« fragte sie.

»Wir warten auf die Licher«, antwortete Lorenz bedächtig.

»Alle verletzten Männer, die sich noch bewegen können, werden hierhergebracht. Für dich wird es eine Menge Arbeit geben.«

»Seltsames Turnier.«

»Ja, sehr ritterlich«, bestätigte Vater Lorenz.

»Und woher ist bekannt, daß die Verwundeten ausgerechnet hierher geschickt werden?«

»Vater Gottfried und Philipp von Falkenstein haben es so verabredet. Vor dem Turnier. Der Falkensteiner scheint sehr viel von dir zu halten.«

Johanna lächelte grimmig und krempelte die Ärmel auf. Sie mußte nun ausgerechnet den Feinden ihres Vaters helfen. »Dann sollten wir jetzt anfangen. Das Lagerhaus wird wohl groß genug sein, um sie zu fassen. Jedenfalls hoffe ich doch sehr, daß sie nicht weniger benötigen.«

Eine Ecke des Raums richteten sie für die liegebedürftigen Verwundeten her. Die Konversen schleppten Strohballen herein und streuten den Boden ab.

Vater Lorenz betrachtete die kostbare Streu mit kaum verborgenem Mißmut. »Ich habe das Stroh teuer bei den Bauern kaufen müssen«, raunte er Johanna zu, die dabei war, Leinen in lange Bahnen zu zerschneiden und aufzurollen. »Die lassen sich die Aufnahme der Licher Ritter in Eppstein vergolden.«

»Kann ich verstehen. Sie haben ja auch unter ihnen leiden müssen.«

Gegen Mittag waren sie mit den Vorbereitungen fertig. Noch waren die Ritter nicht angekommen. Während die Männer sich in die Küche verzogen, um bei einem Krug Warmbier zu verschnaufen, verließ Johanna den Stadthof, um nach ihrem Schlachtroß zu sehen.

»Seid Ihr jetzt unter die Pferdehändler gegangen, Edelfräulein?« fragte die Ennelin verdrossen, als Johanna ihr vor der offenen Schmiede über den Weg lief.

Johanna schüttelte den Kopf, ein wenig verlegen. »Es ergibt sich manchmal eben so, daß man ein Pferd hergeben muß. Ich hätte lieber Arco behalten.«

»Wäre mir auch lieber gewesen.« Die Ennelin zögerte einen Augenblick. »Euer Neuer frißt mir die Haare vom Kopf... Und mir fehlt Geld zum Kauf von Futter. Der Pfennig ist längst aufgebraucht.«

»Die Waffen, die die Licher Euch genommen haben! Stimmt's?« fragte Johanna geradeheraus.

Ennel nickte mit düsterer Miene. »Auf die Burgmannen von Königstein konnte ich mich immer verlassen. Aber die Licher haben bis heute nicht gezahlt. In Eppstein geht schon das Gerücht um, daß die Licher Ritter vorhaben, mich auszuhungern, und daß sie sich darin mit den Zisterziensern einig sind. Wegen meiner Waffenschmiede...«

»Glaubt Ihr das auch, Meisterin?«

Die Schmiedin machte eine unbestimmte Bewegung. »Es ist gleichgültig, was ich glaube. Auf die Bauern kommt es an. Sie wollen nicht am Ende auf der falschen Seite gestanden haben. Deshalb weigern sie sich, mir das Geld für das Futter zu stunden... Abgesehen davon wird auch bei ihnen das Futter allmählich knapp. Die kostspieligen ritterlichen Schlachtrösser der Licher haben die Vorräte über Gebühr schrumpfen lassen.«

Johanna entschloß sich spontan zu einer kleinen Änderung ihrer Pläne. »Ich werde für Geld sorgen, Ennel. Seid so gut, mit mir in den Stall zu kommen!«

Die Schwertfegerin nickte. Verblüfft verfolgte sie, wie Johanna eine Rüstung aus ihrem Sack zog. Als sie merkte, daß Johanna die Kleidung zu wechseln begann, lehnte sie sich an die Stalltür und schaute versonnen über ihren Hof.

»Ihr dürft Euch umdrehen.«

Die Ennelin schaute Johanna sprachlos an und umrundete sie mit den Händen auf dem Rücken. »Ihr seid also der Raubritter vom Buchenblatt. Ich habe schon von Euch gehört, aber nichts, was mich besonders bekümmert hätte. Die Sache mit dem Zisterzienser fand ich... nun, wie eine sanfte Mahnung unseres himmlischen Herrn. Ich hätte nichts dagegen, wenn jemand öfter den Mönchen auf die Finger klopft. Und ich entschuldige mich für meinen Verdacht, den ich gegen Euch hegte... Ihr wißt schon.«

»Schon entschuldigt«, sagte Johanna. »Dann ist es Euch nicht unangenehm, wenn ein bestimmter Ritter öfter Euer Anwesen verläßt?«

»Oh, bei mir gehen bestimmte und unbestimmte Bewaffnete ein und aus, ich kann sie nicht alle genauer kennen. Und wenn Ihr jetzt schlauerweise sogar die Pferde wechselt... Nein, ich habe nichts dagegen. Nur des Kettenhemdes werde ich mich annehmen. Einstweilen gebe ich Euch ein Tuch, hinter dem Ihr den Schaden verstecken könnt.«

Mit einem allbekannten Spottlied auf den Lippen, das verfressene und betrunkene Mönche betraf, ging Johanna ihren Sattel holen, während die Schwertfegerin in ihre Wohnung verschwand. Als sie zurückkehrte, brachte sie außer einem blauen Tuch auch einen Filzhut mit breiter Krempe mit.

»Oh, der ist gut«, fand Johanna. »Bieder und nützlich. Er wird genauso seinen Dienst tun wie der Dicke, der sich jetzt sein Futtergeld selber verdienen muß.«

Wenig später gelang es ihr, das Pferd zu überreden, den Stall zu verlassen. »Mal sehen, ob ich wieder einen reichen Zisterzienser finde«, sagte sie zu Ennel, die mitging, um hinter ihr das Hoftor zu schließen.

»Wartet noch einen Augenblick«, flüsterte die Ennelin, nachdem sie einen Blick auf die Straße geworfen hatte. »Da draußen geht der Zunftmeister. Es ist besser, er sieht Euch nicht.«

»War das der Mann mit der albernen roten Kappe?« erkundigte sich Johanna neugierig.

»Kennt Ihr ihn etwa?«

»Er liebt Fischpastete, griechischen Reis und Passauer Met. Er verbrachte einen ganzen Abend zusammen mit dem Hofmeister der Zisterzienser, und am Ende schnarchten sie Hand in Hand unter dem Tisch.«

»Seine Wildschweinschwerter sollen ihm quer im Halse stekkenbleiben!« fluchte die Ennelin erbittert. »Sie haben es gemeinsam eingefädelt. Und ich dachte, sie wären verfeindet!«

Johanna schlug einen großen Bogen nach Süden und kehrte dann auf die Mainzer Straße zurück. Hier waren heute keine Licher zu erwarten; einen Geleitschutz hatten sie gewiß nicht organisiert. Die Kehrseite der Medaille war, daß reiche Kaufleute die Kriegsgegend meiden würden. Sie würde weit nach Westen reiten müssen.

Bauern kamen ihr entgegen, dann zwei Krämer mit Kiepen auf den Rücken. Sie rissen sich schon von weitem die Kopfbedeckungen herunter und machten tiefe Bücklinge.

Johanna grüßte freundlich zurück und begann Spaß an ihrem Ausflug zu haben. Ob es ein erfolgreicher Raubzug werden würde, mußte sich erst herausstellen. Sie war noch dabei, Pläne zu schmieden, als sie hinter sich ein Pferd im Jagdgalopp hörte. Es blieb keine Zeit, sich zu verstecken. Verflucht, damit hatte sie nicht gerechnet.

Sie legte ihre Hand auf den Schwertgriff und drehte sich scheinbar gelassen um. Ein junger Mann mit erhitztem Gesicht erreichte sie und parierte neben ihr durch.

»Nicht nötig, Herr Ritter«, schnaufte der Jüngling, »ich bin ein Knappe von Falkenstein-Lich, unterwegs mit einer Botschaft.«

»Ja, ich sehe es«, sagte Johanna mit einem beziehungsvollen Blick auf den Hecht in der Ecke der Satteldecke. »Ich hoffe, Philipp von Falkenstein kann seiner Hechtsammlung jetzt einen vierten hinzufügen. Sind er und seine Leute wohlauf?«

Der Knappe lachte. »Ich merke, Ihr kennt ihn. Ja, wir haben gesiegt. Philipp geht es gut, und unsere Verluste waren gering.

Die einzigen ernsthaften Verletzungen entstanden ausgerechnet durch eine Mauer, die umfiel. Aber jetzt muß ich weiter, mit Verlaub. Eine Dame erwartet sehnsüchtig die Nachricht vom Sieg des Lichers.«

»In Mainz?«

»Ah, Ihr stammt wohl daher. Nein, ich hoffe, daß ich nicht so weit reiten muß. Die Dame ist inzwischen wohl auf dem Rückweg nach Königstein. Lebt wohl, Herr Ritter.«

Wie erstarrt, behielt Johanna seinen Rücken im Blick, der immer kleiner wurde und schließlich um eine Biegung verschwand. Die ganze Zeit über hatte sie den Verdacht gehabt, daß Katherines Reise nach Mainz im Zusammenhang mit der Eroberung der Burg von Königstein stehen könnte. Aber Sehnsucht? Auf der anderen Seite gab es in Königstein keine ritterliche Dame außer Katherine und ihr. Es mußte sich um Katherine handeln, die heute auf dem Rückweg war.

Sie hielt an. Wenn Katherine außer dem Knecht, der sie auf der Hinreise begleitet hatte, niemanden bei sich hatte, wäre die Gefahr für sie selbst gering, entdeckt zu werden. Und die Versuchung war groß, einen Beweis für Katherines Verrat zu bekommen, selbst wenn es dem Vater nicht mehr helfen konnte.

Kurzerhand bahnte sie sich einen Weg ins Gebüsch. Eine riesige umgestürzte Buche verbarg sogar das Schlachtroß. Johanna ließ es grasen, während sie sich an den Stamm lehnte und wartete.

Leises, rhythmisches Prusten von Pferden kam aus der Mainzer Richtung.

Johanna vergewisserte sich, daß das Schlachtroß noch neben ihr war, dann legte sie sich auf den Bauch und spähte durch das Gebüsch.

Es waren nur zwei Reiter. Eine Frau im Damensattel. Katherine. Ihre helle Stimme und ihr monotones Geschwätz waren unverkennbar. Der Mann neben ihr ritt auf einem halb so hohen

Maultier. Einer der vielen Geistlichen, mit denen sich Katherine zu umgeben pflegte.

Sie fielen in Schritt.

»Warum habt Ihr Euch diese Mähre aufschwatzen lassen?« fragte Katherine hörbar verärgert und hielt an, als das Maultier des Mönches stark lahmte und er aus dem Sattel rutschte.

Der Geistliche war genauso lahm wie sein Reittier. Mit Mühe humpelte er zum rechten Hinterhuf.

Johanna grinste schadenfroh, bis sie entdeckte, daß hinter den beiden die Straße so leergefegt war wie ein Sommerhimmel ohne Wolken. Auch der Burgknecht war nirgendwo zu sehen.

Das war ihre Gelegenheit! Sie sprang auf, band sich Ennels Tuch vor das Gesicht und riß das verdutzte Schlachtroß aus seinem Morgenmahl, das zweifellos allmählich in die Vesper übergegangen wäre.

Der Dicke brach mit solchem Getöse durch das Gebüsch zur Straße, daß Katherine die Zügel fortwarf und die Hände vor das Gesicht schlug. Zwischen ihren Fingerspitzen und der sittsamen Haube sperrte sie ihre braunen Augen auf wie ein Uhu bei Nacht. Johanna ergriff den Zügel des Zelters und sprengte mit ihm davon, während der Geistliche in die Knie ging, um seinem Schöpfer zu danken, daß er arm und unbekannt war. Beinahe hätte sie bei dem Gedanken gelacht. Auch Katherine bereitete ihr Freude.

»Ich gebe dir, was du willst«, schrie Katherine mit schriller Stimme gegen den Wind. »Ich habe eine Börse im Gürtel.«

Das trifft sich gut, dachte Johanna und bog in einen schmalen Pfad ein, den sie sich für alle Fälle gemerkt hatte. Er erweiterte sich zu einer Lichtung, auf der jemand Holz geschlagen hatte. Johanna zog ihren Malchus aus dem Stiefel, setzte ihn an Katherines Kehle und wartete.

Mit zitternden Händen nestelte die Edeldame an ihrem Gürtel, ohne ihn aufzubekommen.

Allmählich fand Johanna, daß die Prozedur zu lange dauerte.

Außerdem horchte Katherine nach hinten wie ein Pfarrer auf das Klingeln der Opfermünzen. Zornig stieß Johanna sie fort, schnitt den Beutel los und gab dem Zelter mit der flachen Klinge einen klatschenden Schlag auf die Kruppe. Er jagte mit seiner schreienden Reiterin davon.

Johanna gab Fersengeld in die andere Richtung. Weniger dem Instinkt als dem Zufall hatte sie es zu verdanken, daß sie in dem Netz von Pfaden durch den Wald diejenigen fand, die sie nach Eppstein zurückleiteten.

»Das war keine Heldentat, Johanna von Falkenstein«, sagte sie streng. Das Schlachtroß stimmt ihr schnaubend zu, und sie klopfte ihm den Hals. Auch wenn es nicht mit Arco zu vergleichen war, hatte es sich doch gut gehalten.

Als Johanna atemlos vor dem Stadthaus der Zisterzienser anlangte, wieder umgezogen und mit dem vorsorglich schon früher gefüllten Kräuterkorb am Ellenbogen, kamen von der anderen Seite die erschöpften Männer des Falkensteiners in Sicht.

Johanna schob ihre Hand unter den Arm eines blutverschmierten Ritters und brachte ihn mit tugendhafter Miene in den für die Verwundeten vorbereiteten Raum.

Innerhalb kurzer Zeit waren alle Konversen zur Stelle, und Johanna begann sie zu verschiedenen Arbeiten einzuteilen. Selbst schon mit Blut am Kleid, stand sie in der Mitte des großen Raums, schickte die offenbar schwerer Verwundeten an das ruhigere Ende, hieß die übrigen sich vorne neben die Tür legen und sorgte dafür, daß die Krüge mit Wasser und die leeren Kübel für andere Bedürfnisse an strategischen Punkten aufgestellt wurden.

Als Vater Lorenz besorgt hereinkam, hatte sie bereits alles im Griff. Bei ihrem Anblick machte er ein verwundertes Gesicht. »Ich habe überall nach dir gesucht«, raunte er ihr zu. »Vater Gottfried hatte es gottlob noch nicht gemerkt, aber viel hätte nicht gefehlt, und...« Er verschluckte den Rest seiner unvorsichtigen Worte.

Johanna bedachte ihn mit einem liebevollen Blick. Brummelnd machte er sich auf den Weg in die hinterste Ecke und kniete neben einem Mann nieder, der stöhnend nach einem Priester verlangte.

Sie sah sich um. Die Männer, die unter die Mauer geraten waren, hatten Quetschwunden, einige hatten Brüche davongetragen. Johanna nahm im Vorübergehen die vorbereiteten Binden und Schienen mit. Sie wußte, was sie zu tun hatte.

Die Knochen zu richten war schwieriger, als sie es sich vorgestellt hatte, aber nachdem sie den letzten Arm in eine Schlinge gelegt hatte, war sie ganz zufrieden mit sich. »Was habt Ihr nur für merkwürdige Kriegswunden?« fragte sie denjenigen, der am muntersten war. »Habt Ihr nach römischer Art Steine geschleudert?«

»Daß Ihr das erkennen könnt«, antwortete der Ritter voll Hochachtung. »Jetzt verstehe ich, daß die Mönche Euch hier mit der Leitung betraut haben, obwohl Ihr eine Frau und noch so jung seid. Viele von uns sind unter eine einstürzende Mauer geraten.«

»Man hätte die Burg schneller wiederherstellen lassen sollen«, meinte Johanna kurz, raffte die Stoffreste zusammen und stand auf. »Trinkt recht viel Wasser. Das fördert die Heilung. Später werden wir Euch Apfelwein zuteilen.«

Der Ritter, der ihr Lob ausgesprochen hatte, versprach, sich darum zu kümmern, während er auf den gesunden Ellenbogen gestützt, den Blick durch den Raum schweifen ließ, wo überall die braungekleideten Rücken der Konversen zu sehen waren. »Könntet Ihr Euch auch selbst meines Knappen Kurt annehmen? Seine Mutter ist sehr um ihn besorgt. Er ist der einzige Sohn und wird einmal die Burg seines Vaters erben. Ich will Euch nicht ins Handwerk pfuschen, aber vielleicht, daß Ihr trotzdem …?«

»Wo ist Kurt?« fragte Johanna.

Sie fand den schmächtigen Jungen mit bleichem Gesicht zwischen zwei Hünen, die bereits verbunden waren. Ihn hatte man vergessen. »Was fehlt dir, Kurt?« fragte Johanna und strich ihm sanft die langen Haare aus dem Gesicht.

»Es ist...«, flüsterte er stammelnd, blieb stecken und versuchte es noch einmal. »Es ist vielleicht besser, wenn ein Mann nach mir sieht...«

Johanna zog ihm behutsam die Hände vom Unterleib. Erschrocken musterte sie das kleine Gemächt, das offensichtlich von einer Lanze oder einem Pfeil getroffen worden war. Seine Mutter würde möglicherweise nicht glücklich werden, wenn er die Burg erbte. Aber das konnte sie ihm unmöglich sagen, und sie wußte es ja auch nicht mit Bestimmtheit. »Dein Ritter hat darum gebeten, daß ich mich um dich kümmere«, sagte sie freundlich.

»Habt Ihr ihn auch behandelt?« fragte Kurt ängstlich.

»Ja, da drüben ist er, siehst du?« Johanna richtete ihn auf, damit er seinen Herrn winken sehen konnte.

»Ja, dann«, sagte Kurt erleichtert und ertrug klaglos, daß Johanna die Haut um die Verletzung herum säuberte und eine Beinwellsalbe auf die Wunde strich.

»Deine Bruoch nehme ich mit«, sagte Johanna, als sie ihn fertig verbunden hatte. »In zwei Tagen bekommst du sie gewaschen und geflickt zurück. Du kommst auch in Ordnung, du wirst schon sehen, Kurt.«

Er nickte getröstet.

»Kennst du zufällig Heinrich Toppler?« fragte Johanna ihn, bevor er unter ihren Augen einschlief.

»Er war mein Vetter. Er ist tot«, murmelte Kurt schläfrig.

»Ich denke, ihr hattet keinen Toten?«

»Stimmt. Heinrich starb nicht im Kampf.«

Johanna bückte sich und rüttelte sanft an ihm. »Was ist passiert?« fragte sie eindringlich. »Er war ein netter Junge, ich kannte ihn.«

Kurt schlug die Augen wieder auf. »Ein Ritter brach ihm den Hals. Aus Versehen.«

»Konrad?«

Kurt schluckte und nickte.

»Dann war es kein Versehen«, sagte Johanna. »Und nun schlaf dich gesund, Kurt.« Als sie aufsah, standen im hellen Licht der Türöffnung der Hofmeister und neben ihm die Dame Katherine.

Katherine musterte Johanna eingehend. »So, da ist sie ja wirklich«, sagte sie. Ihre Stimme klang ausgesprochen gehässig. »Wärt Ihr nicht so sicher gewesen, Vater Gottfried, ich hätte es nicht geglaubt.«

»Sie hatte hier den ganzen Tag zu tun«, beteuerte der Hofmeister.

Katherine zuckte mit den Schultern. »Ich sehe es selbst. Es war ein Irrtum.«

Vater Lorenz beugte sich tief hinunter zu einem Ritter und begann mit dünner Stimme mit ihm zu beten.

Johanna war todmüde vom Ritt und von der Aufregung bei der Versorgung der Verletzten. Aber Gottfried kannte auch an diesem Abend keine Gnade. In dem kleinen Raum für die vornehmen Gäste saßen Katherine, Vater Gottfried und Vater Lorenz sowie der Geistliche, der mit Katherine gekommen war, und ließen sich von ihr bedienen.

Katherine war gerade überfallen worden; ihr Ehemann war gefangen, ihr Stiefsohn getötet und ihr Heim verlorengegangen. Trotzdem war sie glänzender Laune und machte diesmal keinen Fasttag geltend; sie ließ sich ihren Pokal öfter als die Mönche vollschenken.

Johanna füllte ihn ergrimmt jedes Mal bis zum Rand. Sie konnte kaum glauben, was sie sah.

»Ich vermute, Ihr habt den Erzbischof bei bester Gesundheit vorgefunden, edle Dame?« mutmaßte Vater Gottfried und hob ihr seinen Pokal entgegen.

»Es ging ihm ausgezeichnet«, bestätigte Katherine zufrieden.

»Gottlob. Niemand mit vornehmer Gesinnung erwartet, daß ein Kranker sich besonders um das Lebensglück eines anderen Menschen bemüht.«

»Der Butterbrief bedeutet Lebensglück für Euch, Dame Katherine?« Selbst Vater Gottfried staunte.

»Doch nicht der Butterbrief, Vater Gottfried«, wehrte Katherine lachend ab. »Der wird auch verlängert, ja, aber was viel wichtiger ist: Auch Eminenz hat mir Hoffnung gemacht auf eine Annullierung meiner Ehe mit Lienhart. Er war so freundlich, in seinem Schreiben an den Heiligen Vater ein Wort für mich einzulegen. Der Brief ist schon nach Rom unterwegs, und übers Jahr bin ich möglicherweise von diesem groben Klotz befreit.«

Johanna glitt der Krug aus den Händen und zerbrach mit einem dumpfen Geräusch. Der rote Wein spritzte an ihren Rocksaum.

Katherine schob einen Schuh unter dem Kleid hervor und betrachtete ihn mißbilligend. »Lienhart ist nicht weniger bäuerlich als dieses Trampel. Ich wurde das Gefühl nie los, daß er in seinem Burgmannenhof zufriedener gewesen war. Nun, gelegentlich kann er dort ja wieder einziehen. Ich selber werde sehen müssen, wo ich unterkomme. Eins weiß ich allerdings genau: Ich beabsichtige bestimmt nicht, auf die Burg zurückzukehren, bis der Herr von Falkenstein-Lich alle Kriegsschäden von damals hat beseitigen lassen. Dann wird die Königsteiner Burg möglicherweise endlich ein Hof sein, auf dem Kultiviertheit mehr zählt als die Größe eines erlegten Wildschweins.«

»Ihr werdet auf einer Burg des Licher Herrn leben, Edelfrau?« fragte Vater Lorenz höflich. »Mit Ritter Konrad?«

»Unsinn! Doch nicht mit einem unreifen Knaben wie ihm. Aber er wird natürlich in meiner Nähe sein, um mich zu beschützen, wenn sein Herr nicht da ist. Er wird mich auch jetzt abholen.«

Eine der Scherben hatte sich zwischen Johannas Zehen verklemmt und schnitt schmerzhaft hinein. Aber der Schmerz, den sie für ihren Vater empfand, als sie Katherines Intrige endlich durchschaute, war ungleich größer. »Werdet Ihr den Herrn von Falkenstein-Lich heiraten, Stiefmutter?«

Ein zufriedener Zug stahl sich um die Mundwinkel von Katherine. »Seine Ehefrau ist sehr, sehr krank. Der Herr halte seine Hand über ihn, daß er ihren Tod nicht übermäßig schwer nimmt und nichts von seinem Ehrgeiz einbüßt!«

Mehr erfuhr Johanna nicht, denn in diesem Augenblick zog ein Konverse leise die Tür auf und bat Vater Lorenz hinaus, worauf das Gespräch eine andere Wendung nahm.

Kapitel 18

Am nächsten Morgen ließ Vater Lorenz Johanna in aller Frühe in den Hof rufen. Während sie zum Stall hinübergingen, erzählte er ihr, worum es ging.

»Dieser Ritter Konrad, der dir Gewalt antat, kam gestern bei Nacht. Er sucht im Auftrag seines Herrn nach einem spurlos verschwundenen Ritter, dessen Pferd kürzlich in Königstein auftauchte. Sie sind davon überzeugt, daß ein Knappe es dort hat stehenlassen, der in Begleitung eines vogelfreien Ritters zum Turnier kam. Beide sind flüchtig.«

»Und warum erzählt Ihr mir das, Vater Lorenz?« Johanna zitterten die Knie. Warum mußte Arco ausgerechnet den Lichern gehören? Sie stützte sich unauffällig auf die untere Hälfte der Stalltür.

»Ich dachte, du wüßtest möglicherweise etwas darüber, Johanna. Du kommst beim Kräutersammeln weit herum.«

»Wer in den Wäldern lebt, würde es nie wagen, ein Ritterpferd zu behalten.«

Arco drehte den Kopf und wieherte leise. Johanna schlüpfte neben ihn und klopfte ihm den Hals. Sie richtete ein dankbares Stoßgebet an den Herrn, weil Vater Lorenz abgelenkt war und nichts bemerkt hatte.

Er betrachtete gerade prüfend eine Trense, die er im Vorübergehen vom Haken geholt hatte. »Statt daß wir bessere Stiefel erhalten, bekommen wir jetzt schlechtere Zügel. Unglaublich! Was sagst du zu dem Pferd?«

»Es ist ein gutes Pferd. Hoffentlich verschenkt der Licher es nicht an Konrad.«

»Wie kommst du darauf, daß sein Besitzer keine Verwendung

mehr für ihn haben könnte?« fragte Vater Lorenz und legte im gleichen Augenblick einen Finger auf die Lippen. Konrads Stimme war draußen zu hören.

Johanna machte einen langen Schritt in den Stallgang hinein und griff ebenfalls nach dem Zügel, den Lorenz immer noch in der Hand hielt. Konrad würde sie im fachkundigen Gespräch über die Qualität der Handelsware vorfinden.

Aber er kam nicht herein. Nur seine Hand legte sich über die Kante der unteren Türhälfte. »Jetzt, wo mein Herr endlich die Königsteiner Burg erobert hat, wird er öfter in Eppstein Waffen kaufen. Er ist sehr erzürnt zu erfahren, daß die Meisterin Ennel ihre Schwertschmiede immer noch im eigenen Namen betreibt. Er bittet Euch, die Sache endlich in seinem Sinn, der ja auch der Eure ist, zu beenden.«

Mit wem, um Himmels willen, redet er, fragte sich Johanna. Auch Vater Lorenz hörte mit angespanntem Gesichtsausdruck zu.

»Was fällt Euch ein, mir Vorwürfe zu machen, junger Mann! Die Ennelin muß mit dem Teufel im Bunde stehen. Sie konnte sich am letzten Tag aus dem Vertrag auslösen.«

Vater Lorenz' Hand krallte sich in Johannas Oberarm. Er war so bestürzt, daß er gar nicht merkte, wie weh er ihr tat.

»Der Herr von Falkenstein-Lich würde es als Akt der Böswilligkeit betrachten«, fuhr Konrad monoton fort, »wenn die Zisterzienser von Eppstein nicht in allernächster Zeit diese Waffenschmiede in ihren Besitz bringen. Die Ennelin ist ihm zu unberechenbar. Mit anderen Worten, laßt Euch etwas einfallen!« Seine Finger verschwanden von der Türkante.

In Vater Lorenz kam Bewegung. Er raffte seine Kutte und schlich auf Zehenspitzen zur Tür der Futterkammer, dicht gefolgt von Johanna. Sie drückte die Tür gerade leise zu, als Konrad im anderen Eingang erschien.

Durch die Bohlen der Tür drang ein kleinlautes Murmeln. Wahrscheinlich versprach Gottfried jetzt, die Ennelin rauszuwerfen. Zum Glück dauerte die Besichtigung von Arco nicht lange.

Als die untere Stalltür mit einem Knall zugeschlagen wurde, spähte Johanna durch einen Spalt in den Stall. »Sie sind fort«, flüsterte sie und überlegte einen Augenblick, ob sie sich bei Vater Lorenz bedanken sollte. Ihr war klar geworden, daß er sie hatte warnen wollen. Dann ließ sie es bleiben.

Der Mönch ging seiner Wege mit gesenktem Kopf, wie ein reuiger Büßer. Ach, du lieber Gott, dachte Johanna besorgt, hoffentlich hält er es nicht für nötig, sich wegen dieser Sünde zu kasteien!

Johanna zupfte und zerrte an den Binsen, die brüchig waren und penetrant rochen. Nie war genug Zeit, um sie auszuwechseln. Irgend etwas sagte ihr, daß sie nicht die erste war, die sich daran zu schaffen machte. Der andere, wer auch immer es gewesen war, hatte jedoch vergeblich gehofft, etwas Belastendes zu finden. Ihre Wertsachen waren, mit Ausnahme eines kleineren Geldbetrages, im Sack, der bei der Ennelin im Stall hing.

»Johanna«, rief Vater Lorenz durch die dünne Brettertür, »bist du hier? Du wirst gebraucht. Ein Verletzter wurde soeben durch einen etwas abgerissenen Ritter abgeliefert.«

Johanna warf einen ungnädigen Blick auf ihr zerwühltes Lager und verließ den kargen Raum. Kaum draußen, trat sie Vater Lorenz kräftig auf den Fuß.

»Das Leben in diesem Stadthof dürfte aufregender geworden sein, seitdem du hier bist«, sagte er seufzend und ging ihr voraus. »Womit ich nicht meine Zehen meine. Der Ritter sieht aus, als könnte er der Raubritter sein, von dem alle sprechen.«

»Meint Ihr wirklich?« fragte Johanna vorsichtig.

Am Brunnen lehnte ein Mann in zerfetzten Hosen und vollständigem Kettenhemd.

»Roland Brobergen!« Johanna blieb betroffen stehen. »Ich dachte, Ihr beträtet unter keinen Umständen einen Hof der Zisterzienser. Ist etwas geschehen?«

»Johanna von Falkenstein-Butzbach«, sagte Brobergen und verbeugte sich formvollendet vor ihr. »Ich habe im Wald einen aufgeschlitzten Mann gefunden. Viel ist von ihm nicht mehr übrig, aber vielleicht könnt Ihr Euch seiner trotzdem annehmen?«

Das Kettenhemd des Verletzten war in der Länge des Rückens gespalten und blutig. Die Konversen hatten ihn von Brobergens Pferd gehoben und bäuchlings auf eine ausgehobene Stalltür gelegt. Johanna erkannte das graue Gesicht nur mit Mühe.

»Vico!« rief sie und sank neben ihrem Bruder auf den Boden.

Es läutete gerade zur Sext, als Konrad Arco aus dem Stall führte. Was hat er jetzt wieder vor, dachte Johanna beunruhigt, die gerade über den Hof zur Küche eilte, um erhitzte Kräuterkissen für Quetschwunden zu holen. Vicos Zustand war noch ungewiß, aber den drei Rittern mit den gebrochenen Knochen ging es bemerkenswert gut. Die Männer rissen bereits wieder Witze.

Vater Lorenz verstellte ihr den Weg. »Ritter Konrad will mit dem Hengst zum Kirchplatz. Vater Gottfried schickt mich hinter ihm her, und ich glaube, du solltest mitkommen.«

»Ich wechsele gerade Verbände«, wandte sie ein. Allein der Name Konrad schnürte Johannas Kehle zusammen.

»Die Verletzten werden noch eine Weile warten müssen. Vater Gottfried erwartet, daß ich den Ritter in Schach halte, damit er die Eppsteiner nicht zu sehr gegen sich und noch mehr gegen uns aufbringt«, erklärte Lorenz bestimmt. »Und du kennst ihn am besten.«

Johanna stieß einen resignierten Seufzer aus, und lief Lorenz hinterher, der schon an der Pforte stand.

»Übrigens, wer ist Brobergen? Ist er der Raubritter?«

»Nein«, sagte Johanna beschwichtigend. »Er ist ein Mann mit allen ritterlichen Idealen. Meinen Bruder hat er unter Einsatz seines Lebens durch die ausgeschwärmten Licher gebracht. Offenbar haben sie ihn gesucht, als sie ihn auf dem Turnierplatz nicht finden konnten.«

»Und was hat er gegen Mönche?«

Johanna biß sich auf die Lippen. »Er ist vogelfrei.«

»Aber ein Mann mit ritterlichen Idealen!« wiederholte Vater Lorenz erschrocken und blieb stehen. »Johanna, weißt du, wovon du sprichst? Ein Ritter ist ein Streiter für Gott, den Herrn! Ein exkommunizierter Mann ist kein Ritter, sondern eine unberechenbare bewaffnete Gefahr! Er muß der Raubritter sein! Ein Mann, der Zisterzienser haßt und überfällt.«

Jetzt stak sie in der Klemme. Was sollte sie nur sagen, um Brobergen von dem Verdacht reinzuwaschen?

Vater Lorenz setzte seinen Weg fort, mit gebeugten Schultern, aber dennoch, als hätte er gerade einen Entschluß gefaßt.

Sie sahen bereits das Gemäuer der Kirche vor sich, als er ihn Johanna mitteilte. »Ich habe einen solchen Berg von Sünden auf mich geladen, die alle in Zusammenhang mit dir stehen, Johanna, daß ich nicht mehr mit mir selber in Frieden leben kann. Dir mache ich keine Vorwürfe.«

»Was werdet Ihr tun, Vater?« flüsterte Johanna.

»Ich werde Vater Gottfried alles beichten.«

Vor dem Portal der Talkirche zu Füßen der Burg saß Konrad hoch zu Roß. Etliche Eppsteiner hatten sich versammelt, um ihm zuzuhören, und noch immer strömten aus den Gassen Leute herbei.

»Wir suchen den Mann, der zuletzt dieses Pferd geritten hat. Ich möchte wetten, daß jemand von euch es schon mal gesehen hat«, rief Konrad gerade, als Lorenz und Johanna anlangten. Der Schall brach sich an den Häusern.

»Ich halte mit! Wieviel bietet Ihr?« fragte ein Vorwitziger.

Konrad lächelte kalt auf ihn herab. »So nicht, mein Lieber. Ich würde dir auch nicht raten, etwas zu verschweigen. Du würdest im Nu wegen Komplizenschaft an einem Baum hängen.«

»War nur so dahingesagt. Ich weiß nichts«, beteuerte der Mann und verdrückte sich in der Menge.

Er schob sich zwischen der Ennelin und Claus durch, die beide in der vordersten Reihe standen, noch in Arbeitskleidung. Die Schmiedin wirkte sehr nachdenklich. Hoffentlich läßt sie sich nicht angst machen, dachte Johanna. Es gab keinen Beweis, daß dieses Pferd jemals bei ihr gewesen war.

Arco kaute nervös an der Trense. Schaumiger Speichel tropfte auf die Erde, und er tat zwei Schritte nach hinten. Einige Frauen wichen erschrocken auseinander und zogen ihre Kinder aus dem Bereich der Hufe. Nicht riegeln, sagte Johanna entsetzt in Gedanken. Das verträgt er nicht.

»Es gibt Gerüchte, daß der sogenannte Raubritter vom Buchenblatt dieses Pferd geritten haben könnte«, fuhr Konrad fort. »Der Mann ist hier in der Gegend. Erst gestern hat er die Herrin von Falkenstein beraubt. Also, keine Ausflüchte! Wer hat den Hengst schon einmal gesehen?«

Johannas Herz schlug heftig. Katherine! Sie konnte kaum ein Pferd vom anderen unterscheiden. Vielleicht fühlte sie sich wichtiger vor den Licher Rittern, wenn sie ihre Geschichte mit der des Pferdes verband. »Wenn dieses Pferd aber einem der Ritter von Falkenstein-Lich gehört, wie Ihr im Zisterzienserhof behauptet habt, und Katherine von Falkenstein von seinem Reiter beraubt worden ist, liegt es doch auf der Hand, daß sein Besitzer dieser Raubritter ist«, wandte sie ein.

»Genau!« schrie jemand. »Sucht ihn in den eigenen Reihen!« Die Männer begannen wütend auf die Erde zu trampeln.

Lorenz stieß Johanna in die Seite und schüttelte warnend den Kopf. »Du bist nicht hier, um die guten Leute aufzuregen.«

»Halt den Mund, Magd«, sagte Konrad rauh, »oder ich sorge dafür, daß du auf einen Arbeitshof geschickt wirst.«

Der Lärm der aufgebrachten Eppsteiner hielt an. Schließlich hob Vater Lorenz beschwichtigend die Hände. »Der Ritter erfüllt nur einen Auftrag. Wie jedermann. Wie ich, wie ihr. Also seid so gut und erschwert ihm seine Aufgabe nicht. Sagt einfach, ob ihr das Pferd jemals irgendwo gesehen habt. Und dann gehe jeder wieder an seine Arbeit.«

Die Feindseligkeit blieb weiterhin spürbar, und immer noch wollte niemand bekennen.

»Na gut. Wie ihr wollt. Ich kann auch anders.« Konrad sah sich rasch um, dann packte er Claus am Wams und zerrte ihn zu sich hoch. Niemand wagte sich zu rühren.

»Zu wem gehört der?« fragte Konrad in die Menge, als der Junge schließlich vor ihm über dem Pferderücken hing.

Nachbarn schoben den bebenden Vater von Claus nach vorne. Er war unfähig, auch nur ein Wort hervorzubringen.

»Ich lege es jetzt in deine Hand, Kerl«, sagte Konrad mit falschem Lächeln. »Für jede Frage von mir, die ohne Antwort bleibt, erhältst du ein Stückchen von diesem Knaben zurück. Ein Ohrläppchen, ein Fingerglied, den Daumen... Und so weiter.«

Die Eppsteiner wagten keinen Widerstand. Claus tat keinen Mucks. Tapferer Kerl, dachte Johanna verzweifelt. Wenn er nichts sagt, muß die Ennelin reden, um ihn zu retten... »Ich habe ihn gesehen, Konrad«, bekannte sie. Sie war plötzlich ganz ruhig und konzentriert. Jetzt kam es allein auf ihr Geschick an.

»Du?« Wut mischte sich schon wieder in Konrads Stimme, weil sie seinen Plan durchkreuzt hatte. Er konnte die Eppsteiner jetzt nicht mehr demütigen.

»Ich. Ich fand ihn grasend bei einer Wiese, auf der ich Kamille pflücken wollte.«

Konrad starrte sie ungläubig an. »Und dann?«

»Er war ziemlich heruntergekommen«, erzählte Johanna. »Der Sattel hing schief, und der Zügel war zerrissen. Er muß tagelang ohne Reiter unterwegs gewesen sein. Vielleicht hat der Hengst den Mann abgeworfen. Er ist ziemlich empfindlich im Maul, wie Ihr bemerkt haben werdet. Er hat noch Narben in den Mundwinkeln.«

Konrads harte Hand brachte Arco dazu, seine Hinterhand hochzuwerfen. Der Hengst zitterte in den Flanken, als sein Reiter ihn endlich in Ruhe ließ und er wieder auf allen vier Füßen stand.

»Warum hast du ihn nicht bei den Mönchen eingestellt? Er ist ein Ritterpferd.«

»Ich brauchte Geld. Die Mönche geben uns nichts. Ich habe ihn an einen Knappen verkauft, den ich nicht kannte. Ich verstehe genug von Pferden, wie Ihr Euch vielleicht erinnern könnt...«

Ihr Spott veranlaßte ihn zu einer ungeduldigen Geste. »Wo ist der Beweis für deine Geschichte? Vielleicht willst du nur vor den Eppsteinern als Heldin dastehen.«

Vater Lorenz warf Johanna ein verzweifeltes Lächeln zu und zog beide Schultern in die Höhe. »Das Pferd hat Johanna im Stall erkannt«, rief er.

»Na ja, Vater«, sagte Konrad herablassend. »Ihr würdet es aus Barmherzigkeit fertigbringen, jede Dirne aus einer Lügengeschichte herauszureden. Es ehrt Euch. Aber ein Beweis ist es nicht.«

»Ich kann Euch das Geld zeigen, ritterlicher Schafskopf!« schnaubte Johanna. »Vor Zeugen. Aber glaubt nur nicht, daß Ihr es Euch aneignen könnt. Das Pferd war zu Recht mein Eigentum, das ich verkaufen konnte. Der Herr von Falkenstein-Lich hat keinen Anspruch darauf.«

»Aber der Ritter, dem es gehört!«

»Bringt ihn her, und er bekommt seinen Anteil am Erlös.« Johanna wandte sich von ihm ab. Die Leute machten ihr mit respektvollen Mienen Platz und nickten auch Vater Lorenz freundlich zu.

Johanna konnte darauf bauen, daß dem Hofmeister bekannt war, wie dürftig ausgestattet Katherine ihre Stieftochter aus der Burg geworfen hatte. Er würde Konrad bestätigen müssen, daß Johanna vor dem angeblichen Verkauf von Arco mittellos gewesen war.

Allerdings würde dies nach Vater Lorenz' Beichte alles keine Rolle mehr spielen. Vater Lorenz würde Gottfried, ohne es eigentlich zu wollen, den Beweis liefern, daß Brobergen der Raubritter sein mußte, daß er den Mönch überfallen und den Licher Ritter getötet hatte und Johanna mindestens Mitwisserin von allem war.

Bebend ging sie ihrer Arbeit nach, nachdem sie in den Stadthof zurückgekehrt waren.

Aber Konrad kam nicht zu ihr.

Am nächsten Morgen erschien er zusammen mit Katherine in der Andacht zur Prim, bei der auch die Konversen und Mägde anwesend zu sein hatten. Danach geleitete der Ritter seine ehemalige Herrin zu den Pferden, die gesattelt bereitstanden. Johanna hielt den Atem an, während sie nebeneinander durch das Tor ritten. Um Arco war es jammerschade.

Als das Geräusch der Pferdehufe auf der Straße verstummt war, trat Vater Gottfried zu Johanna, die Hände in den weiten Ärmeln verborgen. »Komm mit mir«, sagte er ernst.

Also doch! Er wußte alles. Weil es ein Beichtgeheimnis war, konnte er Konrad nicht hinzuziehen. Aber sie würde ihrer Bestrafung nicht entkommen.

Sie hörte den Balken am Tor einrasten. Er sollte die Eppsteiner daran hindern einzudringen und würde auch ihre Flucht vereiteln. Fieberhaft nach anderen Möglichkeiten suchend, ging Johanna hinter Vater Gottfried her.

Der Mönch betrat seine Kammer und setzte sich. »Es ist«, sagte er streng, »Konversen und Mägden weder erlaubt, Bücher zu haben, noch Geld. Du bist im Besitz von beidem ertappt worden. Der Zellerar hat recht behalten. Du bist hoffnungslos verloren, eine der Sünderinnen, die trotz der unendlichen Güte unseres himmlischen Herrn durch die Maschen seines Netzes fallen.«

»Was?« fragte Johanna verblüfft.

»Ich erwarte, daß du mir das Geld aushändigst.« Vater Gottfrieds Lippen waren schmal und blutleer.

Johanna begann mit dem Lachen zu kämpfen, als sie verstand,

worum es ging. Nur um Geld. »Es ist Euch unangenehm, es auszusprechen, stimmt's?«

»Geld verführt deinesgleichen zur Sünde. Klöster benötigen Geld für barmherzige Werke! Also gib es mir!«

»Was unterscheidet Euch eigentlich von dem Raubritter, Vater Gottfried, wenn Ihr Euch mit Gewalt nehmt, was Ihr haben möchtet?« fragte Johanna süffisant lächelnd. »Oder soll es eine Leihgabe sein? Dann seid so gut und bescheinigt mir, daß ich Euch heute gegen meinen ausdrücklichen Willen eine halbe Mark aushändigen mußte, auf die ich jedoch weiterhin Anspruch erhebe.«

»Wie du willst«, sagte Gottfried kalt. »Mit einem solchen Schreiben wirst du ohnehin nichts anfangen können. Du kannst es dir später abholen kommen.«

»Zum gleichen Zeitpunkt werde ich Euch dann das Geld aushändigen; wie gesagt, gegen meinen ausdrücklichen Willen.«

Dem Mönch stieg die Röte ins Gesicht.

Abends übergab Johanna ihm das Geld. Niemand hatte es unter dem morschen Bodenbrett entdeckt. Trotzdem war sie froh, daß sie den Schatz vorsorglich geteilt hatte. Am liebsten hätte sie ihm die Münzen im Wert eines Ackergauls ins feiste Gesicht geworfen und ihn ausgelacht. Leider bestand kein Anlaß zu glauben, daß sie so einfach davonkommen würde.

Kapitel 19

Die verletzten Ritter zogen nach und nach ab, und in den Stadthof der Zisterzienser kehrte wieder der Alltag ein. Hanns kam mit dem Wagen von der Grangie, und die Konversen entluden die ersten Mostfässer des Herbstes, als sei in der Zwischenzeit nichts Besonderes gewesen. Das einzig Bemerkenswerte war Else, die vom Wagen sprang und halb lachend, halb weinend auf Johanna zulief und sie umarmte.

Hanns beobachtete die beiden Frauen mit ungnädiger Miene. Er war immer noch auffallend mürrisch, als er Johanna später über den Weg lief.

Sie beschloß, ihn stehenzulassen. Männer waren unberechenbar, wie sich an Lorenz erwiesen hatte. Nicht, daß sie undankbar war, aber das Damoklesschwert seiner Beichte schwebte immer noch über ihr und war schwer zu ertragen.

»Auf ein Wort, Johanna«, rief Hanns hinter ihr her.

Johanna kehrte um.

»Ich kann mir schon denken, wessen Idee es war, uns Else fortzunehmen. Aber darüber will ich nicht mit dir rechten. Etwas anderes: Da war vor einiger Zeit ein Novize bei uns und hat sich nach dir erkundigt.«

Johanna schüttelte ratlos den Kopf, als er sie neugierig ansah. »Ich kenne keinen Novizen«, sagte sie.

Hanns kicherte unverschämt. »Ich glaube dir aufs Wort. Aber er schien auf dich böse zu sein, also kannte er dich. Ich habe ihm erzählt, wo du bist.«

»Das kann ich mir denken. Aber hier war er nicht.«

Johanna ging ihrer Wege, als sie merkte, daß Hanns nicht mehr verraten wollte. Dieser Novize beschäftigte sie weit weniger als die Frage, ob Vater Gottfried endlich den Hof verlassen würde.

Wie sie gehofft hatte, wurde abends ein Korb mit Lebensmitteln auf den Wagen der Grangie gesetzt. Vater Gottfried würde mit Hanns zurückfahren.

Im Morgengrauen rumpelte der Wagen aus der Toreinfahrt. Johanna, die noch früher als sonst auf den Beinen war und schon alles für ihre Abwesenheit vorbereitet hatte, eilte zu Vater Lorenz, kaum daß sich die Tore hinter Gottfried und Hanns geschlossen hatten. »Es gibt kaum noch Heilkräuter im Haus«, sagte sie etwas nervös.

»Ich denke, Vico geht es schon ganz gut.«

»Er liegt nicht mehr im Sterben! Aber natürlich muß er noch behandelt werden. Es könnte etwas länger dauern, Vater Lorenz. Bis morgen vielleicht.« Johanna sah ihn bittend an.

»Ich verstehe. Die Kräuter können natürlich nicht alle gleich bei Eppstein wachsen. Der Herr sei mit dir.«

»Danke, Vater Lorenz. Für anderes auch.« Johanna küßte ihm die Hand, die er ihr mit einem Ruck entriß. Sie rannte in den Anbau, um ihren Korb zu holen.

Auf dem Rückweg schaute sie schnell bei ihrem Bruder vorbei. Er lag auf dem Bauch und grinste, als sie sich ihm auf Zehenspitzen näherte. »Ich bin wach.«

Sie befühlte Vicos Stirn. »Du bist nicht mehr so heiß. Ich kann dich jetzt beruhigt zwei Tage dem Vater Lorenz überlassen, denke ich.«

»Wer hätte gedacht, daß du jemals so nützliche Dinge lernen würdest, wie einem Mann die Stirn zu fühlen«, sagte Vico. »Und könntest du nicht lieber Else schicken statt des Vaters? Mir ist so, als wäre in letzter Zeit genug für mich gebetet worden.«

Johanna lachte leise. »Man erkennt, daß auch du der Sohn unserer Mutter Gesche bist. Woher der Sinneswandel?«

»Eine Frage der Ritterehre. Unsere Feinde brachten ihre Priester mit. Segen und Hymnen fand ich bis dahin in Ordnung –

aber ich bin nicht der Meinung, daß sie sich gegen Vater und die Ritter des Kaisers richten sollten. Wir sind so gute römische Christen wie die von Falkenstein-Lich.«

»So ungefähr denkt auch Roland Brobergen.«

»Wer ist Roland Brobergen?«

»Der Ritter, der dich herbeförderte, obwohl er beschlossen hatte, nie einen Hof der Zisterzienser zu betreten. Eine unberechenbare bewaffnete Gefahr, wie Vater Lorenz ihn zu nennen beliebte, weil der Ritter exkommuniziert ist.«

»Jerusalem ist besetzt von Heiden. Sie sind bessere Ritter als mancher von uns«, stieß Vico unter Schmerzen aus und fuhr scharfsichtig fort: »Willst du jetzt zu ihm?«

»Nein, wirklich nicht«, versetzte Johanna eine Spur zu ärgerlich. Sein neugieriger Blick folgte ihr, als sie den Raum verließ.

Noch bevor sie das Tor ganz erreicht hatte, wurde das Türchen vorsichtig aufgeschoben. Vor Johanna stand Thomas im ärmellosen Mantel eines Novizen der Zisterzienser. Lang war er geworden; der Mantel verbarg den Klumpfuß. Sein Gesicht war mager und ernst und wirkte unendlich düster, als er auf Johanna herabblickte.

»Tretet ein, Vater«, flüsterte der alte Torwächter achtungsvoll. »Ich würde gerne die Tür schließen. Die Eppsteiner sind mißgünstig gegenüber den Mönchen. Ein undankbares Volk, diese Hinterwäldler.«

Thomas lächelte ihm flüchtig zu und schritt vollends in den Hof. »Ich bin noch nicht Priester, Bruder. In zwei Jahren, wenn der Herr mir hilft, darfst du mich Vater nennen.«

»Du wirst Priester werden, obwohl deine Großmutter so dagegen war?« fragte Johanna erschrocken. »Reichte dir die Schule nicht?«

Ein verächtliches Zucken spielte um Thomas' Lippen. »Du sprichst wie sie«, sagte er mit leisem Hohn. »Wenn ich es nicht besser wüßte, müßte ich meinen, daß du sie dem Herrn entfremdet hast. Aber ich weiß wohl, daß sie den Weg vor dir ging. Und jetzt schmort sie in der Hölle dafür.«

»Thomas, wie sprichst du?« Johanna preßte die Hände an die Lippen und betrachtete ihn entsetzt. Wie konnte er nur so über seine Großmutter denken, die er geliebt hatte?

»Du hast sie in ihrem Irrglauben bestärkt«, fuhr Thomas unbeirrt fort, ohne auf Johanna zu achten. »Das werfe ich dir vor, und deshalb bin ich gekommen. Statt sie in Ruhe zu lassen, hast du sie zu dir geholt und damit zur Mitschuldigen an einer der größten Sünden gemacht, die es überhaupt gibt! Warum konntest du das Kind nicht einfach sterben lassen? Besser dein Kind als meine Großmutter! Zur Hölle verurteilt war es sowieso!«

»Thomas!« rief Johanna. »Du bist in einem schrecklichen Irrtum! Was haben sie nur aus dir gemacht? Kinder zu bekommen ist keine Sünde, sondern etwas Natürliches! Wie wenn ... wenn Gänse Eier legen!«

»So etwas kann auch nur dir einfallen!« schrie Thomas erbittert zurück. »Ist Jesus Christus etwa aus einem Ei gekrochen?«

»Jesus Christus! Hat jemand ein Ei gefunden?« Jörgs Kopf erschien mit Halmen im Haar in der Stalltür, und unter seinem Arm tauchte Else hindurch und spähte neugierig über den Hof.

»Oh, komm, Thomas«, sagte Johanna und packte eine Falte seines Mantels. »Bitte komm und laß uns vernünftig reden.«

»Der Herr bewahre mich davor, mit dir zusammen auch nur einen Schritt zu tun!« Thomas blieb beharrlich stehen.

Der Konverse Jörg kratzte sich am Kinn und lehnte sich mit neugierigem Gesicht an den Türholm. Es gab keinen Zweifel, daß er beabsichtigte zuzuhören.

Nun, dann hören sie es eben alle, dachte Johanna trotzig und wandte sich wieder dem Novizen zu. »Ich glaube, deine Liebe zu Gott und deine Liebe zu Niesgin streiten miteinander«, sagte sie, wieder ruhiger.

»Ja, und Gott hat gewonnen«, versetzte Thomas.

»Aber warum denn nicht beide? Großmutter Niesgin war eine

fromme Frau, Thomas. Sie hat keine Sünde von der Art begangen, die du ihr vorwirfst. Sie hat sich nur gegen jemanden zur Wehr gesetzt, der mehr Macht hatte als sie, das ist alles. Daß sie in eine Falle geriet, war nichts als Zufall!«

»Zufall«, brüllte Thomas außer sich. »Von wegen! Du hast sie in die Grangie gerufen! Du hast ihr das Schwein aufgedrängt! Du hast dazu beigetragen, daß sie starb!«

Die Aufregung erfaßte auch Johanna. Sie stemmte die Fäuste in die Seiten. »Ich sage dir, es war eine Falle. Der Zellerar der Grangie hat sie zuschnappen lassen, und die Dame Katherine hat alles Weitere übernommen. Sie wollten sie für schuldig erklären! Allein das Salz, das übrigblieb, hätte ausreichen müssen, um zu beweisen, daß Großmutter Niesgin Fleisch und Salz von jemandem aus der Burg erhalten hat. Nicht von einem Wilderer!«

Thomas starrte sie noch einen Augenblick stumm an. Dann schlug er ganz behutsam, als wisse er nicht, was geschehen würde, über Johanna das Kreuz. »Der Herr sei mit dir, wenn er kann«, murmelte er geschlagen und drehte sich um. Mit schleppenden Schritten bewegte er sich auf die Tür zu, die der Pförtner mit einer tiefen Verneigung vor ihm aufzog.

»Weib, was fällt dir ein, einen so frommen Mann auf diese Weise zu verjagen?« fragte er Johanna zutiefst vorwurfsvoll, als Thomas fort war.

Wie betäubt verließ Johanna den Hof. Thomas' Anklage verursachte einen scharfen Schmerz in ihrer Brust, und sie konnte sich nicht gegen sie verteidigen. Auch Vater Lorenz würde sie nichts erzählen, obwohl er mit grauem Gesicht in der Tür gestanden und zugehört hatte.

Bei der Schwertschmiedin war die Arbeit in vollem Gang, wenn die Ennelin auch nicht mehr so viele Gesellen hatte wie früher, sondern nur einen einzigen, der mit der Fülle seiner Kenntnisse alle anderen ersetzen mußte. Durch die offene Tür hörte Johanna Claus' helle Stimme, der mit dem Mann sprach.

»Ich würde ihm gerne begegnen. Ich fürchte mich jedenfalls nicht vor ihm. Die Leute sagen, daß er nur die überfällt, denen es recht geschieht. Er nimmt ihnen Geld ab, das sie sich selber genommen haben.«

»Und der Mönch? Er war kein Bettelmönch, aber es gab trotzdem keinen Grund, ihn zu bestehlen, jedenfalls nicht, wenn er so ehrenhaft ist, wie du zu glauben scheinst.« Die Stimme des Gesellen verriet Belustigung; wahrscheinlich versuchte Claus vergeblich, ihn zu überzeugen.

Johanna blieb wie verloren stehen, um zuzuhören.

»Ja, aber wieso hat ein Mönch so viel Geld bei sich, der mit einer Nachricht unterwegs ist? Ich denke mir, wenn Klöster Geld transportieren lassen müssen, halten sie es wie der Kaiser auch: Sie tun es in eine Schatulle und lassen es von bewaffneten Knechten bringen!«

»Mm«, brummelte der Geselle. »Kann angehen. Jetzt komm her, Claus, halt keine Reden, sondern das Eisen. Ich zeig' dir, wie man einen Malchus schmiedet.«

»O ja. Stell dir vor, ich würde meinen ersten Malchus machen und dem Raubritter zum Buchenblatt schenken. Ob er ihn annehmen würde?«

»Keine Ahnung. Aber ich glaube nicht, daß er hochnäsig ist. Ein Raubritter nimmt, was er kriegen kann …«

Das Geschwatze der beiden fand kein Ende. Johanna lächelte bitter und trocknete die Tränen auf ihren Wangen, bevor sie auf Zehenspitzen zum Stall schlich und das Schlachtroß sattelte.

Es war dem Weiler nicht anzusehen, daß sich die Herrschaftsverhältnisse auf Burg Königstein geändert hatten. Rad und Galgen waren leer, als Johanna vor der Brücke ankam, und der gewöhnliche Verkehr von Bauern und Händlern floß in beide Richtungen.

Ohne zu zögern, ritt sie über die Brücke und auf den Hof des winzigen Häuschens, das unterhalb des Tores an der Stadtmauer zu kleben schien. Hier hatte früher der Fischer gewohnt, der aber schon vor einigen Jahren gestorben war. Doch seine Frau lebte noch. Sie erschrak, als Johanna den Zügel am Ring in der Hausmauer festband.

»Königstein hat zwei Wirtshäuser, junger Herr«, sagte sie furchtsam. »Ich darf nur sauren Wein ausschenken. Der ist zu schlecht für Euch.«

»Ich möchte nur eine Auskunft.« Johanna setzte ihren Hut ab, so daß ihre nach Knappenart geschnittenen Haare zum Vorschein kamen, aber die Fischerin erkannte sie nicht mehr. Gut so. Dann zauberte sie einen Pfennig auf die offene Handfläche. »Können wir ins Haus gehen?«

Nicht ganz glücklich, ging die alte Frau voraus, aber sie wagte keinen Widerspruch. »Macht mir keinen Ärger«, brummte sie.

»Ich suche nach einer ziemlich fülligen Frau, die im Frühjahr mit einem Säugling und im Gefolge der Edeldame Katherine von Falkenstein hier vorbeigekommen ist.«

»Die Kettin.« Die Fischerin nahm sich den Pfennig.

»Ja, Ketten. Was weißt du über sie?«

»Nichts weiter, Herr. Außer, daß sie aus Kelsterbach gebürtig ist und für Geld Kinder aufzieht. Und daß Ihr schon der zweite seid, der nach ihr sucht.«

Johanna hielt einen zweiten Pfennig in die Höhe. »Noch etwas?«

»Ich glaube, daß sie hier in der Nähe lebt und daß das Kind der Dame Katherine etwas bedeuten muß. Ich hörte einmal, daß sie Kleidung für das Kleine hat anfertigen lassen.«

»Wo?«

»Bei Eppstein irgendwo. Es muß dort ein Nonnenkloster geben.«

Johanna verzog ihr Gesicht. Sie drehte sich im Kreis. »Hast du das Kind noch einmal zu Gesicht bekommen?«

Die Fischerin schüttelte den Kopf, dann trat sie zu Johanna und flüsterte zischend: »Ich glaube, sie versteckt es. Vielleicht ist es ihr Bankert!«

Zu spät merkte Johanna, daß sich im Eingang jemand zu schaffen machte.

Einen Augenblick später trat der Flecksieder auf bloßen Füßen ein. Seine Augen weiteten sich überrascht. Gemächlich schloß er die Tür, zog sich einen Hocker herbei und setzte sich davor.

»Was fällt dir ein, Mann?« fragte die Fischerin staunend.

Das breite gekerbte Kinn des Flecksieders zeigte auf Johanna. »Weißt du nicht, wer sie ist? Ich glaube, man nennt so eine Person *non grata*. Unerwünscht in Königstein. Jetzt herrscht hier ein anderer Falkensteiner, ein richtiger Burgritter, und dafür danke ich dem Herrn. Lienhart war ja nur ein Burgmann, in die Burg gesetzt, wie ein höriger Bauer auf die Scholle. Der Kerl hat das Weite gesucht, oder er ist gefangen, was weiß ich, und seine Tochter brauchen wir hier auch nicht.«

»Eine Tochter?« Die Fischerin stemmte die Hände in die Seiten und betrachtete Johanna von oben bis unten. »Nicht zu glauben! Ich hab' dir doch gesagt, daß ich keinen Ärger will!«

»Sie macht jedem Ärger. Kannst du dich noch an den Scharfrichter erinnern? Ihre Schuld, daß er sterben mußte. Auf dem Rad hat er mir's erzählt, daß er diese hochmütige Person ein wenig erschrecken sollte. Ein Ritter Konrad gab ihm den Auftrag, anscheinend ein vernünftiger Mann.«

Johanna starrte ihn entgeistert an.

»Man muß sie nur ansehen, um zu wissen, daß es in so einem mickrigen Rittergeschlecht keine Ehrfurcht gibt. Weder vor unserem Herrn, noch vor dem anderen Herrn.«

»Na ja. Keiner weiß, ob der da besser ist als der andere«, bemerkte die Fischerin mit gerümpfter Nase.

»Der andere hat uns ausgesaugt.«

»Um meine Stiefmutter auszulösen«, warf Johanna verzweifelt ein.

»Da hast du's. Für seine Frau. Nicht jeder Mann ist seiner Frau gegenüber so treu.« Die Fischerin nickte mehrmals, und Johanna kam es so vor, als ob sie von ihr trotz aller Abneigung ein wenig Wohlwollen zu erwarten hatte. »Und dieser hier wird uns auch ausplündern. Da ist doch einer wie der andere!«

»Ich hing auch an meiner Frau«, murrte der Flecksieder. »Ob du's glaubst, oder nicht, Fischerin. Hätte Lienhart sie nicht umgebracht, indem er die Niesgin zum Tode verurteilte, würde ich heute nicht bei dir sein.«

»Schwatz nicht, du bist auch nicht treuer als andere Männer!« Ihr Blick wanderte zu Johannas gefülltem Beutel, der an ihrem Gürtel hing.

Johanna verstand und zog etwas unwillig an den Schnüren. Es würde ein teurer Tag werden mit wenig Ergebnis. Sie hielt den Pfennig noch fest, während sie sich langsam zur Tür bewegte. »Ich muß jetzt gehen.«

Eine laute, herrische Stimme auf der Straße drang durch die Bohlentür herein. Der Flecksieder fuhr auf seinem Hocker herum, und Johanna erstarrte.

»Das ist doch mein Gaul!« brüllte jemand. »Den mir unterm Hintern weg ein Räuber gestohlen hat!«

Die Hufschläge verstummten, Hacken knallten, und Sporen klirrten. »Tatsächlich, Herr, das ist er«, beteuerte ein Mann erstaunt. Er mußte dicht vor der Haustür stehen.

Von etwas weiter entfernt kam die Antwort. »Sieh mal nach, wer der Dieb ist! Die Ratte muß drinnen im Haus sein. Wo Gäule verschwinden, pflegt die Tochter des fortgejagten Burgherrn die Hände im Spiel zu haben. Das wäre doch mal ein Spaß, wenn der Dieb uns zu ihr führt!«

Johanna sah sich gehetzt um, aber der Flecksieder rührte sich nicht. Er grinste sie frech an, indes sie überlegte, ob sie sich zum Fenster hinausstürzen könnte. Das Sprudeln des Flüßchens war hier drinnen deutlich zu hören. Wenn sie es ins Wasser schaffte, könnte sie vielleicht flußauf waten, um die Biegung herum ...

Eine Hand legte sich über den Pfennig, den sie noch zwischen den Fingern hochhielt. Die Fischerin machte eine schnelle Kopfbewegung und zog sie zum anderen Ende des Raums, während der zornige Blick des Flecksieders ihnen folgte.

Johanna fühlte sich durch einen düsteren Gang gezogen. Dann stieß die Fischerin sie in den hellen Tag hinaus, der durch niedrige Weiden und hohe Brennesseln abgedunkelt wurde. Nach zwei Schritten spürte sie Wasser um ihre Knöchel plätschern.

Geduckt schlich Johanna im Fluß entlang, am Fuße der Stadtmauer. Erst als sie die Biegung hinter sich wußte und die Brücke außer Sicht war, wechselte sie hinüber auf die andere Flußseite. Das Wasser stieg ihr bis zur Hüfte, dann wurde es wieder seichter.

Sie steuerte auf ein dichtes Gebüsch zu. Das Ufer war steil und lehmig. Sie sah sich um, fürchtete schon, die Stimmen der Verfolger gleich hinter der Biegung zu hören. Immer wieder rutschte sie ab.

Plötzlich packte eine Hand sie am Kragen und zerrte sie nach oben, durch harte und peitschende Zweige, und als sie hindurch war, riß sie vor Überraschung die Augen weit auf.

»Was machst du denn hier?«

Johanna verbarg ihre Erleichterung und suchte sich erst einmal ein Plätzchen, wo sie das Wasser aus ihren Stiefeln schütten konnte. »Ich entkomme gerade den Lichern. Und Ihr?«

»Ich beobachte sie gerade«, sagte Roland Brobergen und lächelte belustigt. »Sie werden Mühe haben, mir zu entkommen.«

Johanna brachte nur eine schwache Erwiderung heraus. »Heute aber nicht. Ich glaube, sie haben ein paar Mann zuviel.«

»Eines Tages«, gab Brobergen zu. »Aber irgendwann ist es soweit.« Er reichte ihr die Hand, half ihr auf und begann anschließend den Hang nach oben zu steigen. »Unsereins gewinnt leider nicht immer«, meinte er über die Schulter. »Hast du wenigstens etwas erreicht? Die Fischerin beraubt, oder ähnliches? Ich sah dich zu ihr hineingehen.«

Johanna machte eine Grimasse. »Sie hat mich beraubt, fürchte ich. Dazu habe ich mein Schlachtroß verloren. Na ja, es war sowieso ein zu hungriges Geschöpf.«

Brobergen hatte den Weg erreicht. Sein Pferd war an einem Baum angebunden. Er drehte sich zu Johanna um und breitete die Arme aus, übertrieben wie ein Straßenkomödiant. »Was macht es schon? Wir Raubritter vom Buchenblatt haben ja noch ein Pferd. Komm, laß uns nach Eppstein reiten.« Er sprang in den Sattel und half Johanna hinter sich auf seinen großen Fuchs.

Wir Raubritter, dachte Johanna. Brobergen war exkommuniziert, vogelfrei und lebte im Wald. Nein, sie wollte kein Raubritter sein.

»Roland«, sagte sie über seine Schulter. »Ich habe Euch nicht die ganze Wahrheit über mich erzählt. Ich habe ein Töchterchen, das sie mir fortgenommen haben und das ich suchen werde, bis ich es gefunden habe. Mein Vater ist verschwunden, mein Bruder wird noch lange nicht in der Lage sein, sich und mich zu versorgen. Ich brauche die Sicherheit des Stadthofes der Zisterzienser. Dort ist mein Zuhause, das einzige, das ich noch habe. Ich bin keine Raubritterin.«

Kapitel 20

Nachdem Roland Brobergen sie am Goldbach außerhalb von Eppstein abgesetzt hatte, taten Johanna ihre Worte leid. Sie hatte den Schmerz in seinem Gesicht gesehen; er hatte geglaubt, sie verachte seine Lebensweise. Sie kannte ihn mittlerweile gut genug, um zu wissen, daß er auf ernste Dinge nicht mit einem Scherz antworten würde. Zum ersten Mal war ihr bewußt geworden, wie sehr das Blau seiner Augen dem von Gesche ähnlich war, es war nur ein wenig dunkler. Großmutter Niesgin hätte es als Fingerhutblau durchgehen lassen.

Ihr war zum Heulen zumute.

Aber Gesche war wichtiger als alles andere. Johanna schloß ihre Beunruhigung im Herzen ein und eilte zum Stadthof.

Dort machte sie die schreckliche Entdeckung, daß Vater Lorenz bereits wieder eine Strafe am Altar der Kapelle verbüßte. Weil er keine Antwort darauf gewußt hatte, warum sie am Abend nicht zurückgekommen war. Vater Gottfried, der entgegen aller Voraussicht zurückgekehrt war, hatte ihm das Geständnis abgepreßt. Else flüsterte Johanna zu, was sie herausgefunden hatte. Eine Beichte? Nein, von einer Beichte war nicht die Rede gewesen.

»Vater Gottfried ist danach gleich fortgegangen, zusammen mit dem Vater Zellerar. Er hat nicht gesagt, wohin sie gehen. Aber sie hatten es eilig.«

»Wie im Arbeitshof. Hoffentlich bleiben sie lange aus«, sagte Johanna sarkastisch und gab sich keine Mühe, besonders leise zu sein.

Am nächsten Morgen teilte Johanna die Konversen zur Arbeit ein. Den wenigen anwesenden Gästen fiel gar nichts auf. Die letzten verließen den Hof gerade, als der Konverse Jörg japsend zum Tor hereinkam.

Als er bei Johanna angelangt war, legte er den Kopf in den Nacken und schloß die Augen. »Der Visitator der zisterziensischen Klöster und Grangien in den deutschsprachigen Gebieten«, flüsterte er aufgeregt. »So haben sie es mir gesagt. Sie müssen gleich dasein. Ich bin ihnen am Südtor von Eppstein begegnet.«

»Aha. Was macht so einer?« erkundigte Johanna sich.

»Er wird jedes Getreidekorn im Stadthof zählen, das machen sie doch immer bei einer Visitation, und wehe, wenn eins fehlt! Das Generalkapitel von Cîteaux schickt ihn! Vater Lucas heißt er! Wenn bloß nichts passiert!«

»Du bist ein Angsthase, Jörg«, sagte Johanna kopfschüttelnd.

»Ich habe Gründe. Vater Gottfried wird uns bestrafen, wenn wir etwas falsch machen. Der Herr sei mit uns armen unschuldigen Konversen«, jammerte Jörg. »Tu was, Johanna, bitte!«

»Jetzt sei mal still, Jörg«, sagte Johanna streng und überzog die Gebäude und den Hof einer knappen Musterung. »Das werden wir schon schaffen! Hier ist alles in Ordnung. Du paßt auf, daß keiner irgendwelchen Unsinn anstellt, während ich mich mit dem Mann befasse! Laß Else nicht mit den Gänsen über den Hof, damit er nicht in deren Dreck ausrutscht! Und Küche und Bedienung müssen laufen wie die Rosenkranzperlen durch die Finger der Mönche. Vielleicht ist der Mann so gefräßig wie Gottfried. Hast du verstanden?«

»Laufen wie Rosenkranzperlen«, wiederholte Jörg, einigermaßen beruhigt.

Johanna nickte ihm aufmunternd zu, und er verschwand Richtung Küche. Danach ging sie zu Vater Lorenz in die Kapelle. »Mit wie vielen Tagen hat er Euch diesmal abgestraft?« wollte sie wissen.

»Drei«, antwortete Lorenz. »Aber nenn es nicht: abgestraft. Ich bin selber schuld, daß ich dich gehen ließ, und Vater Gottfried hat recht getan.«

Johanna nickte. »Es wird im Hof gleich laut werden, Vater Lorenz. Pferde, Maultiere und ein paar Gäste. Aber beunruhigt Euch nicht und bleibt in der Kapelle. Ich kümmere mich um den Besuch, ihm wird es an nichts fehlen.«

Vater Lorenz seufzte ergeben. »Ich weiß, daß du es kannst. Und ich danke dem Herrn dafür, daß er mir in meiner Schwäche hilft und dich mir geschickt hat.«

»Genau«, antwortete Johanna zerstreut und eilte wieder nach draußen.

Zwei Mönche waren gerade eingetroffen, in Begleitung eines Konversen, der die Pferde in den Stall brachte. Johanna kam hinzu, als der ältere Mönch mit sachkundiger Miene von außen das Haupthaus betrachtete, dann den Stall und den Lagerraum der Handelswaren. Als er sich zu ihr umdrehte, erschrak sie heftig.

Der Visitator war der Mönch, den sie überfallen hatte.

Nach kurzem Zögern ging sie auf ihn zu. »Willkommen in Eppstein, Vater«, sagte sie und versuchte, ihre plötzliche Nervosität zu beherrschen.

Der Gast musterte sie erstaunt. »Offenbar ist der Hofmeister nicht anwesend?«

»Nein, das ist er nicht.«

»Kannst du ihn holen?«

»Ich kann ihn leider nicht holen«, antwortete Johanna bedauernd. »Keiner weiß, wo er ist.«

»Ah«, sagte Vater Lucas und zog erstaunt die Stirn in Falten. »Wer pflegt ihn zu vertreten?«

»Vater Lorenz. Er ist in der Kapelle.«

»Gut, dann sag ihm bitte Bescheid.« Der Mönch schien erleichtert.

»Er weiß es bereits. Aber er darf nicht herauskommen. Vater Gottfried pflegt harte Strafen zu erteilen. Wenn Vater Lorenz gegen Vater Gottfrieds Anordnung verstieße, müßte er büßen, wenn Ihr wieder fort seid. Ich fürchte, sein Herz würde es nicht durchhalten. Er war bereits einmal auf den Tod krank, nachdem er drei Tage auf dem Bauch in der Kapelle liegen mußte.«

Der Mönch schüttelte den Kopf, als müsse er das Gehörte von sich abschütteln. »Wer vertritt denn Vater Lorenz?«

»Ich«, behauptete Johanna. »Ich werde Euch gerne herumführen.«

Vater Lucas runzelte die Stirn. »Irgendwie kommst du mir bekannt vor.«

»Ja, gewiß«, bestätigte Johanna beherzt. »Wahrscheinlich habt Ihr mich nach dem schrecklichen Überfall auf Euch gesehen. Wir haben alle zugehört.«

»Der Überfall, ja. Aber ich glaube es eigentlich nicht.«

Johanna wußte nicht, was sie sagen sollte.

Endlich erlöste er sie mit einer Handbewegung, die den ganzen Hof umfaßte, aus ihrer Verlegenheit. »Sehr ordentlich, dies alles.«

»O ja«, bestätigte Johanna dankbar. »Der Stadthof von Eppstein ist sehr erfolgreich, seitdem Vater Lorenz die Verwaltung übernommen hat. Ich zeige Euch alles. Am besten fangen wir mit den Büchern an.« Johanna übernahm entschlossen den Vortritt, und Vater Lucas folgte ihr. Sie brachte ihn in den kleinen Speiseraum.

Kurz danach erschien Martha mit schüchterner Miene und einem großen Bembel, aus dem sie einschenkte.

»Kostet nur, Vater«, forderte Johanna ihn auf. »Und willkommen im Stadthof der Zisterzienser zu Eppstein als Visitator. Martha, bitte Jörg, mir die drei Bücher zu bringen.«

Vater Lucas lächelte leise, nickte anerkennend, nachdem er vom Apfelwein getrunken hatte, lehnte sich zurück und betrachtete Johanna aus halbgeschlossenen Lidern. »Mägde können im allgemeinen nicht lesen.«

»Gottlob vergißt man die Fähigkeit des Lesens nie. Danke, Jörg.« Johanna nahm ihm die Bücher mit einem freundlichen Nicken aus den Händen.

»Brauchst du sonst noch etwas?« fragte Jörg eifrig.

Johanna schüttelte den Kopf und schlug die ersten beiden Bücher auf. »Wir verzeichnen die Waren, die die Grangien liefern, und die, die wir verkaufen, in unterschiedlichen Büchern«, erläuterte sie. »Wir numerieren sie und können sie anhand dieser Kennziffer in beiden Büchern finden.«

Der Mönch studierte einzelne Positionen, um das System zu begreifen. »Was ist mit diesen Stiefeln?« fragte er schließlich. »Warum tauchen sie mehrmals auf?«

»Vater Lorenz hat sie zur Grangie zurückgeschickt. Sie waren nicht gut genug. Er versteht etwas davon, er war früher Konversenmeister. Inzwischen hat die Schlamperei aufgehört. Die Lederer haben verstanden.«

»Ich auch«, sagte Vater Lucas und schob die Bücher zurück.

»Dürfen wir Euch jetzt eine Mahlzeit vorsetzen, Vater Lucas? Euren Begleitern natürlich auch. Im Augenblick erfrischen sie sich in der Küche.«

»Ich werde mich vorher kurz zum Gebet in die Kapelle zurückziehen. Mein Weg war weit, und irdische Gefahren lauern überall.«

Wie wahr, dachte Johanna und erhob sich höflich mit ihm.

Während der Mönch sich in die Kapelle begab, rannte Johanna in die Küche. Der dicke Koch hatte aufgefahren, was seine Küche hergab. Zwei Schüsseln schob sie beiseite. »Keine Goldmilch. Überhaupt keine fetten Speisen. Als letzten Gang schicke deinen Frischkäse herein!« schärfte sie ihm ein.

»Ich habe Lakritzepudding«, flüsterte der Konverse und warf ihr einen lauernden Blick zu. »Vater Gottfried würde es nicht dulden, daß du dem Visitator Fastenspeisen vorsetzt.«

»Ich heiße nicht Vater Gottfried. Käse kommt auf den Tisch, kein Pudding!« fauchte Johanna.

»Mach's, Richard! Manchmal ist sie ulkig, ich geb's ja zu, aber sie weiß meistens, was sie tut.«

Johanna nickte Jörg, der aus einem Becher von Nachttopfgröße Apfelwein schlürfte, zu und lief wieder zurück. Sie saß längst an ihrem Platz, als der Zisterzienser nachdenklich zurückkehrte.

Plötzlich fragte er: »Die Angehörigen dieses Hauses erfahren wirklich nie, wohin sich der Hofmeister begibt?«

»Nein, er ist sehr schweigsam. Aber es macht eigentlich nichts«, meinte Johanna aufrichtig. »Vater Lorenz leitet den Hof ohnehin allein. Wenn Vater Gottfried anwesend ist, wird er eher wie ein Gast behandelt und nicht mit den alltäglichen Dingen belästigt.«

»So, so.«

Vater Lucas nahm sein Mahl in vollkommener Stille ein. Johanna blieb da, um ihm Rede und Antwort zu stehen, sofern er es wünschte. Sie selber aß nur einige Bissen Käse.

Endlich lehnte Lucas sich mit einem behaglichen Seufzer zurück. »Ich fürchte mich manchmal vor diesen süßen Speisen in den deutschen Klöstern«, gestand er. »Meistens sind es gleich mehrere, und ich kann nicht immer ablehnen. Das wäre zu unhöflich den Gastgebern gegenüber. Wie kommt es, daß man mir hier unerwartet so köstlichen Käse serviert?«

»Oh, wir sehen uns unsere Gäste an und bemühen uns, ihre Wünsche zu erraten. Das halten wir für höflich. Gästen aus den französischen Gebieten setzen wir nicht gerade Lakritze vor.« Johanna lächelte gewinnend, und Vater Lucas lachte leise.

»Es hat sich hier in letzter Zeit vieles geändert«, bemerkte er. »Und alles zum Guten.«

»Dank Vater Gottfried.«

»Ich vermute, auch dank Euch.« Er sah sie scharf unter seinen buschigen Augenbrauen an, und Johanna nahm plötzlich wahr, daß sich seine Anrede geändert hatte. Für einen Augenblick verwirrte es sie.

Die aufgeregte Stimme von Claus erlöste Johanna aus ihrer Verlegenheit. Schon aus dem Erdgeschoß rief er nach oben. »Bitte, Edelfräulein, kommt schnell! Ihr seid die letzte Rettung für die Meisterin. Wenn es überhaupt eine gibt. Vater Gottfried will schon wieder Geld!«

Eine zischende Stimme mischte sich ein, dann ertönte das Geheul des Jungen. Während es sich entfernte, blickte Johanna dem Mönch in die Augen. Entweder hatte Claus jetzt alle ihre gemeinsamen Mühen zunichte gemacht – oder nicht.

Vater Lucas erhob sich. »Eine gute Gelegenheit, den Hofmeister bei der Arbeit zu sehen. Ich komme mit.«

»Ich hole nur meinen Umhang«, sagte Johanna geistesgegenwärtig und ließ den Visitator stehen. »Ich bin gleich wieder zurück.«

Unterwegs schloß sich ihnen im Galopp Claus an. Jörg hatte wohl eingesehen, daß es unter diesen Umständen sinnlos war, ihn festzuhalten. »Ihr geht mit, Vater?« fragte er unbefangen, allerdings klang ein wenig Mißtrauen durch.

»Gefällt dir das nicht?« Vater Lucas war kurzangebunden. Johanna vermutete, daß auch ihm manches nicht gefiel.

»Drei Mönche gegen meine Meisterin ist unfair, Vater«, sagte Claus tapfer.

Vater Lucas verzog erheitert den Mund. »Oh, wenn es nur das ist! Bedenke, deiner Meisterin steht ein kluges Edelfräulein zur Seite.«

»Ja, das stimmt allerdings.«

Den restlichen Weg legten sie schweigend zurück. Die Eppsteiner grüßten ein wenig verlegen und wichen ihnen aus. Wir müssen sehr kampfbereit wirken, dachte Johanna, dann schob sie das Hoftor auf.

Der Geselle stand mitten auf dem Hof, die Augen fest auf die Fensteröffnung gerichtet, hinter der ein lauter Streit tobte. Johanna kümmerte sich nicht um ihn, sondern eilte die Treppe hoch, dicht hinter sich den Mönch und Claus mit großen erschrockenen Augen.

Vater Gottfried stand halb über den Tisch gebückt, hinter dem die Ennelin saß, seine Handfläche schützend über ein Papier gelegt. »Beweist, daß Ihr das Geld schon gezahlt habt!« verlangte er mit eiskalter Stimme. »Hier ist der Beweis, daß Ihr nicht gezahlt habt!«

»Ich werde es bezeugen, wenn es eines Zeugnisses bedarf«, mischte sich der Zellerar ein. »Gottlob gilt unser christliches Wort in den Augen der meisten Menschen.«

»Und mich möchtet Ihr als Lügnerin und Ketzerin hinstellen, weil ich mich von Euch nicht betrügen lassen will?« Ennels Gegenrede blieb scharf. Sie ließ sich nicht verwirren, obwohl sie die Besucher wahrgenommen hatte, wie ihr flüchtiger Blick bewies.

Die beiden Mönche drehten sich zugleich um. Der Zellerar wurde blaß um die Nase. Vater Gottfried breitete die Arme aus. »Vater Lucas! Wie schön, daß Ihr wieder da seid!«

»Dieses Mal gesandt vom Generalkapitel als Visitator.«

»Meine Gratulation!« rief Gottfried herzlich. »Aber Johanna, warum hast du es Vater Lucas nicht im Gästezimmer bequem gemacht, statt ihn durch die schäbigen Gassen von Eppstein zu schleppen? Ihr hättet Euch wirklich nicht in diese Niederungen unserer Tagesgeschäfte zu bemühen brauchen, Vater Lucas!«

»Es macht mir nichts aus. Auf meinen Wanderungen durchquere ich öfter Sümpfe und Niederungen«, antwortete Lucas und sah sich nach einer Sitzgelegenheit um.

»Wollt Ihr nicht lieber zurück in den Hof?« fragte Gottfried mit unbehaglicher Miene. »Ich komme gleich nach. Oder, wenn ich es mir recht überlege, kann ich Euch auch gleich begleiten. Dieses Geschäft kann warten.«

Johanna gelang es, der Ennelin, unbemerkt von den Mönchen, ein striktes Nein zu signalisieren.

Ennel verstand. »Nein, kann es nicht«, behauptete sie fest. »Ich weiß nicht, welche Aufgaben ein Visitator hat, aber möglicherweise ist er ja zuständig für Gerechtigkeit. Die Eppsteiner Brüder versuchen mich zu betrügen, und es gibt niemanden, an den ich mich um mein Recht wenden könnte. Der Erzbischof in Mainz wird es wie immer mit den Mönchen halten.«

Vater Lucas ließ sich auf dem Stuhl nieder, den Claus ihm hinschob, und machte eine auffordernde Bewegung mit der Hand. Die Mönche des Stadthofs beachtete er überhaupt nicht. »Tragt Eure Streitigkeit vor.«

»Ich war erstmals in Not in dem Jahr, in dem meine Meisterschaft ruhte, und habe bei der Krämerin stunden lassen müssen. Obwohl ich kein Geld von den Zisterziensern geliehen habe, haben sie mir am letzten Zahltag einen Vertrag über eine angeblich geliehene Summe vorgelegt. Meine Werkstatt – oder das Geld, sagten sie. Ich hatte keine Beweise…« Die Ennelin breitete ihre Hände aus und sah den Besucher hilflos an. »Durch einen Zufall gelangte ich an diesem Tag an die angebliche Schuldsumme und zahlte.«

»Beweist es«, forderte Gottfried hämisch. Er tippte mit dem Zeigefinger auf das Schreiben, das immer noch auf dem Tisch lag. »Hier ist unser Vertrag über die Summe, an den wir uns halten. Mit Eurer Unterschrift.«

»Aber ich habe die Summe, die ich Euch gar nicht schuldete, schon bezahlt«, sagte die Ennelin in eigensinnigem Ton. »Und Ihr habt hier vor meinen Augen am letzten Tag des April den Vertrag verbrannt. Ich verstehe nicht, wo dieser herkommt. Ich weiß auch von ihm nichts und habe ihn bestimmt nicht unterschrieben.«

»Gebt ihn mir«, forderte Vater Lucas mit freundlicher Geduld. Er studierte ihn, und Johanna blickte ihm über die Schulter.

Der Wortlaut war derselbe wie bei den anderen beiden, nur das Datum der Ausfertigung war ein anderes und die Vertragszeit kürzer.

»Ich sehe nicht, was an diesem Vertrag falsch sein könnte.« Lucas sah auf. »Es scheint alles in Ordnung zu sein.«

»Wir haben es hier mit einer Widerspenstigen im Herrn zu tun, Vater Lucas«, versetzte Gottfried mit einem anbiedernden

Lächeln. »Ihr seht jetzt, womit ich mich herumzuschlagen habe. Ich bin froh, daß Ihr gekommen seid und mit dieser leidigen Angelegenheit Schluß machen könnt.«

Die Schwertfegerin warf die Arme in die Höhe und stöhnte.

»Ennel«, sagte Johanna scharf, »als Ihr mir erzählt habt, daß die Bauern Euch kein Futtergeld mehr stunden…«

»Ja, da mußte ich wieder bei der Krämerin leihen«, räumte Ennel ein.

Johanna zog den Vertrag, den sie in der Grangie aus dem Buch gerissen hatte, unter dem Umhang hervor. Sie rollte ihn auf und reichte ihn Vater Lucas.

»Was ist das?« fragte er erstaunt, nachdem er ihn überflogen hatte.

»Das ist die Methode, mit der sich Vater Gottfried für den Stadthof Grundstücke aneignet, die ihm gefallen. Wenn jemand in Not gerät, setzen sie Verträge auf über angeblich geliehenes Geld. Die vermeintlichen Schuldner müssen zahlen, weil sie einen Prozeß nie gewinnen können. Der Zellerar stellt so viele Urkunden aus, bis der Schuldner aufgeben muß. Und sie passen auf, daß der Schuldner den Vertrag nie in die Hand bekommt. Dies ist der erste von drei gefälschten Verträgen mit Ennel über immer die gleiche Summe.«

Die Hände von Vater Lucas zitterten, als er beide Verträge miteinander verglich. »Was macht die Meisterin Ennel und ihr Anwesen so attraktiv?«

»Waffen«, sagte Johanna. »Sie ist weit und breit die beste Schwertfegerin, und die Eppsteiner Mönche möchten ihre Werkstatt für eigene Rechnung führen. Schon seit langem. Und jetzt, wo der Herr von Falkenstein-Lich die Burg Königstein erobert hat, ist abzusehen, daß er Dauerkunde der Eppsteiner Waffenschmiede wird. Vater Gottfried will deshalb die Werkstatt unbedingt in die Hand bekommen.«

»So was«, murmelte Claus entgeistert.

Johanna behielt den Visitator fest im Blick. Noch war nichts gewonnen. »Darüber hinaus setzen die Falkensteiner von Lich Vater Gottfried unter Druck, daß er die Schmiede sofort übernimmt. Die Ennelin verkauft ihre Waffen nicht an jeden und nicht zu jeder Zeit und auch nicht alle Waffen auf einmal. Mit ihr hätten die neuen Burgherren von Königstein es schwieriger.«

Der Visitator hörte ihr still zu. Er faltete die Hände und ließ mit keiner Regung seines Gesichtes erkennen, was er von der Sache hielt.

Vater Gottfried schielte zu ihm hin. Anscheinend konnte er nichts Beunruhigendes erkennen, genausowenig Johanna etwas, das ihr Zuversicht gab.

»Es wäre ein glänzendes Geschäft gewesen«, sagte Gottfried bedauernd. »Die Zisterzienser zu Eppstein hätten sich über Jahre um ihr Brot nicht mehr zu sorgen brauchen und hätten sich ausschließlich dem Dienst am Herrn widmen können.«

»Mit dem Erlös von Schwertern.« Lucas' Stimme schwankte.

»Für den gerechten Krieg gegen die Feinde unseres Herrn.« Gottfrieds Hände fuhren voll Begeisterung durch die Luft. Der Zellerar wagte ein Lächeln.

Vater Lucas seufzte ganz leise. Johanna meinte, einen Hauch von Verachtung zu spüren, aber sie war sich nicht ganz sicher. Und als der Mönch sich mit beiden Urkunden in der Hand hochstemmte und sie vor Ennel legte, war ihr die Geste zu armselig, um einer betrogenen Frau echte Genugtuung zu verschaffen.

»Vernichtet sie beide«, sagte Lucas ernst. »Schafft Euch ein anderes Siegel an, und verwahrt es gut. Ich verspreche Euch im Namen der Zisterzienser, daß diese Angelegenheit für Euch beendet ist.«

»Ja, Vater«, sagte die Ennelin inbrünstig. »Ich danke Euch von Herzen und werde dem Armenstock von Eppstein eine größere Spende machen. Das verspreche ich!«

»Amen«, murmelte Claus dankbar.

Auf dem kurzen Heimweg sprach niemand. Kaum hatte sich das Hoftor des Stadthauses hinter ihnen geschlossen, befahl Vater Lucas mit einer Stimme, die über den ganzen Hof hallte: »Ihr bleibt hier, Vater Gottfried. Und jemand hole mir Vater Lorenz aus der Kapelle. Ich bitte ihn, daß er sein Gebet unterbricht.«

»Endlich«, flüsterte Jörg Johanna verstohlen zu, bevor er losrannte.

Während sie warteten, versammelten sich ohne rechten Grund die Konversen im Hof und standen unschlüssig herum. Als Vater Lorenz schwankend und gestützt von Jörg in der Tür zur Kapelle auftauchte, ging Vater Lucas auf ihn zu. Er reichte ihm mitfühlend beide Hände und führte ihn in die Mitte der Hofangehörigen.

»Kraft meiner Befugnis durch das Generalkapitel von Cîteaux ernenne ich Vater Lorenz zum neuen Hofmeister in Eppstein. Vater Gottfried ist ab sofort von diesem Amt entbunden. Er wird sich in das Kloster von Salem zurückziehen.«

»Eine weise Entscheidung, Vater!« Johanna klatschte spontan in die Hände, und sämtliche Konversen fielen ohne zu zögern ein.

Lorenz schüttelte unsicher und beschämt den Kopf. »Ich bin nicht sicher, daß ich das kann. Das Schreiben fällt mir immer noch schwer.«

»Mit des Herrn Hilfe«, sagte Vater Lucas zuversichtlich. »Es wird Euch so leicht von der Hand gehen wie dem Vater Gottfried das Herstellen von *Salmansweiler Scheiben*, glaubt mir.«

Gottfried stöhnte laut vor Entsetzen, sank auf die Knie und legte seine Hände reuig zusammen.

Betrachte sie dir gut, sie werden nicht mehr lange makellos gepflegt aussehen, dachte Johanna versonnen. Die Salzscheiben wurden in alle Zisterzienserhöfe geschickt, und auch sie hatte im Lager schon mit ihnen zu tun gehabt, sie auf eine andere Stelle gerückt, gezählt und ausgegeben. Selbst kleine Wunden brannten. Demjenigen, der sie herstellen mußte, zerfraßen sie gewiß die Haut. Nur wäre es gerechter gewesen, wenn Vater Lucas diese Strafe vor den Ohren der Ennelin ausgesprochen hätte.

Vater Lorenz lächelte in sich hinein, was ganz bestimmt nichts mit der Bestrafung vom Vater Gottfried zu tun hatte. Johanna sah ihn neugierig an, als er die Schultern hob und sie in einer Geste der Hilflosigkeit sacken ließ.

Dann drehte er sich zu Johanna um. »Eigentlich hätte das Edelfräulein Johanna von Falkenstein es verdient, Hofmeisterin zu sein.«

»O nein! Eine Frau als Hofmeisterin eines Stadthofes der Zisterzienser gibt es nicht«, sagte Johanna dankbar und umschloß mit der Hand Konrads Perle, die sie seit Gesches Geburt als ständige Mahnung am Hals trug. »Und es ist gut so. Ich habe andere Pläne. Ganz, ganz andere Pläne.«